NO LIMITE DO DESEJO

Katie McGarry

NO LIMITE DO DESEJO

Tradução
Débora Isidoro

1ª edição
Rio de Janeiro-RJ / Campinas-SP, 2016

VERUS
EDITORA

Editora: Raïssa Castro
Coordenadora editorial: Ana Paula Gomes
Copidesque: Katia Rossini
Revisão: Cleide Salme
Diagramação: André S. Tavares da Silva
Capa: Adaptação da original (© Harlequin Books S.A., 2014)

Título original: *Take Me On*

ISBN: 978-85-7686-467-7

Copyright © Katie McGarry, 2014
Todos os direitos reservados.
Edição publicada e arte de capa usada mediante acordo com Harlequin Books S.A.

Tradução © Verus Editora, 2016
Direitos reservados em língua portuguesa, no Brasil, por Verus Editora. Nenhuma parte desta obra pode ser reproduzida ou transmitida por qualquer forma e/ou quaisquer meios (eletrônico ou mecânico, incluindo fotocópia e gravação) ou arquivada em qualquer sistema ou banco de dados sem permissão escrita da editora.

Verus Editora Ltda.
Rua Benedicto Aristides Ribeiro, 41, Jd. Santa Genebra II, Campinas/SP, 13084-753
Fone/Fax: (19) 3249-0001 | www.veruseditora.com.br

CIP-BRASIL. CATALOGAÇÃO NA FONTE
SINDICATO NACIONAL DOS EDITORES DE LIVROS, RJ

M112n

McGarry, Katie
   No limite do desejo / Katie McGarry ; tradução Débora Isidoro. - 1. ed. - Campinas, SP : Verus, 2016.
   23 cm.

Tradução de: Take Me On
ISBN 978-85-7686-467-7

1. Ficção americana. I. Isidoro, Débora. II. Título.

16-30288   CDD: 813
                                     CDU: 821.111(73)-3

Revisado conforme o novo acordo ortográfico

Haley

Uma porta sendo aberta range no fim do corredor deserto, e o ruído de saltos ecoa perto da fileira das caixas metálicas de correspondência. Tento parecer relaxada enquanto dou uma olhada nos envelopes. São todos restos de nossa vida anterior: a revista de artes marciais de meu irmão, um catálogo de bonecas para minha irmã, mais uma semente e um catálogo sobre jardinagem para minha mãe.

Avisos de cobrança para o meu pai.

Mais cobranças. Não sei se lhe entrego as contas, se as deixo com a minha mãe ou com ou meu avô. Talvez eu deva poupar todo mundo do lembrete e pôr fogo na correspondência. Afinal, vamos receber tudo de novo amanhã.

Empilho alguns envelopes para evitar que caiam no chão. Para além das janelas, o céu escurece com o anoitecer. Respiro fundo para acalmar a descarga de adrenalina que inunda minhas veias. Muita coisa para fazer, pouco tempo: a correspondência, a lista do supermercado para minha tia, convencer o avô que me odeia a escrever uma carta de recomendação para mim, pegar o remédio para controlar a ansiedade do meu pai e levar para ele. É sexta-feira à noite e tenho duas horas para chegar no horário determinado por meu tio, ou vou passar a noite na rua.

A mulher com os saltos barulhentos continua andando pelo corredor e não nota minha existência quando passa a caminho da entrada de serviço. Diferentemente de mim, ela está vestida com um grosso casaco de inverno. Seu cabelo é da mesma cor que o meu, castanho-claro, mas o meu é mais comprido. Imagino que meu rosto esteja vermelho como o dela por causa do vento de fevereiro.

Para a mulher, este edifício é normal. Nada aqui é normal para mim. Minha família e eu não temos mais um endereço físico de correspondência em Louisville. Não temos mais casa.

Faço uma pausa na última carta da pilha, e não é para fins de esclarecimento. Não, essa é a mesma pausa que fiz quando meu pai anunciou que perdera o emprego. A mesma do dia em que o xerife entregou a ordem de despejo em nossa porta. É um fino envelope branco. Sua aparência não causaria desânimo em mais ninguém. Em mim, sim. É da Universidade de Notre Dame, e é evidente que não é um aviso de que fui aceita.

Bato a portinhola da caixa de correspondência. Que dia de merda.

Quando entro na academia de meu avô, me sinto meio embriagada pela expectativa e, ao mesmo tempo, como se eu estivesse a caminho da masmorra. Ser recusada pela Notre Dame me deixou com um enorme vazio, e a ideia de conseguir uma carta de recomendação para tentar uma bolsa de estudos em qualquer outro lugar é definitivamente uma bebida forte. Álcool não combina com estômago vazio, mas no momento me sinto corajosa.

— Ora, ora, as moscas se aproximam da merda — meu primo Jax grita para mim de dentro do octógono. Ele está coberto de suor da cabeça aos pés. Usa luvas de boxe e equipamento de proteção na cabeça. Não falo nada, porque não tenho uma boa resposta.

Um grupo de lutadores mais novos se aquece pulando corda ao som da voz irritada do dr. Dre, que retumba nos alto-falantes. Quando volto para cá, sinto que tenho menos de dezoito anos e mais de seis, e, por alguns segundos, é como se estivesse em casa.

A academia é uma construção de metal, pouco mais que um galpão e bem menos que aquelas redes de academias luxuosas. Sacos de pancada pendem da moldura de metal, e fotografias dos vários lutadores premiados treinados pelo meu avô cobrem a parede. Uma mistura doce de alvejante e aroma tropical invade meu olfato.

Em um canto, dois caras se enfrentam em um ringue de boxe; no outro, alguns atletas, Jax entre eles, assistem a uma demonstração de imobilização em um octógono.

O ruído de calças de náilon chama minha atenção quando meu avô se apoia no batente da porta do escritório. O nome dele é John, e é assim que ele nos obriga a chamá-lo. Como de costume, ele está usando camiseta branca com o logo preto da academia: "Freedom Fighters". Como todos ali, John é forte e luta como uma máquina. Sessenta e dois anos não o fizeram diminuir o ritmo. Na verdade, a morte da minha avó, dois anos atrás, o fez treinar ainda mais.

— Está meio frio — ele diz. — Mas não o suficiente para fazer o inferno congelar.

Ergo o queixo.

— Você disse que eu sempre seria bem-vinda.

— Pensei que você tinha dito que preferia tomar veneno a pisar aqui de novo.

Eu falei mesmo. E ele me tem exatamente onde quer, mas me recuso a desviar o olhar. Nós nos encaramos por um tempo tão longo que parece que um ano se passou. Meu avô tem uma aparência envelhecida: rosto firme esculpido em pedra, pés de galinha no canto dos olhos e linhas que lembram parênteses dos dois lados da boca. De vez em quando ele sorri, mas não vejo esse sorriso desde que saí da academia, há um ano.

— Seu tio está criando problemas? — ele pergunta.

Meu tio. Pai de Jax. Meio-irmão do meu pai. O cara em cuja casa estamos morando desde que o banco tomou a nossa e saímos do abrigo. Tenho certeza de que algumas organizações terroristas se referem a ele como "o Ditador". A resposta para a pergunta de John é sim, mas digo:

— Não.

— É a sua mãe?

Filha dele.

— Tudo bem com ela. — Mais ou menos

— Algum problema no colégio?

Todos os problemas no colégio.

— Não.

— Haley — ele diz, com irritação exagerada —, tenho lutadores para treinar Seja o que for, fale logo.

Sem saber o que fazer, desvio o olhar e me concentro nos atletas que se aquecem. Eles olham para mim enquanto pulam corda. *Plac. Plac. Plac.* Agora é como se pulassem em uníssono. Alguns caras eu conheço do colégio. Outros, não. Meu irmão mais velho, o que os lidera, é o único que não olha para mim.

Meu avô suspira e se afasta do batente para ir cuidar dos lutadores.

— Não posso te entregar todas as cobranças de novo — sussurro rapidamente. — Não posso...

Não era isso que eu queria dizer. Queria pedir uma sugestão, mas a intenção se transforma em um ninja traiçoeiro. E agora que a brecha foi aberta e o dique começou a vazar, as palavras jorram como uma cachoeira despencando do alto de uma montanha.

— Não sei o que fazer. Minha mãe trabalha o tempo todo, ela está cansada e não sabe como lidar com o meu pai, e, quando levo as cobranças para casa... — hesito. Não há casa. Aquele buraco do inferno não é uma casa. — ... para casa e... — Aquele verme rastejante que é meu tio. — ... e *ele* vê, tudo fica muito pior, e eu não posso fazer isso, entendeu? Hoje não.

Não quando perdi meu sonho. Não quando tudo dentro de mim está tão revirado que respirar dói. Não quando não sei se um dia serei aceita na faculdade, ou, se for, se terei dinheiro para estudar.

A expressão dura desaparece do rosto de John e seus olhos se suavizam. Minha mãe tem olhos iguais. Minha avó adorava nossos olhos. Em duas passadas, meu avô se aproxima de mim e inclina o corpo para me esconder dos lutadores. Quando eles não podem mais me ver, meus ombros caem e fecho os olhos.

— Tudo bem — ele sussurra.

Não está. Nunca vai ficar tudo bem. Ele toca meu braço, o afaga, e essa demonstração de sentimento, de apoio, abala a frágil fundação sobre a qual continuo de pé. Lágrimas surgem atrás das pálpebras cerradas. Balanço a cabeça, querendo que ele volte a ser um babaca.

— Me dê as contas — ele diz. — Eu resolvo.

Pego o maço de envelopes de cobrança e entrego ao meu avô.

— O que vai fazer com elas?

— Alguma coisa. — John mal tem dinheiro para manter a academia funcionando. — Não se preocupe.

Prendo o cabelo atrás da orelha e massageio a nuca. Jax desistiu de assistir à demonstração e está encostado na grade, as mãos enluvadas apoiadas acima da cabeça. Ele assobia para Kaden, meu irmão, e aponta com o queixo para mim.

Jax não é parente de John, mas, depois dos primeiros anos de reuniões familiares e de ver como o pai de Jax o tratava como lixo, John se tornou seu avô substituto. Meu avô faz o possível para neutralizar o mal que é o pai de Jax.

Agora não só tenho a completa atenção de John, mas também a do meu primo e do meu irmão. O fato de eu estar ali depois de um hiato de um ano — seis meses do qual passei treinando na academia concorrente, a Black Fire, e os seis seguintes protestando contra a prática do kickboxing — é motivo suficiente para despertar a curiosidade de Jax e Kaden. O fato de meu avô e eu estarmos conversando sem nos atacarmos é suficiente para estarem morrendo de curiosidade.

— Mais alguma coisa, Haley? — E o momento de afeto e proximidade chega ao fim.

Pego o formulário de inscrição para me candidatar a uma bolsa de estudos, um papel que encontrei hoje de manhã na sala do orientador no colégio. A oferta é de quatro anos de custeio de livros. Não é grande coisa, mas é alguma coisa, e há momentos na vida em que você precisa de alguma coisa, por menor que ela seja.

— Achei que podia me ajudar com isso.

Ele arranca o papel da minha mão com tanta rapidez que corta meu dedo. A dor me faz parar de respirar por um segundo, e um suspiro aborrecido escapa do peito dele. Esqueci que meu avô não tolera fraquezas.

Seus olhos percorrem a página antes de penetrarem em mim.

— Não entendi.

— É para me candidatar a uma bolsa de estudos.

— Eu sei ler.

— Para estudar cinesiologia.

Para não se repetir, ele inclina a cabeça demonstrando tanta irritação que tenho de me esforçar para não me encolher.

— Tenho todos os requisitos. — Eu *era* uma estudante e atleta com potencial para liderança, minha média geral é alta e vou me formar em cinesiologia se me derem a bolsa. Vou me formar em odontologia para dinossauros se alguém pagar a faculdade para mim. — Preciso de uma carta de recomendação de alguém que saiba do que sou capaz, e ninguém melhor que você para atestar o que posso fazer.

Não é verdade. Nesse assunto, meu pai era o especialista. Foi ele quem me ensinou a lutar. É ele o motivo do meu amor pelo kickboxing, mas uma recomendação de um treinador do calibre do meu avô é tudo de que preciso. Não uma carta do meu pai. Não de alguém que não luta ou treina há anos.

— O treinador da Black Fire não quis te ajudar?

Embora eu soubesse que isso ia acontecer, a menção à academia de Matt meu ex-namorado, suga minha energia como uma esponja.

— Não vou pedir nada a eles.

— Então você está dizendo que precisa de uma recomendação por trair seus companheiros de equipe? Sua família? Por ser uma desistente?

Eu me encolho de verdade, porque essa facada no coração dói muito.

John examina a papelada.

— Cinesiologia. O estudo do movimento humano. Um curso para pessoas interessadas em fisioterapia, ou na carreira de treinador. Um diploma para gente do esporte. — Ele coloca os papéis na minha mão. — Não é para você.

E se afasta. Dá as costas para mim como se eu não fosse importante. Não. Não é assim que isso vai acabar. Uma fúria insana me faz ir atrás dele.

— Tenho um título nacional.

— Mantido. — John passa por entre os sacos dependurados no teto, e eu o sigo. Por duas vezes tenho que desviar de um saco que recebe um chute forte.

— Exatamente — confirmo. — Mantido. — Outro saco aparece na minha frente, e eu o empurro de volta.

— Sai do caminho! — grita o lutador atrás do saco.

— Vai se ferrar — respondo, e depois me volto para John: — E já é muito mais do que tem a maioria dos lutadores que treinam aqui.

John vira tão depressa que eu esbarro em um dos sacos.

— As pessoas que treinam aqui são dedicadas. Não vão embora. Não desistem de tudo e de todos que as amam.

Faço mais uma tentativa e falo entredentes:

— Eu preciso disso.

— Só escrevo cartas de recomendação para quem merece. Quer uma recomendação? Entre naquele vestiário e comece a suar no meu tatame. Ou vai continuar sendo uma fujona?

O rosto dele está colado ao meu, e o fato de eu não começar a chorar é prova de minha teimosia. Uma onda de náusea me deixa desorientada. John não vai me ajudar, e, para proteger as duas pessoas que mais amo na vida, não posso treinar de novo nesta academia.

Com todo mundo me olhando, eu me afasto do meu avô e saio de lá.

West

Pergunto muito mais do que devo, alguns dias me arrependo das decisões que tomo e, na maioria das manhãs, acordo no limite. Não é comum que as três coisas aconteçam ao mesmo tempo, mas hoje acerto a porra da aposta tripla.

Recostado na cabine de um velho orelhão, pego o envelope do bolso do casaco e ignoro o vento gelado do fim de tarde. Vejo o logotipo vermelho da Universidade de Louisville. Sumi com o envelope ontem, antes de meus pais perceberem que tinha chegado. Eles têm vigiado a caixa de correspondência, desesperados por notícias que não sejam ruins.

Meus dedos cortados e machucados protestam quando desdobro o papel. Cada articulação dos dedos pulsa ao ritmo dos músculos de minha mandíbula. Algumas horas atrás, fui expulso do colégio por brigar.

Meus pais deveriam saber que não adianta esperar boas notícias vindas de mim. Minha mãe ainda tem esperanças. Meu pai, em contrapartida...

Não sou cientista nuclear e nem preciso ser para saber que envelopes finos não contêm boas notícias. Minha cabeça lateja enquanto leio. Resmungo um palavrão e me encolho ainda mais contra o vidro. Ainda é só fevereiro, e a primavera vai trazer mais rejeições.

Amasso o papel e o jogo no cinzeiro na porta da lavanderia. Uma ponta de cigarro acesa queima as beiradas da carta. Irônico. O resto da minha vida também está virando fumaça.

O celular toca, e eu o pego no bolso do casaco.

— Oi.

— Seu pai disse que você não apareceu no hospital.

É minha mãe, e, desconfiado, olho para a entrada do bar no final desta porcaria de rua comercial. Ela sai de lá com um lenço preto cobrindo os cabelos loiros. Grandes óculos escuros de grife disfarçam seu rosto, e ela veste um casaco que custa mais que todos os carros estacionados naquele buraco.

Minha mãe é elegante, estilosa e cara. E este terreno baldio? Olho em volta. Não tem um carro ali com menos de uma década. Uma lavanderia, uma loja de 1,99, um mercado, uma farmácia com grades nas janelas e, no fim da rua, o bar.

Ela se destaca nesta região. Eu me camuflo melhor, com os jeans largos e caídos e o boné virado para trás, o que é bom, porque ela não sabe que estou aqui. Minha mãe é pequena, sou bem mais alto que ela com meu um metro e oitenta. O cabelo loiro e os olhos azuis são heranças dela. Se precisar, sei me defender, mas minha mãe não deveria estar neste lugar. No entanto aparece aqui uma vez por mês. Na mesma hora. No mesmo dia. Mesmo com a filha caçula, Rachel, na unidade de terapia intensiva do hospital.

— Você não vai ficar com a Rachel? — pergunto.

Minha mãe nem imagina que eu a sigo há dez meses. Voltei a este buraco na última primavera para comprar maconha de um traficante novo, alguém que vendia mais barato que os caras do colégio. Colégio particular significa pagar caro.

— Não — ela responde.

Chocado não é suficiente para descrever minha reação quando vi minha mãe entrar no bar pela primeira vez. Depois daquele quase encontro, fico sempre de olho nela. É meu dever proteger minha família. Falhei com a Rachel, não pretendo falhar de novo.

— Seu pai chegou — minha mãe continua. — Ele me disse para descansar um pouco e comer alguma coisa.

Descansar. Comer. Transar com o cara com quem está saindo.

Há um ano, eu teria rido muito se alguém sugerisse que minha mãe tinha um caso, mas que outra explicação pode haver para a presença da esposa do homem mais rico do estado no sovaco da cidade? Não posso julgá-la. Meu pai tem mania de ignorar a família.

Minha mãe para diante da porta do carro, e eu torço silenciosamente para ela entrar logo. Um cara perto de mim está muito interessado nela, no Mercedes, ou nos dois.

— West — ela murmura ao telefone, e seus ombros despencam. — Você precisa visitar a Rachel. Quando acorda, ela pergunta por você. A situação dela é grave, você precisa ir.

Afasto o fone da boca. Meu corpo dói por dentro, como se os socos que levei hoje tivessem causado danos internos. As pernas de Rachel foram esmagadas no acidente, e ninguém precisa me dizer que é possível que ela nunca mais volte a andar. O acidente foi culpa minha e eu não consigo encará-la.

— O diretor do colégio falou que você brigou hoje por causa de uma brincadeira envolvendo a Rachel.

Brincadeira meu rabo. Um babaca do primeiro ano a chamou de aleijada. Ninguém fala merda sobre a Rachel. No entanto, apesar de eu ter defendido a minha irmã, o colégio me expulsou. Como explicou o diretor, foram muitas advertências, muitas punições, e, embora ele lamentasse a situação envolvendo minha irmã, eu o deixara sem alternativas. Eu não servia para ser aluno da Escola Particular Worthington.

— Como está a Rachel? — pergunto, mudando de assunto.

— Vá ao hospital e pergunte a ela.

Não vai rolar. Não respondo, e minha mãe continua:

— Ela está sofrendo e precisa de você.

— Ela tem o Ethan. — Seu gêmeo. — E o Jack. — Nosso irmão mais velho. Gavin, o mais velho da ninhada de cinco, também esteve no hospital, mas não o menciono. Minha mãe ainda tem dificuldade para lidar com essa história dele com o jogo. O mundo todo pensa que os Young são perfeitos, mas nossa família é um horror.

— A Rachel quer te ver.

Ela não quer. As últimas palavras que trocamos foram cheias de raiva. Os últimos meses de convivência foram cheios de raiva. Como ela poderá me perdoar se nem eu consigo?

Em silêncio, minha mãe entra no carro e dá a partida. Os músculos de meu pescoço relaxam no momento em que ela sai da vaga. Ela passa a ligação para o bluetooth, transferindo minha voz para os alto-falantes.

— Seu pai está bravo. Na verdade, nunca o vi tão furioso. Ele falou para você ir direto do colégio para o hospital.

Isso teria deixado minha mãe indefesa; além do mais, cansei do meu pai me dando ordens o tempo todo. Brincar de ser papai entre uma reunião e outra não faz dele meu pai.

— Falo com ele em casa.

Minha mãe se afasta, e sua voz se torna mais suave.

— Depois do que aconteceu com a Rachel e com o Gavin...

Mudo minha postura. Tentei impedir toda a história com Gavin, mas depois Rachel disse que precisava do dinheiro que me emprestou para ajudar Gavin e... Não consigo concluir o pensamento.

— Não é hora de desobedecer seu pai. Há meses ele deixou bem claro que não te ajudaria em nada se você fosse expulso do colégio. Eu tentei argumentar, explicar que você estava defendendo a sua irmã, mas ele está irredutível. Quer que você vá ao hospital hoje à noite. E é sério. Não é um bom momento para desafiar os limites dele.

Meu pai e eu somos como um incêndio próximo a um tanque de gasolina há meses. Ele não entende os problemas que a família enfrenta. Não entende tudo o que fiz para proteger todos eles. Seu interesse se resume ao trabalho e, depois, minha mãe. No fim das contas, a verdade é que meu pai não tem respeito nenhum por mim e pelos meus irmãos.

— Vai dar tudo certo — afirmo. Porque ele nunca deixaria o filho reprovar no último ano. As expectativas do meu pai em relação a mim podem ser baixas, mas ele não vai deixar que outras pessoas pensem mal de sua família. O canalha sempre se importou com reputação. — Vou pra lá mais tarde.

— Vá o mais cedo que puder. Agora, por exemplo. — Ela faz uma pausa. — E fale com a Rachel.

— Vou ver o meu pai. — Desligo e vou em direção ao meu carro. Eu falei para minha mãe que vai dar tudo certo, mas alguma coisa dentro de mim insiste em dizer que meu pai pode estar falando sério.

Haley

Uma hora de ônibus até a casa do meu tio, quarenta minutos esperando o remédio do meu pai, e, quando saio da farmácia, ainda não tenho uma resposta boa o bastante para quando Jax me encarar durante o jantar e balbuciar a última palavra que John disse para mim: "Fujona".

"Não sou" não vai resolver.

Principalmente porque Jax vai ignorar que tem dezessete anos e vai revelar seu nível de maturidade equivalente ao de uma criança de seis anos quando disser: "É, sim".

Além de chutar suas bolas por baixo da mesa, não tem como ganhar de alguém que diz "é, sim". Além do mais, Jax já aprendeu a se proteger quando senta na minha frente.

Para completar, fui recusada pela Universidade de Notre Dame. Meus olhos ardem, e eu pisco. Poderia dizer que foi o vento, mas seria mentira. Sou ótima para mentir para todos, mas ainda preciso aperfeiçoar as mentiras que digo a mim mesma.

Tentando ignorar o frio, ponho as mãos nos bolsos da calça e ando por entre as aglomerações de pessoas na calçada, embaixo dos toldos. Penduradas no meu pulso, as sacolas da farmácia e do mercado fazem barulho de plástico. Com a escuridão da noite de inverno e os rostos escondidos por chapéus e golas de casacos, as pessoas pelas quais eu passo se tornam fantasmas inexpressivos.

O sol se pôs há meia hora, e tenho pouco menos de quinze minutos para chegar em casa. O Ditador é rígido com as idas e vindas de todo mundo que mora com ele.

Hoje teremos esquilo no jantar.

Esquilo.

Sim, o roedor de cauda peluda que é eletrocutado nos fios de alta tensão.

Esquilo.

E é minha vez de dar graças. Além de não ter uma resposta, também não pensei em um jeito de agradecer a Deus pela bênção que é um esquilo. Acho que "obrigada, Senhor, pelo rato peludo que nos deu para comer, e, por favor, não me deixe morrer contaminada durante a digestão, amém" não vai ter a aprovação do meu tio.

Com dez pessoas em uma casa de dois dormitórios, sempre há a possibilidade de confrontos de personalidade, ou, no meu caso e no do meu tio, uma releitura da Guerra Fria. Na verdade, a Rússia e os Estados Unidos se gostavam um pouquinho mais. Ele tem problemas com garotas que pensam, e eu adoro usar a cabeça.

No momento em que dobro a esquina da galeria de lojas, duas silhuetas enormes surgem de trás da construção. Um cheiro mais de ameaça masculina do que de pedestres simpáticos. Meu instinto dispara. Todos os sentidos entram em alerta. Eu não seria a primeira garota atacada nesta área.

Eu congelo e olho para trás. Os fantasmas desaparecem dentro das lojas, me deixando sozinha e com opções limitadas. Seguir em frente me obriga a passar pelas duas sombras que me esperam, mas também é o único caminho para entrar no bairro. Voltar para as lojas vai me atrasar, e prometi a minha mãe que nunca desrespeitaria o horário. Minha respiração forma nuvens brancas, um lembrete de que dormir na rua pode ser congelante.

Há seis meses, eu teria enfrentado a ameaça sombria sem medo. Na verdade, provavelmente teria provocado, mas apanhar para valer faz a coragem desaparecer.

— Não tenho dinheiro — falo alto. E não é mentira.

Uma voz brota das silhuetas escuras.

— Passa os comprimidos.

Balanço a cabeça. Minha mãe economizou durante dois meses para comprar estes remédios. Perdemos nosso convênio. Perdemos tudo, e meu pai está sofrendo. Todos nós estamos. E ele precisa melhorar. Ele precisa encontrar um emprego. Temos que sair deste lugar horrível.

As sombras se aproximam, e eu recuo para a beirada da calçada. Meu coração bate forte, tiro as mãos dos bolsos e deixo as sacolas escorregarem pelo braço. Não é com as mãos que sou fatal. Os pés. Fui treinada para chutar. O instinto de fugir briga com o de ficar e lutar.

Ouço uma buzina. Olho para a direita. Luzes me cegam. Levo a mão ao rosto para protegê-lo e sinto o estômago revirar. Um grito rasga minha garganta.

West

— Meu Deus! — Piso no freio e praticamente empurro o pedal para o outro lado do assoalho, na tentativa de parar meu SUV. Os pneus cantam, e meu corpo é projetado para frente quando o automóvel para. Os faróis iluminam uma garota. Ela protege o rosto com as mãos e parece tentar compreender que ainda está em pé.

Em pé. Porque não está no chão.

Não está morta.

Alguma coisa deu certo hoje.

O alívio que me invade é rapidamente seguido por uma grande dose de raiva. Ela pulou na minha frente, sem nem olhar. Pulou.

A garota abaixa os braços, e eu vejo os grandes olhos escuros. Os cabelos castanho-claros revoltos dançam em volta do rosto, sacudidos pelo vento. Ela pisca, e eu também.

Ela olha para trás, e eu sigo seu olhar em direção às sombras. Vejo o pânico dominar seu rosto, e ela cambaleia, parecendo desorientada. Mas que merda de dia, será que cheguei a acertá-la com o carro?

Desengato a marcha do SUV, e, quando abro a porta, ela aponta para mim.

— Cuidado!

Cuidado? Foi ela quem apareceu na minha frente, depois ficou paralisada como um animal acuado. Saio do carro.

— Na calçada, gata. É lá que você tem que parar. Não no meio da rua!

Ela balança a cabeça, joga os cabelos por cima dos ombros e se aproxima de mim. Se fosse outra pessoa qualquer, esse movimento faria minha raiva subir da ponta dos dedos dos pés para os punhos, mas, em vez disso, dou risada e cruzo os braços. Ela pode ser alta, mas perto de mim é uma coisinha miúda, e, pela primeira vez neste dia, sinto que estou me divertindo. Já vi essa mesma chama brilhando nos olhos das pessoas um milhão de vezes na vida. Mas nunca nos olhos de uma garota, e nunca em olhos tão assombrosamente lindos.

— Foi você quem não prestou atenção! — grita a garota. — Além do mais, aqui é um estacionamento, idiota. Não uma pista. A que velocidade você estava? Oitenta?

A palavra "idiota" penetra em meus poros, e meus músculos enrijecem. Mas ela tem razão. Eu estava correndo.

— Você se machucou? — pergunto.

— O quê?

— Meu carro bateu em você?

O fogo dentro dela abranda, e os olhos espiam novamente a escuridão.

— Não.

Duas silhuetas cobertas com jaqueta e capuz se escondem perto dos fundos de um prédio. Olho de novo para a calçada, para o inferno a minha frente, e, apesar da opinião do professor de cálculo a respeito da minha inteligência, consigo fazer a conta.

— Eles estavam te incomodando?

Os olhos dela encontram os meus e, dentro deles, vejo um grito dizendo que sim, mas, como as garotas nunca fazem sentido, ela responde:

— Não.

Um ruído chama minha atenção. As pontas de um saquinho de papel branco espiam para fora de uma sacola plástica. Uma receita. Meço a garota da cabeça aos pés, depois olho para os caras escondidos na construção. Droga. Até os nerds do meu colégio, que nunca saíram do santuário do porão de casa e da frente do PlayStation conhecem as lendas urbanas que cercam este bairro. Ela pode negar o quanto quiser, mas está encrencada.

— Entra no carro.

O fogo acende novamente.

— Claro que não! — Ela examina os hematomas que começam a se desenhar em meu queixo, depois olha para a pele esfolada e os edemas nos meus dedos das mãos.

— Olha só, sou eu ou eles. — Indico os caras com o queixo. — E garanto que não sou eu o bandido desta cena.

Ela ri. E, se o som não fosse tão bonito, eu ficaria ofendido.

— Porque um cara dirigindo um Escalade nesse bairro é quase um escoteiro... O lado direito da minha boca se levanta. Ela me chamou de traficante?

— Considerando o visual — ela olha de novo para os meus dedos —, bom, vamos dizer que você deve ter sua própria bagagem, e não sou o tipo de garota que carrega as malas dos outros.

— Não, é do tipo que se joga na frente do carro dos outros.

Ela sorri, e eu gosto. Agora a raiva que me invadiu momentos antes desaparece. Massageio o queixo, depois apoio a mão na porta aberta do carro. Cabelos castanho-claros, longos e ondulados, olhos escuros que me sugam quando brilham, um corpo rígido e uma atitude corajosa. Para falar a verdade, não é só do sorriso que eu gosto. É uma pena que eu quase a tenha atropelado. Vai ficar estranho se eu chamar a garota para sair.

— Entra no meu carro, eu te levo pra casa. — Levanto as duas mãos. — Juro que não atropelo ninguém no caminho.

O sorriso desaparece quando digo a palavra "casa", seus olhos perdem o brilho. Alguma coisa esvazia dentro de mim.

Ela chega mais perto, muito perto, tão perto que suas roupas roçam nas minhas. Depois, se inclina e se coloca entre mim e a porta do carro. O calor de seu corpo envolve o meu, e meus dedos coçam de vontade de tocá-la. Inspiro e sou dominado pelo cheiro doce de flores do campo.

Ela levanta o rosto para me olhar e sussurra:

— Entrar no seu carro é um risco tão grande quanto atravessar aquele viaduto. Se quer me ajudar de verdade, me faz um favor.

— O que é? — pergunto em voz baixa.

— Fica aqui e faz de conta que está conversando comigo. Seja bem convincente, assim eu ganho um tempo.

E antes que eu possa dizer uma única palavra, ela passa por mim, se abaixa ao lado do Escalade, passa por trás do carro e desaparece do outro lado.

— Ei!

As sombras saem de trás do prédio. Dois caras pulam na frente dos faróis e correm em direção à parte residencial do bairro. Os pés batem fortemente no concreto.

Longe, em vez de duas silhuetas escuras correndo na noite, vejo três, e a primeira não está muito distante das outras duas. Entro no carro e vou atrás deles.

Haley

Meus pulmões ardem, e meus braços e pernas se movem depressa. O grafite nas paredes de concreto do viaduto na estrada mescla-se a um borrão colorido. Estou fora de forma. Há seis meses, eu poderia ter corrido mais do que eles, mas não agora. Não hoje. Meus pés batem no asfalto, e o som ecoa no túnel. O cheiro de mofo e podridão invade minhas narinas.

Escuto um ruído de água, como se alguém pisasse em uma poça; depois, mais sapatos no pavimento da rua. Minha respiração é entrecortada, e obrigo meus músculos a se moverem mais depressa.

Meu corpo perde calor para a noite fria, e meu nariz começa a escorrer. Não quero que me machuquem, e pensar na mão de um homem batendo em meu corpo faz meu coração se contrair. Fecho a mão que segura o remédio do meu pai. Não quero perdê-lo. A resposta é ser mais rápida, mas, se me pegarem, não vou ter alternativa além de lutar.

Os passos soam mais próximos dos meus ouvidos, e o antigo treinamento inunda meu cérebro. Tenho de me virar, encará-los e adotar uma atitude defensiva. Não posso deixar que me agarrem pelos cabelos e me joguem no chão.

Luzes atrás de mim criam um raio de esperança. Os passos continuam me perseguindo, mas ficam para trás, perto das paredes do túnel, onde se escondem do carro que se aproxima. Aumento minha velocidade com uma explosão. Mais dois quarteirões e estarei em casa. Livre disso.

Freios guincham e uma porta é aberta. Vozes. Gritos. O som de um punho castigando carne. Sem parar de correr, olho para trás e fico sem ar quando vejo o Escalade.

Não.

Por favor, não.

Meu corpo balança para frente quando meus pés pisam o concreto. É o cara da galeria. Ele está brigando com os outros. Três sombras lutam contra a luz dos faróis; uma briga infernal de braços, punhos, pernas, grunhidos e rosnados. São todos da mesma altura, mas sei qual é ele. É o mais encorpado. Mais musculoso. É corajoso, mas vai perder.

Dois contra um.

Meu peito arfa e olho para a rua, para a casa do meu tio, para a relativa segurança. Estou a minutos do horário-limite para chegar em casa, tenho o remédio do meu pai nas mãos, mas deixo um cara para trás. Não foi assim que me educaram.

Sei que isso pode acabar muito mal para mim, mas mudo de direção e corro para a briga.

Filho da puta.

Minha cabeça vira quando o canalha de moletom com capuz preto soca meu queixo. Meu lábio sangra, mas ignoro o sangue e a dor e enfio o punho no estômago dele. O cara cai, mas não é com ele que estou preocupado.

Viro para a esquerda, tarde demais. O babaca de casaco comprido, o cara que tem bom preparo para lutar, está de pé outra vez depois de eu ter acertado suas bolas. O psicopata ri quando se aproxima de mim. Esfrega uma área da testa e abre o peito, como já vi lutadores fazerem no ringue, em lutas na tevê.

Ergo os punhos, mas meus músculos pesam. Duas lutas em um dia, e agora enfrento dois adversários de uma vez. Quase dou risada. Acho que descobri o meu limite. Nós nos encaramos e andamos em círculo, e eu tento ficar de olho no que ainda está caído.

Continuamos nos movendo em círculo.

Devagar.

Merda. O cara é lutador. Um lutador de verdade. E alguma coisa me diz que ele não vai cometer o erro de me deixar chutar suas bolas de novo.

Ele avança na velocidade da luz. Dois socos rápidos de esquerda. Meu corpo balança e minha visão fica turva. Eu ataco quando sinto que ele está perto, mas erro.

Uma pancada de direita, a dor que cega, acaba com o raciocínio, e eu caio. Pedras ferem meus joelhos e alguma coisa quente escorre da área próxima a um dos meus olhos. Tudo balança. Meus pensamentos. Minha visão. Um gosto metálico domina minha boca, e me apego a um pensamento.

Ela foi embora?, pergunto. *Escapou?*

Isso não pode ser em vão.

Não consegui proteger Rachel. Não pude impedir Gavin de ir atrás de seu vício. Não consegui impedir meu pai de dar mais importância a todo o resto. Não impedi minha mãe de ter um caso extraconjugal, de encontrar uma saída. Mas isso eu posso fazer. Posso protegê-la. Preciso de redenção.

Ele está em pé ao meu lado, e de viés vejo cabelos amarelados e olhos escuros cravados em mim.

— Não se preocupe — diz. — Sei onde encontrar a Haley.

Haley. Um belo nome para uma bela garota. Tento respirar, mas meus pulmões se comprimem. Olho para ele pela última vez, sei que não vai ter regra de misericórdia com esse cara.

— Dá pra deixar o carro?

— Claro.

Sim. Ele vai ter desaparecido antes de eu me levantar do concreto. Apoio o pé no chão, e o mundo gira. *Merda, me ferrei.* Levanto a cabeça e rio quando vejo sangue escorrendo do canto de sua boca.

Arregacei o lutador.

Ele ergue o braço, e o mundo escurece.

— Respira, por favor! — Uma voz familiar pede na escuridão.

Uma voz feminina. Uma bela voz. Dedos delicados tocam minha testa e eu inspiro. A dor rasga meu peito, respirar é ruim.

— Por favor, acorda. Não passei por tudo isso pra você estar morto.

— Tudo bem, Rachel — murmuro. Seu tom de voz, uma mistura de tortura e agonia, machuca minha alma. É o mesmo tom que ela usou quando achou que eu a tinha traído. — Desculpa.

Os dedos frios param em minha testa. Por que ela não está quente?

— Ah, graças a Deus. Você está vivo.

A voz é conhecida, mas não é de Rachel. Luto contra a névoa e me obrigo a recobrar a consciência. Todos os meus músculos gritam quando estico o corpo.

— Estou acordado. — Não era o que eu pretendia dizer. Queria perguntar se ela estava bem. No momento, cérebro e boca não estabelecem conexão. Minha cabeça está embaralhada; uma confusão, e eu tento entender por que o sono, por que sinto dor, por que faz frio, por que minha cama é dura...

— Você quase me matou de susto. Pensei que estivesse morto.

... por que é que tem uma garota na minha cama pensando que estou morto. Faço um esforço para abrir os olhos, mas só consigo abrir um. De início, vejo três dela, mas, conforme pisco, a imagem vai aos poucos se fundindo em uma só.

— Eu te conheço.

De joelhos, Haley se inclina mais para perto. Atrás dela, meu carro está parado, com o motor ligado. As luzes dos faróis realçam algumas mechas loiras nos cabelos castanho-claros.

— Por que você me seguiu? — ela pergunta. — Tudo o que tinha de fazer era agir como se ainda estivéssemos conversando. Mas não, você me chamou, depois olhou para onde eu estava. Por que não anunciar com um avião e uma faixa que eu tinha fugido?

Ela está tremendo. Estendo o braço e seguro seu pulso. A pele embaixo da minha é gelada.

— Você está gelada.

— Você também. Deve estar em choque.

Meu polegar passeia sobre sua pele, como se o movimento fosse suficiente para aquecê-la. Protegê-la.

— Está tudo bem.

— Não, não está. Nada está bem.

Ela afasta a mão, e me sinto subitamente vazio.

Vejo uma lágrima em seu rosto. Só uma. E ela a enxuga depressa. O gesto provoca uma dor além do pulsar de minha pele e da cabeça. Tem alguma coisa errada. Meus olhos percorrem a cena, e rapidamente percebo algumas coisas. Não estou na cama. Quase a atropelei com meu carro, nós brigamos, percebi que ela estava com um problema, eu a segui até aqui e levei uma surra. Levanto a cabeça, mas me arrependo imediatamente e solto um gemido.

— Tudo bem?

— Você devia ter me ouvido!

Não era uma resposta, e minha paciência ficou no estacionamento da galeria.

— Você. Está. Bem?

— Estou — ela devolve. — Incrivelmente bem. Te conhecer foi o ponto alto da minha existência.

— Tem gente que agradece quando um desconhecido pula na frente de dois caras e apanha em seu lugar.

Haley se apoia no para-choque do meu carro e bufa.

— Desculpa e obrigada. É que... — Ela balança a mão. — É complicado, mas a culpa não é sua. É minha.

Um carro passa por nós em baixa velocidade. Imagino que vai parar, mas segue em frente. Que lugar incrível.

— Eles não levaram meu carro.

— É. — Ela desvia o olhar. — Foram embora.

Olho com mais atenção para aquele rosto, mas ela joga o cabelo e esconde uma das faces e o queixo. Pisco até minha visão ficar mais clara. Tem alguma coisa estranha ali. Eles teriam roubado o carro.

— Preciso levantar. — Mas nenhuma célula do meu corpo responde. — Eles podem voltar.

— Não vão. — Haley examina a mão direita. — Acredite em mim, eles não vão voltar. Não hoje, pelo menos. Amanhã, talvez, mas não esta noite.

Amanhã? O quê? Eu me apoio nos cotovelos, e a vertigem nauseante me convence a deitar de novo. Dirigir vai ser uma loucura.

— Para. Você tem que ficar quieto. Na verdade, precisa de uma ambulância.

— Nada de hospital. — Aparecer em um pronto-socorro neste estado vai fazer meu pai enlouquecer.

— Seu amigo disse a mesma coisa. Por isso não liguei para a emergência. Acho que foi uma decisão idiota.

O latejar cessa.

— Que amigo?

— A Haley telefonou para o Isaiah — responde uma voz feminina à esquerda. Haley e eu nos assustamos e olhamos na direção da voz. Ela se apavora e salta por cima de mim, agindo como se fosse minha protetora.

Estou sonhando. Isso tudo é um pesadelo. Amanhã, quando acordar, vou pensar em como tudo parecia real, porque a melhor amiga da irmã não pode estar aqui.

— Oi, eu sou a Abby — a voz diz para Haley, e agora está mais próxima. — Você e eu estudamos juntas na Eastwick.

Como uma versão impressionante porém sádica do ceifeiro da morte com longos cabelos escuros, Abby surge na área iluminada vestindo moletom com capuz preto e uma calça jeans justa.

— Não, acho que não — resmungo. — A Eastwick é uma escola pública. A Abby frequenta um colégio particular. Não o meu, mas uma dessas escolas religiosas. — Santa Maria. Santa Martha. Santa Sei Lá Quem. Foi o que a Rachel disse a minha mãe. Isso é um sonho. Só um sonho.

Haley olha para Abby, depois para mim. Ela não relaxa, e minha cabeça para e volta a funcionar como se pegasse no tranco. *Cacete...* Haley mantém a mesma postura do lutador que me bateu.

— Já te vi por aí — ela diz para Abby. — Você conhece esse cara?

— Conheço. E você?

— A gente meio que se esbarrou.

Dou risada, e ambas me olham como se eu fosse maluco.

— Esse é o West. — Abby enrola para falar meu nome. — Ele tem atrapalhado a vida de um amigo meu.

Haley se coloca entre mim e Abby como se estivesse se preparando para me defender.

Abby ri.

— Relaxa. Você ligou para o Isaiah, e o Isaiah ligou para mim. Por enquanto, estou bancando o anjo da guarda.

Isaiah?

— Ah, não. — Levanto como se fizesse abdominais, e não vou além de apoiar os braços nos joelhos. Nunca gostei de andar em círculos, e não mudei de ideia recentemente. Fecho os olhos. — Não quero ajuda daquele filho da mãe.

— Bom, mas vai ter — responde Abby. Abro os olhos e a vejo sorrir com sarcasmo. — E parece que você está precisando.

— Vai se ferrar — resmungo, e cuspo o sangue que voltou a escorrer do corte em meu lábio.

O Isaiah é namorado da Rachel e o motivo para ela estar no hospital. Meu pai encontrou a Rachel e ele em uma pista de corrida, e foi lá que ela e meu pai sofreram o acidente. Vou queimar no inferno e levar Isaiah comigo antes de aceitar ajuda dele.

— Como ele sabe disso?

Haley se abaixa a meu lado.

— Você estava apagado. Inconsciente. Encontrei seu celular, e queria localizar alguém que pudesse me dizer para que hospital te levar. Liguei para o primeiro número que encontrei.

— E ele atendeu — interrompi. Haley deve ter ligado para Rachel. Meu irmão me contou que, exceto por algumas horas, Isaiah tem ficado ao lado da cama dela no hospital. Noite e dia. E que está com o celular dela, porque o encontrou entre as ferragens um dia depois de ela ter sido tirada do carro. Achamos que tivesse quebrado. Como imaginar que um celular se conservaria, se Rachel quase não aguentou?

— West. — Haley estuda o estrago em meu rosto, nas mãos, no corpo. — Sinto muito. De verdade.

Acho que pirei, porque tudo dói muito, e só consigo pensar naqueles lindos olhos escuros.

— Tudo bem.
Ela pega uma sacola do chão e se levanta.
— Tenho que ir. Estou atrasada.
Abby inclina a cabeça para analisar Haley.
— Você sabe quem eu sou?
Haley ergue os ombros, como se enfrentasse um assassino com um machado.
— Sei.
Faltam peças no meu quebra-cabeça. Todas, menos uma única peça da qual tenho conhecimento. Nada aqui é o que parece, e odeio ser o excluído da história.
Abby aponta com o queixo na minha direção.
— A irmã mais nova dele é a minha melhor amiga. Eu posso te ajudar... seja qual for a situação aqui.
— Não — Haley responde depressa. — Tudo bem. Eu tenho que ir, de verdade. — E dá um passo rumo à escuridão.
— Do que vocês estão falando?
Elas me ignoram. E por que não? Não posso levantar e obrigar as duas a me ouvirem.
Abby dá de ombros.
— Se mudar de ideia...
— Não vou. — Haley finalmente olha para mim. — Obrigada, West. Mas, na próxima vez em que uma garota te disser para fazer alguma coisa, faça, entendeu?
Ela seria pura atitude se não fosse pelo tom de derrota na voz.
— Haley...
Ela não espera para ouvir. Em vez disso, se afasta correndo. *Merda de sonho.* Esfrego os olhos e penso em me levantar.
Os tênis de Abby fazem barulho no asfalto rachado e param perto de meus pés.
— Você decide. Casa, hospital, ou um lugar para ficar até se sentir capaz de escolher entre as duas primeiras opções. A terceira opção inclui banho e roupas limpas.
Desisto da resposta inicial, que seria negativa, quando vejo sangue na camiseta. Não posso ir para casa, ou para o hospital, deste jeito. Não posso fazer isso com a minha mãe.
Usando o para-choque do carro, faço um esforço e consigo mancar até o lado do passageiro, enquanto olho para Abby, que se acomoda ao volante. Demoro para entrar no carro, mas não vou pedir ajuda.

A luz interna se apaga quando fecho a porta. Abby afivela o cinto de segurança e segura a direção.

— Eu não trouxe a carteira de motorista.

— Você sabe dirigir?

— É claro que sei.

Isso não me soa muito confiante.

— Então vai.

Ela não sai do lugar.

— Você devia comprar uns peixinhos dourados.

— Quê?

— Para o carro. Tipo instalar um aquário entre os bancos da frente e os de trás. Seria diferente, e eu gosto do que é diferente.

Se isso vai me levar mais depressa até um chuveiro...

— Verdade.

— Sério?

— É claro.

Abby engata a marcha.

— E... West?

Viro a cabeça para olhar para ela.

— Eu sei qual é o segredo da sua mãe.

Haley

Estou atrasada.

Meus pés mantêm o ritmo das batidas no chão. Será que meu tio está ao lado da porta? Ele vai me perdoar, já que é minha primeira transgressão? Não sei como vai reagir e, admito, meu tio me apavora.

Estou em choque. Sei disso. Estou calma. Muito calma. E nada dói. Depois do que aconteceu... Dobro a esquina e vejo luz além das cortinas fechadas, mas a varanda está escura. À noite, a casinha irradia uma luminosidade branca sinistra. Reduzo a velocidade quando me aproximo. *Estou muito ferrada.*

— *Psiu.* Haley! — O sussurro vem de cima. Meu primo Jax está debruçado na janela do sótão. Os cabelos loiros platinados brilham ao luar. — Por aqui.

Com cuidado para não ser vista, atravesso o jardim do vizinho e me aproximo da lateral da casa envolta em sombras. Meu irmão Kaden está atrás de Jax. Minha mãe deve estar muito nervosa, e meu pai... Meu pai precisa do remédio.

Antes de me aproximar mais da casa, olho novamente para a janela da sala. Se os dois forem pegos me ajudando, também serão colocados para fora esta noite. Como Jax tem dezessete anos e provoca discussões que passaram de intensas a tóxicas, o pai dele pode expulsá-lo em caráter definitivo.

— Vai logo — diz Jax. — Está frio.

— Pega! — Lanço a sacola para ele. A primeira indicação de que estive brigando vem do bíceps, que estremece quando faço o movimento. A sacola não passa de meio metro de altura. Eu a pego e sinto pânico. Se não consigo jogar uma sacola para cima, como vou chegar até a janela?

— De novo! — Jax me diz.

Jogo a sacola outra vez. Meu coração quase salta do peito quando vejo Jax se jogar para fora da janela para agarrar a sacola. Sufoco um grito ao perceber que Kaden o segura pelas pernas. Jax joga a sacola para dentro, mas permanece pendurado de cabeça para baixo, balançando as mãos.

— Vem!

Respiro fundo duas vezes e sinto o ar frio me queimar por dentro. Então cambaleio de volta para a escuridão. O terreno congelado range sob os meus pés. Engulo em seco, passo a língua pelos lábios e fecho um pouco os olhos. Eu vou conseguir. Sou campeã de kickboxer. Se venci o campeonato, também consigo fazer isso. Se fui capaz de fazer o que fiz alguns minutos atrás...

Evito pensar no assunto. Não quero pensar nisso agora.

Nem depois.

Nunca mais.

Não sou uma lutadora. Não mais.

Com uma última inspiração profunda, corro em direção a casa, bato o pé na parede para dar impulso e me agarro à treliça. Escalo até minha mão encontrar a de Jax. Sua outra mão segura meu pulso, e, segundos depois, ele e Kaden me puxam para dentro pela janela.

Logo que caio sentada no chão, Jax fecha a janela e Kaden joga um cobertor sobre mim.

— O que aconteceu?

— Eu me atrasei. — Sim, estou definitivamente em choque.

— Percebi.

Kaden abaixa a cabeça sob as vigas do teto abobadado do espaço compacto do sótão. Este é o meu quarto. Melhor ainda, é o espaço a que minha vida foi reduzida: um colchão inflável entre caixas de roupas velhas, molduras de fotos, teias de aranha e cheiro de mofo.

Kaden abre a porta do sótão e olha pela fresta. O som da televisão se confunde com a voz da minha mãe e da minha tia. Ouço um baque, depois um grunhido. Provavelmente, os irmãos de Jax lutando no quarto abaixo.

— Haley — diz Kaden. Meu irmão e eu éramos próximos. Como de tudo na minha vida antiga, sinto falta dele. Eu não respondo, e ele balança a sacola que está segurando. — Cadê os remédios?

— Na sacola.

— Não estão.

— O quê?

— Só tem alface aqui. Nenhum remédio.

Meus pulmões entram em colapso, e eu puxo a gola da camiseta.

— Não, está aí. Tem que estar.

— Não está. — Kaden sacode o plástico de novo. — A mamãe levou dois meses para juntar o dinheiro dos remédios. E você perdeu? O papai precisa deles.

— Eu sei. — Cubro os olhos com as mãos. — Eu sei.

Bato a parte de trás da cabeça na parede. Perdi os remédios do meu pai. A única esperança da minha família de sair deste lugar horroroso. Por isso os caras foram embora. Não perdi os remédios. Eles os roubaram. Os músculos sob minha bochecha direita pulsam. Lágrimas queimam meus olhos, o peito fica pesado. Jurei que nunca mais lutaria, e lutei. Jurei que não apanharia de novo. E apanhei. Isso é castigo por ter quebrado a promessa. Meu Deus, eu não sirvo para nada.

— Vai, Kaden — diz Jax. — Já aconteceu, não tem o que fazer.

Kaden desaparece escada abaixo, e Jax se agacha a meu lado. Sinto o rosto entorpecido pelo calor da casa. Minha pele formiga, assim como meus dedos. Jax os segura e começa a massageá-los.

— Você precisa de um casaco.

— Você não tem casaco — murmuro, atordoada, e me encolho quando o remorso corta fundo. As mãos de Jax se detêm sobre as minhas, e nós nos encaramos. — Desculpa. — Desrespeitei uma regra de ouro. Kaden e eu nunca mencionamos o que Jax não tem.

— Tudo bem. — A massagem aquece meus dedos. — Eu aguento o frio. Você não.

Olho para ele e dou um sorriso triste.

— Sou mais forte do que pareço.

— É — ele murmura, e solta minhas mãos. — Você é.

— Perdi os remédios — conto, como se ele não tivesse participado do começo da conversa. — Perdi os comprimidos do meu pai. — Por que estou sempre ferrando com tudo?

— Você tinha uma tonelada de coisas para fazer em pouco tempo. Voltou correndo para casa, eles devem ter caído da sacola. Podia ter acontecido com qualquer um. Se vai morar aqui, tem que aprender a não encanar com as coisas. Ou vai pirar.

Encontro os olhos verdes de Jax quando ouço a palavra "pirar". E se isso já aconteceu? E se eu não conseguir suportar muito mais? Não faço as perguntas em voz alta, porque as vejo se formando em seus olhos.

Meu primo desvia o olhar.

— Demos cobertura pra você. Eu disse que você tinha entrado pela porta do fundo e subido direto pra cá.

— Obrigada. Por que ele acreditou nisso? — Normalmente, temos que nos apresentar como soldados ao Ditador, em sua guerra de faz de conta.

Jax coça a cicatriz na testa. Hoje ele escolheu o visual skatista, com o cabelo colado à cabeça.

— Dissemos que você sofreu um acidente.

Meu estômago revira. Sei que não vou gostar disso.

— Acidente?

Ele evita manter contato visual e faz gestos vagos com a mão.

— Problemas femininos. Sangue... manchas... nas roupas. — Jax levanta. — Não vamos mais falar sobre isso. Resolvemos o problema. Ele acreditou. Isso é tudo o que você precisa saber.

O calor finalmente aquece o meu rosto. Quase me matando.

— Obrigada.

— Tudo bem. — Jax olha para mim de novo; agora ele está me encarando de verdade. E seu olhar parece furioso. — Que porra é essa?

Instintivamente, toco meu rosto, e me arrependo assim que vejo Jax cerrando os punhos.

— Você foi atacada? — ele pergunta. — Foi assim que perdeu os remédios?

— Jax! — O pai dele berra lá embaixo. — Vem aqui!

— Haley — Jax diz, ignorando o pai.

— Jax! — O vidro da velha janela treme com a força do berro, e eu estremeço.

— Vai! — respondo, preferindo não ser o motivo de mais uma briga e muitos berros entre eles. — Por favor.

Ele aponta para mim.

— Isso não acabou.

Jax se vira e, como Kaden, se inclina para atravessar o sótão.

Passo os dedos pelo meu rosto dolorido.

— Jax.

Próximo à porta, ele hesita.

— Não posso descer para jantar com essa cara, e minha maquiagem está lá embaixo. Você pode me ajudar?

Jax assente.

— Aguenta aí.

— Acho que você morreu.

Abro os olhos e tento me levantar depressa quando me deparo com olhos cor de mel e longos cabelos negros. Uma rápida olhada pela sala, e descubro que estou no sofá, em um porão de concreto cinza, sem acabamento. Uma lâmpada ilumina o ambiente. Atrás de mim, tem uma máquina de lavar roupas e uma secadora. À frente, uma cama e, ao lado, uma televisão. Ontem à noite, tomei um banho quente e apaguei.

Passo as mãos pelo rosto. Isso é ruim. Ontem à noite aconteceu mesmo. Não foi um pesadelo.

— Droga, errei. Você está vivo. — Perto de onde estivera minha cabeça, Abby cai em cima dos joelhos e senta, largando o corpo. — Não consigo decidir se isso é bom ou ruim.

— Vai se ferrar. — Meus músculos estão rígidos. Doloridos. Vou me esticando lentamente para ver se tem algo quebrado.

Abby cobre a boca, fingindo uma exclamação chocada.

— Sua mãe ficaria horrorizada com esses seus modos. *Tsc, tsc.* Acho que "por favor" e "obrigado" cairiam bem aqui. — Ela abandona a falsa doçura. — Mesmo que esteja na miséria, Riquinho.

Ela chuta minha canela quando fica em pé.

— Levanta, tenho que trabalhar, e ser babá de marmanjo não faz parte da minha lista de tarefas.

Lembranças da noite anterior invadem minha mente. Mais importante, lembranças da garota que possivelmente me livrou de morrer sozinho na sarjeta.

— A Haley está bem?

Fracassado como fui ontem à noite, não fui capaz de reunir energia ou respeito próprio suficiente para levá-la para casa.

— Não vi mais a garota. Você está saindo com ela?

— Não.

— Está transando com ela?

Olho feio para Abby, mas não consigo demonstrar muita raiva. Ela também me salvou. Viro a cabeça para o lado, tentando me livrar da preocupação irritante com a segurança de Haley.

— Que bom. Dizem que ela é uma boa garota. Merece coisa melhor.

Provavelmente, sim. Haley deve ser uma dessas garotas que a gente leva para jantar, ao cinema, damos flores e que demora um mês para dar o primeiro beijo. Eu... Não, ela não é meu tipo.

— Que horas são?

— Muito cedo para os meus clientes estarem acordados, mas logo estarão. — Abby tira o celular do bolso de trás. — Mexe o traseiro. Isso aqui não é hotel.

Sinto uma pontada de curiosidade em relação à palavra "clientes", mas depois me dou a conta que não dou a mínima.

— Não tem café da manhã continental?

— Que tal uma mordida em mim?

Dou risada; depois, alongo o pescoço e giro os braços. Como é que a minha irmã foi se envolver com ela? Uma avaliação leiga revela que tenho hematomas. Nada além disso.

— Onde estou?

— Na casa dos pais adotivos do Isaiah.

Droga. Olho em volta, procurando o filho da mãe.

— Não se preocupe — ela diz enquanto rola a tela do celular. — Ele ficou com a Rachel no hospital ontem à noite, já que hoje ele não tem aula.

É verdade. Hoje é sábado.

— Nós.

— Quê?

— Você disse "ele" como se você não fosse à escola. Ou mentiu sobre isso?

— Bom, considero a escola uma ocupação facultativa, mas não menti.

— E tudo o que você contou para a Rachel, exceto sobre a escola, era mentira?

Os lábios de Abby formam um sorrisinho.

— Eu não minto para a Rachel. Mas, sim, tudo o que sai da minha boca, exceto para ela e para o Isaiah, é uma versão modificada da verdade. Talvez eu também não minta para o amigo do Isaiah, o Logan. Ele me lembra queijo quente e eu gosto de queijo.

Uma veia em minha cabeça começa a pulsar.

— Então mentiu sobre minha mãe.

— Não, isso era verdade. Eu sei por que ela vai ao bar uma vez por mês. Terceira sexta-feira do mês, para ser exata. Ela chega por volta dos sete da noite. Parece familiar?

Meus ombros despencam. *Merda, a Abby sabe.*

— Por que ela vai lá?

— Eles vendem raspadinhas incríveis. A vermelha ganhou prêmio numa feira estadual do ano passado.

O latejar ganha força. Essa garota é como uma mosca que pousa na sua cabeça e na sua comida.

— Me deixa adivinhar: você está mentindo.

Ela dá uma piscadinha.

— Você aprende depressa. E eu aqui, pensando que você fosse burro.

Um músculo se contrai em minha mandíbula. Não suporto essa garota, mas ela me deu um lugar para dormir, por isso me comporto e mudo de assunto.

— *Ele* mandou você me trazer pra cá?

Faz sentido o babaca querer alguma coisa para usar contra mim: ele me ajuda em uma situação complicada, depois cobra, exigindo algo em troca. Dinheiro, drogas. Deve ter sido o tipo de coisa que ele usou para que a Rachel ficasse a seu lado. Por que outro motivo ela ficaria com um cara como ele?

— A primeira coisa que o Isaiah disse foi pra te deixar sangrar na rua, mas depois ele ficou todo emotivo e pensou que a Rachel ficaria triste se você morresse, então ele ligou de volta e me pediu para cuidar de você. Eu disse que a Rachel superaria a perda, que ficaria feliz se a gente comprasse um coelhinho pra ela, mas o Isaiah insistiu. A gente tem um passado, sabe? Conheço o cara desde sempre, porque a gente se conheceu numa caçamba de lixo...

— Por que aqui? — interrompi. Eu não queria saber do passado trágico dos dois. Todo mundo tem uma história triste. Rico ou pobre.

Abby me encara com os olhos bem abertos.

— Porque, se eu te levasse para a minha casa, isso ia provocar comentários. Sério, West. Sou solteira. Tenho que cuidar da minha imagem. Não ia querer que as pessoas pensassem que estamos fazendo coisas indecentes.

Falar com ela é como ver um gato perseguir a própria cauda.

— Outra mentira.

— Posso fingir que a resposta é essa. Gosto de fingir. Você pode criar o que quiser no mundo.

— Acho que você é a pessoa mais maluca que já conheci.

— Nenhuma novidade. — Abby guarda o celular no bolso. — Agora, se já acabamos de fingir que estamos conversando, gostaria de ir ver a minha melhor amiga. E isso não é mentira.

Ela vira e segue em direção à escada.

— Abby — chamo, enquanto enfio os pés nos tênis.

Ela hesita no meio da escada e me espera.

— Por que a minha mãe vai ao bar?

Um sorriso malicioso surge em seu rosto.

— Eu poderia contar, mas não teria graça nenhuma.

E sobe os degraus.

Haley

Cada vez que respiro, sinto gosto de poeira, gasolina e óleo. Camadas de sujeira cobrem o piso frio de concreto da garagem, e meu rosto adormeceu em contato com ele. Quanto tempo faz que Matt me abandonou? Segundos, horas, dias? A princípio, achei que ele tivesse ido buscar ajuda, encontrar sanidade no insano, mas, não... ele foi embora. Simplesmente partiu.

— Haley! — Ouço a voz bem ao longe, mas pressinto que está próxima.

Minhas mãos estão cobertas de sangue. Sangue de Matt, eu acho. Ou meu. Não sei. Nós discutimos. É só isso que a gente faz agora... discutir. É nisso que somos bons, mas agora parece errado. Ele me bateu. Eu reagi. E nenhum de nós dois parou.

— Ela desmaiou — diz Jax. — E veja os olhos dela. Acho que está em choque.

É um esforço virar a cabeça na direção dele. Seu cabelo platinado está espetado, formando um moicano. Jax tira a camiseta e cobre meus braços e peito com ela, mas não as mãos. Não, ele não deixa a camiseta encostar nas minhas mãos. O sangue estragaria a peça branca.

— Haley! — Jax aproxima as mãos de mim, mas não me toca, só fica perto, como se não soubesse o que consertar primeiro, ou como se tivesse medo de me tocar e ser contaminado, amaldiçoado como eu. — O que aconteceu?

— Não sei.

Não reconheço minha voz. Estou diferente agora. Mudada.

Eu me ergo como se estivesse fazendo um abdominal, e meu irmão mais velho, Kaden, apoia meu peso em seu peito. Ele ergue minhas mãos.

— Você está sangrando?

Balanço a cabeça.

— Não. — Acho que não.

Tudo gira, e eu também. Kaden solta minhas mãos para segurar meus ombros.

— Calma, Haley. Ela está machucada?

Viro a cabeça e olho pensativa para Jax. *Estou?* Matt deu um tapa no meu rosto. Foi assim que a briga começou. Tem um hematoma ali? A marca escarlate que me proclama derrotada?

Jax me examina rapidamente.

— Parece que está tudo bem, mas ela está esquisita. Os dedos das mãos estão machucados. Ela brigou, isso com certeza.

— Tinha sangue. — Parece importante informar. — O Matt e eu estamos juntos faz um ano. — Porque isso também parece ser importante. Um mês depois do fim do meu segundo ano no colégio, Matt e eu começamos. Agora, no fim do terceiro ano, Matt e eu terminamos.

Movo a cabeça num gesto afirmativo. Sim, terminamos. Não tem volta depois disso.

— É — repito. — Tinha sangue.

— Quem fez você sangrar? — Jax pergunta. — O Matt?

Matt e eu discutimos, e ele ficou furioso, muito furioso. Ele me esbofeteou, deu socos na minha barriga, depois tentou bater na minha cabeça, e eu o impedi. Eu tinha dado uns golpes nele, então ele aproveitou minha guarda baixa e me acertou atrás da orelha. Eu caí, e ele foi embora.

— Eu bati nele.

Eu interrompi o ataque inicial e tirei sangue dele.

— O Matt fez isso com você? — A voz alta de Kaden era uma promessa de violência.

Senti um arrepio com o aviso não dito. Eles não podem ir atrás do Matt. Não podem. Já causei muita destruição.

— Vi quando ela saiu da festa com ele — Kaden continua.

Jax se levanta.

— Esse cara está morto.

— Você não pode. — Ignorando a pressão das mãos de Kaden, sustento os pés no chão de concreto e levanto, me apoiando nele. Ele me solta, e Jax me segura pelo braço quando oscilo.

Jax se aproxima de mim conforme me ampara.

— Que merda foi essa?

Abro os olhos, e as palavras gritadas de Jax ecoam em minha cabeça.

Nunca fiquei tão aliviada ao ver os pregos aparentes no telhado da casa do meu tio. Respiro fundo para controlar o latejar do sangue nas têmporas. Eu costumava ter esse mesmo pesadelo sempre, depois que Matt e eu terminamos no verão passado, e tem sentido ele voltar agora, depois do que aconteceu na noite passada. Principalmente porque quem me atacou foi seu irmão mais novo.

O pior é que não é só um pesadelo. É o passado voltando em sonho.

Sento e me arrepio com o ar frio do sótão. Não, não é o ar gelado que entra pela fresta da janela que me faz sentir assim. É a vida que ficou complicada demais. Junto os cabelos compridos e os seguro na nuca. Complicada. Quando é que a vida vai ser fácil?

No verão passado, eu menti para Jax e Kaden. Falei que Matt e eu tínhamos discutido e terminado. Matt foi embora, e alguém que eu não vi quem era me atacou pelas costas. Agora minha família me odeia pelo que fiz, mas estou mentindo para protegê-los. Eu me afastei de tudo para protegê-los.

Se eu tivesse contado a Jax e Kaden a verdade sobre o que aconteceu com Matt, eles teriam ido atrás dele, e Matt e os amigos teriam retaliado. Tudo isso na rua. Tudo isso cercado de puro ódio. A briga não acabaria nunca.

E ontem à noite... posso ter destruído tudo que construí para proteger Jax e Kaden. Quebrei uma regra. Eu me envolvi. Bati no irmão mais novo de Matt, e agora ele vai querer dar o troco.

Sinto falta de Jax e Kaden, mas sei que tomei a decisão certa. Sopro o ar devagar. É isso. É a decisão certa, e vivo com essa mentira há tempo demais para deixar o irmão de Matt estragar tudo.

Olho para os meus sapatos no chão e resmungo um palavrão. Se meu tio descobrir que entrei em casa sem tirá-los, ele vai ter um ataque.

Eu os pego e desço a escada na ponta dos pés, calçando as meias. A madeira range duas vezes. Já embaixo, deixo escapar um suspiro de alívio por ter descido sem fazer barulho, entregando meu feito.

Faço uma pausa, tento ouvir a respiração leve das outras nove pessoas que dormem na casa. O banheiro está bem à frente. À direita do banheiro, meu tio ronca alto, além da porta fechada, e no quarto à esquerda do banheiro minha irmã sufoca a boneca ao se virar para o outro lado, no chão onde dorme. Com os olhos ainda fechados, minha mãe toca os cachos castanhos de Maggie.

Viro à direita e caminho com cuidado em direção a Jax, cuja cama agora é o tapete da sala de estar. Os braços e as pernas de Kaden transbordam do sofá. Antes mesmo de nos mudarmos para cá, a sala era o canto de Jax. Meus pais desacomodaram os mais novos, ocupando o quarto deles. O Ditador os baniu para o porão, que nem havia sido terminado. Eu sugeri que ficassem no sótão. Jax ameaçou bater neles se aceitassem.

Com movimentos muito lentos, deixo os sapatos perto da porta da frente. Imagino que Jax e Kaden tenham mentido para justificar a ausência deles ali, mas, por precaução...

A luz no fundo da casa me pega de surpresa, e percorro o espaço entre cobertores, travesseiros, camisetas, meias, braços e pernas, para chegar à cozinha verde-limão, que é grande o bastante para acomodar um fogão, a geladeira, a pia e alguns armários. O que não cabe ali é a mesa oval para dez pessoas. Ela ocupa todo o espaço e, mesmo com as cadeiras de madeira, ou metal, bem encostadas nela, é difícil contorná-la.

Hesito quando espio pelo vão da porta, mas depois sorrio.

Meu pai: cabelo loiro platinado, alto como Kaden. Ele está sentado na ponta da mesa, lendo o jornal e fazendo anotações em um caderno. A alegria que borbulha dentro de mim é como aquela de descer correndo a escada em uma manhã de Natal. Não lembro quando foi a última vez que tive um tempo sozinha com ele.

— Oi. — Apoio no batente, tenho receio de entrar. Confirmando o que Jax supôs, eu disse a meus pais que me atrasei para voltar para casa, vim correndo e não percebi que o remédio caiu da sacola. Independentemente do que aconteceu, perdi o remédio dele. Ainda sou bem-vinda?

Meu pai levanta a cabeça, e os olhos dele brilham.

— Haley... o que está fazendo acordada?

— Acordei. Só isso. — Estamos sussurrando. É raro a casa ficar em silêncio; mais raros são os momentos em que todo mundo pode ter paz. — E você?

As sombras escuras sob seus olhos indicam mais uma luta contra a insônia. Minha mãe diz que a cabeça dele gira com tudo o que aconteceu, que ele tenta entender o que deu errado, ou descobrir um jeito de consertar as coisas.

— Eu também. Só acordei.

— O que está fazendo? — pergunto.

Meu pai aponta o jornal.

— Procurando emprego.

Assinto, mas não sei o que dizer. Era fácil conversar com ele. Muito fácil.

Quando era mais novo, meu pai treinava com meu avô. Foi assim que conheceu a minha mãe. É tudo muito romântico, uma história de amor, e adoro cada segundo desse doce relato. Ele era lutador, como eu, e encantou minha mãe, a filha do treinador.

Meu pai praticamente nos criou na academia, Kaden e eu. Kaden se apaixonou pelo boxe, depois pela luta livre, depois pelo MMA. Eu? Fiquei só no kickboxing, e meu pai admirava essa persistência e a mim, até eu deixar a academia do meu avô. E perdeu todo o respeito por mim quando desisti completamente de lutar.

Mordo a parte de dentro da boca e entro na cozinha, os olhos fixos no chão enquanto me aproximo do meu pai.

— Achou alguma coisa?

Ele balança a cabeça e fecha o jornal.

— Agora quase tudo acontece online.

Sento-me na cadeira ao lado dele e abraço os joelhos contra o peito.

— Vai até a biblioteca, então.

Meu tio não tem internet em casa.

— É. — Meu pai batuca na mesa. Depois de um tempo, perde o ritmo e começa a girar o dedo de um jeito persistente. Ele se incomoda por conversar comigo, ou com conversas de maneira geral?

— O Kaden vai lutar daqui a três meses — conto. — Ele está se profissionalizando.

Meu irmão vai me olhar feio a semana toda por eu ter contado isso a meu pai. Eu nem deveria saber. Ouvi a conversa entre ele e Jax no ônibus. Por alguma razão, Kaden queria manter a luta em segredo, mas estou aflita para acabar com o silêncio.

— É provável que ele acabe lutando com um dos caras da Black Fire, e você sabe que eles são os melhores na luta em pé. — Mas o Kaden é uma força da natureza no tatame.

— Ele vai começar a lutar por dinheiro?

— Vai. — Teria sido melhor se Kaden pudesse se manter no circuito amador por mais alguns anos, ganhar experiência; porém, com a falta de dinheiro que enfrentamos, a atração do prêmio é forte.

Incapaz de ficar quieto, meu pai rola o lápis sobre a mesa com a mão aberta. Ele evita me encarar.

— Em outras palavras, ele vai lutar contra o Matt?

Fico vermelha. O calor toma conta do meu rosto e pescoço. Nunca serei perdoada? Por ninguém?

— Talvez. Se o Matt se profissionalizou.

— Nós dois sabemos que sim, quando ele completou dezoito anos.

Meu pai deve estar certo, por isso não falo nada.

— Pena que você ensinou o Matt a derrotar o Kaden.

Um nó se forma em minha garganta, e eu brinco com o rasgo da minha calça jeans logo acima do joelho, rompendo ainda mais o tecido.

— Eu sei. — Tenho total consciência das escolhas ruins que fiz. Pigarreio e tento de novo. — Pensei que talvez... você pudesse ajudar no treino do Kaden.

O que eu estava imaginando é que meu pai poderia sair desta casa. Certa vez, li que o exercício físico provoca a liberação de endorfina. Se ele fizer algo de que gosta, alguma coisa em que é bom, talvez ele melhore.

— Seu avô deve estar cuidando disso. — Meu pai consegue forçar um sorriso quando olha para mim. — E você? Tem pensado em voltar?

Tenho aquela sensação de peso e balanço a cabeça. É uma sensação que me faz pensar em xarope de bordo frio correndo do coração até o intestino. Ele ficaria feliz se eu voltasse? O buraco que cavei para mim mesma na academia é tão profundo que talvez eu não consiga voltar, nem que eu queira.

A geladeira faz barulho, um ruído alto de algo que pode quebrar a qualquer momento.

— Sua mãe falou com sua tia-avó na Califórnia. Ela nos convidou para ir morar com ela.

Ergo uma sobrancelha.

— Ela mora em um retiro para aposentados. Ninguém lá tem menos de sessenta e cinco anos.

— Ela conseguiu autorização para nos hospedar.

Dou uma olhada na cozinha. Esta casa é o segredinho sujo do inferno na terra, mas pensar em sair do Kentucky dilacera a minha alma. Deixar o estado significa que perdemos a esperança, e só agora percebo que me agarrei a um fiapo. Por mais castigado e ferido que esteja esse fio de esperança, ele ainda sobrevive, torce para que meu pai encontre um emprego e leve a gente para casa.

— Nós vamos embora?

— Vamos tentar esperar até você e Kaden terminarem o colégio. Talvez as coisas melhorem até lá.

— Você vai conseguir alguma coisa. Eu sei que vai.

— Como está a pesquisa das faculdades? — Meu pai muda de assunto.

Fico paralisada, sem saber como responder. Não contei para ninguém que não fui aceita, apesar da enorme vontade de dizer ao meu pai. Houve um tempo em que ele teria sido a primeira pessoa que eu procuraria para falar sobre um problema, porque ele sempre encontrou as palavras certas. Ele colocaria os braços sobre os meus ombros, beijaria minha testa e diria: "Falta de sorte, garota. Na próxima, a gente consegue".

A dor de saber que o decepcionei com a academia e o kickboxing e, agora, com a faculdade é como a de ser aberta por uma serra elétrica.
— A pesquisa está indo bem.
— Alguma possibilidade de bolsa?
Não.
— Sim. Várias.
— Que bom. — Uma pausa. — Que bom. Pelo menos o Kaden tem a academia. — A voz dele estremece, enquanto a pele fica acinzentada. Uma expressão que não se encaixa em todas as lembranças que tenho de um lutador corajoso. Vi meu pai enfrentar oponentes mais fortes que ele e vencer. Como ele se deixou destruir desse jeito?

Sinto vontade de cobrir os olhos com as mãos. É horrível assistir a essa destruição e saber que sou parcialmente responsável. Se tivesse trazido os remédios, ele não estaria se torturando com os próprios erros e poderia começar a dormir à noite.

— O Kaden vai continuar na academia, mas eu esperava poder te ajudar com a faculdade. Eu tinha um pouco de dinheiro guardado, não muito, o suficiente para ajudar, mas, quando tivemos de pagar a hipoteca...

Um barulho estranho brota da garganta do meu pai quando ele empurra a cadeira para trás.

— Biblioteca.

Está fechada, vai levar algumas horas até abrir. Meu pai se espreme entre a parede e a mesa, e está quase saindo da cozinha quando recupero a voz.

— Papai.

Ele se apoia ao batente, se segura nele. Não o chamo desse jeito há anos. Ele olha para mim por cima do ombro.

— Sim?

— Eu sinto muito.

— Eu sei, Hays. Eu sei.

West

A UTI do hospital tem aquele silêncio de filme de terror. Naquele instante antes de o maluco pular de trás de um balcão e atacar alguém a machadadas. Da sala de espera, ouço o apito ocasional do monitor, o farfalhar de papéis e o som baixo das conversas entre as enfermeiras. Odeio este lugar. É frio, estéril, cheira a e é repleto de morte.

Rachel não deveria estar aqui. Este lugar é o oposto dela. Incapaz de ficar sentado, eu me levanto de repente. O cara do outro lado da sala ergue a cabeça para olhar para mim. Nós nos encaramos. A esposa dele está morrendo. Escutei quando ele contou a alguém, há alguns minutos.

Morrendo.

Como eu disse, Rachel não deveria estar aqui.

Desvio o olhar e me aproximo da janela. Minha mandíbula dói. Os dedos das duas mãos estão esfolados e ardendo muito. Vim para cá há horas. Abby visitou Rachel e foi embora. Mandei uma mensagem para meu pai, avisando que estou aqui.

Silêncio... de toda a família. Desde meus irmãos bem mais velhos, Jack e Gavin, até o gêmeo de Rachel, Ethan, passando por meus pais. Eles querem que eu visite Rachel, mas não consigo. Não com ela aqui, cercada de gente que está morrendo.

Falhei com ela. Meu coração bate forte, e a dor aguda me deixa aflito. Fecho os olhos. Queria poder ir embora.

— West.

Eu me viro ao ouvir o som da voz da minha mãe. As lágrimas abriram sulcos em sua maquiagem, e o rímel preto desenhou manchas escuras ao redor dos olhos.

Meu estômago revira.

— É a Rachel?

— Conversamos com o especialista. A lesão nas pernas dela é grave e... — Minha mãe engasga com as palavras, depois cobre a boca com uma das mãos. Então respira fundo e recupera a compostura. — A notícia foi inesperada.

Estou duro como uma estátua, mas o que ela fez ultrapassa a barreira do choque. Mais cirurgias. Mais tempo no hospital.

— Ela vai voltar a andar?

— Não sei.

Esfrego os olhos para recuperar o equilíbrio. A culpa é minha; se eu tivesse encontrado outro jeito de lidar com as coisas, Rachel não estaria no hospital. Não estaria lutando para sobreviver.

Ouço os passos da minha mãe se aproximando de mim. Quando ela levanta a mão, afasto a cabeça. Não mereço seu perdão ou seu conforto. Persistente, ela toca meu rosto e move o polegar como se o contato pudesse apagar os hematomas.

— Por que faz isso com você? Por que tem sempre que brigar?

— Não sei. — Recuo um passo, e ela abaixa a mão.

Minha mãe se afasta e pega uma xícara de café.

— Esteve com a Rachel?

— Não. — Uma rápida olhada confirma que o cara cuja esposa está morrendo saiu. Não é de estranhar que minha mãe esteja falando abertamente sobre assuntos de família.

Um pigarro forte na porta chama nossa atenção. Meu pai se alonga e, do alto de seu um metro e oitenta, olha para mim furioso.

— Miriam. — Seu tom de voz é suave quando ele se dirige à minha mãe. — A enfermeira quer falar com você.

Ela se afasta depressa, mas, quando passa por ele, meu pai a segura pelo pulso com delicadeza. Ela o encara, e ele se abaixa para beijá-la nos lábios. Eles são assim. Meus pais se amam. Meu pai a idolatra, e por isso é controlador com a gente. Se não tem a ver com os negócios, tem a ver com a minha mãe.

Quando a solta, ela sai da sala. Sem nem olhar para mim.

Ergo os ombros quando meu pai entra, como se me preparasse para um confronto físico. Nunca chegamos a trocar socos durante uma discussão, mas o olhar dele promete que isso ainda vai acontecer. Cedo ou tarde, e odeio o fato. Quando eu era criança, meu pai e eu éramos muito próximos.

— Pedi para você vir ontem à noite, e sei que não veio.

Fico em silêncio. Falar a verdade não vai me ajudar. Fui advertido mais que qualquer outro aluno do colégio, e tenho mais dias de suspensão do que tivemos de férias. Do jeito dele, meu pai me apoia e é tolerante, mas há meses deixou bem claro que lavaria as mãos se eu fosse expulso.

— Foi pra casa, ou apagou em uma festa? — ele pergunta.

— Faz diferença? — Já vi aquela expressão antes. Ele já decidiu o que fazer comigo.

— Não — meu pai responde. — Você foi expulso.

Resmungo uma coisa que nunca lhe disse:

— Sinto muito. — E sinto. Por Rachel. Pela briga no colégio. Por ter tornado essa situação horrível ainda mais complicada.

A expressão dele não muda.

— Não importa.

Eu pisco, e meus ombros relaxam um pouco.

— É sério. Sinto muito. Vou pedir desculpas ao diretor, ao cara que eu machuquei, à família dele, a todo mundo. Desta vez eu exagerei.

Ele aponta para mim.

— É verdade, exagerou. Mas não foi só desta vez. Esse é um dos seus muitos erros, e estou cansado disso. Eu te avisei que a expulsão seria o fim. Você só precisava ter ficado longe de brigas e de qualquer confusão até se formar, e nem isso conseguiu fazer. E para piorar você decidiu ultrapassar esse limite com sua irmã no hospital. O que é isso? Quer chamar atenção? Você não acha que sua mãe já tem muito com que lidar?

— Tudo bem. Diz o que você quer que eu faça, e eu faço.

— Sua irmã está sofrendo, e fiquei sabendo que você colaborou com este pesadelo.

Olho para ele.

— Tentei manter o Isaiah longe dela.

Foi aí que eu falhei, e não gosto de lembrar.

— Você nunca pensou em contar que ela estava envolvida com ele! Eu sou o pai dela, não você. Eu é quem tinha que tomar as decisões.

Abro os braços.

— Mas para isso você teria que estar em casa e longe do telefone!

Um músculo se contrai em sua mandíbula. Peguei pesado, e não ligo.

— Não quer me contar sobre o dinheiro que pegou da sua irmã?

Não gosto de como ele me olha como se tivesse enfiado uma faca no meu peito e estivesse gostando de me ver sangrar.

— Eu falei que ia devolver.

— Quero saber sobre o dinheiro que pegou da sua irmã.

— Já falei. O Gavin estava devendo grana de jogo, e eu arrumei o dinheiro pra ele.

— E nunca me contou que roubou esse dinheiro da Rachel.

— Não roubei. Peguei emprestado. — Sem seu conhecimento, ou sua autorização, mas prometi que ia pagar.

Essa história é velha, anterior ao acidente da minha irmã. Sem saber que eu tinha controle da situação, Jack surtou e contou tudo ao meu pai: como Ethan, Jack e eu escondíamos o problema de Gavin com o jogo, porque minha mãe não suportaria a verdade, não aguentaria saber que seu primogênito é viciado em jogo.

Mas, quando falou com meu pai, Jack esqueceu de dizer que Gavin já tentara falar com ele em três ocasiões diferentes, e meu pai sempre se esquivava por estar ocupado com o trabalho, ou com a minha mãe. Então, quando meu pai não o acolheu, ele fez o que tinha que ter feito: me procurou.

— Você sabia que a Rachel estava com problemas? — pergunta meu pai. — Que ela perdeu uma corrida de rua e devia dinheiro para um criminoso? Que foram seus amigos que a levaram para a corrida? Que eles a levaram para essa vida?

— A Rachel não anda com os meus amigos. — E eu acabaria com eles se tentassem chegar perto dela.

— Ela estava na pista de corrida na noite do acidente porque você roubou o dinheiro que ela ganhou para pagar a dívida. Estava lá porque você, pela milionésima vez, agiu por conta própria e, em vez de pensar por trinta segundos nas consequências de suas decisões, agiu por instinto. Você é o culpado pelo acidente.

— Mentira. — Todo mundo sabe que meu pai estava dirigindo, tirando a Rachel da pista de corrida, com a minha irmã no banco do passageiro, quando deixou o carro dela morrer. Todo mundo sabe que o caminhão que os atingiu tinha perdido o controle. — Quem disse isso?

Meu pai se aproxima, e, se fosse outra pessoa, eu poderia jurar que estava pedindo uma porrada.

— O Isaiah.

O nome me faz ferver por dentro.

— Ele é um mentiroso.

47

— Se ele é mentiroso, mente melhor que você. Mas não acho que o Isaiah mentiu. Ele tem estado ao lado da sua irmã, enquanto você se mete em brigas.

Recuo um passo, e a sala gira a minha volta. Sim, sei que falhei por não ter conseguido manter a Rachel longe do Isaiah, mas de repente me lembro da última conversa que tive com ela. Merda. Isso pode ser verdade.

— Você não entende. A Rachel não quer me ver.

Ela não quer porque, se o que meu pai está dizendo é verdade... se a última coisa que a Rachel me disse na noite do acidente é verdade... roubei o dinheiro de que ela precisava e, por causa disso, eu a pus em perigo.

— Você é quem não quer ver a sua irmã! — Meu pai franze a testa como se estivesse irritado. — Ela só pede para ver a família. Quando é que você vai parar de pensar só si você mesmo? Já está na hora de crescer e virar homem!

Medo e caos se unem e sobem pela minha garganta. Balanço a cabeça, tento desmentir o que ele está dizendo. Não... a culpa não é minha.

— Você é o cretino egoísta da família.

Não eu. Meu pai é o único que magoa as pessoas que amo. É o papel dele. Não o meu.

Ele se aproxima ainda mais, sua respiração quente atinge o meu rosto.

— O que foi que você disse?

— Você ouviu. — A adrenalina invade minhas veias. Quero bater nele. Ele também quer me bater. O ar pesa com a tensão e a violência. Praticamente estala sob a força dessa droga toda.

— Estou cansado de lidar com você e com seu temperamento. — Meu pai recua, o rosto vermelho. — Matriculei você no Eastwick. Você começa lá na segunda-feira, e é lá que vai terminar o último ano. Depois disso, não quero mais saber. Você vai ter que aprender a resolver os próprios problemas.

Isso aí. Meu pai é bom nesse jogo. Fica furioso comigo, me provoca, minha raiva explode, e eu sou o cara que arruma os problemas. Mas não vai ser assim desta vez. Se ele quer me pressionar, vou pressionar de volta.

— Encontrou alguma coisa que seu dinheiro não pode resolver? Não conseguiu subornar a diretoria do colégio para impedir minha expulsão? Ou finalmente decidiu me castigar?

Uma veia pulsa em sua testa.

— Você tem ideia de quantas chances aquele colégio te deu? Quantas chances eu te dei? Sua irmã está aqui, está sofrendo, e você sai por aí, vai a festas, briga e é expulso do colégio! Eu não te entendo! Não consigo, mesmo.

— Não — grito. — Você não me entende!

Há anos ele não vê quem eu sou. Mas eu vejo a fronteira. Merda, estou pisando nela. E, porque odeio o homem diante de mim, eu a ultrapasso.

— É impressionante ver você aqui. Não é a tarde que você passa jogando golfe? O que aconteceu, seus parceiros de negócios ficaram com pena da Rachel e cancelaram?

— Não faz isso, West.

O aviso foi dado, e eu deveria ouvir, mas ver meu pai se angustiar me causa uma estranha euforia.

— Você perdeu os jogos da Liga Infantil, as formaturas do ensino fundamental, porra... Durante a maior parte do tempo, você não sabe nem se estou em casa. Quem podia adivinhar que para ganhar sua atenção era preciso bater com o carro em um caminhão?

Meu pai passa a mão pela cabeça e vira para a porta, mas eu ainda não terminei.

— Quando você deixou o carro da Rachel morrer, estava no celular? Porque, vamos ver justos, os negócios sempre foram sua prioridade.

O olhar gelado aniquila uma parte da minha alma. Peguei num ponto fraco. Bem fraco. Era o que eu queria. Desafiar aquela atitude constante de "sou melhor do que você". Mas não sabia que acertaria no alvo.

— Pai — começo —, eu não queria...

— Vá embora, pegue as suas coisas e saia da minha casa. — Vejo gotas de saliva saindo de sua boca quando ele aponta a porta. — Saia da minha frente. Saia da minha vida. Se ainda estiver lá daqui a duas horas, vou chamar a polícia e dizer para te levarem para um abrigo.

Meu pai deixa a sala, e eu o sigo até passarmos pelas duas primeiras salas da UTI. Ele não pode me expulsar de casa. Não pode estar falando sério. Meu campo de visão afunila e um zumbido baixo ecoa em meus ouvidos. Ele não está falando sério. Não pode estar.

— Muito engraçado. E aí, qual vai ser? Castigo de duas semanas? Três?

Ele continua andando.

— Não estou brincando. Vai embora. É evidente que você não se sente parte disto aqui.

Caralho, é sério.

— Pra onde eu vou?

Ele nem me olha quando fala:

— Não me interessa. É isso o que acontece com lixo, West. Quando a gente joga fora, não quer saber para onde vai.

Meu corpo esfria, e não consigo raciocinar com clareza; todos os pensamentos que me ocorrem se dissipam e desaparecem no nada.

— Isaiah!

Paro ao ouvir o som aterrorizado da voz da minha irmã, levanto a mão para não ter que ver a sala a minha direita. Rachel. Ela está pior do que me disseram: hematomas no rosto e nos braços, a pele exposta cortada e esfolada, as pernas totalmente imobilizadas. Como num filme de ficção científica ruim, fios e tubos ligam minha irmã a máquinas que apitam.

Minha cabeça gira e o chão treme sob meus pés. Desde que entrei no hospital, nunca fui além da sala de espera. Nunca. Porque não consigo lidar com isso. Não suporto ver Rachel arrebentada.

O canalha que levou Rachel para esse caminho pula da cadeira onde estava sentado e segura a mão dela. Ele limpa as lágrimas do rosto de minha irmã e murmura coisas para ela. Tatuagens cobrem seus braços. O cara nem fez a barba. Debruçado sobre ela, segurando seus dedos com uma das mãos, ele afasta os cabelos de Rachel para trás com a outra. Eu cerro os punhos junto ao corpo. Ele está tocando na minha irmã.

— Ela tem pesadelos — Ethan comenta atrás de mim.

Olho para meu irmão, depois me afasto da janela para evitar que Rachel me veja. Quem eu quero enganar? Não suporto vê-la desse jeito.

Não consigo processar o que está acontecendo. É demais: ver Rachel, meu pai me expulsando de casa, estar a poucos passos do filho da mãe responsável por toda essa destruição.

— Por que ele está aqui?

— Porque ela quer, e nossos pais não querem discutir. — Ethan se recosta na parede. — O Isaiah consegue convencer a Rachel a dormir, e ela faz força para ficar acordada quando ele não está aqui.

Ethan é parecido com meu pai, tem o cabelo e os olhos escuros, o que significa que não somos nada parecidos, exceto na altura. Se algum dia quisesse saber como é a visão do inferno, Ethan seria o melhor exemplo. Dias sem dormir podem transformar a pessoa em um zumbi. Pelo menos ele não está mais chorando e soluçando como há algumas noites. Lido bem com o inferno. Com choro, não.

Não posso abraçá-lo de novo e dizer que vai ficar tudo bem. Para isso, eu precisaria estar estável, e estabilidade não é o meu forte. Tem uma desconexão emocional dentro de mim quando recuo um passo... me afasto. É um sonho. Tudo isso é um pesadelo.

Pés se arrastam atrás de mim, passos de pessoas que entram no quarto de Rachel. Não posso entrar lá. Não consigo. A gravidade me atrai, e não é na direção que minha família prefere. Vou em direção à força de atração, e Ethan segura meu ombro com força.

— Ela quer te ver.

Eu me solto com um movimento brusco.

— Não, ela não quer.

Tenho certeza de que ninguém quer me ver.

Meu irmão não diz mais nada quando sigo para o elevador. Como falei antes, Rachel merece coisa melhor... melhor do que eu, inclusive.

Haley

— Haley Williams escolhe, mais uma vez, um formulário. Será esse o definitivo, senhoras e senhores? — Jax debocha num tom de voz baixo atrás de mim. — A plateia se agita quando a srta. Williams levanta o olhar depois do anúncio. Ela franze a testa. É isso? Ela finalmente escolheu?

Meu primo fez o moicano platinado hoje, o que significa que está de mau humor. Se continuar fazendo gracinha, vai descobrir quanto meu humor pode ser pior que o dele.

Sem fechar a gaveta de baixo do arquivo, eu me viro e olho feio para ele.

— Você não tem nada melhor pra fazer?

Jax e eu nos sentamos no chão, em um dos cantos do escritório principal. Estamos aqui há uma hora, e as recepcionistas se esqueceram da nossa existência, por isso fofocam com liberdade. O cheiro de café da cantina adere como uma película sobre as minhas roupas. É horrível pensar que vou ficar com esse cheiro até o fim do dia.

Ele sorri.

— Ah, se você me contar o que está rolando, posso ir cuidar das minhas coisas.

Tradução para "o está que rolando", nesse caso específico: o que estou escondendo sobre a noite de sexta-feira. Não falei durante o fim de semana e não pretendo falar agora.

É manhã de segunda-feira. Acordei cedo e peguei o ônibus até o colégio para poder, mais uma vez, vasculhar o arquivo cheio de formulários de inscrições para bolsas de estudo. Uso a internet da biblioteca, mas tentar encontrar bolsas viáveis aqui é como procurar um anel perdido em uma duna de areia.

— Não está rolando nada, pode ir cuidar das suas coisas. — Arqueio várias vezes as sobrancelhas e sorrio para ele, com ar cúmplice. — Deve ter uma garota por aqui que você ainda não sacaneou.

— Pois é, deve ter, mas parece que as garotas conversam entre elas. Que pena.

— Que pena — repito. Numa pasta, guardo mais formulários de inscrições inúteis e confiro outra. — Você acha que passo por alguém que nasceu no Alasca?

— É claro. — Jax morde uma maçã que furtou da cantina e balança uma folha de papel. — E aposto que também consegue se passar por um cara ranqueado no tênis.

Pego o papel da mão dele e enfio dentro da pasta.

— Engraçadinho. Espera até o ano que vem; você também vai fazer a dancinha do desespero.

— Não vou. Pra mim, o ensino médio encerra essa história. — Jax é um ano mais novo que eu, tem dezessete, e está no penúltimo ano. Quando éramos mais novos, estávamos sempre juntos, mas ele cresceu, meus seios também, então ele se interessou por meninas, e eu passei a gostar de qualquer coisa que não fosse interessante para mim aos dez anos.

— Vou trabalhar — ele continua. — E ficar o mais longe possível do meu pai.

É isso aí. Acho que somos mais parecidos do que eu imaginava.

Uma batida na janela do corredor principal chama nossa atenção. Kaden move os lábios para dizer:

— Seu merda!

Jax ri e lhe mostra o dedo do meio. Dou risada quando Kaden balança a cabeça e se afasta.

— Você não contou ao Kaden que hoje você seria minha sombra?

— Não, ele sabe. Só achei melhor não acordar o cara quando ouvi você se arrumando no sótão. Ele treinou duro ontem, precisava dormir. Ficou bravo porque teve de pegar o ônibus sozinho, e eu não estava lá para me fazer de escudo, com aquele calouro andando atrás dele como um cachorrinho.

Kaden é um ano mais velho que eu, mas repetiu o primeiro ano. Por isso, estamos terminando o ensino médio juntos, no Colégio Eastwick. É difícil para ele estar no mesmo ano da irmã mais nova. Eu sei que é. Quando éramos próximos, ele me contava tudo. A reprovação na escola é o motivo pelo qual ele luta duro na academia e fica tão quieto quando está em público.

— Ainda tem um tempo antes da aula — comento. — Por que não vai atrás dele?

— Porque estou atrás de você. — Ele dá outra mordida na maçã.

Por que não tentei tocar na fanfarra? Tem uma seção inteira de bolsas de estudo para esse tipo de aluno.

— Não vou mudar o que já falei.

— Não espero que mude, mas, se eu estiver certo, e nós dois sabemos que, bem, sou eu aqui e estou certo, a verdade vai aparecer. Hoje. Na escola.

Olho para ele. Jax me observa com os olhos verdes pensativos. Ele lembra uma coruja quando faz isso, e eu me sinto um rato, o que não é nada bom. A família do Jax mata coisas por esporte.

— Moro neste bairro há muito mais tempo que você — acrescenta. — O irmãozinho drogado do seu ex-namorado te atacou na sexta à noite, e você está tentando encobrir o cara. Certo?

— Não. — Sim.

Jax se aproxima, e a atitude brincalhona desaparece.

— Pensei que você tivesse superado o Matt.

— Eu superei. — Essa foi a coisa mais verdadeira que disse ao Jax nos últimos seis meses. O que aconteceu entre mim e Matt é inenarrável.

— Então por que está encobrindo o que o irmão dele fez?

Porque eles não jogam limpo.

As palavras rodam na minha cabeça, confusas. Quando eu namorava Matt, seu irmão mais novo andava armado com faca. Faz seis meses. Não quero nem pensar no que Conner se transformou. Jax e Kaden odeiam Matt e Conner. São inimigos desde que consigo lembrar.

— Arrebentei o Conner no último torneio, Hays, mas você não sabe porque não estava lá. Eu sei me cuidar, o Kaden sabe se cuidar, e nós dois cuidamos de você. Se o Conner acha que você é presa fácil, vai tentar de novo. Você não mora mais em um bairro de classe média. Isso aqui é periferia, e existem regras.

E eu fui atacada.

— Você acha que eu não sei disso?

— Algum problema?

Levo um susto quando percebo que a assistente social do colégio, sra. Collins, está do nosso lado. Ela é toda loira, magra, faz a chique meia-idade e, exceto agora, sempre tem um sorriso no rosto. Meu avô compareceu à reunião de pais e mestres no mês passado, para substituir meus pais, e falou com ela durante um bom tempo sobre sua academia.

— A Haley e eu estamos discutindo — diz Jax.

Meu estômago se contorce como um pano de prato. *Cala a boca, idiota.*

— Posso ajudar? — ela pergunta, com o tom de voz animado. — Mediar, talvez?

— Não — respondo.

Mas Jax diz:

— Sim.

Olho para ele e bato com as mãos no carpete.

— Sério?

— Por que não? — Ele morde a maçã outra vez. — Se alguém precisa de terapia, esse alguém é a nossa família. — E pisca para mim. Depois se dirige à sra. Collins.

— É brincadeira. Queria tirar uma onda com a Haley, e consegui.

Jax estende a mão para mim, eu aceito, e nós dois ficamos em pé. Ele pega minha mochila e alguns formulários de inscrição que haviam caído das pastas, depois fecha a gaveta do arquivo com um dos pés. Em seguida, balança a maçã.

— Lata de lixo?

Com a cabeça inclinada para o lado, como se assistisse a um fascinante reality show, ela aponta para uma latinha perto dos próprios pés.

— Diga ao seu avô que ainda estou procurando o voluntário.

— Tudo bem. — Jax joga o resto da maçã no lixo e me puxa quando passa por ela. — Até mais.

Como se tivesse sete anos de idade, aceno e sorrio para ela antes de chegar ao corredor principal. Jax e eu somos envolvidos pela onda de alunos a caminho da primeira aula. Jax me passa a mochila e os formulários de inscrição. Ótimo, agora vou ter que levar isso nas costas.

— O que foi aquilo? — pergunto. — Quer envolver uma assistente social na história? Não chega o que a gente já tem de problemas?

Jax para na minha frente, e sou obrigada a parar também.

— Sai da frente! — grita um cara ao passar por nós.

— Vai se foder, babaca! — Jax berra em resposta. Quando cansa de ameaçar o cara com os olhos, ela vira para mim. — Fala o que aconteceu na sexta-feira.

— Não aconteceu nada. Eu caí. O remédio caiu da sacola. Fim da história.

— Não sei mais quem você é. Quer dizer, tem momentos em que eu te vejo. É você. Como há alguns minutos, no escritório. É a garota com quem eu cresci. A garota que falava besteira. A garota que lutava com a família e por ela. Depois você se meteu com o Matt...

Jax respira fundo e desvia o olhar, tenta recuperar a calma.

— Quando terminou com ele, pensei que... Por que você está protegendo o cara? Sinto a sua falta, Haley. E, se algum dia encontrar a garota de quem eu gostava, diz isso a ela. Diz que a família está com saudades dela.

Ele me deixa ali... sozinha, em um corredor movimentado. Os formulários de inscrição para bolsa universitária farfalham em minha mão. Como posso explicar que eu o estou protegendo de Matt e Conner? Como eu conto que estive brigando por ele esse tempo todo?

West

Detrás do balcão, a secretária empurra meu horário até mim.

— Você vai adorar estudar aqui.

Confirmo com a cabeça, depois a encaro. O que ela diria se eu contasse que, nas últimas duas noites, tenho estacionado meu carro em uma vaga afastada de um estacionamento e dormido lá; que estou tomando banho em uma parada de caminhoneiros?

O orgulho não me deixou pedir abrigo na casa de alguém. Nem para os meus irmãos, amigos, ninguém. Eles me acolheriam, mas não suporto pensar no olhar de decepção.

Depois que a notícia da minha expulsão do colégio se espalhou, recebi uma avalanche de mensagens no celular, e pensar em dar mais motivo para piedade me causa ânsia de vômito. Sou West Young e, apesar de ter sido expulso de casa e deserdado, não aceito caridade... ou piedade.

A secretária inclina a cabeça.

— Tudo bem?

Não. Não estou bem. Fez frio nas últimas duas noites, e precisei ligar o carro de hora em hora para me aquecer. A exaustão é horrível, mas é o silêncio que me mata.

— Tudo.

Sem esperar para ver se ela acredita em minha resposta, saio da secretaria. Não quero saber se estou no caminho certo para a primeira aula. Escola... aula... a normalidade parece desnecessária, meio maluca.

Chego ao meu novo colégio esperando ver meus pais ali. No sábado, fui até em casa, peguei algumas merdas e saí. Não voltei mais. Lá pelas três da madrugada passada, tive a ilusão de que minha mãe estaria preocupada e meu pai, arrependido. Meu celular não estava cheio de mensagens e chamadas porque a bateria acabara no sábado à noite e eu tinha esquecido o carregador em casa. Imaginei muitas vezes que chegaria à escola e eles estariam me esperando, me implorando para voltar.

Se meus irmãos tivessem telefonado ou mandado mensagens, talvez agora eu recorresse a eles, mas ninguém me procurou. O fato de meu pai não ter entrado em contato não me choca, mas a minha mãe? À medida que ando pelo corredor, sinto tudo se contorcer dentro de mim e massageio a nuca. Acho que meu pai tinha razão. Não faço parte da família.

A visão do longo cabelo castanho me faz parar. Não acredito em fantasmas, mas estou vendo um. Com os olhos arregalados e uma expressão semelhante à que vi quando quase a atropelei, Haley está parada no meio do corredor. Uma mochila pende de seu ombro, e ela tem uma folha amassada em uma das mãos. As pessoas desviam dela e seguem caminho, como se ela fosse uma ilha no meio de uma corredeira.

Não sou tímido. Nunca fui. Pessoas, festas, multidões: essa é minha praia. Mas estar perto de Haley de novo... Encontrei minha kriptonita.

O jeans envolve seu quadril com perfeição, uma camiseta azul modela lindamente as curvas generosas, e ela tem os olhos mais escuros que já vi. Dá pra se perder naqueles olhos.

Ela pisca várias vezes, dobra o papel e vira, seguindo em direção contrária à minha. Supero o choque e corro atrás dela, em meio às pessoas.

— Haley!

Bem quando ela começa a subir a escada, olha para trás, as sobrancelhas quase juntas. *É isso aí. Estou te chamando.*

— Haley!

Nossos olhos se encontram, e ela leva a mão ao coração, numa reação automática. Passo entre duas meninas para me aproximar. Uma delas grita comigo, mas eu ignoro.

— West? — Haley lembra meu nome. Isso é um ponto.

— Por que você sempre está correndo? — Ela esboça um sorriso.

— Eu não estava correndo. — E aponta com o polegar por cima do ombro. — Estava indo para a aula.

Não quero metade. Quero um sorriso inteiro dessa garota.

— Você precisa admitir que foi uma boa cantada.

Meu Deus, o sorriso dela é incrível. Com os olhos brilhando desse jeito, ela é um show pirotécnico particular.

— Foi péssima. Prefiro garotos que me dão flores.

Anotado para uso futuro.

— Serviu para chamar sua atenção.

— Minha atenção? — Ela inclina a cabeça como se lembrasse alguma coisa horrível. É bem provável que esteja pensando na noite de sexta.

Uma corrente elétrica percorre o meu corpo quando Haley segura meu braço e me puxa para o canto da escada, perto do extintor de incêndio. Os dedos dela estão frios sobre a minha pele, agora quente.

Haley baixa o tom de voz.

— Você teve a minha atenção nos últimos três dias. A última vez que te vi, você estava sangrando na rua, e uma traficante se ofereceu para ser sua babá. Você faz ideia de quantas vezes procurei nos jornais alguma notícia sobre a sua morte?

Empurro os ombros para trás.

— Traficante?

Haley me solta e dá um passo para trás.

— É. A Abby. Todo mundo sabe que ela vende drogas. E ela é sua amiga, certo? Por favor, me diga que te deixei com uma amiga. Ai, ela não é sua amiga, não é? Droga. Droga. Você está bem?

Seus olhos se movem em busca de sinais de abuso. E ela vai encontrá-los: as marcas das duas brigas a socos da sexta-feira. O que ela não pode ver é a hemorragia interna causada pela discussão com o meu pai. Haley estende a mão para tocar o hematoma amarelado que começa a desaparecer do meu queixo, mas hesita.

Respiro fundo e sinto o cheiro dela: flores do campo desabrochando. Imagens e sons do mundo se dissipam, ou melhor, quase todos, menos aqueles lindos olhos escuros.

— É sério, você está bem? — Haley abaixa a mão, e eu viro para respirar qualquer coisa que não seja ela.

— Estou — respondo. — E *você*, está bem? Aqueles caras te machucaram?

— Estou bem.

Ela parece hesitante, e eu cruzo os braços.

— Estou bem — ela repete. — De verdade. O que você está fazendo aqui?

Ignoro a pergunta.

— O que aconteceu depois que apaguei? Por que eles não levaram meu carro?

— Não importa. O que você veio fazer aqui? Veio ver a Abby? Ou me procurar? O colégio não permite a presença de quem não é aluno. Se te encontrarem, vão chamar a polícia.

— Eu estudo aqui agora. — Pego no bolso de trás da calça o horário que retirei na secretaria minutos antes.

— West... — O olhar firme de Haley me faz pensar em um pelotão de fuzilamento. — Como assim "agora"?

— Fui expulso do colégio onde eu estudava.

— Por quê?

— Briga. — Pela primeira vez na vida, a culpa esquenta minha nuca. Cara, ela deve fazer uma imagem fantástica de mim... O problema? Ela está certa, e o fato de eu me importar é estranho.

Haley ergue as mãos.

— É claro. Por que não? Sou um ímã para esse tipo de pessoas. Por que não me cercar ainda mais? — Ela fita o teto. — Ei, Deus! Sou eu, a Haley. Não tem graça.

— O quê?

— Tudo bem. Certo. Dá pra administrar tudo isso. Eu consigo dar um jeito. Tudo sob controle. Posso dominar a situação.

— Não preciso ser controlado.

Haley me olha como se duvidasse de que estou falando sério, e seus cabelos caem sobre os ombros. São brilhantes e, aposto, sedosos ao toque. Gosto de cabelos como os dela. Gosto de beijar garotas com cabelos assim. Meus olhos buscam aqueles lábios, e lembro como ela se aproximou de mim na sexta à noite: o inferno ambulante, falante. Beijar Haley seria uma experiência maluca.

— West? — Ela gesticula na minha frente. — Atenção aqui, por favor?

— Eu não estava conferindo suas curvas. — Mas agora que tocamos no assunto...

— Experimenta, e eu juro que você vai ter que marcar a opção "outros" quando perguntarem se é homem ou mulher.

Dou risada e apoio a mão na parede fria, encurralando-a. Haley muda de lugar e praticamente se encolhe no canto. Ela é mais baixa que eu, mas não muito. Eu diria que está com medo, mas o jeito como olha para meus bíceps revela outra história.

— Haley? — Ela volta a olhar para o meu rosto. — Aqui em cima, por favor.

Boquiaberta. Indefesa. De queixo caído.

— Tudo bem. Olha só. Eu e você. Temos problemas.

Concordo. Ela quer me beijar. Eu quero seu corpo embaixo do meu. Nada que um quarto escuro e uma cama não possam resolver.

— O que você faz depois da aula?

— Quê? Não. Não quero saber. Não me interessa. Vamos voltar aos problemas. Sabe os caras que atacaram a gente na sexta?

Desencosto da parede e endireito o corpo.

— Sei.

— Eles estudam aqui. E eu não sou exatamente a melhor amiga deles.

Meus músculos enrijecem, e é preciso esforço para evitar um sorriso. A revanche vai ser doce com os filhos da mãe.

— Sabe onde eles estão?

— Fica longe deles. Eles são perigosos.

Não quero nem saber se jogam pôquer com o diabo. Eles me derrubaram. Isso não acontece, e não vou deixar a história acabar assim, especialmente com a perspectiva de passar os próximos quatro meses neste buraco.

Haley segura meu braço como se eu me preparasse para dançar em um campo minado.

— Não!

Eu me inclino até minha cabeça quase tocar a dela. As palavras do maluco ecoam em minha cabeça: "Sei onde encontrar a Haley".

— Eles te ameaçaram?

As unhas dela vão abrir crateras em meu braço.

— Tem coisas na minha vida que você não entende. Sei que sua intenção foi boa na sexta-feira, mas, para ser bem franca, você ferrou com tudo. Por isso estou implorando para me ouvir agora. Fique longe deles, fique longe de mim e, pelo amor de Deus, não fala nada sobre sexta-feira com ninguém.

O sinal toca. Haley me solta e sobe correndo a escada. Que merda é essa?

Haley

Deus me odeia. É a única explicação para West entrar na minha sala para a primeira aula. Minha melhor amiga, talvez a única, Marissa Long, abaixa o livro que está lendo desde que me acomodei na nossa mesa de ciências.

— Uau — ela fala.

Infelizmente, sou obrigada a concordar. O cara é lindo, não dá para dizer o contrário. O cabelo dourado é curto e bem penteado. Moderno, ainda que não. Exatamente como o restante dele. Uma combinação de perigo e beleza.

A calça jeans é do tipo sexy. Meio largo, mas não muito. Só o bastante para mostrar a cueca preta quando ele anda. E, graças à camiseta justa, o mundo sabe que ele é definido e malhado de todos os jeitos mais deliciosos.

Fecho os olhos e respiro. *Para.* West não é gato. Ele é um lutador. É encrenca. Já vivi isso, com tudo a que se tem direito.

Marissa toca meu braço e, quando abro os olhos, descubro que ela invadiu meu lado da mesa.

— Ele está olhando para você.

Claro que, enquanto o professor de biologia II procura alguma coisa nas gavetas da mesa dele, West sorri para mim daquele jeito glorioso que me faz derreter. *Droga. Porcaria.* Ele me atrai. Isso não é bom. Não é nada bom.

— Conhece o cara? — pergunta Marissa.

Sim.

— Não.

E vai ser difícil alguém acreditar nisso enquanto ele olha para mim como se me visse sem roupa. Passo um dedo pela gola da camiseta para liberar um pouco do calor. Se West não segurar a onda, vai acabar matando nós dois.

— Tem certeza?

Eu disse para ele ficar longe de mim, porque é assim que vai evitar confusão com Conner e Matt. Vai ser incrível se eu ainda estiver inteira na hora do almoço.

Nosso professor faz um gesto convidando West a sentar.

— Qualquer lugar.

Ele olha para a cadeira a meu lado, e eu agarro a mão da Marissa.

— Não sai do lugar. Nem para apontar o lápis. Nem para ir ao banheiro. Nem para pegar a mochila.

— Tuuuudo bem — ela responde, e enfia a cara no livro novamente.

West caminha pelo espaço apertado entre as cadeiras. Olho para frente, ignoro que ele existe, ignoro a lembrança de quase ter virado panqueca embaixo do carro dele na sexta-feira, de ele ter tentado se matar brigando com Conner, e de ter sido forçada a lutar para tirá-lo da encrenca.

Ignoro tudo isso, mas, mais importante, ignoro como meus sentidos ficam aguçados quando West para ao lado da minha cadeira, apoia a mão sobre a mesa e se inclina para mim. Juro que o calor do corpo dele envolve o meu. Um cheiro de almíscar muito tentador invade meus pulmões quando inspiro. *Ai, é de dar água na boca.*

Todo mundo vira para olhar, porque o garoto mais lindo que já entrou neste colégio está parado ao lado da garota que ninguém, além de Matt, quis namorar.

— Oi, Haley — ele diz, com a voz profunda que me faz arrepiar, um arrepio do tipo *Diário de uma paixão*.

Não posso olhar para ele. Não posso. Primeiro, porque ele não deveria estar falando comigo. Segundo, porque ele é lindo e prefiro que West continue afastado a precisar pensar nisso.

— Temos um acordo.

Ele ri.

— Você falou alguma coisa. Eu discordei. Mais tarde a gente chega a um acordo.

O sr. Rice pede para todos se acomodarem, e West segue para o fundo da sala, mas não sem antes deslizar um dos dedos por sobre meu ombro. Deixo escapar um sopro de ar pelos lábios enquanto um arrepio percorre meu braço inteiro. West não joga limpo.

Olho para frente, e meu coração para por um instante quando me deparo com um olhar frio e duro. Matt entra na sala quando o sinal toca, e não tenho dúvidas de que viu parte do espetáculo.

Ele vem andando pelo corredor, e eu quero derreter na cadeira. Sem mudar o ritmo dos passos, ele resmunga ao passar por mim:

— A gente conversa mais tarde.

Aperto a nuca com uma das mãos, como se isso pudesse desobstruir minhas vias respiratórias. Não sei se Matt quer falar comigo sobre West ter me tocado, sobre Conner, que talvez tenha contado o que aconteceu entre nós, ou se quer apenas repetir antigas brigas de nosso relacionamento acabado, mas, da minha parte, não existe a menor possibilidade dessa conversa acontecer. Não se eu puder evitar.

West

Deslizo em uma cadeira vazia no fundo da sala, e uma loira desbotada senta na cadeira ao meu lado.

— Você é o West Young — ela diz.

— Sou. — Eu me afasto um pouco. A última coisa que quero é que minha fama com as garotas, ou as brigas, me acompanhe. Alguma coisa boa tem que sair disso. — Como sabe?

— Fui com minha prima a algumas festas na casa do Brian Miller. Ela estuda na Worthington.

Merda. Olho para ela e torço para não ter pegado. Não transo com as garotas. Não é o que eu faço. Já vi outros caras pirando por causa de uma gravidez indesejada, por se apegarem demais ou por causa de uma boa e velha DST. Não, obrigado. Não é assim que faço sucesso. Mas agrado de outros jeitos, e as meninas gostam da minha criatividade.

A loira torce o cabelo ao redor de um dos dedos, olha nos meus olhos e sorri com ar de vou me jogar em cima de você, sinais que indicam que já nos conhecemos fisicamente.

— Sou a Jessica — anuncia. — Eu quis me apresentar quando te vi em uma festa um ano atrás, mas quando cheguei perto você estava meio fora do ar.

Obrigado, Deus, por me poupar da culpa do "por que não me ligou".

O professor pede silêncio, e abro o único caderno que tenho. Com vinte dólares em dinheiro, comprei o caderno e uma caneta, e gastei o resto em combustível. Comida não estava na lista de prioridades hoje de manhã, mas, quando meu estômago ronca, começo a me arrepender dessa decisão. Não faço uma refeição decente desde quinta-feira à noite.

Tenho medo de passar o cartão de crédito e descobrir que foi bloqueado. Minha sanidade mental tem limite.

A algumas mesas da minha, Haley está sentada com as costas eretas. *Vai, me dá algum sinal. Qualquer um.* Levei uma surra por causa dela, e vi a atração brilhando em seus olhos na escada. Ela ficou vermelha quando entrei na sala. *Olha para mim. Só olha para mim.*

A caneta bate na mesa quando pula da minha mão, e congela no momento em que Haley olha para trás. Com movimentos rápidos como os de um coelho, seu olhar se volta adiante, mas é tarde demais, já olhou.

Não sei por que isso é importante para mim. Talvez porque tudo na minha vida está destruído, e preciso saber que uma pessoa, pelo menos, se importa. Talvez... mas quem sabe? No momento, o dia de hoje parece quase viável.

— Você conhece a Haley?

As linhas que aparecem na testa de Jessica falam de ciúme.

O que Haley me disse? Para ficar longe? Não vai rolar.

— Conheço. E você?

— Ela é minha amiga.

O professor passa o roteiro para um projeto e resmunga alguma coisa sobre precisar sair um momento para ajudar uma turma do outro lado do corredor, mas avisa que pode nos ver de lá e que espera que a gente assista ao documentário que deixou rodando no Smart Board. Com as luzes apagadas e a porta fechada, assim que ele sai, a turma relaxa e começa a conversar em voz baixa.

Jessica olha para mim, apoia o cotovelo na mesa e a testa em uma das mãos.

— Como conhece a Haley? Das lutas?

Lutas?

— Isso.

Um sorriso aliviado aparece no rosto dela. Se eu souber jogar bem, talvez consiga entender Haley.

— Foi o que pensei — ela diz. — Depois que ela e o Matt terminaram, no verão passado, ela jurou que não queria mais saber dessa coisa de homem durão, mas eu sabia que ela não ia conseguir se segurar. A Haley é um moleque desde o jardim da infância.

Moleque? Estamos falando da mesma pessoa? Haley é cheia de curvas. Ainda está no ensino médio, mas já passou quilômetros daquele estágio intermediário.

Jessica arrasta a cadeira para perto de mim, e o ruído é estridente. Todo mundo reclama. A maioria olha para trás, inclusive Haley. *Merda*. Não quero que ela veja outra garota dando mole para mim.

— Então, me fala — Jessica pede com um tom que sugere que dividimos segredos. — Ela está lutando de novo? Não vou contar pra ninguém, juro.

Ninguém, até sair da sala.

Com a cabeça apoiada sobre um braço em cima da mesa, Haley move a caneta em círculos. Ela desenha, como meu irmão Ethan. Quando quer esvaziar a cabeça, pensar nas coisas, ele rabisca em qualquer pedaço de papel.

Haley é mais baixa que eu. Alta para uma garota. E muito, muito feminina. Jessica deve estar brincando. Haley não pode ser lutadora.

— Não a vi lutar.

— Ah, bom... então deve ter visto o primo e o irmão dela lutando, acho.

— Sim. — Haley e a família são lutadores. Deixo as palavras permanecerem na cabeça como se as saboreasse. Acho tudo meio estranho, mas me lembro de como ela me desafiou outra noite, quando quase a atropelei.

Haley é uma lutadora. Interessante. Como a informação sobre as flores, a guardo para uso futuro. Que outros segredos ela esconde? Quem é o tal Matt que Jessica mencionou mais cedo?

— Aquele é o Matt. — Jessica aponta um filho da puta grandalhão sentado na cadeira atrás de Haley. Ele tem cabelo escuro, quase raspado, e orelhas um pouco deformadas. Já vi a deformidade em estágio mais avançado no pay-per-view, mas era uma versão muito mais intensa. Orelhas de couve-flor. Aparecem quando um lutador apanha muito e a cartilagem não se recupera corretamente.

Mas o importante é como o cara observa Haley, os olhos memorizando cada movimento. Ela já o avisou do fim do namoro, ou ele está só lamentando a perda?

— O que rola entre os dois?

— Namoraram no segundo ano e terminaram uma semana depois da Haley ter ido morar em um abrigo para sem-teto, no verão passado. Mas eu não tenho dúvida de que o Matt vai conseguir voltar. Ele é maluco, obcecado por ela.

— Quê? — Olho para Jessica, e meu coração dispara enquanto me pergunto se ouvi direito. Ela estava falando da Haley, certo? Não de mim. Mas Haley não pode ter morado em um abrigo.

— O Matt... ele é obcecado por ela. Não de um jeito maluco, doente, mas de um jeito romântico, sabe?

— Não — eu a interrompo. — Perguntei sobre o abrigo.

Ela cobre a boca com uma das mãos.

— *Ops*. Eu não devia ter contado. Não fala para a Haley que eu toquei nesse assunto. Ela ia morrer de vergonha

— Não vou falar. — Mas era ela quem deveria sentir vergonha de ter falado demais. Com exceção do exagero da mão na boca, Jessica finge bem. No meu antigo colégio, as garotas comandavam a guerra e aniquilavam os oponentes usando palavras. Esse "escorregão" foi, na verdade, uma execução a tiro na cabeça de Haley.

— Legal. — Ela olha para Haley como se de repente tivesse consciência, mas desiste do arrependimento quando baixa a voz. — O pai da Haley perdeu o emprego tem um ano, e eles perderam tudo. Tem sido duro para ela, mas todo mundo aqui está tentando ajudar. Sabe, somos bons amigos.

Prefiro tomar arsênico a ter uma amiga como Jessica.

— Ela ainda mora no abrigo?

Jessica balança a cabeça.

— Foram morar na casa da família do primo dela. É sério, não conta pra ela que eu falei tudo isso. A Haley é muito discreta. — Finalmente, seu rosto fica vermelho. Talvez ainda exista uma pequena chance de salvação.

— Vamos combinar: se não contar para ninguém que sou um Young, não conto nada sobre o que você falou da Haley. — Não tenho problema nenhum com chantagem. O sobrenome Young é bem comum. Espero que ninguém me associe à família mais rica da cidade.

— Por que não quer que saibam que é um Young? Nossa, eu picharia o céu com essa informação.

— Mas eu não, entendeu?

— Tudo bem — ela diz.

A porta da sala é aberta, e a conversa acaba. Relaxo na cadeira, estico as pernas embaixo da mesa e cruzo os braços. Quando olho para Haley de novo, ela continua com a cabeça apoiada no braço, mas, desta vez, os lindos olhos escuros me fitam.

Inesperadamente, ela me encara. Um segundo. Dois. Quase três. Ouviu minha conversa com Jessica?

Haley vira para a frente, para o documentário. Minha cabeça ferve com a nova informação, e isso só aguça minha curiosidade.

Haley

Consegui evitar Matt desde hoje de manhã, e estou apostando no refúgio da cantina para me salvar dele por mais vinte minutos, pelo menos. Ele não vai me abordar na frente de Jax, Kaden e os outros lutadores da academia do meu avô, certo? Ninguém é tão corajoso.

Mordo o lábio e começo a repensar o plano. Matt não vai me abordar, mas Conner, sim. Ele ficou sem noção desde que começou a usar drogas.

É irritante, mas o assunto na mesa do almoço é o aluno novo, West. Espeto a pizza em meu prato. Esse garoto pode ser o meu fim. Literalmente. West... o herói gato, arrogante, irritante e teimoso, faz três aulas comigo, e ainda faltam duas antes do fim do dia. Aposto a grana que nem tenho como ele vai estar nessas salas também.

West.

West, West, West. Sobrenome Young. E, no mesmo instante, ele entra na cantina e sorri daquele jeito provocante, que me incendeia.

— Olha o garoto novo. — Jessica só falta babar em cima da mesa. — Uma obra de arte andando por aí.

— Com aqueles braços — comenta outra garota —, não dá pra não tentar imaginar como ele é sem camisa.

Sim, é verdade.

Várias meninas concordam, e eu me concentro na bandeja de comida que nem provei. No primeiro ano, costumava sentar com Kaden e os outros garotos da academia para almoçar. Fui idiota, me apaixonei por Matt no segundo ano e acabei indo sentar com ele e os caras da Black Fire. Fui obrigada a encontrar uma mesa nova para almoçar quando as coisas entre mim e Matt explodiram como uma bomba de hidrogênio.

Até aquele momento, eu nunca havia me relacionado com outras garotas. Não é ruim, se você não se importa de pisar em um campo minado sem sinalização.

— Soube que você e o Jax estiveram na secretaria hoje cedo. — Marissa olha para as outras garotas, que ainda babam pelo West, e pega uma batata frita da minha bandeja quando acha que ninguém está prestando atenção. Marissa vive de dieta. Não porque é gorda, mas porque acha que é, e as outras meninas alimentam os medos dela. — A Jessica viu vocês e me contou.

Marissa anda atrás de Jax desde que ele a ajudou um dia, no fundamental, quando ela tropeçou. Feliz e infelizmente, Jax nem imagina que ela existe. Ruim para Marissa, mas ótimo para ela. Jax a devoraria como se fosse um aperitivo.

— Ele me fez companhia enquanto eu pesquisava algumas possibilidades de bolsa de estudo.

Marissa prende o cabelo atrás da orelha, e repete o gesto três vezes, sinal de nervosismo.

— Ele falou de mim? Ficamos no mesmo grupo da ginástica na semana passada. Éramos quatro, mas ele estava do meu lado, daí... sabe... pode ter lembrado de mim, ou alguma coisa assim.

É por causa desse tipo de conversa que sou bem-vinda nesta mesa. Como Jessica adora falar: "Ela é a garota que conhece os gatos". É. Essa sou eu. A Wikipédia viva e ambulante dos lindos e gostosos da Eastwick. Não conto para ninguém que eles me odeiam.

— Você conhece o Jax. — Ela não conhece. — Ele não faia comigo sobre garotas. — Falava, mas perdemos a capacidade de conversar com tranquilidade. Ele e Kaden não me perdoam por ter deixado a academia.

Ela assente.

— Tudo bem.

Um movimento à minha direita chama minha atenção, e eu me torno uma daquelas aves com as penas cobertas de óleo, pesadas. Conner, irmão mais novo de Matt, entra na cantina com o pulso imobilizado. Hematomas amarelados cobrem seu rosto, e ainda dá para ver o que resta de um olho roxo.

Empurro a cadeira para trás, pronta para fugir. Conner é um ano mais novo que eu, por isso tenho conseguido evitá-lo... até agora.

Algumas mesas longe da minha, Kaden e Jax ficam em pé. Jax apoia um ombro na parede e cerra os punhos junto ao corpo. Os olhos dele abrem um buraco em mim. Kaden, por sua vez, se mexe como um tigre enjaulado atrás de Jax, os olhos fixos em Conner.

— Ai, meu Deus — cochicha Marissa. — Lá vem ele.

Ele quem? Viro a cabeça tão depressa, esperando ver Connor ao lado da mesa, que o cabelo chicoteia meu rosto. Não, não é Conner, mas é igualmente ruim.

— Sério?

— Meninas, posso sentar aqui? — West pergunta. Ele se dirige a todas, mas olha para mim.

Esse cara é surdo? Levanto, e minha cadeira faz um barulho horrível contra o chão.

— Pode ficar com o meu lugar.

O sorriso dele se torna mais largo.

— Não tenho problema nenhum com espaço pessoal, pode sentar no meu colo.

Meu queixo cai. Ele acabou de dizer...

— Seu... — Sem palavras. — Você é...

West gesticula, move os dedos me convidando a continuar. Para ele, isso é uma brincadeira.

— Lindo? Irresistível?

Empurro a cadeira contra a mesa e me dirijo à fila da comida, esperando desaparecer no meio das pessoas. Para sair, preciso passar por Conner. Compro outro almoço, se for a única maneira de ele não me ver. Olho para a porta e suspiro, aliviada. Conner está conversando com Reggie, o traficante que fornece para ele. Hoje ele vai me dar uma folga.

— Você e eu, Haley. — A voz familiar de Matt provoca um arrepio que atinge até minha alma. — A gente precisa conversar.

— Minha família está olhando. — Tenho de me esforçar para levantar a cabeça e começo a tremer. Não quero demonstrar medo, mas ele me apavora. Matt é de dar pesadelos.

— Você escolhe se o Jax e o Kaden vão precisar se meter nisso. Dificulta a situação, e eles entram na história. Facilita, e eles ficam fora disso.

Vejo ali uma leve semelhança com o cara fofo por quem me apaixonei no segundo ano: alto, cabelo escuro, olhos cor de âmbar. Agora, raspa a cabeça, as orelhas são um pouco deformadas por causa das lutas, e vejo nele um endurecimento, uma inquietação que não existia quando o conheci. Quem sabe? Talvez a agitação sempre tenha existido e eu fosse ingênua demais para perceber.

Matt vira e se afasta em direção ao canto do lado direito da cantina, onde estão os lutadores da Black Fire, em direção oposta à da mesa de Jax e Kaden.

Matt não olha para trás para ver se eu o sigo, porque ele sabe que vou fazer isso. Ele me controlava antes, inclusive quando havia sangue em suas mãos e nas minhas. Qualquer respeito por mim mesma, ou autoconfiança que eu imaginasse ter construído se desintegram. Ele me controla agora.

Não posso olhar para meu irmão, ou para meu primo. Meu rosto queima, e encaro meus sapatos em movimento. Há seis meses, Jax e Kaden me encontraram caída, sozinha numa garagem, em uma festa. Meu corpo tremia, os dentes rangiam e eu só conseguia pensar que Matt era mais forte que Jax e Kaden.

Com o corpo ainda latejando com essa prova, eu menti. Protegi o que amava, protegi Jax e Kaden, e depois abandonei as lutas. Uma decisão pela qual ainda sangro.

Depois de trocarem algumas palavras sussurradas, os caras que estavam sentados à mesa de Matt se separam e me deixam sozinha com ele, de certa forma, na cantina lotada. Nenhum deles olha diretamente para mim, porque todos sabem que contribuíram para o que aconteceu. Foram eles que me contaram sobre Conner usar drogas. Foram eles que me pediram para falar com Matt, porque Matt não enxergava o que estava diante do nariz dele.

"Ele vai te ouvir, Haley. Você é a única que ele escuta."

Não, ele não me ouviu, e eu entendi bem depressa porque ninguém tinha coragem de falar mal do Conner para ele. Um gancho de direita na cabeça é um argumento bem forte.

Matt cruza os braços.

— Não deixo ninguém fazer mal ao que é meu.

Não, fazer mal é direito exclusivo dele.

Matt costumava me abraçar. Ele acariciava meu rosto, meu corpo. Tarde demais, percebi que éramos um inferno, e que eu havia sido acorrentada ao poste. Ele me tocava. Ele me beijava. Ele me dizia coisas que ninguém nunca disse. Ele me fazia sentir especial.

Depois do Matt, não faço questão de ser especial nunca mais.

— Por consideração ao que fomos um para o outro, estou te dando uma chance de explicar — diz ele.

A ponta do meu sapato esfrega uma mancha seca de ketchup no piso de ladrilhos laranja. Contei a verdade no verão passado, e ele ficou furioso. Nada mudou desde então. Matt se aproxima um passo, e sinto o suor frio escorrendo pelo pescoço.

— Eu odiava quando você não falava comigo — ele cochicha. Houve um tempo em que ele cochichava "eu te amo" ao meu ouvido, e eu respondia com um beijo. Dor e arrependimento podem matar uma pessoa lentamente, de dentro para fora.

— Você nunca quis ouvir o que eu tinha para dizer — respondo.

— Não é verdade.

É verdade. E no fundo ele sabe disso.

— O que o Conner te falou? — Se não for nada muito terrível para mim, posso confirmar a versão de Conner, porque não existe uma versão verdadeira. Não existe a verdade. Só existem as percepções que as pessoas têm da verdade.

Ele descruza os braços e deixa os ombros despencarem. Foi isso que me atraiu em Matt inicialmente: a capacidade de parecer vulnerável quando, fisicamente, ele é tudo menos isso.

— Chegou em casa todo machucado e disse que você estava lá, e sei que isso não pode ser verdade. Você nunca me desafiaria desse jeito.

O mentirosinho contou a verdade pela primeira vez. Quando não devia.

— O Conner falou que eu fiz aquilo?

— Ele começou a me contar o que aconteceu. Disse que você estava lá. Depois, percebeu que os caras estavam por perto.

"Os caras" são os outros lutadores da Black Fire. Conner nunca contaria a eles o que aconteceu entre nós. Matt continua:

— O Conner se recusou a continuar falando, e nós tiramos a conclusão mais natural: Jax e/ou Kaden atacaram o Conner. Por respeito a você, impedi todo mundo de ir atrás da sua família naquela noite.

— Respeito por mim? — repito.

Um músculo pulsa sob um de seus olhos.

— Você segurou minha barra uma vez. Considere a dívida paga.

Um arrepio percorre as minhas costas. Ele mencionara aquela noite. Ouvi-lo reconhecer...

— Quero saber quem foi — Matt continua. — E vamos resolver no ringue.

Enrolo o cabelo na minha mão fechada. Não quero Jax e Kaden pagando por meus pecados, mas eles enfrentam regularmente os caras da Black Fire em lutas. Melhor o ringue com um juiz do que a rua com armas, e esse tem sido meu maior medo.

— Em qual evento?

— Não tem evento, nem juiz. O Conner está com o pulso torcido. Não vai ter regra de misericórdia.

Se não tem regra de misericórdia, não é torneio. Não é um evento público com regras e juízes. Não existe a possibilidade de cair no tatame e parar a luta se o lutador se sentir mal, perder a consciência ou apanhar mais do que aguenta. Uma luta assim é uma briga de rua e pode acabar em danos graves... Pode significar a morte, e é isso que tenho tentado evitar há meses, desesperadamente.

— Não. Nada feito. — Mordo a língua para não contar a Matt que só torci o pulso de Conner porque ele agarrou meu cabelo para me derrubar. O irreal é que, se olhasse para mim, se ele realmente olhasse para mim, Matt veria os hematomas sob a maquiagem, veria meus dedos machucados, veria a verdade, mas como sempre... como a maioria das pessoas... Matt só vê o que quer.

— Então vamos pegar os dois — ele ameaça. — Vamos bater neles quando e onde a gente decidir.

Ele se move para ir embora, e eu o seguro pelo braço.

— Você nunca pensou que o Conner pode ter atacado?

— Por que ele faria isso? A gente luta contra o Kaden e o Jax no ringue. Não precisamos brigar na rua para provar nada.

— O Conner usa drogas.

— Merda, Haley. — Matt se solta com um movimento brusco. — De novo isso. Suas mentiras acabaram com a gente uma vez. Acha que é uma boa ideia começar com isso de novo?

— Escuta! — Estou desesperada o bastante para deixar a verdade vir à tona. — Fui eu. Eu bati no Conner. Estava levando remédios para o meu pai, e ele me atacou.

— Você não pode ter feito todo aquele estrago. — Uma veia salta no pescoço dele. — Você está protegendo alguém. Quero saber quem, e quero saber agora.

Fecho os olhos no momento em que ouço a voz que deveria estar em qualquer outro lugar, menos perto de mim.

— Fui eu — diz West. — Eu bati nele.

West

Olho para o cara na minha frente: minha altura, meu porte físico, meu problema. Na verdade, o garoto parado atrás dele é o meu problema, mas, depois que ouvi a discussão entre Haley e esse filho da mãe, tenho a impressão de que tudo está relacionado.

— Quem é você? — ele me pergunta.

— West. E você? — Porque, teoricamente, não faço nem ideia de quem é ele.

— Matt Spencer. — Haley responde no lugar dele, e depois aponta o cara que me espancou na sexta à noite. — Aquele é o Conner, irmão mais novo do Matt. O West é novo na escola, Matt, e ele deve tomar algum tarja preta, ou usar alguma droga pesada, por isso não sabe o que está falando.

Dou risada. Tarja preta. Essa é boa.

Haley murmura para mim.

— Vai embora.

Balanço a cabeça de um jeito sutil. Conner e eu temos assuntos para terminar, e não estou impressionado com o que ouvi da conversa entre ela e o irmão mais velho do garoto.

— É, na maioria dos fins de semana, talvez; mas lembro nitidamente da noite da última sexta-feira.

O chapado se junta à roda.

— E eu lembro que meu soco te derrubou.

— Duvido que consiga lembrar até do seu nome. — Vejo nele todos os sinais da dependência pesada: rosto pálido, olheiras profundas e nervosismo. Já vi tudo isso no meu antigo colégio. Droga é uma das coisas que atravessam as fronteiras de classe e de dinheiro.

Conner se adianta e, ao mesmo tempo, Haley se coloca na minha frente, e Matt contém o irmão, dizendo a ele para "se segurar" e lembrando que não pode correr o risco de outra suspensão.

— Você é suicida? — Haley se levanta na ponta dos pés e tenta ficar do meu tamanho. Não consegue. — É esse o lance? Existem grupos de apoio por aí que podem te ajudar.

O inferno que anda e fala voltou, e eu gosto disso.

— Você parecia precisar de ajuda. E, como me ajudou na sexta-feira, eu estou te ajudando agora.

Ela desce da ponta dos pés.

— Não preciso da sua ajuda. Preciso que me ouça e fique longe de mim. Você é surdo? Alguma perda auditiva que tem vergonha de admitir? Porque eu sei que já falei pra você ficar longe de mim.

— Foi você? — Matt pergunta. O chapadinho fica parado ao lado do irmão com as mãos nos bolsos, mas a cara dele revela que está tão ansioso quanto eu pelo segundo round. — Você atacou o Conner?

Outros alunos se aproximam. Eles rodeiam a cena, sentados nas mesas ou apoiados nas janelas. Por que as chances estão sempre contra mim?

Haley vira a cabeça para que eles não a vejam sussurrar para mim:

— Fala que não e me deixa cuidar disso.

Meus olhos se abrem quando encaro Conner. Quer dizer, quando olho para ele de verdade. Hematomas amarelados ainda podem ser vistos em seu queixo. Eu os coloquei ali. Mas o olho roxo... o pulso... Não pode ser. Eu era o único lá e, quando acordei, só havia a Haley comigo.

— Bela tipoia.

— Vai se foder — responde Conner.

— Some, West — Haley murmura. — Está piorando as coisas.

— Quem é o novato? — Um cara de moicano se aproxima.

Haley olha para o teto.

— Sério? — Ela encara o garoto do moicano com um olhar quase violento. — É sério, Jax?

Jax pisca para ela, e outro aluno se aproxima dele.

— É meio difícil ouvir a conversa do outro lado da cantina, e tenho a sensação de que todo mundo está interessado no mesmo assunto. Dou um biscoito para quem me contar quem machucou a Haley, e depois a gente decide, como os cavalheiros que somos, que modalidade vamos lutar para resolver essa história.

Uma discussão rápida acontece entre Jax e Matt. Meu estômago despenca em queda livre. Como não vi antes os dedos machucados e como a maquiagem quase não esconde as manchas na pele perto do olho dela? Conner é um homem morto.

Levanto uma das mãos e paro um pouco antes de tocar o olho dela, a palma quase entrando em contato com a pele. O calor preenche o espaço, e sinto uma necessidade dolorosa de apagar aquelas marcas. Haley afasta a cabeça, e eu abaixo a mão, me sentindo rejeitado.

— Fala que não brigou por minha causa — cochicho.

Ela inclina a cabeça.

— O Conner não teria parado. Nem quando você desmaiou, ele não teria parado.

— Haley... — Não sei o que dizer. Nada. Não é certo ela ter hematomas por minha causa. É desprezível um homem bater em uma mulher. Mesmo que ela o tenha esmurrado primeiro. Mesmo que ela esteja defendendo outra pessoa. Seja como for.

— Vai embora — ela fala. — Essa briga não é sua, e preciso fazer alguma coisa para que ela não passe a ser da minha família.

Os dois que chegaram por último devem ser o primo e o irmão de quem Jessica falou mais cedo. Meio metro separa a família de Jessica da gangue de Matt. Todos adotam uma postura desafiadora, mas continuam parados. Por alguns segundos, eu os respeito. São suficientemente espertos para manter as brigas fora do colégio.

— Fui eu — anuncio.

O Moicano abandona a atitude de desprezo debochado e se deixa dominar pelos demônios internos ao avançar contra mim.

— Você machucou a Haley?

— Não. Eu a defendi.

— Eu caí. — Haley segura meu pulso, e os dedos finos me apertam. — Eu caí.

Não sei como te ajudar. É isso que quero gritar. Mas cubro a mão dela com a minha e passo o polegar pelos dedos esfolados. A mão está gelada, sem vida. Ela tenta se afastar, mas eu a seguro com firmeza. Não faço promessas que não pretendo cumprir, e, neste momento, estou jurando que vou cuidar dela e de seus problemas.

Solto Haley e olho para os dois grupos.

— Ela caiu. Eu saí da loja, vi a Haley no chão e o Conner em pé, ao lado dela. Tirei conclusões precipitadas. Errei.

A expressão furiosa no rosto de Conner quase é suficiente para compensar o nocaute.

— Bobagem.

— Tudo bem. Explica você, então. Nós brigamos. Eu venci. A menos que queira admitir que levou uma surra de uma garota. — Dou uma risadinha para aumentar o efeito da declaração, e o babaca estremece de raiva. Vários parceiros de grupo dele riem da "piada".

— Foi assim que aconteceu? — Matt pergunta a Conner.

O conflito interno provoca uma comoção em seu rosto. Não sei que alternativa é pior? Eu seria capaz de admitir que apanhei de uma garota? Já é horrível saber que uma bateu em outro cara para me defender. O babaca balança a cabeça, numa resposta afirmativa.

Matt coça a têmpora e olha para mim, para Haley e para Conner, depois de novo para mim.

— Quem é você, e por que está se metendo nos assuntos da Haley?

— Ele é um desconhecido — Haley declara, antes que eu responda:

— Estamos namorando.

Haley gira em minha direção como um tornado num milharal.

— Estamos o quê?

— Namorando — respondo claramente. Porque nem Matt, nem a família dela acredita nas bobagens que eu digo, e não vão acreditar... a menos que a gente ofereça algum incentivo. — Em segredo. Mas tudo bem, *Haley*. — Enfatizo o nome dela na esperança de chamar sua atenção. — Agora que me transferi para cá, a gente pode contar nosso segredo para todo mundo.

Ela se transforma em um zumbi numa noite de mortos-vivos e pisca repetidamente. Aproximo minha mão de seu cotovelo e me preparo, caso ela desmaie. Não posso esquecer: ela se abala com facilidade.

Bocas se abrem. Alguns ali parecem ter se transformado em pedra. De repente, penso: *Algum deles é namorado da Haley?* Jessica mencionou um relacionamento fracassado com Matt, mas Haley pode estar envolvida com outra pessoa. *Que merda. Que grande merda.*

— Você está namorando a Haley? — O tom de ameaça de Matt indica que acertei na mosca. — A minha garota? Está namorando a Haley?

Haley volta à vida.

— Sou sua ex-namorada.

Agradeço a Deus pelas pequenas gentilezas e pelo maldito coelho da Páscoa, porque esse era o presente de que eu precisava. Não tem mais ninguém na vida da Haley, e Jessica tinha razão: ele é obcecado.

Matt é, evidentemente, o alfa da sua matilha, por isso é com ele que falo:

— É pecado proteger a namorada?

Ele não havia desviado os olhos de Haley desde que anunciei nosso relacionamento repentino. Finalmente, Matt responde:

— Não.

— Isso é verdade? — Jax aperta a ponte do nariz como se sentisse cheiro de merda. — Você tá namorando esse cara em segredo.

— Eu... — Haley não diz mais nada.

— Todas as mentiras que contou desde sexta-feira... O que enfrentei em casa para te proteger... De novo por causa de um cara? Caramba, Haley. — Ele para, depois respira fundo. — Cansei de você.

— Jax! — Haley grita, mas ele se afasta. O outro que também é da família tem aquela expressão que minha mãe exibe quando fala da filha que morreu logo depois que eu nasci. Em silêncio, ele vai atrás de Jax.

Haley parece desabar. A expressão dela... é como se alguém tivesse arrancado seu coração ainda pulsante. Preciso tirá-la daqui.

— Presta atenção, cara — digo para Conner. — Foi um mal-entendido. Eu vi você parado ao lado da Haley, fiquei todo protetor, e a situação saiu do controle. Acabou, todo mundo sobreviveu.

Passo um braço por sobre os ombros de Haley e sinto que ela fica tensa. Estendo a outra mão para Conner, sabendo muito bem que o prejuízo foi grande e que a animosidade entre nós é insuperável.

— Vai se foder — diz Conner.

Recolho a mão e dou de ombros. Bom, eu tentei.

— Tudo bem, vou deixar vocês almoçarem. — Tento levar Haley dali, mas é difícil, porque ela parece ter criado raízes profundas.

— Parece que não foi uma briga justa — diz Matt. — Meu irmão foi um cavalheiro, ajudou a Haley quando ela caiu, e você atacou o cara pelas costas. É fácil derrubar alguém que nem sabe que vai ser atacado. Pedir desculpas não é suficiente.

— É suficiente — Haley responde. — Por favor, Matt, deixa isso pra lá.

Matt imita o sorriso doente que o irmão dele trazia no rosto antes de me nocautear.

— Sabe das mentiras que sua "namorada" tentou me contar antes de você aparecer? Ouvir a Haley suplicar por você me faz pensar se aguenta mesmo essa merda.

Coço o queixo, solto Haley e me aproximo de Matt. Cadeiras arranham o chão quando os parceiros dele ficam em pé. Matt os detém, levantando um dos dedos.

— Tem alguma coisa pra dizer?

— Tenho. Acho que você precisa saber que fui expulso do meu antigo colégio por causa de briga. Não tenho problema nenhum em enfrentar essa merda.

— Então prova.

— Pode dar o primeiro soco, babaca. — Não vou ser acusado de atacar alguém pelas costas.

O ar vibra com a energia hostil. Matt estufa o peito, levanta os braços, e um dos amigos dele avisa:

— O diretor.

Matt recua, e eu o imito. Um homem mais velho com terno cinza nos observa enquanto se aproxima da fila do almoço.

— Novato — diz Matt —, a gente não briga na escola, mas é só tocar o sinal e você está na minha mão.

Haley se torna um escudo humano na minha frente.

— Não.

— Haley — Meu sangue ferve quando a vejo implorando na frente do filho da mãe. Ela realmente acha que sou tão fraco? —, eu cuido disso.

— Escuta o que ela diz, Matt — Conner se manifesta.

— O quê? — Matt reage.

— Um de nós luta com ele no ringue. Sabe, para garantir a humilhação pública. O melhor vence... essa merda toda...

Haley enfia os dedos nos cabelos e os puxa como se quisesse arrancá-los.

— Ele não é lutador. Não vai ser justo.

— Eu sei lutar — disparo, mas ninguém ali me escuta.

— Se ele não aguenta pancada, não devia ter se metido com um de nós — diz Matt.

— Matthew. — O desespero na voz dela faz todo mundo parar. — Juro que ele não sabia.

Os olhares... Todos duvidando de mim, porque Haley praticamente assinou com sangue uma declaração de que não sou capaz de me defender. Vou passar quatro meses neste colégio, e não quero que ela fique o tempo todo me protegendo.

— Podem decidir o dia e a hora.

Conner acena para Matt com a mão machucada, como se estivesse decidindo se quer ou não queijo no hambúrguer.

— O torneio vai acontecer daqui a dois meses. Eu cuido do pulso, e nós dois participamos.

Matt concorda com um aceno de cabeça.

— Tudo bem. Você concorda, novato, ou ficou com medinho?

Sorrio. Uma descarga de adrenalina percorre minhas veias. Acho que não me sinto tão vivo há anos...

— Vou esperar ansiosamente.

O sinal toca, anunciando o fim do horário de almoço. Matt e sua matilha deixam a mesa.

Haley fecha os olhos e abaixa a cabeça, apoiando a testa nas mãos. Não é essa a reação que eu esperava dela.

Haley

Vou embora no segundo ônibus. Quando morávamos em nossa casa, minha casa, eu pegava o primeiro. Quando as coisas eram mais simples. Antes de eu começar a namorar o Matt e quando Jax, Kaden e eu não estávamos sempre brigando. Quando eles conseguiam olhar para mim, pelo menos... Diferente de agora. Hoje, quando eles saem para pegar o ônibus e treinar na academia, nem se despedem de mim.

Sento longe de todo mundo. Depois que terminei com Matt, posso afirmar sem medo que não me importo de ficar sozinha. O que ele chamava de dar atenção deixou cicatrizes. Respiro fundo, sinto falta do relacionamento que tinha com Jax e Kaden. Pior ainda? Sinto falta de quem eu era antes.

Meus joelhos tremem enquanto espero no banco, do lado de fora da plataforma de embarque. Soprar ar quente nas mãos não ajuda mais. Estão congeladas. No inverno, passamos tanto tempo sem ver o sol que é fácil acreditar que ele não existe mais.

— Haley.

Meu coração para quando escuto a voz de West. Meu Deus, será que ele é sempre tão lindo? Especialmente agora, com o boné virado para trás e aqueles olhos azuis brilhando na minha direção. Sinto borboletas no estômago quando ele senta ao meu lado. Perto. Muito perto. Perto, jeans tocando jeans. Seu corpo emana calor, e sinto vontade de me encolher junto dele e roubar esse conforto.

— Oi, West — respondo. Isso aí, garota. Aja com naturalidade.

Eu devia me afastar. Um pouco, pelo menos. Provar para nós dois que ainda tenho um pouco de respeito por mim mesma. Mas não me mexo. Ele é quente e... bom... droga, ele é uma graça. Esfrego as mãos e penso se deveria lhe agradecer pelo que aconteceu durante o almoço, socar a cara dele por ter se metido nisso, ou colar os dedos em seu rosto e escapar da necessidade de uma amputação por congelamento. Quero fazer as três coisas.

— Quer uma carona? —pergunta.

— Você não escuta, não é? — Tento dobrar os dedos, mas eles incharam com o frio. — Na sexta-feira, eu falei que não entro no carro de estranhos.

— Mas você é minha namorada.

Engasgo com a gargalhada. West sorri, e tenho de admitir que é uma delícia olhar para o rosto dele.

— Acho que já percebeu que, depois do que aconteceu hoje no almoço, nós dois estamos ferrados — digo.

— Foi um primeiro dia interessante. — Ele fica em pé e estende a mão.

— Vem, vou te levar pra casa.

Aceito a oferta, e odeio como tudo treme dentro de mim quando seus dedos tocam os meus.

— Caramba, sua mão virou um cubo de gelo!

West solta minha mão e, vermelha, tento me afastar, mas ele segura minha mão outra vez.

— Não, tudo bem. — Tento me soltar, mas é inútil. — É só frio.

— Luvas resolveriam.

Não tenho luvas. Se tivesse, eu as usaria, mas as minhas sumiram quando perdemos nosso espaço no depósito. Irritada com a lembrança, começo a informar a West o caminho exato para o inferno, quando ele leva minha mão aos lábios.

O mundo para quando ele abre a boca e sopra ar quente sobre minha pele. Meus olhos se arregalam, eu me arrepio, meu sangue explode com o calor. Mas que loucura!

Olhando dentro de meus olhos, ele sopra de novo minha mão. Meus dedos formigam com o calor, com o toque. O polegar desliza sobre minha pele, e meu coração falha várias batidas.

— Você tem a pele suave — murmura.

— É — sussurro. É.

Hum... Quê? Pisco. Estamos próximos demais, como se um de nós tivesse se movido, roupas tocando roupas, e gosto de pensar no corpo dele tocando o meu, gosto mais do que deveria. Retiro minhas mãos das dele.

— Não me incomodo com mãos frias.

Ele está sorrindo.

— Não?

— Não. — Ando em linha reta para o carro dele e, como uma idiota, tropeço na calçada. Depois, para ser ainda mais cômica, tropeço nos próprios pés. Pelo menos não caio... por pouco. — As minhas estão sempre frias, mesmo no verão.

West não fala nada enquanto anda a meu lado, mas olha para mim com um sorriso divertido. Duas vezes, estende a mão para me segurar, caso eu caia. Odeio esse cara. Gosto dele. Queria não ser tão patética.

— Estou acostumada com isso. — Olho em volta, querendo ver Marissa aparecer do nada, porque amigos não deveriam deixar amigos tropeçando e falando bobagem. Massageio a mão que ele soprou. A pele parece ter ficado ultrassensível.

— Não é nada tão importante, já que é normal.

Não consigo fechar a boca, continuo falando sem parar como uma idiota.

— Minhas mãos são sempre frias. É genético. Minha mãe tem mãos frias, e a mãe dela tinha mãos frias. Circulação ruim, ou coisa assim. — *Fecha essa droga de boca, Haley!*

West aperta um botão no chaveiro, e as luzes do Escalade piscam. Como um cavalheiro, ele abre a porta do passageiro.

— Bom saber. — O brilho em seus olhos combina com o sorriso arrogante.

— O quê?

O sorriso se alarga.

— As mãos frias. A genética. Tudo isso. É bom saber.

Sorrio ainda mais, porque não sei o que mais posso fazer. Suicídio. West fecha a porta, e eu bato a parte de trás da cabeça três vezes no encosto. Ele entra no carro, e eu dou mais um sorriso forçado. Ele ri, e eu morro de vergonha.

Quando ele dá a partida, um rap pulsa dos alto-falantes, fazendo as vidraças vibrarem. Ele desliga o rádio, liga o aquecedor e move o ar quente em minha direção.

O cheiro de couro domina o ar, e todos os equipamentos eletrônicos e computadorizados instalados no painel me intimidam.

— Este carro é silencioso. É como se nem estivesse ligado.

— Minha irmã, a Rachel... — West para de falar e troca a mão no volante. Durante o pouco tempo em que o conheço, é a primeira vez que demonstra insegurança. — Ela é ótima com carros. Tudo que tem de bom aqui é por causa dela.

— Que legal. — E incomum. Nunca ouvi falar de uma mulher mecânica, mas quem já ouviu falar de uma lutadora?

West fica sério, e o silêncio se torna desconfortável. A irmã deve ser um assunto delicado e, por causa de Kaden e Jax, entendo perfeitamente esse tipo de situação.

A Lei de Murphy determina que temos de pegar todos os faróis fechados. Depois de um especialmente demorado, batuco com os dedos na porta e lembro o que aconteceu na cantina do colégio. Deveria sentir raiva ou gratidão por West? Para ser franca, sinto as duas coisas, mas, mesmo assim, algo me diz que, se ele tivesse seguido o plano original...

— Por que você não me ouviu? Na sexta à noite, na cantina do colégio? Se tivesse me ouvido uma vez, não estaria metido nessa encrenca, e eu não teria que te tirar dela.

Ele volta a cabeça de um jeito repentino.

— Disse que tem que me tirar da encrenca?

— Isso. Foi o que eu disse.

— Não. Você não entendeu. — West ajeita o boné na cabeça, e sua expressão endurece. — Não gosta da ideia de aceitar minha ajuda.

— Não preciso da sua ajuda. Só preciso que me escute.

O olhar incrédulo de canto de olho me faz arrepiar. *Filho da mãe arrogante.*

— Se tivesse feito o que eu disse, eu teria resolvido tudo, e não estaríamos aqui — insisto.

— Como pode saber? — Ele pisa no acelerador quando o farol abre.

Paro de batucar e bato com a cabeça na porta.

— Eu me machuquei do mesmo jeito. E perdi o remédio do meu pai, e tive de bater em alguém. E tinha jurado que nunca mais faria isso de novo. Agora, meu pai está péssimo, meu primo e meu irmão me odeiam mais que o normal e eu preciso me preocupar com você, porque vai morrer daqui a dois meses.

— Não sou fraco! — No farol seguinte, pisa forte no freio.

O cinto de segurança me prende e joga de volta ao banco.

— Eu nunca disse que era.

— Sim. — Os olhos azuis explodem em chamas idênticas. — Você disse. No momento em que implorou para o Matt desistir da luta, anunciou ao mundo que sou fraco.

Um gemido de descontentamento brota da minha garganta. Garotos. Todos idiotas, com seus egos estúpidos.

— Está furioso porque *eu* te salvei.

Só porque uma garota *o salvou.* Revoltada, cruzo os braços. Perdi as contas de quantas vezes vi essa mesma expressão no rosto dos garotos da escola. Eu sou a lutadora, a menina que sabe dar um soco. Sim, eles dizem que é legal, mas o ego exige que sejam eles os protetores.

O farol abre, e West pisa no acelerador, fazendo o motor rugir furiosamente.

— Mesmo que eu tivesse entrado no seu jogo, eles teriam insistido.
— Teria dado certo.
— E sabe de uma coisa? — dispara. — Se eu não tivesse entrado na deles, ia ficar pensado em como eles te espancaram e como a culpa foi minha, que eu falhei. De novo!

Agora estou furiosa. Tremendo de raiva. Tão brava que nem deveria abrir os olhos, mas abro, e grito com toda a força:

— É evidente que eu posso cuidar de mim!
— E como eu podia saber disso?

O carro atrás de nós buzina quando West o fecha.

— Odeio você — resmungo.
— É recíproco.

Ele entra no bairro onde moro e, bem na minha frente, vejo o lugar onde nossos mundos se encontraram. Um segundo antes, ou depois, e eu teria evitado Conner e o amigo dele. Um passo em direção contrária, e West nunca teria quase me atropelado.

A náusea me desorienta, e eu cubro o estômago com a mão. Isso é tudo que somos? Ações e reações contínuas? Não temos nenhum controle sobre nosso futuro? Um papelzinho cor-de-rosa e perdemos a casa... e eu perco meu pai? Uma decisão de namorar o cara errado e perco Jax e Kaden? Um passo em falso na calçada e meu destino se enrosca no de um estranho?

Se isso é verdade, a vida é um jogo patético e doentio.

West entra na área de estacionamento e desengata a marcha do carro.

— Não podemos deixar as coisas como estão.
— Eu sei. — Faço uma pausa breve. — Não te odeio. — Brinco com uma única unha comprida. Nunca consegui deixá-las crescer, ou aprender a pintá-las. Sou péssima nessas coisas de menina. — Não devia ter dito isso, foi horrível.
— Também não odeio você, e acredite, já me disseram coisas piores. — Ele bufa uma vez. — Já estou nisso, Haley, mesmo que você não queira.

O dia cinzento faz a praça do shopping parecer ainda mais desanimadora. Uma mulher magra demais e mal agasalhada arrasta pelo braço uma criança pequena que chora, quase quebrando o bracinho. A criança tropeça, e a mulher a arrasta pelo asfalto. Odeio este lugar. Não o West. Só a minha vida.

— Fico tentando encontrar um jeito de consertar tudo isso pra você se livrar, mas não consigo pensar em nada. — Não enquanto ele insiste em continuar no meio da história. — Não quero discutir de novo, mas dá para me explicar por quê? Você nem me conhece. Eu posso ser uma maluca assassina, posso colecionar criaturas atropeladas e transformá-las em animais empalhados, ou ter dois milhões de bonecas de porcelana e pendurar no teto suas cabeças decapitadas...

— As bonecas me deixariam apavorado.

Levanto uma sobrancelha.

— Só as bonecas?

West sorri novamente, como sorriu na porta da escola, e aquela imagem fofa, doce, me faz corresponder ao sorriso.

— Meu patamar para o medo é bem alto.

Dou risada, e a animação desaparece quando tento lembrar a última vez que ri antes de hoje. Mês passado? Há seis meses? Anos?

— O que eu quero dizer é que você não me conhece, mas se ofereceu para ser um gladiador dos tempos modernos sem ter nenhum treinamento.

— Legal. Isso significa que vão me dar uma espada?

— Estou falando sério! A situação toda é muito séria!

— Você precisa aprender a relaxar. — West bufa de novo; depois desliza as mãos pelo volante. — Não sei por que estou fazendo isso.

— Por favor.

Ele fica em silêncio, mas é o tipo de silêncio que me diz que está organizando os pensamentos. Antes de ser demitido, meu pai fazia a mesma cara toda vez que discutíamos. Ele sempre me deu respostas, e não tenho dúvidas de que West também vai responder, por isso espero.

— Eu me envolvi porque aquele Conner bateu em você.

— West... — Odeio admitir em voz alta. — Eu bati nele primeiro. — Porque Conner não parava de bater nele.

West levanta a mão.

— Ele te bateu. Não me interessa se você passar por cima dele com meu carro umas duzentas vezes. Bater em uma mulher não tem perdão. Além do mais, você estava me protegendo. Não esqueço esse tipo de coisa. Tudo bem que, normalmente, isso acontece com outro cara.

Tem mais. Vejo sofrimento em seu rosto... em seus olhos.

— Você deu a entender que não consegue aceitar a ideia de ter falhado. O que isso significa?

— Todo mundo tem seus demônios. — Ele olha para o bar no fim da rua. — Por que a gente não deixa isso pra lá?

— Tem ideia de onde se meteu?

— Em dois meses, vou participar de um torneio. Sei lá, posso jogar facas nesse cara, e ele pode jogar facas em mim.

— Nada de facas. Mesmo que sejam mais rápidas e menos dolorosas.
— É bom saber.
O ônibus da escola se aproxima de nós.
— Tenho que ir para casa. Posso te explicar tudo amanhã na hora do almoço? Depois pensamos em um plano para te manter vivo.
— Eu topo, parece um encontro. — West engata a marcha do carro e segue minhas instruções para chegar à casa de meu tio. Ele se apoia na porta enquanto dirige e olha fixamente para a rua. Alguma coisa me diz que não está tão concentrado na rua, porque tenta digerir o universo em que se meteu.
West para na frente da casa.
— O que você treina?
O primeiro impulso é não divulgar nada, porque meus dias de luta acabaram faz tempo.
— Vi o estrago que fez no Conner. Você tem algum tipo de treinamento.
Se quero mesmo que West sobreviva, vou ter de encontrar um caminho entre os escombros das pontes que queimei e dar um jeito de reconstruí-las. Melhor começar falando a verdade.
— Muay thai.
— Só?
— Kickboxing.
West sorri.
— Puta merda, minha namorada é uma kickboxer.
Dou risada, mas o desânimo transparece. Nunca, nem nos meus sonhos mais malucos, imaginei que estaria em um carro tão caro com um garoto tão lindo. Imitando um trecho do livro da Marissa, ajeito o cabelo atrás da orelha e, de repente, me importo com a aparência.
Queria estar vestindo roupas mais legais. Algo melhor do que jeans rasgados e camiseta de manga longa. Alguma coisa que me fizesse mais adequada ao papel de "namorada" de um cara como West.
— Escuta, essa história toda de relacionamento...
— Ah, é... — ele me interrompe. — Desculpa. Ninguém estava acreditando no que a gente falava, e eu decidi dar uma forcinha. A gente pode manter as aparências por um tempo? Daqui a duas semanas, depois que eles acreditarem que fui atrás do Conner porque estava a fim de você, a gente "termina".
Olho para ele com uma cara tão feia que West levanta as mãos.
— Juro, não vou tocar em você. Sei que minha namorada tem um soco poderoso.

E foi por isso que o único garoto que namorei ou beijei foi Matt. Os meninos não gostam de garotas fortes.

— Já pensou em pedir transferência para outra escola? Hoje foi seu primeiro dia. Pode começar do zero em outro lugar. Eu me faço de boba e falo que não sei onde você mora, o que é verdade. Se for embora agora, essa história acaba.

— Acaba para mim.

Confirmo com um movimento de cabeça.

— E você? Fica na roubada? Não vai rolar.

A expressão enlouquecida que vejo sempre no rosto de Jax e Kaden aparece no dele, e, de repente, não me importo mais com a minha aparência. Não quero me envolver com outro lutador.

— Não costumo fugir de uma briga — ele comenta. — Além do mais, não sei se você ouviu, mas minha nova namorada vai me ensinar alguns golpes destruidores.

— Você acha?

— Não estou dizendo nada que você já não tenha pensado.

Verdade. Seguro a maçaneta e faço uma última pergunta:

— Estou curiosa. Meu novo namorado é traficante de drogas?

West ri. É uma risada profunda e suave que me faz sentir arrepios.

— Não — responde. — Não sou mais muita coisa.

O sofrimento de antes volta aos olhos dele e reflete a dor guardada em mim.

— Não sei o que está acontecendo com você, mas sinto muito — digo.

— Tudo bem. — Ele franze a testa e olha para frente.

É evidente que não está tudo bem, e eu mordo o lábio inferior. Para dois desconhecidos, West e eu nos tornamos desconfortavelmente familiares em pouco tempo. Nossos mundos não só se encontraram, eles se misturaram como tintas respingadas na calçada, e nenhum de nós vai obter a cor certa novamente.

— Pode me contar... se quiser. Se tem medo de que eu seja uma fofoqueira, pode relaxar, porque não sou... exatamente... popular.

West abre e fecha a boca algumas vezes, e eu prendo a respiração. Não sei o que ele tem a dizer, mas é alguma coisa grande e, de algum jeito, tenho a sensação de que vai ser bom para ele me contar.

— Minha família me expulsou de casa no sábado passado.

O ar sai de uma vez de meus pulmões, como se eu tivesse levado um coice no peito.

— Você tem onde ficar?

— Tenho.

Mas não sei se acredito nele. Durante meses, fui a rainha do caos. Sou uma névoa, um vapor. Não pertenço a lugar nenhum, mas me espalho por todos os lugares.

Esse garoto aparece na minha vida com roupas, carro e atitude que sugerem que ele é rico e importante, o rei do mundo. Com uma pequena e, ao mesmo tempo, enorme declaração, a distância que existia entre nós desaparece. Passo por cima do console e toco seus dedos.

— Eu entendo, West — cochicho, e revelo meu segredo: — Sei como é não ter uma casa.

West

Estou acostumado com as pessoas falando, dizendo coisas em voz alta para provar que sabem mais do que eu, que são melhores do que eu. Mas são só palavras. Sílabas unidas entre uma respiração e outra para preencher silêncios desconfortáveis.

Palavras sem significado.

Haley, por outro lado, diz muito com um toque. O jeito como a mão dela segura a minha... é como se arrancasse meu coração e jogasse em uma bandeja.

O momento é muito delicado. É muito real. E o meu impulso é o de afastar minha mão da dela e bater a porta, acabar com esse compartilhamento. Mas outra parte de mim, a parte que acha que o que restou da minha sanidade é um presente prestes a ser retribuído, se agarra a ela.

Entrelaço os dedos nos de Haley e viro a cabeça para olhar pela janela do motorista, não para ela. Se eu olhar para Haley, tenho medo do que posso dizer, do que posso sentir. E já falei demais.

Se ela entende o que é não ter uma casa, também entende a rejeição? Entende a devastação de não ser amado por tudo que já amou? Por não me sentir capaz de encarar esses medos, não consigo olhar para Haley.

Ela afaga minha mão uma vez, e é como se seus dedos acariciassem minha alma. *Estou aqui. Eu entendo.*

Retribuo o afago.

Segundos se tornam momentos. Momentos viram minutos. Ninguém diz nada. Não conversamos sobre amenidades. Não fazemos contato visual. Só nossas mãos estão juntas.

Minha garganta se fecha. Haley é o único fio que me mantém firme.

— West — ela diz, como se estivéssemos acendendo uma vela para alguém querido em uma igreja.

— Oi. — Minha voz é áspera, trêmula. *Não diz isso, Haley. Não fala que tem que ir embora.* — Tenho hora para chegar em casa. — Mas sua mão ainda segura a minha.

— Tudo bem. — Eu devia soltá-la, mas é difícil. Nunca senti que poderia perder alguma coisa. Agora não quero perder nada, principalmente a Haley. Nem mesmo por pouco tempo.

Haley solta minha mão, e eu solto a dela, descansando a mão sobre a perna. Achei que me sentia sozinho e isolado quando tentei dormir no escuro do carro, mas o frio que me envolveu quando ela soltou minha mão indica que eu nem imaginava o que era solidão.

A porta se abre, e o ar frio invade o carro.

— Se não tiver onde ficar, me avisa — ela diz, e fecha a porta.

Com a mochila pendurada em um ombro, Haley põe as mãos nos bolsos e caminha lentamente para a porta da casa. Quero ficar e ver se ela olha para mim antes de entrar, mas não fico, porque... e se ela não olhar?

Haley

West não tem onde morar. Sinto vontade de me aninhar em seu colo, apoiar a cabeça em seu ombro e chorar por ele, porque, quando a gente passa por alguma coisa horrível, é muito difícil chorar por si mesmo. Às vezes me pergunto se minha agonia desapareceria se alguém derramasse lágrimas por mim. Não sei se conseguiria sobreviver a expressar toda a dor.

Meu coração dói por West, e isso cria problemas. Sou atraída por ele, sofro por ele e, mais que tudo, gosto dele e preciso de mais complicações na vida tanto quanto preciso de um buraco na cabeça.

Meu tio está sentado em seu trono na sala, em frente à televisão. Na dedetizadora, ele está abaixo de um homem que está abaixo de outro homem, o que faz dele o homem mais abaixo de lá. Das seis da manhã às três da tarde, ele ganha a vida matando coisas. As coisas que ninguém quer tocar.

Tiro os tênis e os deixo perfeitamente alinhados ao lado da porta da frente, depois penduro a mochila em um dos vários cabides. Estou me sentindo uma gueixa muda, mas abaixo a cabeça e me posiciono ao lado da poltrona dele. Uma vez, aprendi na escola dominical que desejar a morte de alguém, desejar que alguém seja assassinado, é tão pecaminoso quanto cometer o ato. Quando fico ali parada, tenho o mesmo pensamento todos os dias: quando morrer, vou direto para o inferno. Sem desviar os olhos da televisão, ele me pergunta:

— Cadê o Jax e o Kaden?

Na sala apertada, minha irmã mais nova está deitada de bruços no chão, pintando uma foto da casa: dois andares, venezianas azuis, roseiras perto da porta de entrada. O sol brilha, e uma família de bonecos de palito sorri. É nossa antiga casa. Nós éramos assim.

— Na academia.

Ele sabe disso, mas gosta de perguntar. Gosta de saber que vou responder.

— Por que não está trabalhando?

— É segunda-feira. Estou de folga. — Ele também sabe disso. Sou garçonete, como minha mãe. Trabalho na pizzaria e ganho gorjetas ruins, ela serve as mesas em plantões duplos, no Roadhouse, e ganha gorjetas ruins um pouco melhores. Mamãe trabalha tanto que não a vejo mais. Nunca.

Meu tio evita olhar para mim. Um lembrete de que não mereço ser olhada. Ele bebe da lata quase congelada de Coca. Álcool, diz ele, é o diabo.

Se eu não acreditasse que ele é o satã encarnado, poderia até pensar que é um homem de boa aparência, mesmo no uniforme azul e com o cheiro de pesticida e morte que se desprende dele. É meio-irmão do meu pai e uma cópia perfeita de Jax com trinta e oito anos a mais: cabelo loiro platinado, olhos azuis e encorpado.

Essa meia parte é que fez a diferença entre ele e meu pai. A diferença entre eu ter de morar nesta prisão por alguns meses e Jax viver nela desde sempre.

Meu tio termina de beber a Coca e me dá a lata.

— Corta os vegetais, começa a preparar a carne e me traz outra lata.

Meu pai sai do quarto, e eu vejo seu olhar cansado. *Diga a ele para pedir por favor. Diga a ele que não sou sua escrava.* Em vez disso, papai abaixa a cabeça. Quando nos mudamos para cá, prometi a ele e a minha mãe que ficaria de boca fechada e faria o que mandassem.

Eu fiz uma promessa.

Uma promessa que meu orgulho prefere não cumprir. Não sou escrava. Não sou. Ser pobre, não ter casa, ser mulher, nada disso me torna inferior.

— Haley — meu pai resmunga. E eu me encolho como quando Conner deu um soco em meu estômago. Cheia de raiva, pego a lata da mão do Ditador e vou para a cozinha pisando duro. Passo por meu pai sem olhar para ele.

O queimador do fogão tilinta quando bato com a panela sobre a grade, e alguns ímãs caem quando abro a porta da geladeira com um tranco.

— Não deixa ele te aborrecer. — Meu pai recolhe os ímãs e os devolve à porta. Fala baixo, porque não temos o direito a opinar nesta casa. Ninguém tem permissão para pensar aqui. — É assim que o Paul resolve as coisas.

Quero gritar para o meu pai arrumar um emprego. Salvar a gente. Mas fico quieta. Isso não seria justo, e a vida não tem sido justa com ele. Uma floresta negra de amargura se espalha dentro de mim, e acabo falando outra coisa:

— Você não se incomoda com o jeito que ele fala comigo?

Porque homens não devem falar com mulheres desse jeito. Porque meu pai não fala comigo desse jeito. Eu mereço um tratamento melhor. Acho que mereço, pelo menos. Meus olhos ardem, e eu pisco depressa. Minha vida está tão confusa que não sei mais o que é certo.

Estou de cabeça para baixo há muito tempo, e uma dúvida terrível se aloja em meu cérebro, uma pergunta. *Isso é normal? Isso é certo?* E a parte aterrorizante é a voz que responde "sim".

Meu pai segura meu ombro, e eu me assusto. Ele me faz virar, me obriga a encará-lo. Vejo o fogo ardendo em seus olhos.

— Ninguém deve falar com você daquele jeito. Está ouvindo, Haley?

— Mas ele fala. — Minha garganta fica mais apertada a cada palavra. — E você permite.

Meu pai me solta como se minha pele estivesse coberta de ácido.

— Sinto muito — resmunga. — Sou seu pai... Eu devia...

Ele vira de lado, meio que voltado para a sala e para mim ao mesmo tempo. O acinzentado em sua pele é o que me preocupa e me faz segurar seu pulso, impedindo-o de escolher entre brigar pela filha e dar ao resto da família um lugar para morar.

— Tudo bem.

Não está. Nunca desejei nenhuma outra coisa como quero agora que meu pai diga que vale a pena brigar por mim, que vale a pena me defender. Aperto seu pulso até ele olhar para mim.

— Tudo bem.

A parte sadia de meu cérebro sabe que é egoísmo até desejar que ele me defenda, porque meu tio nos enxotaria para fora, e não teríamos para onde ir. Mas, para ser bem honesta, se eu analisar com sinceridade os monstros escuros que habitam minha alma, vou ter de admitir que o estou detendo porque, se meu pai tivesse a chance, mesmo sem nenhuma consequência, duvido que ele me consideraria melhor do que meu tio acha que sou, e não sei se consigo lidar com a realidade.

Meu pai assente e move o braço, se desvencilhando do contato. Depois, passa a mão pela cabeça e limpa a garganta com um pigarro.

— Vou até a biblioteca.

— Leva a Maggie. — Pelo menos ela, salve-a. Com movimentos tão deliberados que imitam uma marionete, eu me volto, pego os vegetais na geladeira e a fecho. Ele já saiu quando viro novamente.

Corto a batata e ouço meu pai informar meu tio sobre seu destino, mandar a Maggie ir buscar um casaco e fechar a porta da frente.

Um torpor envolve meu corpo. Uma fatia de batata, depois outra. O mesmo movimento, sem parar. A gente desenvolve um tipo de consciência quando mora com o diabo. Uma presença. Sussurros mobilizando sua energia. A única coisa que preserva sua sanidade, a única coisa que ajuda a dormir à noite e a ideia de que há outros a sua volta. De que, de alguma forma, você pode estar protegida. Minha coluna se alinha, e um arrepio percorre meu corpo.

Estou sozinha.

West

A alguns quarteirões da casa de Haley, eu me apoio no vidro do balcão da loja de penhores e conto o dinheiro que o dono do lugar acabou de me dar. Ele lembra um porco gordo preparado especialmente para o Natal. As pernas da banqueta onde ele está sentado rangem sob seu peso.

— Você não confia em mim — ele fala.

— Não. — Estou levando menos do que vale meu relógio, mesmo tendo negociado um valor muito mais alto que a oferta inicial. Agora tenho dinheiro para comida, combustível e algumas coisas para a escola. É grande a tentação de alugar um quarto de hotel, mas preciso pensar além.

— Que bom — diz o dono da loja. — Sinal de que é esperto.

Na parede, as vitrines de vidro exibem armas e aparelhos eletrônicos. A do balcão, embaixo do meu braço, tem alguns cards de velhos jogadores de beisebol. Depois que confiro os trezentos dólares pela segunda vez, enfio o dinheiro no bolso da frente. Um ladrãozinho babaca vai ter que se esforçar muito para tirar as notas do meu bolso.

— Você sabe se tem algum lugar contratando por aqui? — A essa altura, aceito até limpar merda, se puder ter um teto sobre a cabeça.

Um fumante compulsivo balança a cabeça.

— Todo mundo está procurando emprego, garoto.

É, tenho certeza disso. Este é o problema em arrumar um emprego: preciso de um telefone e, a menos que queira voltar para casa com o rabinho entre as pernas para pegar meu carregador ou implorar para meu pai me deixar voltar, estou perdido.

Coço a cabeça quando saio da loja e paro perto da parede. Dois skatistas passam em alta velocidade. Meu estômago ronca, e uma dor instantânea quase me obriga a me curvar. Fome. É surreal, mas há poucos dias estive aqui seguindo minha mãe.

A cabeça lateja, e, quando vejo um cara sair do mercado com um saco de pão na mão, tenho de resistir ao impulso de pegá-lo. Tenho dinheiro, posso comprar meu próprio pão. Talvez uma porção de carne.

Toda vez que eu vinha aqui comprar maconha, encontrava um coitado pedindo dinheiro para procurar emprego. A dor de cabeça aumenta. Eu arrumaria um emprego, se pudesse. Em um mundo que parecia preto e branco dias atrás, agora só consigo ver cinza.

Um pouco adiante, na calçada coberta, dois homens saem cambaleando do bar, completamente chapados. Eu vinha aqui para proteger a minha mãe. Cada vez que penso nela, tenho a sensação de que uma corda afiada se enrola em torno de um nervo e o corta. Eu devia ir procurar um telefone público e ligar para ela.

A gravidade, ou apenas a força da curiosidade, me atrai para o bar. Há três placas na porta, e uma chama minha atenção. Não a que indica que menores de vinte e um anos não podem entrar, nem a que avisa que cores de gangues de motocicleta não são permitidas ali. A que me interessa é aquela que anuncia vagas em aberto: garçom e ajudante geral. Se conseguir trabalhar aqui, posso ganhar um pouco de dinheiro e obter informações sobre minha mãe.

Lá dentro, o cheiro forte de cerveja derramada impregnou as paredes. À minha direita, um homem de regata joga bilhar. O barulho é estrondoso na sala fechada, e Hank Williams canta para os clientes pelos alto-falantes. Luminosos de neon anunciando diferentes cervejas enfeitam as paredes e iluminam o bar.

Meus sapatos grudam no piso de concreto quando me aproximo do balcão, e tento pensar em uma razão plausível para minha mãe frequentar este lugar horroroso, mesmo que seja por uma trepada. Ela tem cinquenta e poucos anos, mas ainda atrai olhares naqueles bailes beneficentes. Não precisa se rebaixar.

— Ei. — Chamo o garçom dublê de Vin Diesel debruçado sobre um pequeno notebook. Ele é grande e tem a cabeça completamente raspada. — Ouvi dizer que precisa de ajuda.

— Você é garçom? — ele pergunta, sem levantar a cabeça.

Preparei algumas bebidas em festas e ninguém morreu.

— Não.

— Então não pode me ajudar.

— Você devia dar uma chance ao garoto, Denny — diz aquela mesma voz feminina que continua ecoando em horas erradas. Como o começo de uma piada de mau gosto, Abby está entrando no bar. Ela passa por mim e me faz pensar em um gato preguiçoso quando se senta em uma banqueta. — E aí, West?

— Você está me seguindo?

Ela ri com desprezo.

— Vai sonhando. Terminei umas coisas aqui ao lado e vi você entrando neste ótimo estabelecimento. — Abby se debruça no balcão. — Onde estão as cerejas?

Denny fecha o notebook com um movimento brusco.

— Não sou despensa, Abby.

— Ei, eu tenho dois dos meus quatro grupos alimentares aqui. — Abby levanta a tigela com amendoins e gira. — Grupo de proteínas, e as cerejas entram no grupo das sobremesas. Você vai se sentir mal se eu morrer de desnutrição.

Minha boca enche de água quando vejo os amendoins, e meu estômago ronca tão alto que Abby ergue uma sobrancelha.

O dublê de Vin Diesel sorri. Pega uma embalagem de isopor, e o sorriso desaparece quando olha para mim.

— Que porra está fazendo aqui então? — As palavras são hostis, mas o tom de voz, não. Não sei o que pensar dele.

Abby pega um punhado de amendoins e enfia todos na boca. Vejo cada um deles desaparecer além de seus lábios e quase posso sentir o sal na língua. Os olhos dela dançam entre mim e o garçom, e tento me concentrar no momento, não na comida. Só um pensamento persiste: Abby conhece o segredo da minha mãe. É com esse cara que ela está se metendo?

— Vim por causa do emprego — respondo.

Denny joga a embalagem para Abby, que a pega no ar e ergue a tampa, revelando um resto de sanduíche e batatas fritas. Meus joelhos enfraquecem diante da imagem. O garçom se abaixa, pega um pote de cerejas, se aproxima de nós na ponta do balcão e empurra o pote na direção de Abby. Ela pega uma cereja e põe na boca, como se estivesse realmente morrendo de fome.

Com movimentos sutis e deliberados que acho que só eu noto, empurra a tigela de amendoins na minha direção. Tento agir de um jeito casual quando me aproximo do balcão, mas estou com tanta fome que devo ter corrido. Pego um punhado de amendoins e ponho na boca. Fecho os olhos enquanto mastigo, meio aliviado, meio devastado. Como fui reduzido a esse desespero?

Quando abro os olhos, Denny está me encarando.

— Você é menor de idade.

— Ela também. — Inclino a cabeça para Abby.

— Eu só dou comida para a garota.

— É verdade. — Abby arranca um pedaço do sanduíche. — Se tivesse escutado minha história no sábado de manhã, em vez de me interromper, saberia disso. Ah... — Ela olha para Denny. — Esse é West Young. Estudamos juntos. — Uma ruga surge em sua testa enquanto mastiga. — Acho. Não fui hoje.

Denny cruza os braços.

— Abby...

Ela faz um gesto de desprezo

— É, tanto faz. Já sei. Vou acabar morta e grávida, e morta de novo antes dos dezoito anos. E vou ter trinta doenças venéreas e acabar grávida outra vez e vou morrer queimada em um desastre de automóvel. Tem pretzel? Não? Droga.

Denny desiste dela, apoia um lado do quadril no balcão e olha para mim.

— Nunca te vi por aqui. É novo na área?

Não sei por que, mas me sinto decepcionado. Esperava que sua reação inicial tivesse a ver com quem sou e, portanto, que ele fosse o motivo para minha mãe frequentar este lugar, mas não. Ainda pode ser que ele seja a transa dela e só não conheça seus filhos.

— Sim.

— É sério, estou procurando um garçom. Maior de idade.

— E o ajudante geral? — Pego mais um punhado de amendoins. — Tenho dezoito. — Não tenho, mas terei em breve. — E, se eu não servir bebidas, posso trabalhar aqui.

— Estou procurando alguém para fazer a limpeza e consertar coisas. Acha que consegue? — Seu tom de voz carrega um desafio claro.

Semana passada eu teria dito não. Hoje?

— Eu faço de tudo.

É verdade. Rachel é a especialista em carros, mas sou eu quem conserta coisas em casa: maçanetas frouxas, torneiras que pingam, descargas vazando. Aprendi cedo, porque meu pai nunca estava por perto, e as pessoas que minha mãe contratava nunca faziam as coisas direito.

— Quanto você paga?

— Dez dólares por hora.

Abby engasga e dá um soco no peito.

— Desculpa. Continua.

Denny coça o queixo.

— Não sei.

— Eu indico o cara — diz Abby. — Ele é um adolescente tonto que não sabe nada e está procurando um emprego. É evidente que está com fome e continua ingênuo como no dia em que nasceu. Acho que isso é mais do que suficiente para contratar o garoto.

Olho para Abby, mas, antes que eu possa dizer onde deve enfiar a indicação, ela pisca para mim.

— O Denny tem uma queda por filhotinhos perdidos. Acredite, ninguém poderia dar uma recomendação melhor.

Denny olha para mim e depois para Abby. A dúvida está estampada em seu rosto, e considero a ideia de implorar. Minha cabeça começa a se dividir entre sanidade e loucura, e a loucura sai na frente.

Como vou viver sem comida? Para comer, preciso de dinheiro; para ter dinheiro, preciso de um emprego, e procurar emprego exige telefone e endereço. Estou em um ciclo vicioso: se não tenho um, não posso ter o outro.

— Eu poderia contratar o cara — Abby comenta, antes de jogar uma batata na boca. — Tenho pensado em expandir os negócios.

Quê? A Haley disse que ela é traficante. Não consigo mais ficar em pé e me sento na banqueta. Comprar é uma coisa. Vender...

— Você não consegue nem garantir a sua comida — Denny aponta.

O jeito como Abby olha para ele provoca um arrepio em minha nuca.

— Meus bens estão comprometidos, mas conheço gente que pode pagar pelos serviços dele.

Um instante de silêncio antes de Denny falar comigo.

— Tem um vaso entupido no banheiro masculino. Se conseguir resolver, o emprego é seu.

— Mostra o caminho e me dá as ferramentas.

Jack, meu irmão mais velho, vivia entupindo o vaso do banheiro dele.

— Amanhã — Denny responde.

— Agora que acertaram tudo, estou pensando em cobrar uma taxa de recrutamento. — Um sorriso diabólico surge no rosto de Abby.

— Nunca ouviu falar que não deve morder a mão que te alimenta?

— Não, para isso eu teria que ir à escola regularmente. Acho o seguinte: você estava procurando uma coisa que eu ajudei a encontrar. Mereço algum reconhecimento.

Eles se encaram como se ambos contemplassem a ideia de apertar o botão da guerra nuclear. É assustador como nenhum dos dois se abala.

— Você não encontrou nada — eu falo. — Vim aqui sozinho.

Denny tira a carteira do bolso e larga várias notas que incluem zeros sobre o balcão. Abby guarda o dinheiro dentro da camiseta e continua comendo como se nada tivesse acontecido.

— Amanhã, depois da aula — Denny anuncia.
Quando vai para o fundo do bar, eu pego o que sobrou dos amendoins.
— Dá para explicar o que acabou de acontecer?
— Não — ela responde enquanto mastiga.
— Ele é o motivo para minha mãe vir aqui?
Abby termina de comer o sanduíche e limpa as mãos. É como se uma cortina se fechasse sobre um plano aberto, e o tecido tem uma estampa complexa e triste. Por alguns segundos, Abby não é a garota que eu odeio. É uma garota cujo exterior reflete meu interior.
— Tem alguma coisa na sua vida que você ficou sabendo e quis nunca ter sabido?
Uma dor aguda rasga meu estômago, uma dor pior que a da fome. A expressão séria no rosto de meu pai quando me mandou embora de casa, o frio e a solidão de estar no carro às três da manhã... Eu viveria melhor sem essas lembranças.
— Sim.
— Essa é uma dessas coisas, entendeu? Vem trabalhar aqui, mas abandona essa sua curiosidade. Se não conseguir, sugiro que procure emprego na lavanderia. Ouvi dizer que estão precisando de um atendente.
A confusão me atordoa. A verdade é tão ruim assim?
— Minha mãe tem um caso com alguém aqui. Talvez aquele cara ali. Eu posso lidar com isso.
— Se fosse tão simples, eu teria te trazido aqui no sábado passado e explicado tudo. Esquece.
Abby pula da banqueta e se aproxima de mim. Não tem nada de sedutor nisso, a menos que você seja o tipo de cara que gosta de ter o pinto arrancado e devolvido.
— Se contar para alguém que o Denny me dá comida, juro que vou te fazer gritar como uma menininha.
Sorrio, porque sei que ela está falando sério.
— E eu achando que isso era o começo de uma amizade.
— Eu sou letal. Nunca se esqueça disso.
Abby vai embora com a mesma atitude confiante que tinha ao entrar. Não tenho como saber se alguma coisa do que ela disse hoje é verdade, exceto pela última frase. Provavelmente, essa garota nunca disse nada verdadeiro.

Haley

O jantar acabou. A louça foi lavada e guardada e, em uma de suas raras noites de folga, minha mãe se tornou uma anarquista. Ando com entusiasmo pela rua escura, ao lado dela e de Maggie. Nós três usamos várias camadas de roupas para suportar o frio. Atrás de nós, Jax e Kaden se empurram, riem, até que um dos irmãos de Jax grita:

— Vai.

Meus primos e meu irmão passam correndo por nós, apostando uma corrida até o parque.

Graças à ideia genial da minha mãe, todos nos rebelamos contra o horário de voltar para casa esta noite. Às vezes, um pequeno gesto de rebeldia faz bem para a alma.

Maggie segura minha mão, depois a da minha mãe. Ela para enquanto continuamos andando, depois usa os braços para se balançar no ar. Ela já está ficando grande demais para isso, mas não dá para criticá-la por procurar um pouco de alegria.

— Não tenho nenhum trabalho de escola — Maggie comenta, mas felizmente ela foi esperta o bastante para ficar calada quando minha mãe disse ao tio Paul que era esse o motivo para precisarmos sair.

— Sim, você tem — minha mãe responde. — Está anotado na sua agenda que vão começar os testes de educação física na semana que vem. Você precisa praticar, e ninguém melhor para ajudar nesse treino do que a sua família.

Tento não dar risada, mas falho. Tio Paul não gostou quando minha mãe avisou que iria levar todos nós ao parque, para ajudar Maggie com um trabalho de escola, mas ela pediu "por favor" e falou em tom moderado, e ele nos deixou sair. Na verdade, acho que concordou porque minha mãe disse que levaria as crianças menores. Meu tio se irrita com o barulho.

Horário para entrar em casa é uma expressão flexível quando se trata de meu tio. Pode mudar de um dia para o outro, de momento para momento. Ele a criou para satisfazer seus caprichos, e hoje o capricho é deixar minha mãe esvaziar a casa dele.

Mamãe solta a mão de Maggie e a empurra delicadamente para a frente.

— Vai lá com os meninos. Este é seu primeiro treino para o teste: correr.

Maggie ameaça começar a correr, mas continuo segurando a mão dela. O parque está logo ali adiante, e a noite escura de fevereiro é iluminada por várias lâmpadas de rua, mas há casas escuras no caminho.

Fui atacada alguns dias atrás, e de repente nada mais neste bairro parece seguro.

— Ela devia andar com a gente.

Linhas surgem no canto dos olhos da minha mãe, e ela me encara.

— Ela vai ficar bem. Vou ver a Maggie daqui, e o Jax e o Kaden estão observando a gente do parque.

Sim, os dois subiram nos aparelhos de ginástica e se comportam como soldados, observando a área a nossa volta.

— Vai, Maggie. Quero conversar com a Haley.

Sou tomada pelo desânimo quando entendo o que está acontecendo. Que droga. Maggie solta minha mão e corre para o parque. Sinto o coração aquecer quando ouço Jax e Kaden incentivando Maggie a correr mais.

— Então — minha mãe começa.

— Então — repito, agora sentindo a necessidade de ter escondido os hematomas no rosto, as marcas que acreditava ter disfarçado tão bem com a maquiagem.

— Eu soube que você conversou com seu pai hoje de manhã.

— É.

— Também soube que falou com o John sobre uma bolsa de estudos.

Tem sentido John ter aberto a boca para falar das minhas coisas, mas ignoro a raiva, porque a esperança que brota em mim é mais forte. Talvez ela não queira falar sobre os hematomas. Talvez a maquiagem tenha funcionado.

— É verdade.

— O filho da Alice Johnson recebeu uma carta da Notre Dame.

Eu estaco, porque a dor de ter sido recusada ainda é muito intensa. Minha mãe para ao meu lado e toca meu braço. — Você conseguiu?

Balanço a cabeça, porque, se tentar falar, vou chorar.

Minha mãe passa um braço sobre meus ombros e apoia a testa na minha.

— Por que não nos contou, Haley? Seu pai e eu queremos te apoiar. E não só na escolha da faculdade, mas em tudo. Você guarda as coisas, nunca se abre.

Mudo de posição para forçar minha mãe a tirar o braço de sobre os meus ombros.

— Eu ia contar — minto. — Estava ocupada, só isso.

— Haley...

Não dou oportunidade para minha mãe continuar.

— Falei para a Maggie que ia brincar com ela.

Minha mãe franze a testa, mas assente, aceitando o fim da conversa.

— Seja qual o problema, estou aqui se precisar de mim.

Se eu precisar dela...

Preciso desesperadamente dela e do meu pai, mas, desde que perdemos nossa casa, tudo ficou estranho.

— Tudo bem.

— Confia em mim — ela insiste.

— Eu confio. — Mas não é verdade, e, quando voltamos a andar, nenhuma de nós se comporta como se confiasse na outra.

West

Uma insanidade se espalha lentamente por minha mente e me impede de distinguir realidade de fantasia. O frio penetra minha pele, passa pelos músculos e se aloja profundamente nos ossos. Meus membros estão entorpecidos. Principalmente os dedos dos pés e das mãos. Sopro os dedos das mãos e não sinto mais o calor.

Tenho pouco dinheiro e pouco combustível, mas não suporto mais o frio.

Giro a chave na ignição, ligo o motor e aumento a temperatura do aquecimento. É a terceira noite que durmo no carro. *Acho* que é a terceira. O estômago ronca. Duas da manhã, estou congelando e morrendo de fome. Não sei mais que merda estou fazendo.

Em casa, estaria aquecido. Estaria dormindo de cueca embaixo de uma pilha de cobertores. De estômago cheio.

Eu posso voltar. Posso ir para casa, mas me impeço de pensar nisso. Meu pai me pôs para fora e, se eu voltar, ele vai me expulsar de novo.

Viro de lado no assento reclinado do motorista, tentando encontrar algum conforto. Todas as noites, durmo e acordo por causa do frio. E, se a temperatura baixa não me acorda, os demônios que me assombram cuidam disso.

A fumaça faz minha visão ficar turva, mas me obrigo a manter a coerência. Não posso dormir com o carro ligado. Quando amanhecer, não vai ter gasolina no tanque. Nesses momentos em que realidade e sonhos se misturam é que se torna perigoso dormir no carro.

Acorda!

Abro os olhos, e todo o meu corpo treme. Estava sonhando. Bato a mão congelada no volante. Sonhei de novo que havia ligado o carro. Minha respiração forma nuvens brancas, e os dedos doem quando os dobro. Eu me belisco depois de ligar o motor. Agora estou acordado.

Acordado.

O ar que sai da ventilação é frio no início, mas em poucos minutos o ar quente descongela meus dedos. Aperto um botão e ligo o rádio. Não muito alto, para não chamar atenção, só o suficiente para me manter acordado.

É a música que estava tocando quando conversei com Rachel pela última vez, na noite do acidente. Ela andava de um lado para o outro em uma sala de reuniões, em seu vestido de baile dourado. Parecia ter saído de uma daquelas porcarias de contos de fada em que ela era viciada quando criança. Mas Cinderela nunca foi uma aluna do terceiro ano do ensino médio com sérios problemas de ansiedade.

— Sinto muito, Rachel — digo, como se ela pudesse me ouvir, como se a lembrança dela pudesse ter me ouvido no passado.

— Você me roubou, West. — O vestido farfalhava enquanto ela andava pela sala. — Queria que eu falasse com você depois disso?

— Eu estava ajudando o Gavin. — Nosso irmão mais velho. Minha respiração é uma nuvem branca no ar gelado. — Peguei o dinheiro no seu quarto porque ele tinha perdido muito no jogo. Não sabia que precisava dele. Devia ter me contado que precisava de ajuda.

Com um gesto ousado demais para minha irmã, ela levantou a saia para não tropeçar ao invadir meu espaço.

— O Isaiah e eu precisávamos do dinheiro. Se acontecer alguma coisa com ele... — Ela parou e apertou o estômago, como se sentisse dor.

Merda. Esfrego os olhos. Ela sente dores. Na noite em que tivemos essa última conversa, ela foi procurar Isaiah. Foi atrás dele para salvá-lo e acabou sofrendo um acidente. Acabou cheia de dores.

E Rachel me disse que, se acontecesse alguma coisa, a culpa seria minha.

Um barulho repentino me faz pular no assento. Meu coração dispara e minha respiração acelera. O despertador barato que comprei continua berrando no banco do passageiro, e a primeira luz do dia surge ao leste.

Meu pescoço está dolorido, porque dormi com a cabeça apoiada na porta. Minhas unhas estão roxas de frio. Estico as pernas, e os joelhos travam.

Desligo o despertador e olho para as chaves, que deixaram marcas em minha mão. Que merda, eu não liguei o carro na noite passada. A tortura toda foi só um sonho.

Incapaz de suportar o confinamento, saio e deixo o ar frio invadir meus pulmões. Apoiado na frente do Escalade, tento varrer as teias de aranha da cabeça.

Meu pai estava certo quando me pôs para fora. Sou um bosta imprestável e prejudiquei minha irmã. Falhei com ela. Errei tão feio que ela via esse erro em letras garrafais. Rachel sabia que seu mundo estava desmoronando, e sabia exatamente quem era o culpado por isso. Eu.

Haley

Com as mãos nos bolsos da calça jeans e o nariz escondido dentro da gola do velho moletom militar do meu pai, corro para acompanhar Jax e Kaden. Eles ficaram furiosos quando me viram no ponto de ônibus às quatro da manhã, e não estavam menos carrancudos agora, quando percorríamos a pé os dois quarteirões do ponto até a academia. O ônibus atrasou, e John detesta atrasos.

No momento em que entramos, Jax e Kaden correm para o vestiário, e eu olho em volta procurando John. Só os completamente dedicados e malucos apareceram esta manhã, e eles estão no meio de uma série de três minutos pulando corda. O timer dispara, e todos se jogam no chão para fazer flexões. Mais cinco repetições do combo bad boy e eles vão começar os abdominais.

— Não vou te dar uma carta. — John está sentado atrás de uma mesinha de metal no escritório estreito e desorganizado, castigando o notebook.

Apoio o quadril no batente da porta e tento criar coragem. Tenho de ser firme. Preciso convencê-lo de que estou no controle.

— Não foi por isso que eu vim. Quero que treine uma pessoa.

John levanta a cabeça, olha para mim e para de digitar.

— O que eu ganho com isso?

— Um lutador incrível. — West derrubou o amiguinho do Conner e marcou a cara dele. O talento é inegável.

— Ele vai pagar?

Meu rosto enrijece quando tento sorrir.

— Provavelmente, não. Mas ouvi dizer que você está procurando um voluntário para limpar a academia, e é bem provável que ele tope.

— Não é o bastante. O que mais tem para oferecer?

— Eu volto a treinar. — Engolir impede a ânsia seca, mas o apito na cabeça indica que devo ter ficado verde. A simples ideia de lutar me faz passar mal.

John puxa a ponta da orelha como se isso o ajudasse a ouvir melhor o que acabei de falar. Quando entende que o inferno não esfriou e porcos não aprendem a voar, ele diz:

— Senta.

Com o pé, empurro para o lado uma caixa cheia de papéis e me sento na cadeira diante do meu avô. Ele retoma a digitação furiosa e me ignora. Atrás dele, sobre o arquivo, vejo uma foto nossa depois da minha última luta. Ele está me abraçando, e cada um de nós segura uma ponta do cinturão que conquistei. Quase nem lembro como é sorrir daquele jeito.

Como não havia muitas lutadoras de kickboxing na área, eu treinava com os garotos na academia, e tínhamos de viajar para eu participar de torneios, o que significava muito tempo na companhia de meu avô. Nós éramos próximos, muito próximos. Agora, somos tão distantes quanto dois estranhos.

John clica com o mouse.

— O que significa isso?

Penso em qual verdade devo contar.

— Tenho um amigo que vai lutar em dois meses e precisa de alguém para treiná-lo.

A cadeira de John range quando ele se reclina e cruza os dedos sobre a barriga. O sorriso informa que estou encrencada, mas é a risada que me irrita.

— Estamos falando sobre seu novo namorado, o que atacou o Conner?

Odeio Jax e Kaden.

— Isso.

Ele ri de novo, e o sorriso desaparece.

— Lute por mim, Haley.

Balanço a cabeça antes de falar:

— Não.

— Quero mais que a sua presença na minha academia. Você ainda é o maior talento que vi nos últimos anos...

— Já tem o Jax e o Kaden — eu o interrompo.

— Em anos — John repete. — E jogou tudo fora. Quer aquela bolsa de estudos? Vai ter mais que uma recomendação. Vai ter títulos atuais. De que mais precisa?

— Não.

— Haley... — John passa a mão pelos cabelos grisalhos.

— Não!

— Explica por que, pelo menos. Diz a verdade. Quero saber por que abandonou tudo.

Inclino o corpo para frente, tomada pela urgência de sair do escritório apertado. Minha respiração está acelerada, e eu limpo as mãos suadas nos jeans.

— Porque sim.

— Droga. — Ele bate com as duas mãos na mesa, e eu dou um pulo, assustada.

— Que diabos aconteceu com você?

Minha pulsação lateja no ouvido. Jax e Kaden falaram sobre a noite em que me encontraram na garagem? Limpo as mãos na calça de novo, mas desta vez não tento limpar o suor. Quero limpar a lembrança do sangue que um dia tive nas mãos.

— Volto a treinar aqui, mas não quero saber de sparring. Entendeu? Nada de sparring. É minha oferta. É pegar ou largar.

Ele me encara em silêncio. Tento contar meus batimentos, mas é quase impossível.

— Então não temos mais nada para discutir. — John finge que está sozinho no escritório e escreve em uma folha de papel.

— Ele precisa de ajuda. — Eu preciso de ajuda, mas não consigo admitir. Sempre existiu uma parte de mim que quis muito descansar a cabeça no ombro do meu pai, ou do meu avô, e contar a verdade, mas nesse caso eles me veriam como realmente sou, e em que isso pode ajudar? Eles já odeiam quem pensam que eu sou. Não tenho motivos para fazer com que me desprezem ainda mais.

— Sabe qual é o meu preço.

Apoio o cotovelo no braço da cadeira e cubro os olhos com uma das mãos.

— Então eu vou treinar o cara. Posso usar a academia, pelo menos?

O ruído da caneta sobre o papel cessa. Não posso olhar para ele. Não consigo.

— Se voltar a treinar na minha academia, pode usar as instalações, mas ele só treina comigo, ou com os outros, se você voltar a lutar.

Afasto os dedos e espio por entre eles para o homem diabólico a minha frente.

— Não vou ser sparring.

— Eu não retomaria seu antigo regime de treinamento imediatamente, nem que quisesse. Vai recomeçar devagar, mas, se concordar com os confrontos quando eu disser que chegou a hora, te ajudo a treinar o garoto.

— Não vou entrar em confrontos, velho. Enfia isso na sua cabeça dura.

Totalmente imune a minha explosão, ele continua:

— Como vai treiná-lo sem confronto? Na verdade, como vai continuar no seu emprego, treinar na minha academia e ainda arrumar tempo para treinar outra pessoa? Se aceitar lutar por mim uma vez, eu cuido dele.

Meu coração bate num ritmo frenético, e um suor gelado me cobre a pele. Não posso aceitar o confronto. Não posso lutar. Nem por West.

— Eu cuido do treinamento dele quando sair do trabalho.

Meu avô levanta as mãos.

— Vai ficar aqui até meia-noite.

Agora sou eu quem esmurra a mesa.

— Essa escolha é minha!

— Tem razão. Sempre foi.

Nós nos encaramos, e eu respiro fundo para controlar a descarga de adrenalina.

— Quero que ele comece a treinar hoje à noite.

— Pode começar na sexta-feira. Quero você aqui todos os dias, às cinco da manhã. Inclusive aos sábados. E também reserve as tardes de sexta.

— Sexta! Isso é...

John levanta a mão para me interromper.

— Considere um ato de boa vontade. Precisei cancelar lutas porque você abandonou tudo. Quero ver compromisso de sua parte.

Não tenho escolha, e John sabe disso. Concordo com um movimento de cabeça e começo a pensar em quando vou fazer a lição de casa, mas, como disse a John, e ele concordou, eu escolhi.

— E o que eu faço com meu tio e a obsessão dele pelo horário de voltar para casa?

John volta a escrever.

— Eu cuido disso. — Meu tio só tem medo de uma pessoa, e essa pessoa é meu avô. Ninguém sabe o porquê, e ninguém pergunta. Jax e os irmãos dele treinam com John desde que eram pequenos, e meu tio permite.

— E o tempo extra para treinar o West? — pergunto.

Ele olha para mim com frieza.

— Que tipo de nome é West?

— O tempo extra? O que acontece se o Jax e o Kaden voltarem para casa, e eu não?

— Já disse que eu cuido desse assunto.

Tudo bem. Levanto para ir embora, e John manda o golpe final:

— O acordo passa a valer a partir de hoje. Pode ir para o vestiário, quero você pronta em dois minutos. Suas coisas continuam no seu antigo armário.

O nervosismo me deixa tonta quando saio do escritório e vou para o vestiário. Todos os lutadores estão me olhando. O que foi que eu fiz?

111

West

Caramba, este colégio é lotado, e, se eu não tivesse uma namorada de mentira, faria uma limpeza no lugar. Jessica, a loira, está enrolando o cabelo no dedo enquanto me olha do outro lado do corredor. Está pensando em alguma coisa, e aposto que não é na aula de cálculo.

Duas semanas atrás, e ela e eu já teríamos encontrado um canto deserto nesta espelunca e partido para a ação. Fui suspenso duas vezes na antiga escola porque me pegaram com uma garota, e valeu a pena.

Massageio a tensão na nuca. É sexta-feira, e estou morando no carro há quase uma semana. Tentei dormir com o banco reclinado, e deitado no banco de trás. Não importa, dormir no carro é desconfortável e frio... e solitário.

As horas se arrastam. Cada decisão que tomei, boa ou ruim, me persegue. Pela primeira vez na vida, espero ansiosamente pelo horário da aula e, agora, depois que desentupi uma privada, espero ansiosamente pelo emprego.

Jessica atravessa o corredor e, inquieto, estudo novamente a aglomeração de alunos e procuro Haley. Gosto dela e, para ser bem honesto, se é para conhecer as curvas de alguma garota, prefiro que sejam as dela, mas também não vou sacanear a Haley. Não vou arruinar sua reputação com uma traição, e não vou arruinar a vida dela por causa de uma rapidinha em um canto escuro do colégio.

— Você não falou nada na segunda-feira. — Jessica alisa meu bíceps com um dos dedos. — Ouvi boatos de que está namorando a Haley.

— Quem está espalhando esses boatos?

— Matt Spencer. Na verdade, ele veio me perguntar se era verdade. Eu disse que a Haley comentou que vocês estavam juntos, mas falei que acho que é mentira.

Viro a cabeça para a direita. *Droga. Haley e eu não precisamos disso.*

Desde terça-feira, vamos juntos para o colégio e eu sento com ela para almoçarmos, mas as outras garotas da mesa falam mais comigo do que ela. Não somos um casal, por isso não agimos como um. Não nos tocamos. Não nos abraçamos. Na verdade, mal conversamos. Cada vez que peço para falar mais sobre o treinamento e a luta com Conner, ela diz que está trabalhando nisso.

Para piorar as coisas, Matt a observa como um falcão, e não gosto disso.

— Por que eu mentiria?

— Por que não quer que saibam que você é um Young?

Jessica espera para ver se vou morder a isca, e, quando acha que mordi, ela continua:

— Todo mundo sabe que você e o Conner trocaram socos na sexta-feira passada. O Matt acha que a Haley está protegendo o Jax e o Kaden e que vocês dois estão inventando esse relacionamento para desviar a atenção dele.

Matt é mais esperto do que parece.

— Por que eu me envolveria com o mundo da Haley se a gente não estivesse juntos? — Porque a Haley me defendeu, porque o Conner bateu nela, porque não vou terminar o último ano do colégio com todo mundo achando que sou fraco... porque não posso falhar de novo.

Seus lábios se comprimem, formando uma linha fina.

— Não sei.

— A Haley e eu estamos juntos. De verdade. Se conversar com o Matt de novo, diz que ele pode ir se ferrar.

— Acho que continua mentindo. — Jessica alisa meu braço com o dedo de novo, e me surpreendo; quando me afasto, passo a mão nele como se quisesse limpá-lo. Incêndio em mato seco não é tão rápido quanto essa garota.

— A Haley e eu estamos namorando, e você é amiga dela.

— A Haley não se prende a ninguém. Ela gravita. Aliás, vi seu Escalade no estacionamento. Deve ser bem legal passear nele.

— É. — *Droga, Haley, cadê você?*

Ela se aproxima de novo, e agora cola os seios no meu braço.

— Eu gosto de passear.

Está me dando mole.

— Sou comprometido.

— Fala sério. — Ela revira os olhos e puxa a camiseta para baixo, expondo uma parte do sutiã e mais pele. Caramba. Ela joga duro. — Você não é comprometido. Se fosse, teria falado na segunda ou na terça-feira, ou em qualquer outro dia da semana que passou, mas não disse nada.

Verdade.

— Queria saber o que as pessoas falavam sobre a Haley. — Mais verdadeiro.

— Ficou quieto porque gostou do que viu em mim.

— Deixa eu adivinhar: você gosta de desafio e de tomar a iniciativa. Certo?

Merda, o jeito como ela sorri sugere que digere no café da manhã os caras com quem dorme.

— Ouvi dizer que você gosta de mulher com iniciativa.

Normalmente, sim. Mas muita coisa mudou em poucos dias.

— Já disse que sou comprometido.

— Além do mais — ela continua, como se eu nem tivesse falado —, a Haley não gosta de homem.

O comentário chama minha atenção.

— Quê?

Seu sorriso se torna mais largo, e ela projeta o quadril para frente.

— A Haley é uma lutadora.

— E daí?

O tom de voz sugere que o "dã" é implícito.

— Lutar é coisa de homem.

Carros também são considerados coisa de homem, mas minha irmã é apaixonada por um capô aberto. Não suporto gente como essa garota na minha frente.

— Preciso ir.

Ela muda de posição para me impedir de passar.

— Tudo bem, é verdade, ela gosta de homem, mas é propriedade do Matt.

Meus músculos ficam tensos.

— Uma garota não é propriedade de ninguém. — E Haley não pertence àquele babaca.

— Você é todo feminista. Isso é incrível, de um jeito esquisito. Escuta, concordo com você, mas é o seguinte: o Matt não liga para igualdade de direitos, nem para o fato de termos conquistado o de votar há dois séculos. A Haley e o Matt podem ter terminado, mas ele deixa claro que ninguém pode chegar perto dela. Ela vai te bater no momento em que você puser a mão nela.

— Pode vir. — Concordei com o espetáculo daqui a dois meses pelo bem da Haley, mas, se Matt e a cambada dele quiserem resolver tudo agora, não vou reclamar. Talvez seja até melhor. Não haveria mais comentários sobre eu ser fraco, e Haley ficaria livre da pressão.

— O Matt não é fácil — ela insiste.

— Eu também não — disparo, irritado por todo mundo pensar que o cara é mais forte que eu. — Por que está interessada nesse assunto?

Os olhos dela se iluminam.

— Porque você é West Young.

E ela acha que sou rico. É a primeira vez que sinto uma vontade enorme de contar a alguém que fui deserdado. Ela ainda vai dar em cima de mim depois disso?

Usando os dedos para digitar freneticamente no celular, Abby, a rainha do nem ligo se você me quer por perto ou não, se aproxima de mim.

— Devia ouvir o que ela diz sobre o Matt. — E, olhando para mim: — Eu estava ouvindo a conversa.

— Não quer ser mais grossa? — Jessica pergunta.

— Jessica... — Abby responde em tom ameaçador.

A outra arregala os olhos, como se não entendesse.

— Eu mordo.

E a loira segue pelo corredor como um esquilo desviando do tráfego. Se eu não odiasse Abby, estaria impressionado.

— Você estuda aqui. — Não a tinha visto antes.

— É. — Ela guarda o celular no bolso de trás. — E você acompanha novelas na televisão?

Que porcaria de pergunta é essa?

— Não.

— Engraçado. — Uma ruga aparece entre suas sobrancelhas. — Porque, juntando as cenas de uma semana, parece que você estava atuando em um episódio com o que acabei de ver.

Sem me importar com o que Abby ainda pode ter a dizer, sigo para a sala da minha primeira aula. Talvez eu não tenha visto Haley, e ela já tenha entrado.

— Você é o sonho erótico de um roteirista de novela. — Abby continua andando a meu lado. — O engraçado é que nunca vi nenhuma, mas, puta merda, isso foi fascinante. Em sete dias, você conseguiu pisar nos calos do Isaiah, Jax e Kaden Williams e Matt e Conner Spencer. Está namorando a Haley Williams e ainda tem a vadia do mês, a Jessica... bom, dando em cima de você. Se juntar uma história de troca de bebês na maternidade, pronto, dá para concorrer ao Emmy.

Abby gira, dá uns passos para trás e agarra a camiseta de um garoto de olhos vermelhos. Ela o puxa para perto, forçando o garoto a olhar em seus olhos.

— Diferente do resto da América empresarial, não curto competição. É a última vez que eu aviso: fica longe do meu quarteirão.

Abby solta o garoto com um empurrão e volta a me acompanhar.

— Desculpa, acordos comerciais... Como eu estava dizendo, é incrível que ninguém ainda tenha metido uma bala na sua cabeça.

Abby deve estar certa. Paro na frente da porta da minha sala, e ela faz o mesmo.

— Por que está me falando tudo isso? A gente se odeia.

O celular vibra, ela o pega e responde imediatamente à mensagem.

— É verdade. Mas gosto dessa bobagem de fada madrinha e anjo da guarda, e também acredito em carma. Mais uma dica, antes de eu voltar ao modo traficante mais ou menos educada.

Abro os braços.

— Manda ver.

Ela olha para mim.

— Cuidado com o Matt. Ele está na sua cola, mas vai esperar para ver qual é o seu ponto fraco antes de atacar. O Jax e o Kaden sempre protegeram a Haley, e duvido que desistam dessa proteção tão cedo, mesmo que estejam furiosos com ela. Fica fora do caminho do Isaiah. Ele vai dar um tempo, porque sua família te expulsou de casa, mas não testa a paciência do cara. Com a Rachel no hospital, ele só precisa de uma desculpa para explodir.

Abby vira para ir embora, mas eu a impeço.

— Como sabe que meu pai me expulsou de casa?

— Sei de tudo que acontece no meu bairro. Já me disseram que um Escalade tem passado as noites no estacionamento. Depois, eu te vi no bar. — Abby dá de ombros. — Sei reconhecer um esfomeado que jogaram para fora de casa.

— A Rachel sabe? — Não pergunto se meus pais parecem abalados.

— Seus pais estão mantendo tudo em segredo. O Isaiah está acompanhando a história, porque não quer que ninguém conte nada para a Rachel. Ela vai ficar muito perturbada.

A babaca conquistou um pouco do meu respeito.

— Valeu. Pode guardar pra você a informação sobre eu ser um Young?

Abby alonga o pescoço.

— A Jessica sabe?

— Sabe.

— Então não faz diferença eu ficar de boca fechada. A Jessica não fecha a dela.. E, sim, estou falando em vários sentidos, todos possíveis.

— Eu cuido da Jessica. Você fica de boca fechada?

— Qual é? Você é tão melhor que esta escola que não pode falar a verdade?

Falou a mentirosa declarada.

— Ser um Young vai criar problemas aqui. A Haley e eu já não temos encrenca demais?

— E não é que o garoto tem razão? Eu guardo o seu segredinho... pela Haley. — Abby sorri de um jeito que arrepia os pelos do meu braço. — Mas você me deve uma.

Acabei de fazer um pacto com o diabo.

Haley

Minhas pernas parecem ter virado gelatina. Na verdade, gelatina é mais firme que eu. É minha quarta manhã de treinamento na academia, e hoje à noite começo a treinar West.

Mais cedo, corri, corri e corri. Depois, comecei os abdominais e as flexões. Quero dormir, tomar um banho quente, depois dormir de novo. Cruzo os braços em cima da mesa e apoio a cabeça no travesseiro improvisado. A tensão domina minhas omoplatas. Hoje me exercitei com os sacos. Amanhã, os músculos das costas vão implorar pela morte.

— Haley. — O sussurro deve ser uma das ilusões estranhas que a gente tem quando está meio dormindo, meio acordado. — Haley!

A cadeira pula embaixo do meu corpo quando levanto a cabeça, sobressaltada. Não que a voz tenha soado alta na segunda vez, mas é um choque quando Marissa fala alguma coisa que seja mais que um sussurro. Ao lado da mesa que dividimos na aula de biologia II, ela segura os livros contra o peito.

— A gente precisa conversar.

— Tudo bem. — Esfrego os olhos e espero Marissa se acomodar, mas ela não senta. Continua em pé, puxando os livros para mais perto do queixo, como se pensasse em esconder o rosto com eles. — Que foi? — pergunto.

Ela olha para a esquerda, para a direita, depois para a esquerda outra vez, como quem vai atravessar a rua, e então se inclina em minha direção.

— A Jessica deu em cima do West hoje de manhã, no corredor. Ela tocou nele e... fez tudo aquilo e... Bom, ele não saiu do lugar.

O "tudo aquilo" inclui peitos esfregados em qualquer parte disponível de um corpo masculino. Jessica adora brincar com os machos da espécie. Mais ou menos como uma viúva-negra faz com os parceiros, que depois viram lanchinho.

— Ah, saco! — Metade da sala olha para mim. A onda de raiva me assusta, e não sei nem por que estou tão brava. West não é meu namorado, mas devo agir como se fosse, e ela é minha amiga e... e...

West entra na sala. No momento em que nossos olhares se encontram, eu desvio o meu. Jessica foi para cima dele, o que significa que, provavelmente, ele deu mole. É bonita, atirada, e os garotos se atropelam para ficar perto dela, enquanto eu... sou eu.

Escorrego para baixo na cadeira, sinto um furacão de raiva, mágoa e confusão.

Se for esperto, ele vai ficar longe de mim.

Se for esperto, ele vai vir pedir desculpas por ter dado mole para outra garota, mesmo namorando comigo de mentira.

Seja como for, minha vontade é socar a cara dele e a da Jessica.

Talvez eu deva repensar a decisão de treinar sem confronto.

— Estava te procurando.

Fecho os olhos ao escutar a voz profunda de West. Meu estômago parece tremer. Ele não é meu namorado. É um amigo, uma complicação e, provavelmente, beijou Jessica. Meu estômago não tem o direito de tremer.

— Marissa, posso sentar aqui hoje? — pergunta.

— Não! — Abro os olhos, e Marissa já sumiu. Sério? Todas as minhas amigas estão me abandonando. Primeiro, Jessica dá em cima de West; agora, Marissa some porque ele pediu.

A cadeira ao meu lado faz barulho no chão, e o calor do corpo dele envolve meu lado esquerdo quando ele senta. Se eu mexer o braço só um pouquinho, aposto que a gente vai se tocar.

Jessica entra na sala e franze a testa. Dedos quentes e pesados seguram os meus em cima da mesa, e o calor de um minuto atrás, agora, é muito mais intenso.

Olho para as nossas mãos juntas sobre a mesa e tenho de admitir que gosto da imagem. Meus dedos são minúsculos, comparados aos dele. No colégio, sempre fui a lutadora, a garota que não é feminina, mas, perto das mãos masculinas de West, eles parecem delicados, quase graciosos.

E, se posso sonhar acordada só por um segundo, confesso que gosto do arrepio. A pele dos dedos dele é áspera, mas não como uma lixa. A mão é forte, mas não é pesada. E é quente. Muito, muito quente. Se mãos dadas provocam essa sensação tão deliciosa, imagino que os lábios dele nos meus vão causar fogos de artifício.

— Sua amiga Jessica é complicada — ele resmunga, e interrompe meu sonho.

Cautelosa, espio West de canto de olho. Já vi Jessica dando em cima dos garotos antes. West caiu nessa?

— Parece que ela foi bem simpática com você e nada leal à amizade que diz ter comigo.

— Caramba, a fofoca aqui é rápida. Vocês têm um sistema de mensagem de texto para isso? Se têm, preciso avisar os outros caras, porque ela pode atacar qualquer coisa que tenha duas pernas e um pinto. Tem alguma coisa errada com essa garota, ela não entende um não.

Dou risada e deixo os dedos relaxarem sob os dele, mesmo sem entender por que está me tocando. Combinamos que não haveria contato físico.

— Ela pode estar te testando. Para saber se está realmente a fim de mim. — Talvez, mas é pouco provável. O jeito como Jessica olha para trás, como se pudesse arremessar facas com os olhos, mostra que ela não está contente. Só não sei o que a incomoda. Imagino que seja porque, para todos os efeitos, estou com um cara que ela quer.

Ele examina a sala.

— Mais alguém com quem eu tenha que tomar cuidado?

— Todo mundo, provavelmente. — Não sou uma competidora muito forte nesta disputa por um garoto lindo como West. Mesmo que a gente nunca desse certo. Mesmo que eu não devesse querer que a gente desse certo.

O sinal toca, e Marissa escolhe um lugar no fundo, perto de um garoto lindo. Não contenho um sorriso. Vai, Marissa. Bom, é claro que o cara a notaria se ela não estivesse com o rosto enfiado dentro de um livro.

Balanço nossas mãos unidas sobre a mesa.

— Por que está segurando a minha mão?

West sorri, e eu me sinto derreter por dentro como um brownie quente.

— Além do fato de não querer que seus dedos caiam por causa do congelamento?

— *Ha-ha-ha.* — Meu rosto fica quente. — Além disso.

O sorriso glorioso desaparece, me deixando vazia.

— Estamos na aula de ciências. Encare como uma experiência.

— De quê?

Ele olha para a frente da sala. Matt entra, e seu olhar ameaçador me faz puxar a mão, mas West não me solta. Na verdade, ele me segura com mais força.

— Disso.

West

— Por que estamos sentados aqui? — Haley larga a bandeja do almoço em cima da mesa e afunda na cadeira à minha frente. Ainda furiosa com o espetáculo de termos ficado de mãos dadas na aula de ciências, ela enfia o garfo na torta de frango. Dou risada. Não preciso de muita imaginação para saber em que parte do meu corpo ela gostaria de enfiar aquele garfo.

— Considere uma continuação da experiência da aula de ciências. — Escolhi uma mesa vazia no fundo do refeitório para nós dois, bem embaixo da lâmpada fluorescente meio quebrada. Poderia ser romântico, se eu fosse romântico e se nós fôssemos um casal de verdade.

— Vai cutucar o tigre? Sério, West? Por que não pega um bife cru, bate na cara do Matt algumas vezes, depois abre a porta da jaula? Parece que quer arrumar confusão.

— Esta é nossa primeira briga de casal?

Ela entorta a boca.

— É.

— Ainda gosta dele? — Prendo a respiração enquanto espero a resposta, mas tento agir como se não me importasse. E não me importo. Estamos só fingindo um relacionamento.

— Não — ela responde imediatamente. — O Matt e eu temos uma história. Eu era nova e idiota, e agora a gente tem uma história. História que nunca, jamais será repetida.

Satisfeito, eu me acomodo melhor na cadeira.

— Então, por que a minha provocação te incomoda?
— Porque eu gosto de você... não seria legal se morresse.
— Consigo enfrentar o Matt.

Haley não responde, e contenho o impulso de insistir na provocação. O que tenho de fazer para provar que sou capaz?

Enfio uma porção de milho na boca. Haley brinca com a comida, e dá para ver que está distraída. Hoje de manhã, Jessica a desprezou sem nenhuma dificuldade, e também foi chocante ver como os caras passam por ela sem notar sua existência. Haley é linda, com os cabelos castanho-claros e os olhos escuros que prometem noites de beijos e risadas.

Deve ser isso que acontece quando você estuda com alguém desde pequeno e só reconhece a pessoa pelo rótulo. Quantas garotas ignorei desse jeito em meu antigo colégio?

Haley olha para mim. Devagar, olha para trás, depois para mim de novo.
— Que foi?
— Que foi o quê?

Ela chuta minha canela por baixo da mesa, e eu dou risada, apesar da dor.
— Você é gata, e eu gosto de olhar.

Haley fica vermelha e traça uma fronteira imaginária em torno de si mesma. Lembro como Rachel odeia ficar encabulada, e ofereço uma saída.
— Que tipo de torneio vou enfrentar? Arremesso de faca? Colcha de tricô? Duelo com pistolas ao nascer do sol?
— Artes marciais mistas. MMA.

Coço o queixo. Agora entendo por que Haley não queria discutir o assunto na frente de ninguém. Se estivesse raciocinando direito, já a teria levado para almoçar em outra mesa há dias, mas deixei minha cabeça se ocupar somente do meu problema: a meteorologia prevê queda acentuada de temperatura para esta noite.

Eu esperava boxe, mas duvidava de que seria tão fácil. Não que boxe seja fácil, mas MMA é outra história. É o melhor do melhor. O campeonato dos mais durões. Não é só descobrir quem é o melhor no boxe, mas quem é o melhor em boxe, jiu-jitsu, muay thai, imobilização e todas as lutas juntas.
— Octógono e tudo? — pergunto.
— Octógono e tudo — ela confirma. Depois de um segundo, olha para mim por baixo dos cílios longos. Ela usa algum truque, ou eles são naturalmente encurvados e sensuais? — Não precisa enfrentar o desafio. Pode mudar para outro colégio.

— Como? Meu pai me expulsou de casa. Ele não vai assinar a transferência.

A expressão de Haley reflete desânimo quando deixa o garfo sobre o prato.

— Desculpa, eu não devia ter dito...

— Para. Não foi isso que eu quis dizer. — Não queria deixá-la preocupada.

— Se está encarando tudo isso porque não pode mudar de escola, eu consigo pensar em outro jeito de resolver a situação. Espera até o fim de semana, vou encontrar um jeito...

— Haley, eu já estou nisso, e não é porque não posso sair do Eastwick.

Ela abre a boca para protestar, mas a interrompo.

— Já estou envolvido nisso.

— Você nunca aceita o raciocínio lógico?

— Aceito qualquer raciocínio que tenha sentido, e o seu não tem.

— Impossível — ela resmunga. — Depois de alguns segundos, continua: — Meu avô é dono de uma academia pequena no parque industrial. Ele me deu permissão para treinar você lá. Saio às oito da noite, acho que a gente pode se encontrar às nove.

Uau. Tem muita coisa nessa frase. Pego um pedaço de torta.

— Onde você trabalha?

— Sou garçonete na Romeo's Pizza. Eu devia ter perguntado sobre o seu horário de trabalho.

— Tudo bem. Eu não tinha emprego antes de terça-feira. — Benefício de ser um filhote protegido por pais ricos: trabalhar era opcional. Engraçado, eu pensava na faculdade, mas nunca pensei em me sustentar sozinho.

— Ah... — Ela abaixa o olhar. Eu me arrependo da confissão. Aposto que todos os caras que conhece trabalham desde os dezesseis anos. Haley deve estar pensando que sou um fracassado sem emprego, que mora no porão da casa da mãe e vive de favores dos amigos. Pior, ela sabe que nem tenho o porão para morar. E eu pensando que meu pai era o único que não se impressionava comigo.

— Meu horário depois da aula é flexível. — Foi o que Denny falou, pelo menos. — Como você vai de um lugar para o outro? — O nome disso é mudar de assunto.

— De ônibus. — A voz dela fica abafada, porque está falando dentro do copo antes de beber.

Ônibus. Alguma coisa se encaixa, e empurro a bandeja. Tenho meio tanque de combustível no carro, e o dinheiro que ainda sobrou é para a comida. Vou receber na semana que vem, mas não vou gastar o que tenho. Agora, Haley vai me treinar, e não tenho dinheiro para pagar academia e comprar equipamento.

Fecho as mãos ao sentir o impulso quase irresistível de bater em alguma coisa, em alguém, qualquer coisa.

Sinto a mão sobre a minha e olho para Haley.

— Tudo bem? — ela pergunta.

— Sim. — Respiro fundo. — Não. Estou ferrado.

— Está sem lugar para ficar?

Assinto, incapaz de reconhecer que menti para ela, no começo da semana, sobre onde estava dormindo.

— Aqui tem abrigos. — A voz dela treme. — Mas ficam no centro da cidade. As rotas dos ônibus que vão para lá são meio... perigosas. Se for de carro, vai ficar sem ele.

Eu já imaginava.

— Como são os abrigos?

Droga. Ela não me contou que já havia estado em um deles. Quem me contou foi a Jessica.

Nós nos encaramos por alguns segundos, e mais alguns. O rosto dela é inexpressivo, mas os olhos emocionam. Haley está pensando. Ela está sempre pensando, e, como antes, ofereço uma saída:

— Se aceitar a minha carona, a gente consegue chegar na academia às oito e meia.

Vale a pena gastar o pouco combustível que tenho para encerrar uma conversa que nunca deveria ter começado.

Ela parece decorar o arranjo do prato enquanto pensa na minha oferta. Quem sabe? Talvez ainda esteja lembrando dos abrigos. Notei uma coisa em Haley nos últimos dias: se alguém pergunta alguma coisa, ela pensa muito antes de responder. Dois minutos depois, começo a achar que é exageradamente analítica.

— É só uma carona, Haley. Não é um convite para ficar para dormir depois da transa.

Ela engasga com a torta de frango e bebe água.

— Não vamos transar.

— A gente podia — respondo, e sorrio para ela.

Ela tosse, e eu dou risada. E dou mais risada quando o pé dela encontra minha perna outra vez.

— E aí? — Encosto na cadeira e apoio o braço na cadeira vizinha. — Oito e meia, ou nove?

Ela suspira como se estivesse fazendo uma grande concessão:

— Oito e meia.

— Mas não gosta disso, certo?
— Do quê?
— Aceitar ajuda.

O garfo espeta mais um pedaço de torta.

— Na boa, você impede qualquer um de gostar de você.

O sinal toca, e eu pego a bandeja de Haley antes que ela consiga levantar.

— Mas você gosta.

Um sorrisinho distende seus lábios, mas ela o esconde rapidamente.

— E, depois da conversa de hoje, também vai pensar em nós dois na cama.

Ela endireita as costas.

— Não vai rolar.
— Pensar nisso?
— É!
— Então, topa a transa de verdade?

Vejo o fogo que ilumina seus olhos.

— Eu posso te jogar no chão agora.

Engulo a resposta, porque a verdade é que, mesmo eu sendo mais musculoso e vários centímetros mais alto, vi o estrago que ela fez em Conner. De vez em quando, até eu sei quando é hora de parar, mas me divirto provocando Haley.

Ela se mantém atrás de mim enquanto jogo os restos no lixo e devolvo a bandeja. Na posição clássica da garota irritada, ela cruza os braços e faz um biquinho, projetando o lábio inferior.

Eu devia pedir desculpas por ser um babaca. É o que fazem os namorados, mas nunca fui namorado de ninguém, e Haley e eu não namoramos de verdade. Cedo à tentação e seguro os cabelos sedosos entre o polegar e o indicador.

Ela me encara com aqueles olhos hipnóticos. Existe uma atração que não pode nem tentar negar, mas nem por isso a tensão entre nós é menos real. Eu renunciaria tranquilamente ao meu privilégio de menino rico para segurar essa garota pelos cabelos e beijar a sua boca perfeita. Caramba, essa menina mexe comigo.

Sei que professores, diretores e alunos estão esperando que eu faça a bobagem de beijar Haley em público, por isso jogo os cabelos dela para trás e deslizo a mão por seu braço.

— Tudo bem, não precisa pensar nisso. Mas vou sonhar com isso por nós dois.

Haley

Meu avô acha que é muito esperto, mas o velho é óbvio. Papelada às nove da noite de uma sexta-feira? Ele não suporta cuidar disso nem durante o dia. John se mantém ocupado com o notebook, mas, a cada trinta segundos, olha para mim e para West.

Entramos há poucos minutos, e, pelo jeito como West vira o boné para trás, dá para perceber que ele precisa de tempo para assimilar o lugar onde vai passar as noites nos próximos dois meses. Talvez agora ele entenda como isso é sério e aprenda a evitar uma luta.

Eu me aproximo um pouco mais do escritório de John e, quando ele dá mais uma olhada para nós, pergunto:

— Precisa de alguma coisa?

Os músculos de sua mandíbula ficam tensos.

— Ele é arrogante.

Concordo, mas acho que uma garota não deve admitir esse tipo de coisa sobre o namorado, não para o avô, porque tenho de estar apaixonada o bastante para ele não perceber.

— Bom saber que você é capaz de avaliar o caráter de alguém em menos de um minuto.

— O jeito de andar... é arrogante.

— Mostra um cara que treina aqui que seja diferente.

John olha para West. Com a mochila pendurada no ombro, ele está parado ao lado do octógono, segurando a grade de metal.

O ringue é tudo que vê agora, e é assim que deve ser. Isso não é um jogo, ou um programa de televisão onde o bonzinho sempre vence. Aqui a coisa é real, e, no momento em que pisar naquele octógono com alguém esperando por ele do outro lado, pode morrer. Espero nunca ver seu sangue no chão do ringue.

— Meio-médio? — John pergunta.

West continua no mesmo lugar, e tem muita coisa que eu preciso explicar para ele.

— Acho que sim. Vou descobrir na pesagem.

— Ele não tem tamanho para ser peso-médio, mesmo que ganhe massa muscular.

Eu sei, e apoio a cabeça no batente da porta. Conner e Matt são meio-médios, o que significa que pesam setenta e sete quilos, ou menos. Minha esperança é que West ultrapasse o limite de peso e não possa lutar contra eles, mas, mesmo que isso aconteça, encontrariam um peso-médio da Black Fire para manter a luta. Não sei se tenho tempo de treinar West para se defender na categoria meio-médio, muito menos na de peso médio.

— Ele vai precisar perder peso antes de lutar — lembra John.

— Eu sei. — Perder peso antes de uma luta é duro, necessário às vezes, mas duro. John relaxa na cadeira e me analisa. É a primeira vez que não tem todos os músculos tensos, como se pensasse em me estrangular por decisões do passado. De algum jeito, apesar de ele me odiar, conseguimos conversar com tranquilidade.

Sinto falta dessa tranquilidade. Sinto falta de John.

— O Matt e eu terminamos de um jeito meio feio.

Ele me encara, e me arrependo imediatamente de ter tocado no assunto. Nunca contei nada disso a ninguém. Nunca nem insinuei nada do que aconteceu, mas, por alguma razão, estar no único lugar que me faz sentir em casa, nos últimos meses, rompeu uma barreira que não deveria ter caído.

— O Kaden e o Jax... eles me procuraram... — As pausas que dá são tão estranhas que o conteúdo do meu estômago parece água em uma hidromassagem. — Eles ficaram preocupados... mas você não queria falar...

— Consegue registrar o West para a luta? Daqui a dois meses? — Foi um erro tocar no assunto, e agora John está muito próximo de um tema que me causa pânico.

— Haley...

— Só preciso do registro. — Meu peito fica apertado, a garganta fecha. — Por favor.

Ele suspira, depois faz girar um lápis sobre a mesa.

— O Jax me contou que seu novo namorado tem um problema com o Matt. É esse o motivo para tudo isso? Está treinando o garoto para que eles possam acertar essa diferença no ringue?

Parecia patético dito em voz alta, mas é melhor que o assunto anterior.

— O West e o Conner têm algumas diferenças. — John conhece os lutadores da Black Fire há tempo suficiente para entender que isso significa que West tem uma diferença com a academia inteira, inclusive Matt.

Aponta West com o queixo.

— Devo me preocupar com você e com ele?

— Ele é inofensivo.

— Você disse a mesma coisa sobre o outro.

Teria sido menos doloroso se John passasse com um rolo compressor por cima da minha cabeça. Faço a única coisa que posso fazer: mudo de assunto.

— Você pode treinar o West muito melhor do que eu.

— Conhece o velho ditado sobre ensinar um homem a pescar?

Para ele poder se alimentar.

— Sim.

Move as mãos, indicando que já tenho a resposta, mas não compreendo. Meu avô levanta uma sobrancelha. Será que voltou a beber?

— Quer dizer que vai treinar o West?

— Quero dizer que, se aceitar o sparring, como discutimos antes, eu ajudo no treinamento do garoto.

Quê?

— Mas, se você treinar o West, ele pode lutar contra todos os peixes que quiser. — Ou alguma coisa assim.

John coça a parte de trás da cabeça.

— Hays, você precisa aprender a lutar.

— Eu sei lutar. — As palavras saem lentamente de minha boca, como se não acreditasse em mim mesma.

— Não sabe.

Quero perguntar o que ele quer dizer, o que espera conseguir, mas existem coisas tão escuras, sujas e desesperadas dentro de mim que prefiro que todos continuem ignorando a existência delas, inclusive eu mesma.

— A luta — insisto. — Vai registrar o West?

— Ele tem dezoito anos? — John pergunta. — Se não tiver, não. Melhor ainda, se for menor de idade, quero uma autorização dos pais para ele frequentar minha academia e, se for maior de idade, tem uma tonelada e formulários que precisa preencher. Não quero ninguém me processando depois que ele morrer.

Reviro os olhos, mesmo que seja só porque ele acaba de verbalizar meu maior medo por West.

— West! Você tem dezoito?

Diz que não. Diz que não. Diz que não. MMA, no Kentucky, é proibido para menores.

— Não sabe quantos anos tem seu namorado? — John estranha.

Eu ignoro a pergunta, porque... bom... sério??? Se West e eu fôssemos um casal de verdade, o aniversário dele estaria marcado na minha agenda com um coração vermelho. Tudo bem, talvez não seja o meu estilo, mas...

Do outro lado da academia, West assente, e eu resmungo:

— Droga.

Não vai ter saída fácil. West se aproxima de mim, e eu desencosto da parede. Se John não vai treiná-lo, prefiro evitar as apresentações.

— Pode cuidar disso? — pergunto enquanto me afasto. — Do registro para a luta?

— Se ele tiver dinheiro para as taxas, eu faço a inscrição. — Levanta as mãos e esfrega o indicador e polegar. — E você vai ter que ficar na academia até o fim do verão.

Ponho as mãos na cintura.

— Verão?

— É pegar ou largar.

John olha para o computador novamente.

— Tudo bem. — Acabo de me tornar estagiária em como pescar no deserto sem rede ou vara.

E só agora me dou conta de que ele falou em "taxas". Ao voltar para junto de West, digo:

— Espero que ganhe bem.

West

Haley passa a mão pelos cabelos, depois os segura na altura da nuca como se quisesse arrancá-los.

— Tira a camisa.

— Sim, senhora. — Já estou sem sapatos e meias. — Posso tirar o short também, se quiser.

Seguro o elástico da cintura, e Haley balança a cabeça depressa.

— Não precisa.

— Você sabe que me quer — eu falo, e adoro cada segundo de visão daquele rosto vermelho e da leve curva dos lábios. À sua maneira típica, Haley decide me ignorar. Um dia, vou conseguir entrar naquela cabeça em que ela sempre se fecha.

O avô dela foi embora, e Haley está muito sexy usando short e top de ginástica. A barriga chapada parece macia, suave. Meus dedos formigam com a necessidade de acariciá-la.

Ela sopra o ar com um ruído alto.

— Droga.

— Dá pra ser mais clara?

Haley pisca como se me notasse pela primeira vez, o que não faz muito bem ao meu ego. Normalmente as garotas percebem quando tiro a camisa.

— Você pesa oitenta quilos.

— Sim. — Nenhuma novidade.

— Vai ter que chegar aos setenta e sete. — Ela olha para o meu corpo. — E não tem nenhuma gordura. — Haley morde o lábio inferior conforme estuda meu abdome, e eu sorrio. Agora consegui chamar a atenção da garota.

Desço da balança, e a alavanca bate no metal com um ruído alto.

— Você não para de falar que o treinamento vai ser duro. Vou perder peso.

— Sim, mas também vai ganhar massa muscular. Bom, eu penso nisso depois. Vem. — Haley segura os cabelos de novo, depois os deixa cair por entre os dedos.

Preenchi algumas noites desta semana trocando a solidão e a escuridão pela fantasia de despentear esses cabelos sedosos e beijar essa boca. Estou me agarrando a toda minha força de vontade para não empurrar Haley contra a parede e beijá-la. A imagem, na minha cabeça, quase me faz gemer. Estou sem camisa, ela veste só um top, as peles se tocariam...

Droga, isso vai me matar. Pego a camisa do chão e a sigo até a área aberta perto dos espelhos. Estou me fazendo de amigo de Haley. Só amizade. Sem cores. Ela já provou que merece respeito.

— Você sempre diz isso.

— O quê?

— Que vai pensar depois, encontrar um jeito.

Ela levanta um ombro quando pega uma bola amarela do chão.

— É porque eu vou.

— Não precisa carregar o mundo nas costas, sabe? Tem mais alguns bilhões de pessoas que podem ajudar a pensar na solução para o problema do aquecimento global.

Haley sorri enquanto desenrola o material de cinco centímetros de largura.

— Não estou preocupada com o aquecimento global.

— Você entendeu.

Ela finge que eu não falei nada.

— Já enfaixou as mãos antes?

— Nenhuma das brigas em que me envolvi veio com aviso prévio. Então, não; sempre lutei com as mãos limpas.

— E isso vai ter que parar — ela avisa, com um olhar de professora do fundamental. — Você não vai mais lutar fora da academia.

— Não sou eu que vou atrás dos problemas. Eles me encontram.

Haley inclina a cabeça, apontando uma banqueta, e eu me sento.

— Levanta a mão, assim. — Ela mostra a mão com a palma voltada para baixo, os dedos abertos.

Sigo as instruções, e Haley prende uma ponta do tecido na base do meu polegar.

— Está vendo a etiqueta?

Balanço a cabeça numa resposta afirmativa

— Fica virada para cima. O segredo para enfaixar é pensar em trios. — Vai enrolando o tecido no meu pulso. — Três voltas no pulso, três de novo no dedo. Tem que ser apertada para criar tensão, mas sem prejudicar a circulação e fazer os dedos caírem.

Haley continua trabalhando, e eu afasto os joelhos para ela se colocar entre minhas pernas. Cada célula do meu corpo vibra e, quando inspiro, sinto seu cheiro de flores do campo. Os dedos dela são rápidos, tocam minha pele quando envolve minha mão com a faixa.

A seriedade em seu rosto demonstra que nem percebe quanto está perto de mim. Como me incendeia cada vez que seus dedos me tocam.

— Por isso suas mãos são frias? — pergunto, tentando controlar o impulso de agarrá-la Haley e deixar meus dedos passearem por seu corpo. — Você prejudica a circulação?

Mais um olhar de soslaio.

— Ha-ha-ha. O cara é um comediante.

— Esqueci. É genético.

— Agora já pode começar.

Pode, e pensar nisso me faz sorrir.

— Eu topo, mas não trouxe camisinha.

Haley bate no meu ombro.

— Luta, não sexo. Caramba, você não pensa em outra coisa.

— Quando estou perto de você, não.

— Desenha um xis na palma, depois passa a faixa por cima das articulações dos dedos. Repete três vezes, e não esquece de manter os dedos bem afastados. Qual é a sensação? — Haley movimenta as pernas, e o contato faz meu coração parar por um segundo. Um raio parece percorrer a veia da parte interna da minha coxa e atingir áreas bem íntimas.

— Muito apertado? — ela pergunta.

Espaço está se tornando uma dificuldade dentro do meu calção.

— Não. Tudo bem.

— Espero que esteja prestando atenção, porque é você que vai enfaixar a sua outra mão.

— Nunca pensou em me beijar? — Porque eu penso em beijá-la. Sempre. E quero muito que ela sinta a mesma coisa.

Haley levanta a cabeça, e aqueles lindos olhos escuros mergulham nos meus. Rosto e pescoço ficam vermelhos. Já tenho minha resposta, e isso só faz o fogo queimar ainda mais forte.

— Não interessa — sussurra.

— Por quê?

— Não namoro mais lutadores.

Não comento que a gente não precisa namorar para se beijar, ou que já beijei muitas garotas e nunca tive uma namorada. Haley é uma menina legal, não quero que ela se assuste com minhas experiências.

— Por causa do Matt?

Ela fica quieta e pensativa, olha para a faixa amarela como se ali estivessem todas as soluções.

— Por causa do Matt.

— Não sou lutador. Não de verdade.

— É, sim. Não tem a ver com a academia, mas com quem você é. Pode não ter treinado até agora, mas você é um lutador.

Ela continua enfaixando, desenhando o xis, protegendo os dedos; depois, leva a faixa de volta ao pulso.

— Pode usar o tecido que sobra como quiser. Eu gosto de fortalecer a proteção dos pulsos.

Na ponta da faixa tem um velcro. Ela o prende no lugar, e uma sombra de desejo anuvia seus olhos. Rapidamente, Haley afasta as mãos e aumenta a distância entre nós.

Estico os dedos e admiro o trabalho, mas o que realmente estou fazendo é ganhar tempo. A história de Matt e Haley vai além de um relacionamento sério que se esgotou. Tem mais coisas em tudo isso, nela, em Jax e Kaden.

— Eu estava falando sério. Não precisa resolver tudo sozinha.

— Preciso. Ninguém mais vai proteger a retaguarda do Kaden e do Jax, só eu.

— Não consigo entender — confesso. — Até onde sei, sua família, o Matt e o Conner vivem participando de lutas oficiais. Por que essa coisa do desafio? Nós dois sabemos o que aconteceu de verdade naquela noite. Qual seria o problema deixar o Kaden e o Jax resolverem a diferença? Eles vão lutar de qualquer jeito.

— Porque não é bem assim. — O peito de Haley incha quando ela inspira. É horrível ver tanta tristeza. — O Matt levaria a diferença para fora do ringue. Brigaria com eles na rua, sem regras e sem juiz, e já tem tanta diferença entre eles por minha causa, que o Jax e o Kaden teriam aceitado a luta.

— E daí? — Alguém da família dela foi atacado; é justo que haja retaliação e acerto de contas.

— West... — Ela olha, por cima do meu ombro, para o octógono atrás de mim. — Cada vez que entrar naquele ringue, você vai declarar que não se importa com a possibilidade de morrer, mas pelo menos lá dentro existem algumas regras, um juiz e um treinador que podem paralisar a luta, mesmo que você não bata no chão. Consegue imaginar o estrago de uma luta sem regras, sem juiz? E acha que o Jax e o Kaden bateriam no chão, ou que o Conner e o Matt deixariam um dos dois sair antes do fim?

Sinto que fui atacado pelas costas.

— Eles querem que eu lute no ringue, em um confronto oficial, porque acreditam que vão me arrebentar, e acham que vai ser mais divertido se tiver público.

Haley evita me encarar e muda de posição.

— Você acha que eles vão me arrebentar? — É impossível ignorar o peso no estômago. Naquela noite, Haley voltou para me ajudar, e essa luta é o único jeito de pagar o que ela fez por mim.

— Não sei — Haley responde em voz baixa. — Isso não é um filme, ou um programa de televisão, em que o cara treina algumas vezes, enfrenta o campeão mundial e vence. Matt e Conner e Jax e Kaden... eles treinam há anos, e ainda não são bons o bastante para o nível profissional. Espero ter tempo suficiente para te ensinar defesa.

Meus músculos acusam o desconforto.

— Se não acredita em mim, por que está aqui?

Ela levanta a cabeça.

— Estou me sentindo péssima por você estar aqui, no lugar do Jax e do Kaden. Passo todos os segundos do dia tentando encontrar um jeito de te fazer sair disso.

— Se encontrasse um jeito de me fazer sair, você ficaria sozinha para enfrentar o Matt e o Conner. E já está bem ocupada cuidando de todo mundo, protegendo todo mundo. Quem vai cuidar de você?

— Eu cuido de mim mesma.

Dou risada, e Haley ergue os ombros: uma guerreira furiosa, sexy. *Dá tudo que você tem, Haley, porque, neste momento, estou aqui para devolver.*

— Cada vez que você pensa que tem tudo sob controle, não tem nada.

— Falou o sr. Desastre. Você nunca pensa em nada direito e acaba metido em encrenca, como esta de agora; e vai ser minha culpa se algo acontecer com você. Desiste agora, West. Bate no chão. Vai embora.

— Você sempre rola e se finge de morta? Desde que te conheci, está sempre fugindo ou planejando. A única coisa que nunca faz é lutar.

— Lutei por você! — ela grita. — Lutei por você, e isso me custou caro. Custou minha família inteira!

— Não está lutando por mim agora! Admitiu que está tentando me fazer sair dessa!

— Às vezes, desistir é lutar!

— Desistir é abandonar, e eu não abandono!

Estou ofegante, e os olhos de Haley ficaram vidrados.

— Eu... eu... não abandono. Eu não.

Seu lábio inferior treme, e estou tão furioso comigo mesmo que bato no saco de areia com a mão enfaixada. O saco balança e, quando volta, eu o esmurro de novo. A sensação é boa, uma sensação de poder, e quero repetir o soco muitas vezes.

Haley sopra o ar dos pulmões, e eu seguro o saco de treino. Estamos de costas um para o outro, mas eu a vejo pelo espelho. Seria mais fácil para mim se ela chorasse. Lágrimas, por alguma razão, me fazem afastar as pessoas, mas Haley não chora. Não pisca, nem limpa os olhos. Tem a expressão de alguém que continua respirando, embora a alma esteja morta. A mesma expressão que vejo no rosto de minha mãe quando ela entra no quarto da filha que morreu.

Por dentro, estou doído como se tivesse coberto um milhão de cortes internos com sal. Haley nunca pediu nada disso.

— Desculpa.

Levei anos para me desculpar com meu pai, mas foram poucos dias com Haley. Queria que ela entendesse quanto essas palavras são difíceis para mim.

— Por que estamos brigando? — ela sussurra.

— Não sei. — Mas não estou brigando com ela. Meus olhos encontram o octógono e, de repente, queria que dois meses tivessem se passado. Queria poder entrar naquele ringue e ter um adversário pela frente, porque então saberia para onde direcionar toda essa raiva, toda essa fúria.

— Não quero que se machuque — ela diz, olhando para o chão. — Gosto de você, por isso estou me esforçando. Não vou conseguir te preparar em dois meses, é impossível.

— Então, eu não ganho a luta.

Viro para ela, mas Haley continua de costas para mim.

— Não é a vitória que me preocupa. O que me apavora é pensar que talvez você não saia andando do ringue.

Eu me encolho como se alguém enfiasse um prego nas minhas entranhas. O prego poderia ter sido menos doloroso. O orgulho exige que eu a ataque de novo, mas, no espelho, vejo seus ombros caídos, fechados. Sou invadido por lembranças horríveis de todas as vezes em que Rachel adoeceu com a ansiedade, e eu nunca prestei atenção. Fiz besteira com Rachel. Acabei com a minha família.

Não importa. Tudo muda a partir de agora. Deste momento. Machuquei todos que amo. Haley precisa de mim, e ajudá-la a proteger sua família é minha única chance de redenção, e não vou deixar que ela me roube essa oportunidade.

Eu me aproximo de Haley e, antes que ela possa recuar, faço-a virar e seguro seu rosto com delicadeza. Meus dedos tocam seus cabelos, e sinto o encaixe do queixo na palma da mão.

— Escuta, porque estou cansado de falar a mesma coisa: já entrei nessa história. Não vai conseguir se livrar de mim. Se me botar para fora daqui e trancar a porta, se nunca mais falar comigo no colégio, não importa... Eu vou lutar daqui a dois meses.

Porque preciso dessa luta. Pela primeira vez, preciso saber contra quem estou lutando. Preciso saber que sou capaz de lutar. Preciso saber que, quando fui posto para fora, eu merecia coisa melhor.

— Vou lutar com ou sem a sua ajuda, mas tenho mais chances de sair andando do ringue se você estiver do meu lado.

Os olhos dela estudam meu rosto, procuram alguma coisa... um sinal de que estou mentindo, de que não vou agir de acordo com o que acabei de dizer. Haley passa a língua nos lábios.

— Não tenho chance de te convencer a bater no chão para desistir de mim?

— Nada de bater no chão.

Haley se agita, querendo interromper o contato. Por mais que eu a queira perto de mim, abaixo a mão.

Ela anda pela sala lentamente... pensando. Não consigo fazer essa garota parar de pensar demais. Finalmente, para.

— Tudo bem. Se é assim que vai ser, precisa enfaixar a outra mão; depois, comece a pular corda.

Haley

Paro de respirar por um instante quando saio do vestiário. West está me esperando, apoiado à parede perto do escritório do meu avô. O cabelo loiro molhado parece mais escuro, e a camiseta está colada ao corpo como se ele ainda estivesse um pouco úmido. O cara é lindo.

Estamos treinando há uma semana e, todas as noites, repetimos o mesmo roteiro. Admito que ver West ali parado sempre faz meus joelhos tremerem.

— Pronta? — Ele olha para mim e sorri daquele jeito lindo. É sexy, safado e adorável, tudo ao mesmo tempo. Ajeito o cabelo molhado atrás da orelha. Só temos um vestiário e, dentro dele, dois chuveiros. Dou uma geral na academia quando terminamos o alongamento. Lavo os colchonetes e os sacos, limpo o espelho, recolho as cordas espalhadas, qualquer coisa, desde que não tenha que ficar no mesmo espaço que ele enquanto estiver nu.

Eu me sinto atraída por West. Não tenho como negar. Sempre que ele está por perto, meu coração bate de um jeito maluco, como se uma família de beija-flores tivesse se mudado para o meu peito. Então, espaço... é disso que precisamos.

— Eu falei que pegaria o ônibus para casa.

— Eu sei, mas é tarde. — Onze da noite, nossa última sessão de treino.

— Tem medo de que eu bata no motorista do ônibus?

Ele ri, e a sensação muda, os beija-flores agora tentam alcançar o céu.

— Sim, é exatamente com isso que estou preocupado. Vem, vamos embora.

Saímos, e eu me arrepio da cabeça aos pés. O frio corta a pele do meu rosto, os dedos, o pescoço, arde nos pulmões.

— Hoje a bandeira branca vai tremular.

— Quê? — A respiração dele forma nuvens brancas.

— A temperatura vai estar abaixo de congelante — explico, odiando a mim mesma pelo deslize. — Os abrigos para sem-teto ignoram a capacidade de lotação e aceitam mais gente quando faz esse frio. Espera um pouco, preciso fazer uma coisa. Pode ir para o carro.

Viro à direita num depósito e ando mais depressa, quase grata pela tarefa. Discutir abrigos para sem-teto não está no topo da minha lista de prioridades... nem no final dela. Na semana passada, eu disse a West que entendia o que é não ter uma casa. Depois ele me perguntou sobre as condições dos abrigos. Ele sabe que a minha família e eu moramos em um abrigo por um tempo, ou só deduziu? Ter morado em um abrigo é meu segredo. É tão sigiloso quanto o rompimento com Matt, e quase tão sigiloso quanto minhas condições atuais de moradia.

Mas West é capaz de ser o cara mais irritante do mundo, e me segue.

— O que você vai fazer?

— Eu falei para me esperar no carro.

West deve ter algum problema de audição.

— Vou com você.

— Você nunca me escuta?

— Não.

Ele continua circulando por áreas da minha vida nas quais nunca permiti que ninguém estivesse. Estaco, e ele também.

— Pode ir me esperar no carro?

— Você está com frio, Haley? Porque eu estou. Eu vou com você, ou vamos ficar aqui parados e morrer congelados. De um jeito ou de outro, estamos juntos.

Está tão frio que meu cabelo molhado forma cristais de gelo.

— Você dá muito trabalho.

A luz do estacionamento atrás dele cria uma sombra em seu rosto, mas não dá para não ver aquele sorriso. Estou e quero continuar irritada com ele, mas esse sorriso complica minha intenção de ficar assim por muito tempo.

— Tem se olhado no espelho ultimamente? — West pergunta.

Ele sempre consegue me surpreender.

— Não dou trabalho nenhum.

Suas sobrancelhas sobem e descem.

— É brincadeira. Mas tô falando sério do frio, vai logo. Vamos sair daqui.

— Pode ficar e me esperar? É só um segundo. Juro que nem vai me perder de vista.

West faz um gesto me convidando a seguir em frente.

O asfalto dá lugar ao cascalho, e, com West a uma distância segura, me aproximo do pequeno trailer e bato à porta. O som abafado e distorcido de uma multidão ensandecida desaparece. John está sempre assistindo a uma luta, seja por diversão, para um treinamento, para se aperfeiçoar, ou para saber como vencer um oponente.

O veículo todo treme quando John abre a porta. Ele está usando as mesmas roupas de sempre, camiseta e calça de náilon. E esfrega os olhos como se tivesse acabado de acordar de um sono profundo.

— Acabou?

— Acabamos — respondo. — Esqueci de pegar as chaves, você vai ter que ir lá pra fechar a academia.

John pega o casaco.

— Eu te levo pra casa.

— Obrigada, mas o West vai me levar.

Ele olha por cima do meu ombro.

— Vou trancar tudo quando acabar de assistir a essa reprise.

O nervosismo provoca um congelamento-relâmpago na minha corrente sanguínea.

— E o meu tio? — Nunca fiquei fora até tão tarde. Jax e Kaden, sim, às vezes chegam mais tarde, mas eu não.

— Já falei com ele, seu tio sabe que você está treinando. Ele não ficou nada satisfeito, mas vai te deixar entrar. Você deve chegar em casa às onze, nos dias de semana, e meia-noite nos fins de semana.

Fico agitada, consumida pela urgência de sair correndo para cumprir o horário.

— São onze horas. Quando você ia me falar?

Qualquer dia da semana teria sido bom.

— Eu teria ido à academia às onze e meia para te levar pra casa.

Ele dormiu.

— Vô...

— Ai, não. — O velho sorri, o que é raro. — Vai, antes que você perca a hora de chegar em casa.

Hesito.

— O Jax e o Kaden não vieram hoje.

— Não.

— Mas eles treinam todas as noites. — Eu sei, porque fico presa na caldeira do inferno enquanto eles estão fora. John se apoia no batente da porta, espera eu compreender por mim mesma, e não demora muito para as sinapses iluminarem meu cérebro. — Eles falam que vêm treinar e saem!

— Boa noite, Haley. — Meu avô fecha a porta. Jax e Kaden tinham uma desculpa para sair, e me deixaram fora dela. Fico muito triste. Eles devem me odiar de verdade.

Não falo nada quando passo por West.

— Aquele é o outro escritório dele?

— Não. — É onde ele mora.

West abre a porta do passageiro e me espera entrar.

— Tudo bem?

Ele observa meu rosto, e a piedade que vejo indica que já sabe a resposta. Entro no carro e, alguns segundos depois, ele senta diante do volante. West liga o motor, aumenta a temperatura do aquecedor e vira a ventilação para mim. É um gesto fofo. Um gesto que me faz lamentar o fato de não namorar lutadores.

Pensando em Kaden, Jax e em todos os segredos deles, tiro os sapatos e me encolho no assento. Como tudo pode ter ficado tão estranho?

— Vai ficar mais quente daqui a pouco. — West sai do estacionamento e toma a direção da casa do meu tio.

Ele acha que estou com frio. Estou sempre com frio, mas agora tento não desmoronar. Sim, Jax e Kaden estavam chateados comigo, mas não me contar que John poderia encobrir nossas saídas...

Eu me sinto como um antílope ferido abandonado pela manada, mas acho que procurei tudo isso. Em algum momento, entre namorar o Matt e parar de lutar, eu me tornei o animal desgarrado e abandonado pronto a ser devorado por meu tio.

Meu tio nunca toca em mim. Não é necessário. As palavras, a voz, os olhares furiosos... Tudo isso penetra minha pele, vira uma camada tóxica que cobre os ossos e invade a corrente sanguínea. "Você é imprestável", ele me falou uma vez. "É fraca e imprestável."

Não sou. Minha garganta se fecha, e apoio a cabeça na janela. Pelo menos, acho que não sou.

West para na frente da casa do meu tio. Foi rápido demais. Às vezes, espero ver uma névoa negra envolvendo a casa, uma indicação do mal que vive lá dentro. Mesmo que a névoa existisse, para onde eu iria?

Viro para me despedir de West, e a luz da rua ilumina alguma coisa que brilha no banco de trás. Duas mochilas no assoalho do carro. Ambas abertas, com roupas transbordando delas. Livros e cadernos cobrem o banco.

— Por que você não me contou que está morando no carro?

Nenhuma resposta. O peso de minhas palavras nos esmaga. O vento sacode o carro. Tem uma tempestade chegando, trazendo gelo e neve e fazendo a temperatura despencar.

— Você não pode dormir no carro hoje. Vai ficar comigo.

West

Estou escalando a treliça quando penso que esta é a primeira vez que entro escondido no quarto de uma garota, e, mais estranho ainda, não é para transar.

Sou pesado demais para a armação de madeira, por isso subo, depressa e sem fazer barulho, pelo emaranhado de trepadeiras em decomposição. Haley deixou a janela aberta, então entro, fecho a abertura e tiro o casaco. Endireito as costas e engulo um palavrão quando vem a dor na cabeça. Sou muito alto para o teto inclinado.

Haley foi severa quando me proibiu de fazer qualquer som. Ela me deu muitas instruções, e o medo que vi em seus olhos me impediu de fazer perguntas. A garota estava falando sério. Muito sério. Com a temperatura caindo abaixo de zero e o vento provocando uma sensação térmica muito pior, eu não poderia brincar.

Uma lâmpada na rua ilumina parte do sótão apertado. A maior parte do espaço é ocupada por pilhas de caixas de papelão de tamanhos variados. Uma árvore de Natal, com algodão ainda cobrindo os galhos, foi empurrada para o espaço entre a parede e um amontoado de cabeças de veado.

No chão, perto de meus pés, tem um colchão de ar com um edredom de margaridas azuis. A mochila de Haley está apoiada no colchão, e uma velha cadeira verde parece servir de guarda-roupa, porque vejo as roupas dobradas em cima dela. Noto uma calcinha preta e um sutiã da mesma cor. Os dois têm uma rendinha no acabamento da costura, e é claro que eu tenho uma ereção.

A porta do outro lado do sótão é aberta. Só uma fresta. Mergulho nas sombras, mas volto quando vejo Haley entrar com um prato e uma xícara em uma das mãos. Ela usa o pé para fechar a porta, que faz um estalo baixo, e balança o quadril quando atravessa o espaço para se aproximar.

Sem olhar para mim, ela deixa o prato de comida e a xícara no chão, ao lado de um rádio-relógio.

— Não é muito, mas tenho um aquecedor e paredes.

— É ótimo. — Ótimo que ela esteja desrespeitando as regras para que eu tenha um lugar onde dormir.

Haley ajeita o edredom e o travesseiro.

— Esta casa não é minha. É do meu tio. Estamos aqui por um tempo. Eu tinha um quarto, um quarto de verdade, com minhas coisas, mas isto aqui é temporário...

Haley mantém o mesmo tom de animação forçada enquanto dobra duas camisetas, e seu rosto fica vermelho quando ela repara no conjunto de calcinha e sutiã. Ela continua falando sem parar sobre temporário e sobre como logo terão uma casa de verdade outra vez, e, depois de vê-la colocar estrategicamente uma calça jeans sobre as roupas íntimas, engancho um dedo no passante de sua calça e a puxo mais para perto.

Haley se detém no meio da frase e arregala os olhos. Os dedos apertam outro jeans que estava redobrando. Não fosse pela porcaria da calça, meu corpo e o dela estariam se tocando.

— Não ligo. Eu moro num carro. Você mora num sótão. Sem julgamentos.

Ela suspira e, por alguns segundos, parece flexível como nunca a vi desde que a conheci. Tiro proveito disso e, segurando seu quadril, trago Haley até mim. Ela se aproxima, solta o jeans e apoia a testa em meu ombro.

— Moramos com meu tio, o pai do Jax. Perdemos nossa casa seis meses atrás.

Minhas mãos sobem pelas costas dela, e eu a envolvo com meu corpo. Haley responde enlaçando minha cintura com os braços. Através da camiseta, sinto os dedos frios, mas todas as outras partes dela são quentes. Extremamente quentes. Ela relaxa e descansa o rosto em meu peito.

Sinto a paz deste momento, uma tranquilidade que domina minha alma. Como se procurasse minha casa e, finalmente, tivesse encontrado. Cansado de lutar contra o impulso, deslizo os dedos pelos cabelos sedosos.

— Tudo bem. — Nós estamos bem.

— Não — ela sussurra. — Morar aqui não é legal.

Ficamos assim, abraçados. Penso em Isaiah no hospital, na noite em que Rachel se machucou. Os dois amigos o abraçavam, e me pergunto se é assim que Haley e eu parecemos estar agora. Eu a amparo tanto quanto ela me impede de desabar?

Haley suspira, afasta-se do meu corpo e sorri para mim de um jeito tímido.
— Desculpa. Não conto isso para as pessoas. Não trago ninguém aqui. É difícil, só isso.
— Entendi. — E, se ela está contando segredos, também posso dividir os meus. — Você é a única pessoa que sabe que fui expulso de casa e estou morando no carro.

Haley franze a testa quando pega o prato.
— Sério?
Bom...
— A Abby também sabe.

Ela senta no chão e me convida a sentar também. No momento em que me acomodo, ela pega uma fatia bem fina de carne e me dá o prato.
— Para sua informação, é carne de cervo.

Meu estômago ronca. Não faço uma refeição decente que não inclua uma embalagem de fast-food há uma semana. Com as fatias de carne, vem uma porção de purê de batatas e uma de vagem. Quem diria que eu sentiria falta de vegetais? Por mais que minha boca encha de água, não consigo comer.
— É o seu jantar.
— E seu — ela responde. — Já senti fome. Não desejo isso nem para as pessoas que odeio, muito menos para aquelas de quem gosto. Teria trazido mais, mas meu tio é o nazista regulador das porções.

Penso em argumentar, mas a fome me vence. Vou comer um pouco, mas deixar a maior parte para ela. O sabor do cervo é diferente do que eu esperava, meio parecido com carne normal, mas não exatamente.

Haley me observa com atenção e deixa o prato sobre nossas pernas unidas.
— Nunca tinha comido carne de cervo, não é?

Ela pega outra fatia, e eu também.
— Como você sabe?
— A sua cara. É a mesma expressão que eu vi na minha irmã caçula quando ela experimentou papinha de bebê pela primeira vez. Primeiro o rosto se contrai, porque é uma novidade, depois relaxa, mas não demonstra nenhuma reação, porque você está tentando decidir se gostou ou não. O que você achou?
— Estou comendo.

Ela ri, e o som aquece meu sangue.
— Já comi porcarias que pareciam ter sido vomitadas por outra pessoa. Comer e gostar são coisas bem diferentes.

Saboreio o segundo pedaço de carne com menos pressa.

— É bom. Mas acho que gostaria mais se o Bambi não estivesse me observando. Tem um gostinho de canibalismo. Seu tio é um desses malucos por armas?

— Maluco, sim, mas não é nenhum fanático por armas. Gosta de caçar, como meu pai e meu irmão. Eu tentei uma vez, mas é chato. Meu pai gosta da temporada de cervos e, de vez em quando, caça perus. Meu tio caça qualquer coisa e espera que todo mundo coma o resultado. O que rola entre você e a Abby?

Bela e repentina mudança de assunto... Haley come metade das vagens, depois me dá o garfo. Alguma coisa desperta em mim, no meu coração. É estranho, mas eu gosto.

— Ela é a melhor amiga da minha irmã — falo enquanto mastigo. — A Abby e eu nos toleramos.

— Sério? Achei que ela estava inventando tudo isso.

— Antes fosse. A Rachel não é como a Abby. Ela é boa, doce e... — Está no hospital. Uso um telefone público para ligar para lá todos os dias e, porque sou da família, eles me dão as informações atualizadas, mas não há muito para saber, só que "ainda está na UTI" e "o estado dela parece estar melhorando". Minha garganta fecha, e eu devolvo o prato a Haley. — Sinto saudade da Rachel.

Haley pega um pouco de purê e me dá um tempo. Com ela, o silêncio nunca é desconfortável. Pega a xícara, e vejo sua garganta se mover delicadamente enquanto bebe. Passa a xícara, e seus olhos mergulham nos meus enquanto bebo. A água é fria em minha boca, mas todas as outras partes do meu corpo esquentam.

O vento castiga a casa e a janela vibra. A chuva de granizo começa a batucar no parapeito.

— Onde você parou o carro? — pergunta.

— Na rua do comércio. — Essa foi uma das instruções da Haley: o carro não podia ficar perto da casa.

— Desculpa. — Ela se referia aos milhares de amassadinhos que eu encontraria no carro pela manhã.

— Tudo bem. Pelo menos não estou lá dentro. — O aquecedor estala, e a grade de metal fica vermelha. Nós dois olhamos para o aparelho como se fosse uma lareira. Quase consigo imaginar: Haley e eu em um chalé nas Smoky Mountains, relaxando depois de um dia de esqui e namorando na frente do fogo aconchegante. Há duas semanas, eu poderia ter oferecido isso a ela. Agora, não tenho mais que minha palavra.

— Por que foi expulso de casa?

Tudo parecia claro quando aconteceu. Eu estava bravo. Meu pai estava bravo. Eu o odiava, e ele estava errado. Evidentemente, meu pai sentia o mesmo. Mas, noite após noite de solidão e frio, rever a briga entre nós distorceu as lembranças e mudou o recipiente da culpa.

— Bati em algumas pessoas que debocharam da minha irmã.

— E sua família te pôs pra fora?

— É... não. — Respiro fundo, depois deixo o ar sair devagar. — Meu pai e eu não temos uma relação muito boa. Faz anos. Minha irmã sofreu um acidente grave, está no hospital, e ele me culpa por isso.

Haley põe o prato no chão e se ajoelha a meu lado.

— Você estava dirigindo?

— Não. Ele estava, mas a Rachel estava naquele lugar por minha causa. Ela estava encrencada, precisava de dinheiro, e eu tinha... — Como vou explicar minha família toda confusa? — Decepcionei a Rachel. Decepcionei toda a família.

Haley entrelaça os dedos nos meus, mas minha mão continua inerte no chão.

— Nunca pensou que *eles* te decepcionaram?

O que sinto dentro de mim é pior que dor. É um tormento contínuo contra o qual tenho lutado todas as noites.

— Eu errei.

— Talvez eu não entenda tudo o que está acontecendo com você, mas não imagino nenhum erro que justifique ser posto para fora de casa. Seja o que for, não é sua culpa.

— É. — Seguro os dedos dela com força; odeio a verdade, odeio a forma como Haley enxerga de maneira persistente minhas fraquezas. — Prometo que não vou errar com você.

— Eu sei que não vai. — Ela inclina a cabeça, e a luz fraca da lâmpada cria um halo em torno de seus cabelos. Haley é linda, forte, generosa, e mais do que mereço. — É tarde, preciso acordar cedo. Melhor a gente ir dormir.

Concordo movendo a cabeça, e fico em pé quando Haley se levanta. Ela aponta a calça do pijama, e eu me volto, para dar a ela a privacidade de que precisa. O ruído da roupa deixando seu corpo me faz fechar os olhos. Se eu virar, ela vai estar nua? Imagino as curvas bonitas...

— Pronto. — Ela veste calça de flanela cor-de-rosa e camiseta da mesma cor. Os cabelos caem sobre os ombros quase nus. É de tirar o fôlego.

Haley se deita e levanta uma ponta do edredom, como se me convidasse.

— Posso dormir no chão

— Você é meu namorado. — O tom debochado me faz rir. A janela treme de novo, e o vento entra pela fresta do batente. — Não tenho outro travesseiro ou cobertor, e a temperatura vai cair aqui. Além do mais... confio em você, West.

Apago a luz, e o aquecedor desliga com um clique. Ficamos no escuro. O colchão de ar afunda embaixo do meu peso, e eu desamarro os sapatos sem pressa.

Felizmente, não é uma bicama, ou estaríamos um em cima do outro, literalmente. Haley está deitada a meu lado, imóvel, e eu cruzo os dedos sobre a barriga. Em casa, dormia de cueca. Depois dessas duas semanas, me acostumei a dormir vestido.

— Onde vai ficar amanhã? — ela pergunta na escuridão.

— Não sei.

Embaixo do edredom, seus dedos encontram os meus, e eu os seguro com as duas mãos. Tem alguma coisa íntima em ficar aqui deitado com a Haley. Talvez seja por eu estar sozinho, mas, com toda honestidade, é ela... Dormir no carro me deu muito tempo para pensar, e, apesar de o silêncio ser uma novidade, a solidão não é. Como é possível ter estado cercado de pessoas e nunca ter me sentido completo?

— Estou me arriscando demais — ela diz. — Se pegarem a gente, meu tio expulsa minha família inteira daqui. Queria poder te oferecer mais que esta noite.

Com meus dedos entrelaçados nos dela, puxo sua mão até ela me deixar tirá-la para fora do edredom. Sem saber por que, beijo sua mão. A pele é suave e tem um sabor doce, como seu constante cheiro de flores. Meus lábios demoram muito mais que o necessário, e, depois, levo sua mão ao meu peito, bem ao lado do coração.

Haley

Minha boca fica seca. Ninguém me beijou depois do Matt. Ninguém me beijou antes do Matt. Evito pensar em beijos, namoro, namorados e relacionamentos, porque, na última vez, não deu muito certo. Mas Matt nunca me beijou desse jeito, nem mesmo quando lhe entreguei minha virgindade.

Ele nunca me beijou de um jeito que me fizesse desabrochar por dentro, ou enxergar cor na escuridão, ou que me fizesse querer beijar alguém como West me beijou. Não foi nem na boca; foi na mão. Respiro fundo para acalmar a respiração. Apenas... *Uau...*

— Não vai me contar o que aconteceu?

West vira de lado e, mesmo no escuro, sinto que olha para mim.

Fico tensa.

— O quê?

— Sua família. Como vieram parar aqui?

— Ah, sim. — Relaxo novamente. Por um segundo, pensei que ele estava perguntando sobre mim e Matt. — Meu pai é engenheiro; minha mãe, dona de casa. Ele foi demitido no Natal do ano passado. Recebeu o seguro desemprego, tinha algumas economias, mas acabamos atrasando todos os pagamentos, e minha irmã mais nova teve apendicite, cirurgia de emergência. Descobrimos que o convênio havia cancelado nosso plano, e tudo virou uma tremenda confusão. Meu pai não conseguiu arrumar emprego. Ficou deprimido, e aí não conseguiu mais manter nenhum emprego que arrumava, nem mesmo nessas lojas de um dólar. Perdemos tudo.

Minha mão livre soca o colchão de ar; ainda sinto a raiva, tão intensa como quando descobri. Puxo minha outra mão, e West a solta.

— Isso é... Eu odeio essa gente, sabe? Meu pai trabalhou para aquela empresa durante vinte anos e, *puf*, eles decidiram que era mais barato transferir a operação para o México.

West fica em silêncio. Deve estar assustado comigo. Cubro o rosto com as mãos. Caramba, é muita informação. Ele coça a cabeça e pergunta:

— Para quem seu pai trabalhava?

— Era uma fábrica pequena, foi comprada e vendida várias vezes. Acho que o último nome era Sillgo.

— Sinto muito — ele diz, e sinto uma nota pessoal em sua voz.

— Não é culpa sua. As pessoas fazem isso, compram e vendem empresas sem se importar com quem está envolvido. Só enxergam margens de lucro e nunca consideram as famílias. Eu sempre me pergunto quanto vale a minha família, quanto valem as outras famílias. Somos diferentes de animais em leilão?

O temporizador liga novamente o aquecedor, e penso que teria sido melhor se West nunca houvesse perguntado sobre isso. Estou cansada de sentir raiva. Queria que ele ainda segurasse minha mão, mas isso me faria gostar de um lutador, e essa é uma coisa que não pode acontecer.

Viro de lado, de costas para West, e tento colocar um espaço entre nós. Eu disse que confiava nele. Confio, mas é evidente que não devo confiar em mim.

— Haley... — Ele hesita.

O silêncio parece ser mais prolongado na escuridão. Acho que é porque fica mais difícil mentir com as luzes apagadas. Tem ali uma naturalidade que só existe na noite, e a verdade simplesmente se liberta.

— Que é?

— Odeio perguntar, mas preciso saber. Como são os abrigos?

Eu me encolho, me sentindo absolutamente destruída. Meu maior segredo não é mais segredo.

— A Jessica te contou?

Ela sabia, porque a mãe a obrigou a aceitar um dia de trabalho voluntário na cozinha do abrigo, como castigo por ter roubado dinheiro da bolsa dela. Não consigo explicar a vergonha e o horror que senti quando nossos olhos se encontraram por cima de uma bandeja de batatas fatiadas.

— Contou — ele confessa.

— E quando você ia me dizer que sabia?

— Estou dizendo agora.

Puxo os joelhos contra o peito e cubro o rosto com o edredom.

— Como foi? — ele insiste. — Ficar lá?

— Eles separaram a gente. Minha mãe, a Maggie e eu fomos separadas do Kaden e do meu pai. Nós três ficamos no abrigo familiar; os dois tiveram de ir para o masculino.

Ouvimos falar sobre os abrigos de família e, quando chegamos, minha mãe desabou ao ser informada de que homens com mais de treze anos de idade não podiam ficar lá.

— "Mas somos uma família", minha mãe implorou. Lágrimas lavavam seu rosto, e Maggie soluçava, agarrada à perna do meu pai. — Eu queria vomitar, West. Queria encontrar um banheiro e vomitar. Tínhamos acabado de perder a casa, a gente não tinha onde morar, e eles estavam nos separando. Fiz um esforço enorme para não me agarrar ao meu pai e implorar para ele fazer aquilo tudo desaparecer.

O mundo se transformou em um borrão quando minha mãe perguntou se podiam fazer uma exceção e a pessoa atrás do balcão continuou repetindo não, não, não.

Quando o formigamento em minha cabeça se transformou em um rugido, meu pai me segurou pelos ombros, olhou nos meus olhos e disse: "Você precisa ser forte, Hays. Está ouvindo? Eu preciso de você. Sua mãe e a Maggie precisam de você. Esta noite e todas as outras, você vai precisar fazer o que eu não posso".

— E você foi forte, não foi? — West pergunta na escuridão. Dou um pulo e me sinto meio louca, tento concluir se falei essa última parte em voz alta. — Porque protegeu sua mãe e sua irmã.

— Sim. — Lágrimas inundam meus olhos. Não chorei aquela vez, e não vou chorar agora.

Chego um pouco mais perto da parede, não quero a piedade de West, mas ele imita meus movimentos. Não me toca, mas seu corpo aquece minhas costas. As mãos se movem perto dos meus ombros e, depois de um segundo, os dedos deslizam por meus cabelos. O contato suave, a ternura do movimento, quase fazem as lágrimas transbordarem.

— O que aconteceu? — ele pergunta.

Engulo em seco, para limpar a garganta.

— Nós ficamos bem, mas foi difícil para o Kaden e o meu pai. A população no abrigo masculino era mais... instável. Eu não conseguia dormir à noite sem saber se os dois estavam seguros. Minha mãe chorava o tempo todo, e a Maggie começou a ter episódios de terror noturno. O Kaden foi proibido de entrar no abrigo algumas vezes, porque tinha hematomas no rosto por causa do treinamento. Achavam que ele era violento, então meu pai e o Kaden iam dormir no carro, ou na academia. Uma noite, no abrigo, um cara tentou roubar as coisas deles, e o Kaden bateu nele. Foram todos expulsos. Do lado de fora, meu pai e o Kaden foram ameaçados por um homem armado. Na manhã seguinte, minha mãe foi procurar meu tio e implorou para ficarmos na casa dele; e aqui estamos.

Meu tio exigiu nosso carro, e ela entregou. O filho da mãe pegou a última coisa que meus pais tinham. Se não tivesse dado certo aqui, teríamos ido dormir nos colchonetes da academia; acordaríamos entre três e quatro da manhã, para sair de lá antes do começo das aulas, e só poderíamos voltar depois das onze da noite. Teria sido a mesma coisa que morar no carro.

— Você viu onde meu avô mora — continuo. — Não tem espaço nem para ele, e meu tio só aceitou a gente depois que minha mãe implorou...

As lembranças são vívidas em minha cabeça, e queria que elas se apagassem.

— Sei como é sentir medo. Duvidar de que alguma coisa vai voltar a ser normal. A impotência, a tristeza que entra pelos poros quando você não sabe o que é ter uma casa, o que significa ter um lar. Posso estar embaixo do teto de alguém, mas isso não é um lar. Só quero uma casa.

West se aproxima, e seu cheiro almiscarado me envolve como um cobertor aconchegante. Seus lábios me tocam no ombro, e eu me permito derreter junto dele.

Um arrepio se espalha por minha nuca, e eu não deveria, mas movo a cabeça para deixar o pescoço mais exposto. Ele me beija. O certo seria pedir para West parar, dizer que ele ultrapassou o limite, mas os lábios em minha pele criam uma sensação de união, uma proximidade que tenho desejado muito.

Aceitando meu convite silencioso, West passa o nariz pela pele sensível perto da raiz dos cabelos.

— Como é a sensação de ter um lar? — ele sussurra.

— Quente — cochicho de volta.

Os dedos dele passeiam perto da barra da minha camiseta, e ele repousa a mão aberta sobre minha barriga, quando a pele se descobre. Seu coração bate em minha corrente sanguínea.

— O que mais?

— Segurança, proteção.

Ele me puxa contra o corpo, cria um abrigo, algo que não experimento há meses. Eu me sinto pequena perto dele, frágil. Como se West percebesse o segredo que escondo: posso quebrar, se é que já não estou quebrada.

Notei seus músculos antes, bíceps, abdominais, mas é diferente ver e sentir. Solto o ar que mantive preso nos últimos seis meses, um ano, talvez desde sempre.

— Quando eu tinha casa, nunca me sentia sozinha — sussurro. Seus lábios encontram meu pescoço, e meus dedos encontram os dele. Entrelaçamos os dedos, e a perna dele roça a minha.

Cada parte de West se conecta a uma parte minha.

— Estou aqui, Haley — ele diz. — Você não está sozinha.

— Sabe qual é a minha parte favorita do dia?

West descansa a cabeça no travesseiro. A boca continua passeando por minha nuca; depois, ele beija lentamente o ponto mais próximo da raiz de meus cabelos.

— Qual?

— Aqueles segundos quando acordo, esqueço tudo e acho que estou em casa.

— Até agora, essa também era a minha parte favorita do dia. Dorme, Haley. Dorme sabendo que esta noite não vou te soltar.

Escuto a respiração dele, sinto o movimento do peito e me concentro na delicadeza dos dedos segurando os meus. Minha mente vaga, e não vivo mais em um sótão, a escuridão não me atormenta mais com meus medos. Abrigada, aquecida e protegida pelos braços fortes, durmo.

West

Ainda falta uma hora para o sol nascer, e o despertador de Haley tocou há vinte minutos. Ela desceu para se arrumar, e eu espero, como um réu enquanto o júri delibera.

Do lado de fora, uma camada nova de pingentes de gelo enfeita as calhas da casa. A noite passada deve ter sido uma das melhores da minha vida, e, enquanto espero sentado no canto do colchão de ar, eu me sinto uma porcaria.

Sillgo. Enterro os dedos nos cabelos e puxo as raízes. Juro que esse é o nome de uma das empresas que meu pai comprou. Não vou falar que sei tudo sobre os negócios dele, mas, quando fui chamado ao escritório por ter matado aula, vi em cima da mesa uma tonelada de documentos com esse nome no cabeçalho. Meu pai... Ele fez isso com Haley e sua família.

E eu estou me apaixonando por ela.

Haley já sabe que minha família tem dinheiro, mas não sabe que sou um Young, e confesso que gosto disso. É bom que ela não me veja como um vale-refeição, nem se comporte de um jeito estranho porque minha família equivale à realeza nesta cidade.

Mesmo que soubesse que sou um Young, ela provavelmente não saberia que os Young compraram a Sillgo e mandaram as operações da empresa para o México. Mas esconder isso dela? Estou mentindo. Antes de jogar a bomba, preciso ter certeza de que meu pai é mesmo o dono da companhia.

Haley abre uma fresta da porta, sorri para mim de um jeito tímido, e eu sorrio automaticamente de volta. Ontem à noite, nós dois falamos demais, sentimos demais, e eu me convenci de que o momento compartilhado seria só isso, um momento. Mas estava enganado; as emoções entre nós persistem, e não sei o que isso significa.

Haley fecha a porta e se aproxima de mim.

— Preciso sair em alguns minutos, para pegar o ônibus. O John quer que eu chegue cedo na academia para treinar.

Levanto, entendendo que o comentário é uma nota de despejo.

— Posso te levar de carro?

— Não. O Jax e o Kaden também vão treinar, e não quero que eles saibam que você ficou aqui. Então, se não se importa.. — Ela olha para a janela.

— Já entendi. Estou saindo.

Haley ajeita o cabelo, preparando o rabo de cavalo.

— Ontem à noite, nós... humm... Não acho que...

Merda, ela está me despejando de verdade, e não é só do quarto.

— Se a gente se envolvesse — Haley continua — e não desse certo, o que existe entre nós ficaria muito complicado.

— Certo. — Complicado. — E isso não tem nada a ver com não namorar lutadores?

Ela dá de ombros.

— Talvez.

Assinto, só que não entendendo. Porque a verdade é que ela é boa demais para mim. Além disso, ela tem razão, temos um acordo, e preciso dessa chance de redenção. Realmente, a verdade sobre quem eu sou nos arruinaria de qualquer jeito, mas sou um babaca egoísta.

Chego bem perto de Haley, e sua respiração falha quando meu corpo toca o dela.

— E se a gente não ficar pensando muito e só deixar rolar, ver como isso acontece?

Haley passa a língua nos lábios, como se estivessem secos, e olha para mim por baixo dos cílios escuros. Ela é linda.

Ouvimos passos pesados na escada, e Haley me empurra em direção às sombras. Ela atravessa o sótão correndo, e meu coração dispara quando penso que posso causar problemas.

Haley segura a porta, quando ela é aberta, e se coloca na frente de quem está do outro lado.

— Tudo bem, Jax?

— Vamos sair em cinco minutos — Jax resmunga.

Mais algumas palavras sem importância, e ele se afasta. Saio das sombras, e Haley me olha.

— A gente se vê mais tarde. Para treinar.

— Não pensa muito nisso — repito.

— Vou pensar nisso.

Dou risada, e Haley sorri e abaixa a cabeça, certamente entendendo a ironia do que acabou de dizer.

— Obrigada por me deixar dormir aqui, Haley.

— Não tem de quê. — Em seguida, ela sai e desaparece.

Algumas horas mais tarde, ando pelos corredores do supermercado, para passar o tempo enquanto espero Denny abrir o bar, onde vou ganhar uma grana. É meio-dia, e só vou treinar com Haley à noite. Antes eu adorava o sábado. Agora odeio o tempo livre.

Abby passa pelo corredor onde estou, para, volta e chega perto de mim.

— Vem comigo.

— Deu merda com o lance de vender droga e você precisa de proteção? — Por que mais ela me chamaria?

Os olhos cor de âmbar mergulham nos meus.

— É a Rachel. Ela está morrendo.

Não espero o elevador. Em vez disso, subo a escada correndo. Pulo os degraus. Dois em dois. Três em três. Viro no corredor. Corro ainda mais. Força. A porta bate na parede quando a empurro. O aperto no peito me faz ofegar. E não é por causa da corrida. É a aflição.

Minha irmã... está morrendo.

Entro no quarto; meu coração parece pular do peito.

— Merda!

Cubro a boca com a mão quando a náusea me domina. Dobro o corpo para a frente, a fim de controlar a ânsia. Não tem vitória para mim. Nunca. Meu corpo se revolta.

— Merda!

Não está acontecendo. Não está. Fecho a mão e dou um soco na parede. A dor percorre os dedos e chega ao pulso. Não há nada como essa dor; é semelhante a arrancar a pele dos ossos.

— Merda!

— O que você está fazendo?

É uma enfermeira. Menor que eu. Avental azul. Levanto a cabeça, e o corredor inteiro está me observando.

Aponto o quarto vazio.

— A Rachel...

— No fim do corredor.

Ela continua falando, mas não dou a mínima. Corro. Passo por ela. Passo pelos olhares. Passo pela UTI. Pelas salas de espera. Tudo a minha volta fica turvo. Olho, procuro, até ver cabelos loiros sobre uma cama. Então, estaco.

Olhos azuis. Um sorriso.

— West!

Meu coração bate tão descompassado que me esqueço de respirar.

Entro no quarto tentando engolir grandes porções de ar.

— Rachel?

Minha irmã está acordada. Tem um milhão de travesseiros sustentando seu corpo, mas está sentada. E pálida. Rachel é pequena, e agora está ainda mais magra. Arranhões dividem seu rosto como rachaduras em um vidro. As pernas estão volumosas embaixo do cobertor.

— Ai, meu Deus, você veio!

Seu sorriso cresce, e aquele sorriso sempre foi contagioso, mas, em vez de sorrir em resposta como sempre faço, passo a mão no rosto e deixo o corpo cair contra a parede. Ela está viva. Eu solto o ar pela boca e inspiro novamente. Ela está viva.

Um grande buquê de balões entra no quarto primeiro. Três deles batem em minha cabeça e me impedem de ver Rachel. Eu os tiro do caminho e encaro Abby, que aparece do outro lado do pesadelo de gás hélio.

— Você disse que ela estava morrendo — cochicho atrás da parede de borracha flutuante.

Abby revira os olhos.

— De tédio. Não tem nada interessante para fazer aqui. Se alguém tenta trazer um cachorrinho, todo mundo fica bravo. Não tenho culpa se ele fez cocô.

Seguro os barbantes dos balões para impedi-la de seguir em frente.

— Você mentiu pra mim.

O sorriso diabólico se espalha por seu rosto.

— Chocante. O que vai fazer, me bater?

Solto os balões, e ela joga um beijo debochado em minha direção. A garota é psicótica.

— O que significam esses balões? — Rachel pergunta.

Abby os coloca sobre o criado-mudo, ao lado da cama, e desaba em uma cadeira.

— É um momento festivo.

— Festivo?

— Sim, tipo uma festa, *fiesta*, comemoração de você-está-no-quarto. Preciso te fazer sair mais.

Minha família não está aqui. Ninguém. Isaiah, o namorado idiota da Rachel, sentado em uma cadeira, grudado na cama, irradia marra: tatuagens, brincos, cabelo quase raspado. Em meio ao labirinto de tubos e fios ligados ao corpo de Rachel, eles estão de mãos dadas.

Um músculo da minha mandíbula pula. Ethan e eu descobrimos, há mais de um mês, que ela estava saindo com esse cara escondida da família. Matava aula no colégio para ir se encontrar com ele. Acabou endividada com um traficante por causa dele. Brigou comigo e com Ethan por causa desse cara, e nunca houve uma briga entre nós antes. É por causa dele que a melhor amiga de Rachel é traficante. Foi ele quem levou Abby e Rachel para esse mundo.

Isaiah é encrenca, e é por causa dele que ela está aqui. Ele a levou para a pista de corrida. Rachel acha que ama o cara, mas não ama.

— Dá pra descolar da minha irmã?

— West! — Rachel me censura.

Ainda segurando a mão dela, o filho da puta nem olha para mim.

— Vai ser preciso muito mais do que você para me tirar de perto da Rachel.

Rachel olha para ele.

— Isaiah!

Os balões se chocam. Abby bate com um dos dedos neles até olharmos para ela.

— Festa, gente. Fazer xixi no chão como dois cachorros não ajuda a animar a comemoração.

Isaiah diz alguma coisa que faz Rachel rir baixinho, e Abby começa a contar uma história sem sentido. A voz deles vira um ruído de fundo enquanto me concentro em minha irmã. Temos menos de um ano de diferença. Ela tem um gêmeo, mas, em segredo, eu me sinto o trigêmeo. Minhas primeiras lembranças são de Rachel, da sua risada e, às vezes, de ela estar doente.

Ela tem ataques de pânico. Sérios. Isso a torna tímida, e também a transforma num alvo, e é aí que eu entro. Desde o começo do fundamental até agora, nunca tive problemas para enfiar um soco na cara de qualquer um que tenha atormentado minha irmã, e a maioria das garotas sabe que é melhor não falar mal dela quando estou por perto. Teriam de encontrar um novo grupo de amigos.

Meus pais não entendem a Rachel, ou qualquer um dos filhos, inclusive eu. Não sabem de tudo que fiz para protegê-la desde que éramos pequenos, mas sabem sobre a única vez que falhei.

Rachel muda de posição, mas as pernas ficam imóveis. Sinto uma vibração entre a pele e os músculos. Como se tivesse uma mosca que ficou presa ali e precisasse ser removida cirurgicamente. Isaiah fica em pé; vejo sua boca se mexendo, mas não escuto nada. Ele ajuda Rachel a se acomodar, e de novo as pernas dela estão imóveis.

Quando ele senta outra vez, o rosto dela perde a cor, e Isaiah e Abby ficam em silêncio.

— Fala comigo. — Isaiah tem uma calma que me faz sentir ainda mais ódio dele.

Rachel inspira como se estivesse em trabalho de parto. Agarra as grades da cama, e sinto uma necessidade imensa de destruir alguma coisa... fazer alguém pagar pela dor que ela sente.

Os apitos do monitor cardíaco ligado à minha irmã ficam mais rápidos. Isaiah solta a mão dela da grade e a segura.

— Abby, vai chamar uma enfermeira. Respira, Rachel. Passa a dor para mim. Eu aguento.

Abby fica em pé, e eu dou um passo para trás.

— West? — Rachel me chama entre uma inspiração e outra. — Você tá bem?

A dor na voz dela é como uma faca me atravessando. Eu a encaro e balanço a cabeça quando meus olhos encontram suas pernas de novo. Preciso sair daqui antes de implodir.

Sinto a mão no meu ombro. Viro a cabeça para o lado e vejo meu pai. Espero o grito, imagino que vai perguntar que diabos estou fazendo aqui. Mas ele continua com a mão no ombro enquanto resmunga palavras como "filha, dor e remédio", dirigidas a uma enfermeira que passa por nós.

Ele me puxa para o corredor, e eu vou. Todo o ar deixa meus pulmões quando minha mãe se choca contra meu corpo. Ela segura meu rosto, depois meus ombros, e seus olhos vidrados me analisam.

— Você está bem?
— Estou.

Por cima do ombro dela, tento avaliar a reação do meu pai, mas o rosto dele não demonstra nenhuma emoção.

— Por que você sumiu? — Minha mãe me sacode. — O que fez você ir embora?
— Miriam — meu pai chama em voz baixa. — Vamos conversar na sala de espera.

Minha mãe olha para mim como se eu fosse um fantasma.

— Você sumiu. Sabe que eu não lido bem com desaparecimentos.

Merda, fiz minha mãe sofrer.

— Desculpa.

— Miriam — insiste meu pai.

Como se eu tivesse cinco anos, ela segura minha mão e a aperta como se sua vida e a minha dependessem do contato. Juntos, seguimos em frente pelo corredor.

— Só ontem eu soube que você tinha saído de casa. — Minha mãe fala em voz baixa, um tom reservado para conversas durante um culto religioso.

— Meu pai sabia — respondo e tento não me abalar. Duas semanas sem perceber que eu não morava mais em casa.

— Eu sei — ela responde com uma rara dureza na voz. — E estou cuidando disso.

Minha mãe hesita, e eu ponho as mãos nos bolsos, parando ao lado dela. Duas semanas. Minha mãe levou duas semanas para perceber minha ausência.

— Estive praticamente morando aqui no hospital, e, quando passava em casa rapidamente e não te via, eu achava que você tinha saído com seus amigos. Ou que estava conhecendo as pessoas da escola nova e mantendo contato com os antigos amigos. Todos nós sabemos que você não está lidando bem com essa história da Rachel, então eu pensei... que você estava se defendendo... do seu jeito. Eu... — Minha mãe faz uma pausa. — Você sempre foi tão independente que nunca pensei...

Esta é a questão: quando se trata dos meus irmãos e de mim, minha mãe nunca para e pensa.

— Seus irmãos sabiam — ela diz, mas, antes que possa continuar, meu pai nos chama.

Na sala de espera vazia, ele serve café em três copos, entrega um para minha mãe, outro para mim, e faz um gesto nos convidando a sentar. O cheiro da bebida se espalha pelo ambiente. É surreal estar aqui com eles, e é mais louco ainda que o clima seja mais parecido com uma reunião de negócios do que com um encontro familiar.

— E a Rachel? — É por isso que estou aqui. — Ela não mexeu as pernas.

Vestido com camisa branca engomada, calça social preta e gravata da mesma cor, meu pai puxa uma cadeira para formar um triângulo enquanto olha para mim e para minha mãe.

— Vou trazer mais um especialista esta semana. Logo teremos mais informações.

Seguro o copo quente com as duas mãos e penso nos dedos gelados de Haley. Rachel iria gostar dela. É o tipo de amiga que ela deveria ter, não Abby, a traficante, e Isaiah, o punk.

— O Isaiah é uma péssima companhia.

Meu pai assente.

— E a garota também — continuo, apesar da culpa. Abby tem sido útil, mas é uma traficante de drogas, e, apesar do que tem feito por mim, a segurança da Rachel é prioridade. — Os dois são péssimos.

Ele assente de novo.

Meu pai continua não servindo para nada.

— Então por que eles ainda estão aqui?

Ele bebe um gole de café e inclina o corpo para frente.

— Como posso dizer não enquanto sua irmã está sofrendo?

— Bom, acho que do mesmo jeito que me mandou embora de casa.

Meus pais se olham. Minha mãe inclina o corpo para mim, e meu pai olha para o café.

— Eu estava bravo e disse coisas que não devia. Não pensei que fosse levar tudo aquilo a sério.

A raiva me invade como uma onda gigante.

— Você disse que eu era um lixo, que não queria mais ver a minha cara, e achou que eu não ia levar a sério?

O homem tem a coragem de me encarar.

— Você nunca levou a sério nada do que eu disse nos últimos anos. Por que eu devia imaginar que ia ser agora?

Começo a me levantar da cadeira, e minha mãe pousa a mão em meu joelho.

— Você não vai sair daqui. — Depois, olha para meu pai e grita: — Ele não vai embora. Já enterrei uma filha e cheguei bem perto de enterrar outra. Não vou deixar esse orgulho idiota levar o meu terceiro filho.

— Sra. Young? — Uma enfermeira está parada na porta da sala. — A enfermeira nutricionista gostaria de falar com a senhora.

Minha mãe sorri como se estivesse em um baile beneficente quando responde que já vai, mas, no momento em que a moça sai da sala, solta um palavrão que poderia competir com o vocabulário de Abby e olha para o meu pai com frieza.

— Ele vai pra casa. Dá um jeito nisso. Agora.

Depois, ela levanta, ajeita a calça cinza e examina os punhos do suéter antes de tocar meu rosto.

— Eu amo você e quero que volte para casa. Não existe outra alternativa.

Seu tom diz todo o resto: eu a decepcionei. Está magoada, furiosa, triste. Falhei de novo. Mas, acima de tudo, ela me ama.

Balanço a cabeça numa resposta afirmativa, incapaz de dizer ou fazer alguma coisa. Os saltos estalam sobre o piso de madeira falsa e se afastam pelo corredor. Deixo o café em cima de uma mesinha de canto.

— E agora?

— Não te entendo, West.

Não brinca! Ele não entende ninguém da família.

Meu pai olha para o chão.

— O que foi fazer no Timberland?

— Como sabe que fui pra lá?

— O GPS do seu carro. Mandei instalar um em cada carro quando vocês tiraram carta. Estive rastreando seus movimentos o tempo todo. Achou que eu ia deixar você ir embora e seguir em frente? Por favor, West. Você é meu filho.

Olho para ele, e a palavra "filho" acende uma perigosa faísca de esperança dentro de mim. Ele se arrependeu de ter me posto para fora de casa? Mas, se é assim, por que nunca foi me procurar? Por que não me pediu para voltar?

— Sua mãe tentou ligar pra você.

— Meu celular ficou sem bateria.

— Imaginei. — Ele coça o queixo. — Ainda não respondeu. O que foi fazer no Timberland? Por que não ficou na casa de um dos seus amigos, ou dos seus avós?

— O depósito de lixo fica perto daquela área. Fui para onde você disse que era o meu lugar. — Estou provocando. Brigamos há tanto tempo que não sabemos como parar. Eu não sei.

— Por que, West? Preciso saber, por que você foi pra lá?

— Que importância tem isso? — Será que meu pai sabe que minha mãe frequenta aquele bar?

— Responde. Por que tem que dificultar tudo?

— Se eu dificulto, é porque aprendi com um especialista.

— Responde. — A voz dele soa irritada.

Estou lá porque é mais perto da Haley, mas não quero falar dela com meu pai.

— Não interessa.

Ele fecha as mãos.

— Uma vez, meu pai me disse que a gente ama os filhos, mas não precisa gostar deles. Nunca entendi o que ele quis dizer. Achei que era uma declaração fria, cruel, mas depois percebi que nem sempre gosto de você.

Foda-se. Levanto, penso no que vou dizer a minha mãe, porque me recuso a ir embora nos termos dele. Não depois de ter dormido abraçado a Haley na noite passada. Não depois de ter entendido que minha vida desmoronou. Vou morar na porcaria do abrigo. Morar no carro não é tão ruim quanto ouvir isso.

— Estou no Timberland porque arrumei um emprego — falo. — Que me paga. Fala para a minha mãe que eu vou ligar uma vez por semana.

A surpresa nos olhos dele me faz sorrir. De fato, ele esperava que eu voltasse para casa castrado e, com certeza, não imaginava que eu iria embora de novo.

— Um emprego? — meu pai pergunta.

— É. Não preciso mais de você.

No momento em que me aproximo da porta, ele diz:

— Sua mãe tem sofrido demais. Vai mesmo piorar as coisas para ela?

E agora ele apela para a culpa.

— Não, não vou.

— Então volta para casa por ela.

Uma facada no peito. Voltar para casa por minha mãe, não por ele, porque não dá a mínima para mim. Por mais que diga a mim mesmo que não me importo com o que ele pensa sobre mim, eu me importo. Nunca vou ouvir meu pai dizer que me quer por perto, que se orgulha de mim, mas, cada vez que ele abre a boca, é isso que espero que ele diga.

— Quais são as condições? — Não vou me enganar. Sei que isso é só mais uma transação comercial. As palavras de Haley ecoam em minha cabeça: *Somos diferentes de animais em leilão?*

— Vou te dar até a formatura para arrumar tudo. Suas notas, sua atitude, sua vida. Se conseguir, pode ficar na minha casa. Caso contrário, quero você fora de lá no próximo verão. Quem sabe? Talvez consiga achar um jeito de me deixar orgulhoso.

— É — resmungo antes de sair. — Quem sabe?

Haley

São oito da noite e West está atrasado.

Desembaraço a última corda de pular e penduro cada uma em um gancho na parede. Dois milhões de explicações para ele ainda não ter aparecido desfilam por minha cabeça, mas são as que fazem meu coração doer que acabam ficando. Mordendo o lábio inferior, olho em volta, procurando alguma coisa para fazer, qualquer coisa para passar o tempo.

— O príncipe encantado quebrou a unha e decidiu que o esporte não combina com ele? — Meu avô apaga a luz do escritório. — Chegar atrasado revela muito sobre a integridade de um homem.

— Ele deve ter um bom motivo.

— Sei.

— Ele vai aparecer. — Vai. Mesmo que a dúvida passeie por minha cabeça como um zagueiro andando entre tulipas. Depois da noite intensa que tivemos, eu surtei e o afastei de mim pela manhã. Olho de novo para o relógio. Por mais que cada movimento do ponteiro menor provoque uma pontada no coração, em tese, não era isso que eu queria? Que West se afastasse?

A porta se abre, o ar frio invade a academia, e o ronco de um trator se movendo em baixa velocidade pela rua acompanha a entrada de West. Meus músculos relaxam quando o vejo, como se eu tivesse entrado em uma banheira com água quente. Até este momento, não havia percebido quanto estava confiante em que West cumprisse o que prometeu.

Com o boné virado para trás, uma jaqueta pesada e a mochila jogada em um ombro, ele sorri ao me ver. O sorriso me faz sentir como se estivesse flutuando, mas, em seguida, noto seus olhos azuis. Não brilham. Estão apagados, e meu entusiasmo desaparece.

John resmunga alguma coisa para West quando sai. Ele balança a cabeça para cima e para baixo e responde:

— Pode deixar.

Sento em um colchonete e começo a desenrolar minha faixa amarela, fingindo que não estou doida para saber por que ele se atrasou.

— O que o John disse?

— Para eu garantir que você vai chegar em casa com segurança.

— Hum. — Nada a declarar sobre isso.

West senta a meu lado, abre a mochila e pega seu conjunto de faixas.

— Desculpa, eu me atrasei.

— Onde você estava? — Ei, foi ele quem tocou no assunto.

West disfarça um sorriso.

— Não deixa escapar nada, não é?

— Responde. — Porque, embora odeie admitir, John tem razão. Cumprir horário é uma questão de integridade, e pretendo cortar o mal pela raiz agora.

Ele tira o boné e coça a cabeça. Os cabelos loiros são uma confusão de pontas espetadas. West joga o boné na mochila e olha para o chão.

— Vi os meus pais.

Viro para ele, mas West continua de cabeça baixa.

— Onde? O que aconteceu?

— No hospital. Fui visitar a minha irmã, e eles estavam lá.

Ele faz uma pausa, e não sei se devo preencher o silêncio. O tempo passa. A pausa é tão prolongada que me sinto incomodada.

— Ela está bem?

— Sim. Não. Não sei. — E balança a cabeça. A sombra de dor que obscurece sua expressão me machuca fisicamente. — Ela saiu da UTI e foi para o quarto, mas está com uma aparência péssima, e as pernas...

Ele usa as duas mãos para desenrolar as faixas, com a fúria de um marinheiro que desenrola cordas no meio de uma tempestade, e eu toco sua perna logo acima do joelho.

— Sinto muito.

West solta as faixas e descansa a mão sobre a minha. Não responde. Não afaga minha mão. Só a segura.

O espelho na parede reflete nossa imagem. West e eu. Uma vez, minha mãe leu para mim uma história na qual uma menina passava por um espelho e descobria que o mundo do outro lado era o oposto da realidade. É inevitável pensar nisto: os opostos de Haley e West são felizes, ou se perdem em circunstâncias ainda piores?

Com um suspiro, ele me dá um tapinha nas mãos, levanta e leva as faixas. Com as costas apoiadas no espelho, começa a enfaixar as mãos. Faço a mesma coisa, mas, como tenho mais prática, termino antes dele.

Levanto e tento perguntar no tom mais casual possível:

— O que aconteceu com seus pais?

West aperta o tecido em volta dos dedos, depois usa a faixa que sobra para envolver o pulso com várias voltas.

— Eles disseram para eu voltar pra casa.

Casa. A palavra ricocheteia em mim como uma bala.

— Isso é... é... ótimo.

Mas eu não sinto que é ótimo, e fica ainda pior quando penso que deveria estar feliz por ele. West não vai mais precisar dormir no carro, não vai ter de enfrentar o abrigo e vai se alimentar. Mais que se alimentar. Ele dirige um Escalade, usa roupas de grife. Sei que vai comer todo tipo de comida boa e requintada. Vai dormir em uma cama quente, com lençóis de muitos fios e, provavelmente, vai ter todos os confortos com os quais eu só posso sonhar.

De alguma forma, a perda da casa era o nosso elo e me fazia sentir menos sozinha. Agora, com ele abrigado outra vez, sinto mais isolamento que antes.

Prendo o cabelo em um rabo de cavalo. Droga. Ele vai voltar para casa e eu estou com pena de mim. O importante é que West vai ter segurança. Não entendo o que acontece entre nós, mas quero que ele fique seguro.

— Que bom — repito.

— É. — Mas o tom pesado indica que voltar para casa não é a realização de um sonho.

Penso na conversa toda. West só falou que querem que ele volte. Não disse que ia voltar.

— Você vai voltar?

Ele prende o velcro da faixa e põe as mãos na cintura.

— Vou.

— Algum problema? Quer dizer, tem mais alguma coisa? Não é uma coisa certa?

— Não, é certo. — O rosto dele se contorce. — Mas os problemas... Eles continuam lá.

West vai para casa, eu não vou. Ele vai ter segurança, e eu vou continuar morando com o diabo.

Penso em minha casa. O lugar que Maggie desenhou com bonecos de palitos. Nada lá era perfeito. Meus pais brigavam de vez em quando. Kaden e eu irritávamos um ao outro. O aquecedor de água sofria de transtorno bipolar: ou escaldava todo mundo ou fazia a gente tomar banho gelado. Mas todos os problemas que me cercavam, naquele endereço de tijolos e cimento, eram muito pequenos, comparados aos que enfrento agora.

— Daria qualquer coisa para voltar pra casa — sussurro.

West levanta a cabeça, e o pedido de desculpas está estampado em seu rosto, mas eu aceno como se não fosse importante e pego duas cordas dos ganchos.

— Três minutos pulando. Vinte e cinco flexões. Depois vinte e cinco agachamentos. Cinco repetições da série completa.

— Haley — chama.

Eu só entrego a corda.

Ele estende a mão, mas, em vez de pegar a corda, segura meu pulso e desliza o polegar sobre a veia que pulsa. O carinho espalha chamas que queimam até os dedos dos pés, mas tem uma parte minha, por mais que seja patético, que ainda se ressente contra ele. Afasto a mão. Ele vai para casa, eu não vou.

— Como falei hoje de manhã — ponho a corda nas mãos dele —, precisamos manter tudo isso bem simples. Sem complicações. Agora, vamos começar. Você vai lutar em menos de dois meses.

Sem permitir uma resposta, aumento o volume do som e deixo Eminem sufocar a voz de West e minhas emoções.

West

Nunca bati em uma mulher, mas a dor que vi no rosto de Haley há pouco, quando contei que ia voltar para casa... Foi como se tivesse batido. Todo o meu corpo se contrai. Magoei a Haley. Como sempre faço, agi sem pensar.

Estou no piloto automático quando desço correndo as colinas do amplo condomínio fechado. Mansões salpicam o terreno a cada quatrocentos ou oitocentos metros. Algumas propriedades, como a de meus pais, têm praticamente um código postal só para elas.

Viro, vejo nossa casa e tiro o pé do acelerador. É a maior de todas. Maior até do que me lembro, e me lembro dela imensa. As colunas brancas e a escada de mármore estão iluminadas sob o céu escuro da noite.

É uma casa enorme, e, pela primeira vez na vida, sinto um vazio no estômago quando entro na garagem. Não é só uma casa enorme. É excessiva.

Passo pela garagem que é usada só por meus pais e sigo para o segundo estacionamento, construído apenas para mim e meus irmãos. Instintivamente, levanto a mão para pegar o controle remoto preso no quebra-sol, e um enjoo me invade quando vejo a porta abrir. Onde deveria haver três carros, só tem um. O de Ethan parece solitário na vaga à esquerda. Estaciono o Escalade perto da parede do lado direito e fecho os olhos, incapaz de olhar para a vaga vazia no meio.

Era ali que deveria estar o Mustang de Rachel. Na verdade, é ali que ela estaria se não tivesse se envolvido naquele acidente. A garagem é cheia de lembranças.

À meia-noite de um sábado, minha mãe estaria dormindo, e Rachel teria saído pela porta da cozinha para ir mexer nos carros. Coberta de graxa, teria sorrido para mim ao me ver entrar.

Com mais força do que pretendia, bato a porta aberta do carro quando saio e faço o possível para ignorar o que não está ali... o que quero que esteja ali.

A casa está em silêncio. Escura. Acendo as luzes da cozinha. O ar do aquecedor sai pela ventilação no teto, e o ruído só acentua o silêncio.

Tem pão em cima da bancada. E uma fruteira com maçãs sobre a ilha. A porta da despensa está encostada, e mais de uma dúzia de caixas de alimentos variados ocupam as prateleiras. Meu estômago ronca, e ponho a mão sobre ele. Passei duas semanas fazendo duas refeições por dia. Uma, às vezes. E refeições pequenas. E aqui... jogamos comida fora.

— Bem-vindo de volta. — Ethan está encostado no batente da porta do corredor.

— Sentiu minha falta? — pergunto casualmente. Ele não me procurou nenhuma vez. Nem os outros irmãos.

— Mandei mensagens e telefonei — Ethan responde. Às vezes, é difícil a gente se dar bem. Ele é muito parecido com meu pai. — Você não respondeu, não atendeu.

A desculpa conveniente pode ser verdade

— Meu telefone ficou sem bateria.

Ethan assente como se isso explicasse tudo.

— Fiquei preocupado.

Paro para pensar. Deixei Ethan aqui sozinho, preocupado... Não só com nossa irmã, com a sanidade de nossa mãe, mas comigo também.

— Desculpa.

— Você é um tremendo babaca por ter saído de casa. Sabe disso, não sabe?

— Só um babaca. — Deixo a mochila no chão, viro o boné para trás e abro a geladeira. — Não precisa exagerar no elogio.

Ethan dá risada, e a tensão diminui entre nós.

Presunto. Queijo. Leite. Ovos. Sobras de espaguete. Meu estômago ameaça uma cãibra diante de tanta comida. Pego uma coxinha de frango de uma tigela e começo a comer, ao mesmo tempo em que abro um recipiente com salada de batatas. Com a coxinha na boca, pego um garfo na gaveta e espeto uma batata no recipiente.

— Fome? — Ethan pergunta.

Esfomeado, e minha resposta é pegar mais salada. Acomodo-me na ilha e Ethan se junta a mim.

— Onde você estava?

Dou de ombros e resmungo entre uma mordida e outra:

— Morando no carro.

— Deve ser aconchegante.

— Melhor que o Four Seasons.

Continuo comendo, e Ethan me conta as novidades da casa, o que é o mesmo que dizer que nada mudou desde que saí. Rachel continua no hospital. Minha mãe ainda está destruída. Meu pai voltou ao trabalho.

Falando em trabalho...

— Posso te perguntar uma coisa?

— Manda — diz Ethan.

— A empresa do papai comprou a Sillgo?

— Passou duas semanas dormindo no carro e voltou para casa querendo ser empresário?

— Nem perto disso. Lembro que vi a papelada no escritório, mas não sei se ele fechou negócio ou não. Foi a companhia do nosso pai que comprou essa empresa.

Ethan dá de ombros.

— Ele comentou alguma coisa durante um jantar, no ano passado. Disse que tinha acontecido alguma coisa, que outra companhia podia comprar, mas não me interessei o suficiente para perguntar o que aconteceu. Por quê?

— Curiosidade. — Talvez eu não tenha com que me preocupar. Talvez meu pai não seja o responsável pela destruição da família de Haley. Sim, é uma faísca de esperança, mas ela não brilha forte dentro de mim.

— Por quê? — Ethan pergunta.

— Já falei: curiosidade.

— Não, por que decidiu morar no carro?

Meu estômago reclama. Comida demais muito depressa. Mastigo mais devagar.

— O papai me pôs para fora.

— Sim, mas por que não foi para a casa do Jack? O Gavin já está morando lá. Mais um não faria diferença.

Movo um pedaço de batata pelo recipiente de salada enquanto penso na resposta. Por que não fui para a casa de Jack com o rabo entre as pernas, implorando por um lugar para ficar? Fecho o pote de salada, jogo dentro da geladeira e descarto o osso de coxinha no lixo.

— Não preciso de mais gente jogando na minha cara que eu errei.

— Você não errou.

— Ah, não? Então, por que estou aqui, e a Rachel não está?

— Porque esta é a sua casa!

Casa. Haley diz que a casa é um lugar seguro e quente. Olho para a cozinha como se nunca houvesse estado aqui antes. É fria. Nada acolhedora. Meu pai tinha razão na noite em que me mandou embora. Nunca me senti em casa aqui.

— Não é certo. Eu não devia estar aqui sem a Rachel.

Não devia ter voltado. Todo esse luxo, tanto excesso... Não mereço, principalmente enquanto Rachel não pode aproveitar nada disso, porque está naquela cama de hospital.

Ethan abaixa a cabeça e não fala nada. Saio da cozinha e subo a escada. Meus passos ecoam enquanto subo os degraus aos pulos.

Rachel está no hospital, sem nenhuma possibilidade de conforto. Haley me ofereceu a alma quando achou que eu não tinha nada, e eu a magoei quando disse que ia para casa, enquanto ela não tinha como sair daquele pesadelo. Magoei as duas garotas mais importantes da minha vida.

No alto da escada, viro para a direita, para o meu quarto, mas minha cabeça se volta para o outro lado, para o quarto de Rachel. Quantas noites acabei ali?

Todas as noites em que me senti culpado pelos pecados que cometi. Todas as noites em que, no meio de uma festa lotada, percebi que aquele não era o meu lugar. Todas aquelas noites, bati na porta do quarto de Rachel, entrei e encontrei alívio na aceitação simples de minha irmã.

E isso é um soco no estômago. Rachel sempre me aceitou como eu sou... O ruim e o feio... E, na minha cabeça, eu retribuía com proteção. Eu a defendia. Brigava por causa dela. Garantia que todo mundo soubesse que ela nunca estava sozinha.

Parado na porta do quarto da minha irmã, não tenho coragem para acender a luz. Faço um esforço para ouvir... Ouvir sua voz suave me chamando para entrar... dizendo que me ama... que vai ficar tudo bem.

Ouço uma voz... um sussurro em minha cabeça. Não é a voz de Rachel, mas de Haley, e ela só reflete a solidão dentro de mim. *Daria qualquer coisa para voltar pra casa.*

Seguro o batente.

— Eu também, Haley. Eu também.

Haley

Um pesadelo que se realiza. Tento ficar parada na cadeira da sala da assistente social do colégio, mas me sinto como se estivesse acorrentada ao tronco. Funcionários do governo me assustam. Eles têm o poder de destruir os restos patéticos de minha família, forçando uma separação.

Com os cabelos loiros bem presos em um coque, a sra. Collins entra e fecha a porta.

— Desculpe pela demora. Eu tinha... bem... um assunto. — E sorri ao dizer "assunto". Eles gostam de arruinar famílias? Esse é o barato da profissão?

— Tudo bem. — Roo a unha quando tento pensar em um motivo para essa conversa. Não pode ser ilegal morarmos na casa de meu tio. Ou existe um limite para o número de pessoas que pode viver sob o mesmo teto?

O escritório cheio de coisas lembra o do meu avô, exceto pelo toque feminino das cortinas de bolinhas cor-de-rosa e dos quadros de molduras bonitinhas com frases fofas nas paredes. Não é de estranhar que os dois se entendam bem.

— Seu avô encontrou alguém para trabalhar na academia? — ela pergunta.

— Mais ou menos. — John procurava um voluntário para não ter de pagar ninguém para lavar colchonetes e sacos, mas, como West não pode pagar para frequentar a academia, nós dois fazemos a limpeza nas noites de sexta e sábado.

West e eu treinamos juntos há três semanas, e estou impressionada. Ele tem um talento nato e aprende depressa, mas, quando começo a pensar em quanto ele precisa aprender para enfrentar Conner, sinto enjoo. É impossível.

Como se fosse uma prisioneira procurando um jeito de fugir, dou mais uma olhada na sala. West, West, West, West. Não consigo parar de pensar nele. A família o chamou de volta para casa, e ele voltou, mas dá para deduzir, pelo sofrimento em seus olhos, que a situação não foi resolvida.

Pensar em West me faz suspirar, e a sra. Collins entorta a boca. Ela não fala nada, puxa o mouse, e o computador ganha vida.

— Se não se importa, preciso mandar um e-mail rápido.

— Tudo bem. — West e eu nunca discutimos a noite que ele passou comigo. É como se nunca tivesse acontecido, e às vezes me pergunto se sonhei com aquilo. Mas a lembrança dos lábios quentes em minha pele, da mão em minha barriga... Minha respiração acelera. Aconteceu.

Na verdade, West mencionou aquela noite no primeiro dia em que treinamos juntos, depois que ele voltou para casa. Disse apenas: "Vai ser simples. Por enquanto. Até eu saber que está você preparada para mais".

"Por enquanto... Preparada para mais." Meu coração dispara. Não. Não tem que disparar nada. West e eu funcionamos melhor na simplicidade. Não vamos complicar, mas pensar naquela boca perto da minha...

Para! Pensa em outra coisa. Qualquer coisa.

Ainda digitando, a sra. Collins me espia pelo canto do olho.

— Tem algum assunto que queira discutir?

— Não. — Nada mesmo.

Ela termina o e-mail.

— Parece nervosa. Garanto que sou inofensiva. Tem um ex-aluno que diz que eu não sei dirigir, mas não precisa se preocupar. Não vamos sair daqui. — Ela pisca e sorri como se fôssemos amigas.

Acho que estou agitada como um rato em um laboratório de meta-anfetamina.

— Tirei você da aula porque um de seus professores me contou que está tentando se candidatar a uma bolsa em Longworth.

Confirmo com um movimento de cabeça. É crime pedir a recomendação de um professor?

— A bolsa só paga o valor dos livros — explica.

— Eu sei.

A sra. Collins abre uma pasta, pega uma folha de papel e me entrega.

— Esta é a bolsa da Evans. Quatro anos de mensalidades em cinesiologia.

Endireito as costas e pego o papel como se fosse ouro.

— Bolsa integral?

— Sim. — Ela se anima, e eu espero o arco-íris surgir atrás dela e passarinhos pousarem em seu ombro. A sra. Collins é feliz demais, ou eu estou deprimida há tanto tempo que esqueci o que é ser feliz.

Ela perde um pouco das cores do arco-íris quando cruza os dedos sobre a mesa e retoma a expressão séria.

— Mas a disputa por essa bolsa é grande, não basta fazer um trabalho ou uma boa redação. Estudantes do país todo vão mandar vídeos explicando por que são os melhores candidatos.

Leio as três páginas enquanto medo e esperança lutam pela primazia. Tenho chance, mas vou precisar de imagens das minhas lutas antigas e do meu trabalho de treinamento com West. Posso mostrar o treinamento dele do começo ao fim. E é aí que o medo ganha da esperança. Ele vai ter que lutar, o que significa que vou ter de aceitar confrontos diretos.

— Haley? — A sra. Collins chama. — Tudo bem? Você ficou pálida.

— Tudo bem. — Passo a mão entre os cabelos. — Obrigada por tudo. Não imagina quanto isso é importante para mim.

O sorriso dela é tão sincero que relaxo na cadeira. Talvez não queira me destruir.

— Seu avô fala muito bem de você. Ele tem muito orgulho das suas conquistas na academia e no colégio.

A emoção muda de novo. Ótimo... culpa. Uma reunião de pais e mestres e eles viram amigos para sempre. Finjo ler o formulário de inscrição enquanto ela bate com uma caneta na mesa.

— Quando comecei a trabalhar nessa área, fui contratada para me encarregar de alguns casos em um abrigo para pessoas que não tinham onde morar.

Levanto a cabeça, e ela me encara. Ela sabe. Meu Deus, ela sabe.

— Não é fácil ficar sem casa. É desorientador e assustador; e, se é assim para um adulto, deve ser duas vezes pior para um adolescente. Sei que não está mais lá, mas também sei que a situação ainda é incerta. Infelizmente, o Estado não permite que você seja minha cliente, mas, como trabalho nesta escola, pode conversar comigo quando quiser. Minha porta está sempre aberta.

— Como soube?

— Seus pais não confirmaram presença na reunião de pais e mestres, eu não consegui falar com eles por telefone e a carta voltou, então localizei seu avô. Haley, ele gosta muito de você.

Gosta de mim? Quero apertar o pescoço dele. Meu avô contou a ela assuntos particulares da nossa família. Por que ele não mentiu? Por que não disse que foi tudo um engano? Por que não falou para ela que temos casa?

Fico em pé, quero sair, mas não sei se posso. O formulário para me inscrever para a bolsa faz barulho em minha mão.

— Vai me tirar de perto da minha família?

As palavras escapam, e me arrependo imediatamente de ter falado.

Ela balança a cabeça.

— Não sei o que está pensando, mas o Estado não tem interesse em destruir você ou sua família, e, pelo que sei, você mora em um ambiente seguro. Estamos aqui para ajudar, Haley. Eu estou aqui para ajudar.

A palavra "seguro" provoca uma bolha de riso histérico que borbulha dentro de mim e transborda pela boca. O som é, definitivamente, impróprio para a situação, e, em vez de me fazer sentir melhor, a gargalhada dá mais uma volta em um parafuso já bem apertado. Tonta com as emoções descontroladas, vou até a porta cambaleando. Quando toco a maçaneta, recupero a sobriedade e estaco.

— O que quer dizer com "não pode ser minha cliente"?

Ela se recosta na cadeira, e o movimento rápido dos lábios e dos olhos me lembra como Jax olha para um oponente antes de entrar no ringue. É como se tentasse adivinhar meu próximo movimento.

— Meu trabalho nesta escola é ajudar os alunos que, na opinião do Estado, precisam de um empurrãozinho na direção certa. Tentei convencer meus superiores, mas você não se enquadra nos requisitos do programa.

Encosto na parede, sentindo o peso do alívio. Que bom, posso parar de me preocupar com um funcionário do serviço social batendo na nossa porta para levar Maggie e eu.

— Que bom.

— É, acho que sim — ela concorda. — Mas minha intuição diz que você precisa conversar com alguém, e, se sair daqui agora, acho que nunca mais vou ver você de novo.

A culpa me invade, porque cada palavra do que ela disse é verdade: preciso conversar com alguém. Quero abrir a boca e vomitar tudo o que aconteceu, arrancar de mim a escuridão e colocá-la nas mãos de outra pessoa. Quero a imundície e a podridão fora do meu corpo, da minha alma, e, se colocar tudo em palavras, talvez me livre da podridão.

Mas é como se minhas veias respiratórias entrassem em colapso e as cordas vocais fossem feitas reféns. Contar a ela sobre minha vida, sobre perder a casa, o que aconteceu com Matt, tudo isso seria me expor.

Confiei em Matt, e não foi bom para mim; depois, fui idiota o bastante para conversar com West, e ele não levou em conta nada do que eu disse.

— Obrigada — digo a ela enquanto giro a maçaneta. — Mas estou bem.

West

Na cantina do colégio, Haley senta na cadeira diante de mim e imediatamente enfia uma batata frita na boca.

— Estou pensando em amarrar suas mãos à cabeça. Talvez assim você mantenha a guarda alta.

Dou risada. Haley não é o tipo de garota de "oi..." e papo inútil. É direta, incapaz de perder tempo com bobagem, e eu me apaixono mais por ela todos os dias. Estou completamente ferrado, porque ela insiste em dizer que temos de manter as coisas "simples".

— Minha guarda está alta.

— Ah, é.

Tenho esperado por algum tipo de confirmação de que ela poderia nos ver como mais que amigos. Mais que treinador e aluno. Cubro uma batata com ketchup e empurro a bandeja, tentando imaginar quanto Haley teve para comer durante a semana.

— Quer ir jantar hoje à noite? Antes do treino? Eu pago.

Ela balança a cabeça sem olhar para mim.

— Tenho que trabalhar antes de ir para a academia. Sabe como é, contas, essas coisas... — Sorrisinho fraco.

— Que horas você sai do trabalho? Eu te pego, e vamos juntos para a academia.

Haley franze a testa, olhando para o prato. Ela odeia aceitar ajuda, mas responde:

— Sete.

Pela primeira vez desde o acidente de Rachel, vejo Isaiah na escola. Ele entra pela porta lateral no mais puro estilo morto-vivo: pálido, com olheiras escuras, uma montagem completa de zumbi. Olho para ele, e Isaiah me encara como se eu fosse um lixo.

Desvio o olhar primeiro. Ele tem ficado ao lado de minha irmã, segurado a mão dela, e a faz feliz quando eu não posso fazer. Isso merece respeito.

Haley olha para nós dois, de um para o outro.

— Conhece o cara?

— É o namorado da Rachel.

Haley levanta as sobrancelhas.

— Está de brincadeira!

— Antes fosse.

— Como isso aconteceu?

Dou de ombros, porque só sei o que me contaram.

— Eles se conheceram numa corrida de rua.

— *Uau*. Dependência de adrenalina deve ser coisa de família.

Dou risada. Nunca tinha pensado nisso por esse lado.

— Você o conhece?

— Moramos no mesmo bairro, mas não sei de nada além dos boatos, e nós dois sabemos que boatos raramente são verdade.

Encerramos o assunto Isaiah e passamos a falar de estratégia de luta. Quando um movimento no canto do refeitório chama a atenção de Haley, passo minhas batatas para o prato dela. Prendo o fôlego quando ela se volta para frente, e volto a respirar quando vejo que ela parece não ter percebido. Se me pegar fazendo essas coisas, vai me arrebentar.

— Então, tem uma coisa... — ela diz.

Interessante.

— Uma coisa?

— É, uma coisa. — Haley abre a mochila e pega um maço de papéis grampeados. — É uma bolsa de estudos integral. Preciso dela.

Haley para de falar, e eu me sinto muito mal.

— Enfim — ela continua —, preciso mandar um vídeo, e queria filmar seu treinamento e alguns movimentos para mostrar por que sou uma boa candidata à bolsa.

Balanço os dedos, e ela coloca os papéis na minha mão. Haley morde o lábio inferior enquanto me observa.

— Vou entender se você não quiser.

Como se eu pudesse dizer não para aquela carinha.

— Não precisava criar toda essa história para me filmar sem camisa. Era só pedir.

— Hum... — É um som curto e sexy que acompanha a boca aberta e o rosto vermelho. Adoro quando ela fica vermelha. Desde a noite em que passamos juntos, tenho dado várias indiretas carregadas de insinuações. Mas, se ela vai atrair minha atenção para sua boca, não tenho nem como entrar no jogo.

Dou uma olhada na papelada da bolsa, e a culpa que tem me atormentado nas últimas três semanas explode. Com a situação que sua família enfrenta, Haley precisa desse dinheiro, e meu pai pode ser o culpado disso. Estou em casa. Ela não está. Minha vida continua normalmente. Ela ainda vive o pesadelo.

— Pode contar comigo. Sou todo seu.

Os lindos olhos escuros brilham, e o garfo é esquecido no prato com um ruído metálico.

— Sério?

— É sério. — O mínimo que posso fazer é deixar Haley filmar nossas sessões.

Tornando-se o oposto da treinadora durona e fria que me escraviza na academia, Haley bate palmas. Ontem à noite, ela gritou comigo o tempo todo, para eu manter a guarda alta quando me esquivava de um golpe, e do outro lado do saco de pancadas enquanto eu repetia uma combinação de três socos e um chute.

Ela empurra a cadeira para trás, corre para o lado da mesa em que estou e passa os braços em torno de meu pescoço.

— Obrigada!

Os cabelos dela caem para frente, acariciando meu rosto, e o cheiro inebriante de Haley me envolve. As lembranças da noite em que dormimos juntos invadem minha mente. Nunca antes me senti tão em paz e confortável quanto naquelas horas em que fiquei acordado vendo Haley dormir.

Meus braços deslizam pelas costas dela e, quando fico em pé, ela recua e beija meu rosto. Lábios macios tocam minha pele, e eu seguro uma mecha de cabelo. Meu coração bate forte e eu viro a cabeça, esperando capturar sua boca com a minha. Nossos olhos se encontram, e vejo desejo nos dela.

Haley fica tensa, como se de repente notasse o que está fazendo. Ela praticamente pula para longe de mim e cobre a boca com uma das mãos.

— Eu não tive a intenção...

Eu não conseguiria conter o sorriso nem por um milhão de dólares, porque, sim, ela teve a intenção. Mesmo que não admita, Haley quer mais.

— Obrigada — fala, e continua recuando. — Quer dizer, por ter me ajudado com a bolsa. Hum... Bom, a gente se vê hoje à noite.

Rápida, ela se volta e sai do refeitório com Marissa. Droga, nenhuma garota me deixou sem fala antes, nem com este sorrisinho idiota no rosto. Por outro lado, nenhuma garota me fez desabar no chão em uma poça de suor.

Pego a bandeja de Haley, depois a minha, jogo os restos no lixo e deixo as bandejas vazias no suporte. Cuidado, Haley. O simples acabou de sair pela janela.

Haley

Saio atrasada da pizzaria, e West vai jogar isso na minha cara com todo prazer, depois de tudo que falei sobre atraso algumas semanas atrás. O vento castiga meu rosto, e não posso negar o conforto que sinto quando West sai da vaga em que estacionou e para o carro na minha frente.

Abro a porta, entro e sorrio. O aquecedor está ligado no máximo, e todas as ventoinhas estão viradas para mim. Sentado diante do volante como se não houvesse feito nada incrível, West dificulta o lance de não se apaixonar.

— Como foi o trabalho? — pergunta.

— Devagar. — Por isso não ganhei as gorjetas que esperava.

Ele estica o braço para o banco de trás, e eu aproximo as mãos do aquecedor. Sim, estão frias de novo, e... sim, estou tentando esconder isso de West.

— Haley?

Abaixo as mãos.

— Oi?

Um buquê de rosas cor-de-rosa aparece diante de mim. O ar fica preso em minha garganta, e perco a capacidade de falar.

As rosas tremulam à frente, e saio do estado de choque por tempo suficiente para pegá-las.

— Obrigada.

West pisa no acelerador e segue pela avenida principal.

— Era isso que eu estava pensando. A gente treina, você processa a mudança, e depois conversamos sobre como vamos levar as coisas de simples para complicadas.

— Meio presunçoso, não? — Mas eu falo enquanto sinto o perfume da maior rosa do buquê.

— Você gosta de caras que aparecem com flores, lembra?

Dou risada, e West sorri. Como ele se lembra disso?

— Tudo bem — concordo. — Vamos treinar primeiro; depois talvez a gente converse sobre o complicado.

— Não tem talvez.

— Talvez. E, West...

Ele olha para mim.

— Não vou amolecer com você por causa disso.

West

— Mantém a guarda alta! — Haley grita. Estamos nisso há duas horas, e meus braços se movem como se tivessem carregando pesos de cinquenta quilos. — Precisa se aproximar de mim quando vai atacar; parar de recuar. Isso não é aula de defesa pessoal, não vai ganhar pontos por fugir.

Estamos no ringue, e Haley levanta os protetores que usa nos braços para esconder o rosto enquanto continuamos com a combinação. Respiro fundo e solto um jab duplo, um cruzado, e minha canela encontra o protetor ao lado da coxa de Haley, que o abaixa rapidamente. A cada golpe, o ar sai de minha boca e Haley solta um grito de "vai" para me manter no ritmo.

Acompanhando a música que brota dos alto-falantes, Haley troca a posição dos pés, fazendo uma tesoura maluca que ainda não me ensinou. Roda à minha volta e espera que eu a acompanhe.

— Vai, você precisa se mexer. Fica na paralela, ou eu posso acertar a sua cabeça ou te derrubar.

Ela faz esse tipo de comentário sempre, mas, desde que começamos o treinamento, Haley nunca atacou. Acredito que ela seria capaz de me derrubar, e não entendo por que ainda não me jogou no chão.

Limpo o suor da testa, mas outro fio escorre da cabeça para o rosto. As mãos estão quentes dentro das luvas, e os bíceps suplicam por um descanso.

— Mais uma vez; série completa — ela exige. Olho feio para Haley e, juro, ela me dá um sorriso sádico. — Você consegue. Vai buscar força lá no fundo. A mesma série.

A mesma série significa que ela quer que eu faça todos os movimentos. Não consigo nem respirar. Como vou lembrar a sequência?

Haley troca a posição dos pés novamente, e desta vez eu a acompanho. Gosto da curva exótica que sua boca faz nesse momento.

— Boa, garoto. Se mantiver a guarda alta, talvez continue em pé no ringue.

Merda. Colo as luvas nas têmporas, e Haley levanta os protetores. Solto um jab, e ela se esquiva.

— Você está lutando com quem? Com sua avó? Vai! Bate pra me derrubar! Que droga, West. Não tô aqui brincando.

Como se ela tivesse injetado raiva nas minhas veias com uma agulha muito fina, a energia invade meus músculos e eu solto dois jabs, um cruzado, um gancho de esquerda na cabeça, outro cruzado e um chute baixo nas pernas.

Haley abaixa os protetores.

— Tem que se aproximar e me socar ao mesmo tempo. Dar o passo primeiro mostra que mão você vai usar. O seu adversário vai se esquivar, ou pior, vai ler o golpe e tirar proveito da guarda baixa para acertar sua cabeça.

Apoio um braço na grade do ringue. Perdi a camiseta há uma hora, e meu short está grudado no corpo, virou uma camada adicional de pele.

— Para que tantos jabs? Meu cruzado é mais forte.

— O jab é o golpe mais importante. É o soco mais próximo de quem ataca, e não desequilibra.

Talvez eu esteja cansado demais para pensar, mas balanço a cabeça para lhe dizer que não entendi. Haley acena com a cabeça indicando que tenho de levantar e, quando endireito o corpo, ela move os dedos chamando meu cruzado. Passo o braço na testa.

— E os protetores?

Nunca lutei diretamente com Haley, e pensar nisso revira meu estômago.

— Não vai me acertar — ela diz. — Se quiser, faz de conta que solta o cruzado, vai dar para entender.

Minha namorada de mentira é arrogante. Tudo bem. Eu me posiciono e "solto" um cruzado. O braço de Haley se projeta e desvia o soco, e, no segundo seguinte, o cruzado dela para a um milímetro de meu queixo.

— Está se inclinando — ela avisa.

Estou. Meu corpo saiu do eixo quando ela bloqueou o golpe. *Droga*.

— Se eu tivesse te acertado, você estaria desequilibrado e eu teria te derrubado. Todos os golpes são bons, West, principalmente quando acertam o adversário, mas o jab é o pão com manteiga.

Haley segura meus pulsos e os aproxima das têmporas.

— Precisa manter a guarda alta o tempo todo. Um segundo de guarda baixa e vai apanhar muito.

— Eu sei. — Começo a abaixar as mãos, mas ela as segura onde estão.

— Não. — Haley se torna a única coisa que vejo no espaço reduzido entre minhas luvas. — Isso precisa ficar gravado, não é uma informação boba para ser descartada como lixo.

Com os dedos delicados me segurando, ficamos assim, em silêncio, enquanto a música continua tocando. Depois de um segundo, ela pergunta:

— Do que tem medo?

De falhar com ela como falhei com Rachel. De ser destruído no octógono. De ser posto para fora de casa depois da formatura. Ameaço abaixar as mãos, mas Haley as mantém no lugar.

— Diz — insiste.

— De nada.

— Não; você continua baixando a guarda. Quando mantém as mãos altas, elas não estão bem perto das têmporas. Você abre a guarda. Por quê?

Olho para Haley pela fresta.

— Não consigo ver mais nada.

— Consegue me ver?

— Sim. — O top de ginástica deixa ver uma parte do colo, e algumas mechas de cabelo escaparam do rabo de cavalo. Ela é uma confusão erótica que minhas mãos querem tocar.

— Então qual é o problema?

— Desse jeito, eu me sinto vendado. — As luvas perto das têmporas eliminam a visão periférica. — Não consigo ver o que está acontecendo.

— Está vendo tudo o que precisa ver. Não vai ser atacado por uma gangue, vai lutar contra uma pessoa. Três rounds de três minutos cada, e, durante esse tempo, você precisa ignorar tudo, qualquer outra coisa no mundo, e se concentrar apenas no que vai estar bem na sua frente. Pense nisso como um presente. Quantas outras vezes na vida vai poder ter esse tipo de foco?

Haley. É esse o presente à minha frente. Uma garota que confiou em mim, contou seus segredos e me protegeu do frio e da chuva. Possivelmente, uma das poucas pessoas que gostam de mim sem ser pelo meu sobrenome.

Ela se aproxima, e seus dedos tocam minha pele. Haley vira meu pulso em direção ao rosto, e as luvas me impedem de vê-la.

— Se o oponente é mais forte, uma guarda bem fechada pode ser sua melhor defesa.

Ela reposiciona os pulsos, e volto a vê-la através da linha fina entre as luvas.

— E, quando estiver pronto para atacar, é só abrir a guarda e soltar o golpe.

Quando nossos olhares se encontram, a respiração dela falha. Se eu a beijasse agora, ela me beijaria de volta? O desejo me pega de surpresa e com a mesma intensidade de quando a abracei, três semanas atrás, e deixei meus lábios roçarem sua pele. Na escuridão, ela se tornou um anjo decidido a salvar minha alma. Inclinou o pescoço, e eu soube que poderia beijá-la sem encontrar nenhuma hesitação, mas não beijei, porque Haley não sabe quem eu sou, não sabe que sou um Young.

— Olha só. — Haley faz os movimentos e encosta o punho na minha luva. — Está protegido. Não posso te machucar.

Pode. Haley pode saber quem eu sou, quem é minha família, e me odiar. Eu posso desapontá-la e, de novo, ser um fracasso. Haley nem imagina quanto preciso dessa última chance de redenção e quanto preciso dela.

Ela abaixa as mãos, e eu também.

— Mas tem a parte importante. — Ela sobe e desce as sobrancelhas. — Nunca vai ganhar uma luta, a menos que corra o risco de realmente se envolver nela.

— E você? — pergunto.

Haley me encara

— O que tem?

— Quando você vai se envolver?

Ela franze a testa, e os olhos escuros ficam mais duros. Haley é sexy quando fica brava.

— Como assim? O que significa isso?

Deve significar que é melhor não abusar de sua paciência, ou ela pode me arrancar as bolas. Significa que, quando dou flores, ela diz que talvez a gente possa conversar.

— Você continua me falando o que eu tenho que fazer. Em vez de bater de verdade, você fica me mostrando os movimentos.

Haley ergue o queixo, quase me desafiando a repetir a provocação.

— Algum problema com meu método de treinamento?

— Não. Mas não preciso de um psiquiatra para saber que você está se contendo.

Ela se inclina para mim como na noite em que nos conhecemos.

— Não estou.

— Sim, está. Estamos juntos todos os dias por mais de um mês, e se conter é o que você faz. Com as pessoas no colégio, com sua família, no treinamento, quando nega o que sente quando está comigo...

— O que sinto por você? Nós somos... amigos.

— Fomos além da amizade na noite que passamos no seu quarto, e você sabe disso. Que merda, Haley, não teve um momento ali em que a gente não quisesse um ao outro, e não fui o único que percebeu.

Haley balança a cabeça e sacode decididamente uma das mãos.

— Mantém o foco onde ele precisa estar, West. Na academia.

— Ei, foi você que me beijou hoje no refeitório.

— *Pff*. — Uma nuvem de ar sai de sua boca, e ela fica pálida. — Foi só um agradecimento. Por ter me ajudado. Não dei em cima de você.

Chego mais perto dela.

— Você me quer. Admita, Haley. Você. Me. Quer. Você me quis na noite em que a gente se conheceu, me desejou no seu quarto e me quer agora, mas enterrou essa vontade em algum lugar bem fundo. Ela apareceu hoje, quando você menos esperava, e agora está furiosa porque estou apontando o dedo na sua cara.

Haley fica parada. Como quando enfrentamos Matt e Conner no refeitório, ela paralisa com o choque. Estou acostumado com garotas que me falam tudo que pensam... tudo. Inclusive as coisas que deviam guardar para elas, mas Haley não revela nada, e talvez não seja de propósito. Talvez seja uma forma de manter a guarda alta.

Olho para baixo, para as luvas nas mãos

Eu me aproximo quando dou um soco.

Os olhos escuros de Haley encontram os meus, e a esperança, a gratidão que vejo neles por eu ter mudado de assunto quase me faz cair de joelhos

— Não, você recua.

— E uso mais jabs que cruzados

Um sorriso brinca em seus lábios.

— Isso nunca acontece, com certeza.

— E sou o rei da troca entre defesa e ataque.

Como eu sabia que aconteceria, Haley ri alto. O brilho voltou a seus olhos, e ele é quase irresistível.

— Se eu soltar um jab... — Levanto o braço esquerdo e faço o movimento.

Haley dá risada e bloqueia o ataque, distraída. Instantaneamente, dou um passo à frente e solto um cruzado, e ela recua um passo e bloqueia meu ataque outra vez.

— Pode ser que o garoto aprenda — ela comenta, rindo.

— De vez em quando ele aprende, como os macacos. — A cada golpe sem força, eu me aproximo um passo, e Haley continua se defendendo com movimentos fluidos, cadenciados, mantendo sempre uma distância segura entre nós. Fica perto o bastante para me bloquear, perto o bastante para atacar, se quiser, mas longe o bastante para eu não conseguir tocá-la, e é isso que eu quero... Quero muito tocar a Haley.

Sem aviso, eu avanço e a empurro contra o octógono. O ritmo da sua respiração é acelerado, o peito subindo e descendo, os olhos escuros estão cravados em mim. As mãos tocam meu peito e os dedos tremem, como se hesitassem entre empurrar ou explorar. Com as luvas apoiadas na grade, dos dois lados da cabeça dela, eu me inclino para frente e roço meu nariz de seu queixo até a orelha. Seu corpo é quente e firme, e ela cheira muito bem.

— O que eu faço se for empurrado contra a grade? — Sussurro perto da orelha de Haley e fecho os olhos quando um tremor percorre seu corpo.

As unhas passeiam no meu peito quando ela desliza as mãos para os lados do meu corpo.

— Você bate aqui. — Ela me aperta do lado direito, e a eletricidade provocada pelo contato se espalha por todo o meu organismo — E aqui. — Aperta o outro lado.

Mordo sua orelha de leve, e ela me aperta com mais força. Imagens daquele corpo embaixo do meu invadem minha cabeça, e quero que a fantasia se torne realidade.

— O que eu faço se eu for derrubado?

Observo sua garganta quando engole em seco. Haley tem uma pele linda, suave, lisa. As luvas me incomodam, porque, agora, a urgência de tocá-la é uma obsessão.

— Agarra — ela responde, quase ofegante.

Essas são as lições que espero ansiosamente

— Quando vamos começar essa parte?

— Logo.

Abro a boca e beijo seu pescoço. Haley inclina a cabeça para o lado, facilita meu acesso, e deve sentir através do short o quanto a quero.

— A gente não devia fazer isso — sussurra, mas as mãos escorregam até minhas costas e percorrem toda a coluna. — Não vou namorar outro lutador.

— Então se afasta. — Desenho uma trilha de beijos acompanhando a linha do pescoço e dos ombros; depois paro, olho em seus olhos, dou a ela a chance de acabar com tudo agora. — Não vou mentir. Eu quero isso, Haley. Quero você.

O ar morno sai de sua boca e toca meus lábios. Ela está ofegante. A veia no pescoço pulsa e os dedos dançam na parte de baixo das minhas costas, o que me enlouquece. Sou um filho da mãe se continuar. Ela não sabe que sou um Young, ou que meu pai pode ter destruído a vida dela.

— West. — Haley diz meu nome como se fizesse uma pergunta, como se fosse uma resposta. Mas é um convite.

Meu nome. Meu nome em seus lábios. Que se dane o resto. Haley conhece o verdadeiro West, e, pela primeira vez na vida, vou descobrir como é beijar uma garota que significa alguma coisa.

— Isso não significa nada — Haley sussurra quando solta o velcro da minha luva.

— Significa, sim. — Abaixo os braços, e, no instante em que as luvas caem no chão, minhas mãos seguram aquele corpo lindo. — Fala, Haley. Por favor, diz que sim, porque isso é importante para mim.

Ela franze a testa e seus olhos ficam úmidos, como se fosse fisicamente doloroso assentir e sussurrar as palavras:

— Sim... Significa alguma coisa.

A necessidade implora pela solução física rápida, mas Haley não é uma das garotas com quem me pego pelos cantos em corredores. Ela é mais, e um arrepio percorre meu corpo. Aproximo os lábios dos dela e, ao primeiro contato, deixo escapar um gemido. Seus lábios são doces, macios... perfeitos. Ela exala um suspiro satisfeito, e meu corpo se derrete contra o dela. O metal da cerca do octógono range com a pressão.

Como se tivessem um sincronismo perfeito, minha boca e a dela se movem no mesmo ritmo. Lábios sugando, mãos descobrindo curvas, a respiração cada vez mais acelerada. E, quando Haley enrosca a mão em meus cabelos, o autocontrole desaparece.

Meus braços se tornam cintas de aço em torno de sua cintura, e eu a levanto para promover um encaixe perfeito entre nós. Haley enlaça meu pescoço com os braços e me acompanha quando o beijo passa de inocente a quente, beirando a loucura.

O pescoço dela me atrai novamente, e o som mais lindo escapa de sua boca quando cedo à tentação. Minha cabeça gira, uma vertigem que beira o delírio quando Haley mexe as pernas. Uma coxa muda de posição, e a outra a segue, para envolver meu quadril. Acomodo o peso colando o corpo ao dela. Ondas de calor me invadem a corrente sanguínea, e meus dedos apertam sua pele.

De repente, toda a academia começa a tremer. Haley solta as pernas, e eu a ponho no chão, meu coração dispara e meu corpo cobre o dela. Ouço o ruído do choque de metal contra metal e olho para trás.

Haley me empurra, sua dica não verbal para eu soltá-la, mas, determinado a garantir sua segurança, ignoro a solicitação. O aquecedor no teto faz um barulho horrível quando as hélices tentam girar mais uma vez. Outro estrondo faz vibrar os suportes de metal que sustentam os sacos de treinamento, e o aquecedor inteiro estremece. Depois para.

Embaixo do meu corpo, Haley resmunga um palavrão.

— O John vai ficar furioso.

Haley

Deixamos John no meio de uma enxurrada de reclamações bem eloquentes. No momento em que bati na porta do trailer e contei que o aquecedor tinha explodido, ele esqueceu que eu existia. Decidi que a melhor alternativa era sair dali discretamente.

West e eu não dissemos nada um ao outro desde que nos beijamos, o que significa que a carona no carro dele foi bem estranha. Com a cabeça apoiada no encosto do banco de couro, observo a noite enquanto ele dirige. Onde eu estava com a cabeça?

Quando ele me empurrou contra a grade e mordeu minha orelha... Fechei os olhos. Ainda consigo sentir o calor daquela boca no meu pescoço, e o que me deixa louca de raiva é que, por mais que eu me odeie por ter beijado West, meu corpo grita por um bis.

Corpo idiota. Corpo idiota. Idiota e traiçoeiro.

West para o carro na frente da casa do meu tio, e meu lado patético quer entrar em casa correndo, como se ele nem estivesse ali. Esfrego a testa, cubro os olhos. Ai, droga, estou com vergonha. Como vou olhar para ele de novo? Não estamos nem namorando, e eu praticamente molestei o cara. E isso traz à tona vários problemas, porque não quero namorar West. Ele é um lutador.

— Haley — diz. — Sobre hoje à noite...

— Eu não transo. — Olho rapidamente para ele, e o que West ia dizer parece ter lhe escapado da cabeça, porque ele está me encarando de boca aberta. É como se alguém tivesse apertado o avançar no controle remoto, e meus pensamentos derrapam e correm.

— Não sei quem era aquela, mas não era eu. Quer dizer... você já fez isso antes?

West passa a mão pelo rosto.

— Já. É o que eu faço. Não, esquece. O que eu fazia, mas não é o que está acontecendo com a gente.

Ai, droga, agora me transformei na ring girl: pulo de um lutador para outro. Logo vou estar de biquíni anunciando o próximo round. Quando acho que não posso descer mais...

— Haley, juro que não foi só uma pegada. Eu falei que era importante pra mim. Que você significa alguma coisa para mim.

Ele está falando as palavras certas, e uma vozinha no fundo da minha cabeça diz que devo ouvir, mas o lado maluco está ganhando.

— Porque isso é o que você diz às garotas quando desiste delas. Não olha para elas e diz "eu te usei". Você mente e fala que foi importante! Eu vejo MTV!

— Você vê... o quê? — Ele balança a cabeça. — Deixa pra lá. O que aconteceu entre a gente...

— Para. — Sinto uma dor perto do coração e pressiono o peito com a mão. Não consigo pensar e não consigo respirar e beijei West e gostei de beijar West e ele me faz rir e é lutador e eu gosto dele.

Gosto dele. Mais do que gosto dele, e me apavora reconhecer que sinto alguma coisa por West Young.

— Não posso fazer isso.

— Fazer o quê? — West abre os braços como se estivesse bravo ou frustrado, ou sei lá o quê, porque não confio em minhas reações em relação a mais nada.

— Transar, namorar um lutador, gostar, amar, qualquer coisa. Não quero ninguém tão perto de novo. — A crueza das palavras causa um terror que me faz arregalar os olhos. — Você já viu aqueles conjuntos de tintas com várias cores? — Entrei no ônibus da loucura e não consigo desembarcar.

West

— Você já viu aqueles conjuntos de tintas com várias cores? — Haley fala depressa, como se as palavras pudessem apagar as que dissera antes.

— Já — respondo devagar, tentando ganhar tempo. Como isso ficou tão confuso? Num instante, a gente se beijava; depois, tudo desmoronou. Deve ser carma, por causa de todas as garotas para quem disse coisas bonitas só para satisfazer meu tesão.

O banco de couro geme quando ela se volta para mim. Pelo menos não está fugindo, correndo para dentro de casa.

— Quando você abre o estojo, é lindo, não é? Cada cor é perfeita, e, se você tiver cuidado, pode pintar, pintar e pintar, desde que lave e seque o pincel antes de mudar de cor.

Ela desvia o olhar de um jeito acanhado. A tensão que cresce entre nós me deixa agitado. Eu posso não entender, mas Haley está tentando explicar alguma coisa. Balanço a cabeça para cima e para baixo, tentando incentivá-la a continuar.

— Tintas, pincel, água. Estou acompanhando.

Haley inspira.

— Às vezes, você se anima, mergulha o pincel na tinta e mistura as cores. De repente, não sou mais o amarelo e você não é mais o azul.

— Ficamos verdes — concluo.

Haley levanta a cabeça, e ela está exposta. Totalmente aberta. Aberta demais, quase sangrando.

— Namorei o Matt e fiquei meio cinza, e superei o cinza, e não estou preparada para ficar verde. Quero tentar o amarelo de novo por um tempo.

Haley precisa de tempo, e posso dar isso a ela. Talvez encontre um jeito de me recuperar e pensar em uma forma de lhe contar sobre minha família.

Ela respira fundo, como se tivesse engolido água, e eu jogo uma boia.

— Quando vai me ensinar imobilização? Você disse que seria logo.

Haley pisca, e o que deveria ajudá-la a faz jogar a cabeça para trás e, depois, para frente, sobre as mãos.

— Droga.

— Que é?

— Imobilização não é minha praia. Sou kickboxer, não pratico esse tipo de luta — resmunga por entre os dedos. — Não vou conseguir te ajudar.

É, Haley precisa de tempo, mas não estou disposto a dar espaço também. Seguro as mãos dela e, quando se recusa a me encarar, toco seu queixo e viro o rosto dela para mim. Os olhos estão brilhantes e cheios de sofrimento, e não quero nada daquilo em mim.

— Não existe a menor possibilidade de você falhar comigo. O fato de acreditar em mim o suficiente para me treinar... e me deixar ajudar com a bolsa de estudos... Você não é capaz de falhar. Essa é a minha especialidade.

Ela inclina a cabeça, e passo o polegar em seu rosto. Haley fecha os olhos para sentir o toque e, quando volta a abri-los, ela se esforça para sorrir.

— Isso é meio verde.

— Sou eu sendo azul. Não se preocupe, você ainda é amarela.

O sorriso alcança os olhos dela por um momento, e gravo a imagem na memória. Solto sua mão, e Haley abre a porta do passageiro, sai do carro e fecha a porta.

Abro a janela daquele lado.

— Haley.

Ela levanta as sobrancelhas.

Encosto um ombro na porta do motorista e seguro o volante.

— Você precisa de tempo, tudo bem... mas não estamos mais fingindo o namoro. Não sei o que é isso, mas é mais que uma encenação. Acho que fica mais fácil se a gente esclarecer essa parte.

Linhas finas surgem em torno de seus olhos, e ela assente, mas não olha para mim. Vira para a casa, dá dois passos, depois corre de volta para o carro. Haley abre a porta, pega as rosas e fica vermelha quando nosso olhar se encontra.

— Você tem razão. Gosto de garotos que me dão flores, mas, só para esclarecer as coisas, ainda sou amarela. Tudo bem?

— Tudo bem.

Ela sai, bate a porta e corre para casa. Eu vou embora com a sensação de estar voando.

Haley

A porta do banheiro treme com as três batidas.

— Ocupado!

Desamarro o avental vermelho e lavo as mãos na pia. O cheiro de pizza e molho está em mim, e meu cabelo tem um frizz horrível por causa do vapor da cozinha. Não quero entrar no carro de West com essa cara e esse cheiro. Passo os dedos pelos cabelos, mas não adianta: a monstruosidade rebelde persiste.

A porta treme de novo. Tem um banheiro masculino e um feminino, e é evidente que alguém está apertado lá fora. A roupa não é tão ruim: meus melhores jeans e uma camisa azul, mas o cabelo... a falta de maquiagem... o fato de ser patética o bastante para me importar...

West e eu estaremos suados em uma hora. Mesmo assim, as últimas duas semanas com ele foram... bem... legais. Na noite da sexta passada, West me empurrou contra o octógono, me beijou, fez meu corpo acordar, e agora... ele me deixa ser amarela.

Quase não reconheço o sorriso bobo que vejo em meu rosto. De algum jeito, West me reduz a risadinhas, sorrisos e arrepios. Ainda há esperança para mim no mundo das garotas femininas.

Respiro fundo, saio do banheiro e ignoro a longa fila de mulheres irritadas, fazendo aquela dancinha do preciso-fazer-xixi. Não é minha culpa se elas se encharcaram com litros de Coca Light. É sexta-feira, e o restaurante está lotado.

Saio para a noite fria de março e olho em volta, procurando o carro de West no estacionamento. Meu suspiro se materializa em uma nuvem branca e evapora depressa. Ele não chegou. Saí alguns minutos antes do combinado, mas minhas mesas pagaram a conta e foram embora. Se eu ficasse lá dentro, o chefe me daria outras mesas para servir e teria de ficar por mais meia hora, talvez mais.

À minha direita, a risada aguda de uma menina ecoa do fundo do prédio. Tem um grupo grande ali, e eu fico tensa. Há meses eles se reúnem, desde o nosso rompimento, na verdade, mas não tenho dúvidas de que os arruaceiros do beco de trás da pizzaria são Matt e sua turma.

Giro sobre os calcanhares, pensando em ganhar mais dinheiro servindo outra mesa, quando vejo Matt se aproximando.

West

Terminei o último tópico da minha minúscula lista de afazeres no Denny há meia hora, mas, pela quarta vez no mesmo dia, varri o depósito. Poderia ter saído de lá quando voltei para casa, mas fiquei ajudando o Denny por vários motivos.

Primeiro, preciso da grana, caso meu pai mude de ideia e me ponha para fora de novo. Segundo, pode parecer estranho, mas gosto do que estou fazendo. Conserto coisas. Sou útil. Pela primeira vez na vida, estou fazendo alguma coisa certa. Mas a última razão, a mais importante, tem a ver com minha mãe.

Hoje é a quarta sexta-feira do mês, e são seis e cinquenta da noite. Rachel passou por uma cirurgia na sexta passada, e minha mãe ficou com ela no hospital. Se a vida continua normalmente, minha mãe deve ter adiado a visita em uma semana, e tudo o que quero de presente de aniversário é descobrir por que ela vem aqui.

Meu celular vibra, e eu ignoro. Minha mãe sussurrou um feliz aniversário hoje de manhã, da porta do quarto, quando saiu para ir ver Rachel no hospital. Meu pai resmungou alguma coisa quando saía para ir trabalhar, algo que soou como um reconhecimento de minha existência, enquanto eu tomava café na cozinha. Meus irmãos e amigos mandaram mensagens me cumprimentando, e ainda estou recebendo algumas dos amigos mais próximos, amigos da minha antiga vida.

A maioria das mensagens diz as mesmas coisas: "Cadê você? Tem uma festa amanhã à noite. Você tem que ir. Faz muito tempo". Há algumas semanas, eu teria pensado em ir, mas, faltando um mês para a luta, minhas noites são de Haley.

A porta do bar se abre e Denny enfia a cabeça na fresta. Johnny Cash canta algo sobre um anel de fogo, e a risada de uma mulher bêbada passa com ele pela porta.

— Ficou surdo ou aleijado desde que te vi pela última vez?

Continuo varrendo a sujeira inexistente.

— Qual é?

— Você tinha que ter ido embora há meia hora.

Olho para ele, e meu coração bate descompassado uma vez. Denny nunca me mandou ir embora. Ele deve saber o segredo.

— Sou pago por hora.

O dublê de Vin Diesel balança a cabeça e abre mais a porta.

— Ele não vai sair, é melhor você entrar.

Minhas mãos congelam no cabo da vassoura e, por um segundo, imagino que vou ver minha mãe. Mas é Abby quem entra no depósito, segurando um prato com um cupcake e uma velinha.

— Não se iluda, isso não quer dizer que gosto de você — avisa. — Porque não gosto. Estou sofrendo chantagem, e também não gosto disso. Sou eu quem faz a chantagem, não o contrário.

Denny se encosta à porta aberta, com os braços cobertos e um sorriso no rosto.

— Tem o resto da noite de folga, com pagamento integral. Sai do meu bar.

— Como descobriu? — pergunto.

Denny aponta para Abby, e ela mostra o celular.

— Rachel.

Rachel. As duas poderiam usar navalhas na minha alma, o resultado seria o mesmo. Pego o telefone e não tenho tempo nem de dizer oi.

— Feliz aniversário! — Consigo ouvir o sorriso de Rachel do outro lado. — Abby te deu um pedaço de bolo?

Olho para o doce.

— E uma vela.

— Legal. Faz um pedido e apaga a vela.

Com o dono de um bar arruinado e uma traficante me observando, olho para a vela acesa e desejo a saúde de Rachel, sua felicidade e seu perdão. Sopro, e vejo a fumaça subindo pelo ar.

— Pronto, Rachel.

— Amo você — ela diz.

Eu também.

— Valeu.

Não sei como reagir quando meus olhos ardem.

— A Abby me contou que você está namorando.

Abby agita as sobrancelhas quando olho feio para ela. Suspiro. Não quero mentir para Rachel, mas a verdade é que eu gosto da Haley. Muito. Por mais que queira vê-la sem roupa, também adoro a companhia dela quando está completamente vestida. Sinto algo estranho dentro de mim e tento não me concentrar nisso, porque esse caos me apavora.

— É.

— Quero conhecer a garota.

— Talvez. — Penso em acrescentar o "bizarrossaura". Era assim que eu chamava Rachel, mas há meses perdi o direito de provocá-la.

— Preciso desligar, a enfermeira chegou. Feliz aniversário de novo. — Ela desliga, e eu devolvo o celular a Abby.

Rápida, Abby olha para Denny.

— Se me der vinte dólares, dou um jeito de ele sair pelos fundos.

Com um olhar típico de interrogador do grupo dos fuzileiros, Denny analisa Abby.

— Acho bom. — Tira uma nota de vinte do bolso, entrega a ela e sai batendo a porta.

— Não vou sair — aviso.

— Nem eu achei que fosse espontaneamente, mas vai. E, só para sua informação, quando surtar mais tarde porque saiu daqui como se o pinto pegasse fogo e os olhos nadassem em spray de pimenta, lembre que fiquei para cuidar da sua mãe. E aí vai me dever mais uma. Já que fez as pazes com o papai, desta vez vou cobrar em dinheiro. Muitos zeros.

— Esquece, porque não vou sair.

Abby inclina a cabeça.

— Não tem que ir encontrar a Haley?

— Está me espionando?

— Baixa a bola. Todo mundo na escola sabe que você e o Matt vão lutar em abril, e que a Haley é para você o que o sr. Miyagi do *Karatê Kid* era para o Daniel-San. Ela já te ensinou entrada e saída? Pode me ensinar? Quero arrebentar uns idiotas por aí.

— Vou lutar com o Conner, não com o Matt — corrijo e ignoro todo o resto

Não gosto do brilho nos olhos dela.

— Tanto faz. Olha só, hoje estou generosa. Pronto para ganhar o seu presente?

Estendo a mão e espero pelo pior.

— Tudo bem, não é um presente, mas é importante. O Matt descobriu seu ponto fraco.

Isso vai ser engraçado, considerando que meu único ponto fraco, no momento, é Rachel, e ninguém no colégio sabe que sou um herdeiro Young, exceto Jessica e Abby.

— E o que ele descobriu?

— Haley. — Ela fala num tom de quem está me chamando de idiota. — Até um cego pode ver que se apaixonou pela garota, é só prestar atenção em como você olha para ela e baba. O Matt e os amigos se reuniram perto da pizzaria onde a Haley trabalha, e o presente de aniversário que eles vão te dar é mexer com ela.

A vassoura cai no chão.

— Como você sabe disso?

— Já falei, eu sei de tudo que acontece na minha área.

Ando para a porta dos fundos, mas Abby me segura.

— Ainda não te dei um presente de aniversário.

— Preciso encontrar a Haley.

Abby me segura e olha nos meus olhos, sem se importar se vou arrastá-la comigo para proteger minha namorada.

— É a sua mãe — ela fala depressa. — Não tem caso nenhum. Ela vem aqui para encontrar o irmão.

Haley

Tem uma garota pendurada no braço de Matt. Uma autêntica ring girl, aquelas garotas de biquíni que a gente vê nas lutas. Cabelo claro, seios grandes e toda feminina. Seu sorriso desaparece assim que ela me vê.

Nós três nos olhamos, e odeio a sensação de vê-lo com outra garota. Houve um tempo em que gostei de verdade do Matt, apesar do que aconteceu entre nós no fim. Fecho os olhos por um instante e respiro fundo. Perdi a virgindade com ele, e agora ele *faz* isso. Tenho uma necessidade imensa de tomar um banho quente e esfregar a pele até me sentir limpa.

Não vivo embaixo de uma pedra, por isso ouvi os boatos sobre como ele faz a mesma coisa com todas as garotas, desde que a gente terminou. Matt me apavora, tenho ódio dele, mas, quando ela o abraça com mais força, a náusea me obriga a voltar para a frente do edifício. Quando estou suficientemente longe deles, caio na calçada.

— Você terminou comigo. — Com as mãos nos bolsos, Matt está a menos de dois metros de mim, e a ring girl desapareceu.

— Para aí mesmo. — Pensar nele mais perto de mim faz minhas mãos tremerem.

Talvez eu deva ficar de pé, mas meus joelhos estão fracos. Estou em um local público. Se Matt se aproximar, posso gritar, e ele vai embora. Envolvo o corpo com os braços para me aquecer, me manter intacta. Cada vez que me balanço, repito o mantra: "Estou segura".

Matt senta em sua área da calçada, cumprindo o mandado de restrição de faz de conta.

— Eu vi o sofrimento em seu rosto quando olhou para ela. Não gosto de te magoar.

Minha mente se contorce, se divide e volta a se unir. Eu me curvo para frente e dou risada. É maníaco, enlouquecedor, e tento engolir as gargalhadas histéricas cobrindo a boca com a mão, mas não consigo parar de rir. Derramei sangue por causa dele. Perdi minha família por causa dele. Ele fez mais do que me magoar; ele me destruiu.

A risada morre, e de repente me sinto dominada pela vontade de chorar.

— Ela não me incomoda.

É verdade. Não senti náusea porque vi Matt com a garota. A náusea é porque me odeio. Como pude amar alguém como ele? Como pude lhe dar algo tão sagrado quanto minha virgindade?

— Ela te incomodou — Matt insiste. — Eu estraguei tudo o que a gente teve. Sei disso e me arrependo. Se der outra chance para nós dois, juro que vou ser diferente.

Balanço a cabeça antes de ele terminar.

— Estou com o West. — Mesmo que seja de mentira, ou seja verdade. Ou que seja esse estranho purgatório intermediário, estou com ele e nunca antes pronunciei palavras mais doces.

Dois carros passam por nós, e o silêncio permanece.

— Essa história não convence ninguém, Haley. Se fosse verdade, alguém teria visto o West sair da loja e ir atrás do Conner naquela noite, ou alguém saberia que vocês dois estão juntos. Eu perguntei por aí. Ninguém sabe dele, só uma traficante de maconha sem importância. Namorar um maconheiro não combina com você. Precisa acabar com essa mentira e parar de proteger o Jax e o Kaden.

Os músculos de minha nuca ficam tensos. Ótimo. West fuma maconha. Mas, pensando bem, o que eu sei sobre ele? Contamos coisas um ao outro no meio da noite, num momento delicado em que mentir parecia ser impossível. Admitimos verdades que ninguém fala em voz alta, ou para outra pessoa, mas de fato nunca soubemos nada um do outro.

Talvez por isso eu me sinta atraída por West. Talvez por isso eu goste do jogo que a gente faz. Ele é anônimo; eu também.

— Se estou mentindo, seu irmão também está. Vai reconhecer que o Conner é capaz de mentir?

Matt olha para mim, e tenho de me controlar para não me arrastar para mais longe dele. Estamos em um lugar público. Estou segura. Espero estar segura.

— Não cansou de discutir a mesma merda? — Matt apaga a raiva do rosto com as mãos e tenta de novo. — Termina com o West e eu encerro essa história toda. Não vai ter luta, ninguém mais vai atrás do Jax e do Kaden. Zeramos tudo de uma vez.

— Eu nunca contei para eles — sussurro. — O que aconteceu entre nós dois.

— Eu sei. — Ele abaixa a cabeça. — Imaginei que não tivesse contado, porque eles não foram me procurar.

— Eles teriam ido, e você teria retaliado. — E isso nunca mais teria fim. Jax e Kaden iriam atrás do Matt. E Matt os pegaria, para se vingar. Teria sido um ciclo sangrento e infinito. Olho para ele, imploro para confirmar que todos os sacrifícios que fiz não foram em vão.

Matt inclina a cabeça para o lado.

— Eu sou quem sou, Haley. Não posso mudar isso.

Uma breve justificativa, e me agarro a ela com força. Eu não tinha o direito de temer por Jax e Kaden.

Considero a oferta de Matt e tenho medo de respirar. Era isso que eu queria.

— Só isso? Eu termino com West, e não vai haver nenhuma repercussão? Ninguém vai atacar o West, Jax ou Kaden, ou qualquer outra pessoa, por causa do que aconteceu com o Conner? Jogo zerado?

— Tem minha palavra.

Estou meio tonta. Será possível que tem uma coisa dando certo na minha vida? Mas uma dor horrível rasga meu peito. Isso significa desistir de West, me afastar dele. Tudo dentro de mim desaba. Ah, não, eu não tenho sentimentos por West. Eu me apaixonei por ele.

Matt me observa com atenção. Com muita atenção. Tem alguma coisa por trás desse acordo, um acordo que eu deveria aceitar, mas que na verdade não me sinto capaz de cumprir.

— É só isso? Sério?

Matt apoia os braços sobre os joelhos e une as mãos.

— Volta para mim. Eu gostava de quem eu era quando estava com você. Gostava de como me sentia, como alguém digno de amor. Se você tentar e não der certo, tudo bem, mas vamos tentar, pelo menos. Vai ser diferente, juro.

West

Bato a porta do carro e me aproximo de Haley, que está sentada na calçada, mas olho diretamente para Matt. Meu sangue pulsa, implorando por uma briga. Ele fez alguma coisa para ela. Haley está sem ação, pálida como um fantasma, com as mãos tremendo.

— Algum problema?

Matt olha para mim como se estivesse entediado.

— Só se você criar. É homem para isso, ou vai continuar se escondendo atrás da Haley?

— Eu topo. — Um sorriso se espalha por meu rosto. — Tenho bolas para isso. E você?

Espero por este momento desde o primeiro dia na nova escola. Que se dane a luta no mês que vem, quero acabar logo com isso. Passo por Haley, e alguma coisa em meu pulso me faz parar. Olho para baixo, e ela me segura com as mãos.

— Aqui não. Agora não.

— Haley — protesto, completamente irritado e furioso. Nunca alguém duvidou tanto da minha força quanto ela. Cansei de ser tratado como fraco, não quero mais que Haley pense que não gosto dela o suficiente para arriscar minha vida por ela. — Eu posso acabar com ele.

— Eu trabalho aqui. — Seus dedos tremem no meu pulso, e os olhos estão embaçados, como se despertasse de um sonho. O impulso mais forte é quebrar Matt, e é muito difícil ouvir o que ela está me dizendo... que isso pode custar seu emprego.

— Merda. — Abaixo ao lado dela e toco seu rosto gelado. Sou um filho da mãe egoísta, esse contato não é por Haley, mas uma forma de não perder o controle e meter um soco na cara daquele babaca. Caramba, por que ela está sempre tão gelada? — Está se sentindo bem?

Haley assente com a cabeça e olha para Matt, numa reação automática. O cretino continua sentado do outro lado da calçada, olhando para nós; especificamente, olha para minha mão no rosto dela.

— Como é ser capacho de mulher? — pergunta.

Todos os músculos do meu corpo reagem, mas, em vez de arrancar as bolas dele com o pé, aliso o rosto de Haley com o polegar e beijo sua testa. Ela se apoia em mim, e a beijo mais uma vez, antes de olhar para Matt. *É isso aí, ela não é propriedade sua. Haley me escolheu.*

— Desculpa, eu me atrasei. Vamos?

— Sim.

Assim que ela fica em pé, eu a abraço.

— Pensa no que eu disse, Haley — Matt fala como se eu não estivesse ali. — Não precisa responder hoje. Você e eu podemos poupar muita gente de sofrer. A escolha é sua.

— Sim — ela fala lentamente. — Parece que a escolha é sempre minha.

Odeio como ela abaixa a cabeça, como os olhos perdem o brilho e se tornam distantes, porque tudo isso demonstra que, o que quer que Matt tenha dito, ela está pensando, analisando, e não quero uma palavra do filho da mãe ocupando a cabeça de Haley.

— Vem, vamos embora.

Eu a levo para o carro, acomodo-a lá dentro e vou sentar no banco do motorista. Com o carro ligado, aumento a potência do aquecedor e saio do estacionamento, ansioso para colocar a maior distância possível entre Haley e Matt.

Com a cabeça apoiada no encosto, ela olha pela janela, e parece tão perdida quanto eu me senti depois de Abby ter me dado o "presente". Abby deve ter mentido de novo, porque os pais da minha mãe morreram, e ela não tem irmãos. A confissão que Abby fez semanas atrás volta a minha cabeça: *Tem alguma coisa na sua vida que você ficou sabendo e quis nunca ter sabido?*

Olho para Haley pelo canto do olho. Uma vez, perguntei se ela ainda sentia alguma coisa por Matt, mas nunca quis saber detalhes do relacionamento. Na verdade, nunca perguntei nada sobre nada, e me dar conta de que Haley também nunca perguntou nada sobre mim é um chute no saco.

Durante todo esse tempo, achei que havia conseguido ser discreto sobre meu passado, na escola e com Haley, mas é fácil ser discreto quando ninguém dá a mínima.

Luzes e carros viram borrões quando sigo pela rua a caminho da estrada. Haley não parece notar quando passamos pela esquina da academia, e odeio a sensação de que só o corpo dela está presente.

— O que está acontecendo com você? — pergunto. — Com o Matt?

Como sempre, ela permanece em silêncio, prefere ficar trancada em si mesma, pensando, analisando, sem dividir, sem falar. Haley trama e planeja, mas nunca discute.

— Fala alguma coisa!
— Vire à direita.
— Quê?

Haley olha para a rua que se aproxima e leva os dedos até perto da janela, como se fosse uma criança com medo de tocar um caco de vidro.

— Vire à direita.

Resmungo um palavrão, mas faço a curva e entro em um bairro. A luz do farol ilumina uma placa com uma criança chutando bola, aviso de que devo reduzir a velocidade. Obedeço ao sinal, sigo em frente a trinta por hora e aguardo novas instruções.

A maioria das casas é de sobrados de dois andares com um projeto de paisagismo amador gritante. É melhor que a casa do tio dela, mas bem inferior ao lugar onde moro. No geral, é uma área legal, agradável, um bairro bem típico.

— Para. — A voz dela tem uma nostalgia que me faz doer o peito. Haley encosta a mão na janela. O contorno fica desenhado na condensação. — Aquela é a minha casa.

Paro o carro. A casa é bem parecida com as outras: dois andares, uma chaminé, mas esta tem uma varanda na frente, janelas com venezianas azuis, roseiras e uma placa com a palavra "Vendida".

— Minha mãe fazia o Kaden e eu voltarmos cedo da academia, porque queria que a família jantasse reunida. Aos domingos, pedíamos pizza e assistíamos a um filme na sala. E aquele é o meu quarto. O do canto, com duas janelas. Tinha sempre muita luz no meu quarto. Sinto falta disso. De muita luz.

Não sei como livrá-la dessa dor, por isso afago seus cabelos delicadamente. Rachel perguntou se eu estava namorando. Se eu era o namorado de Haley. Se fosse, saberia como ajudá-la a se sentir melhor. Teria as palavras ou os gestos, mas a única coisa que tenho é o silêncio.

Nunca fiquei tão a fim de uma garota antes. As emoções são desconhecidas e me confundem.

— Eu tinha um labrador amarelo — Haley continua. — Ele dormia no meu quarto, mas morreu tem pouco mais de um ano. Você sabia que... — Ela faz uma pausa, e a respiração falha. É como se me cortassem com uma faca. — Sabia que enterramos meu cachorro no quintal?

— Não. — Porque eu não tinha como saber, mas, de algum jeito, é como se tivesse de saber. Lembro de mim e do Ethan aos dez e nove anos, ambos vestidos com a melhor roupa para ajudar Rachel a enterrar seu hamster, em uma caixa de sapatos, no quintal. Foi minha ideia realizar a cerimônia enquanto minha mãe, trancada no quarto, chorava uma filha morta havia muito tempo, e meu pai, como sempre, estava no trabalho.

Rachel soluçou muito nos braços de Ethan. Eu cavei o buraco e o fechei. Não tem nada que eu não faça por meus irmãos.

— Sabe do que mais sinto falta? — Haley sussurra.

— Do quê? — Tenho muito medo de ouvir a resposta.

— Do sentimento de que, independentemente do que acontecesse, ou do que eu fizesse, havia sempre um lugar seguro para mim. — Haley olha na minha direção, e desmorono por dentro quando vejo seus olhos cheios de lágrimas. — Como é voltar para casa? Fantasio muito com isso, e tenho certeza que você também fantasiava. Como é?

Estou apaixonado por você. Estou apaixonado por você e não sei como fazer você se sentir melhor. Estou apaixonado por você e não devia estar. Estou apaixonado por você, e, quando descobrir quem sou, você não vai me amar. Estou apaixonado por você e sempre ferro com quem me ama de volta.

— Quer ir até lá?

Cada palavra me corta o coração. Quando ela vir onde moro, quando souber que sou um Young, o que quer que exista entre a gente vai chegar ao fim.

Haley assente e, quando faço o retorno para sair do bairro onde ela morava, seguro sua mão. Entrelaço os dedos nos dela, e o que me aquece o coração e mata, ao mesmo tempo, é como ela se agarra a mim. Como se nós dois estivéssemos nos afogando e a única maneira de permanecer à tona fosse nunca nos soltar. Tenho mais alguns minutos com Haley e quero a lembrança de sua pele tocando a minha gravada para sempre na memória.

Haley

Meus dedos cobrem a boca enquanto, sentada no banco do passageiro do carro, olho para aquela casa enorme. Não sei se mantenho os dedos ali para conter as palavras ou ajudá-las a sair. Penso naqueles filmes de ficção científica nos quais se usa uma arma paralisante. Isso, esse estado de torpor, congelamento, essa incapacidade de falar são o que sinto como uma "paralisia".

— Tem uma garagem para cinco carros no fundo. — As chaves de West tilintam no chaveiro que ele balança. — Posso te mostrar, se quiser, ou a gente pode entrar.

Meu peito se move quando inspiro e, em seguida, expiro. Nunca imaginei que ele morasse em uma casa como esta.

— É uma mansão.

— É.

— Eles te puseram para fora? — Gente rica não devia ser melhor do que... bom... todo mundo? O jeito como ele agarra o chaveiro me faz entender que estou errada.

— É. — Uma pausa. — Não sou como você, não sou uma pessoa legal. Meu pai sempre teve bons motivos para me mandar embora. Na verdade, o que me surpreende é que não tenha feito isso antes.

West abaixa a cabeça e preciso fazer um esforço para sair do estado de torpor. Palavras. Palavras seriam ótimas agora. Mas não sei o que dizer. Ele mora em uma mansão.

Mas, com ou sem mansão, odeio o sofrimento no rosto dele. Mordo o lábio e procuro me aproximar de West, como ele fez comigo no estacionamento, com

Matt a poucos passos de distância. Toco seu ombro e aliso o tecido da camiseta com o polegar.

Ele não reage, e meu coração dispara quando penso em ser mais ousada. Minha boca fica seca, e eu engulo. Não sou uma pessoa ousada. Não com relação a intimidade, contato físico. Chego um pouco mais perto e, como sonhei milhares de vezes, afago seus cabelos, deslizo os dedos pelas mechas douradas, ajeito algumas atrás da orelha.

West finalmente volta os olhos azuis para mim.

— Vai me levar lá dentro? — pergunto. — Vai me mostrar a sua casa?

Saímos do carro em seguida, e, com os dedos entrelaçados nos meus, West me leva pela escada de degraus brancos como se tivesse medo de me ver mudar de ideia, ou de ele mudar de ideia. Abre a porta muito alta, e o ar sai de uma vez dos meus pulmões. E eu achei que a casa era enorme do lado de fora.

— Meu Deus!

West fecha a porta e meus olhos se movimentam rapidamente, tentando compreender o explendor. Estou pisando em um chão de mármore, e na minha frente vejo uma escadaria que serpenteia com uma graça imensurável. O teto parece querer tocar o céu, e, no ponto mais alto da abóbada, tem uma claraboia. E como esta é uma casa perfeita, a lua brilha bem no centro dela.

Olho para West, imaginando que vou ver em sua expressão tranquila, ou algum sinal de orgulho. Em vez disso, o que vejo é sofrimento. Afago a mão dele.

— É linda.

— É exagerada.

Olho para minhas roupas: a melhor camisa que tenho, os melhores jeans e sapatos pretos. Meu melhor nunca será suficiente para isso. Afrouxo um pouco os dedos na mão de West, e ele me segura com mais força. Existe entre nós um ziguezague constante entre segurar e largar.

Ouço o barulho de saltos no piso e levanto a cabeça. Uma mulher esguia surge de um corredor, do outro lado do hall.

Ela carrega alguns envelopes, que examina com ar distraído. Aposto que não recebe cobranças.

— Oi, mãe — West a cumprimenta, e eu estremeço, assustada com a voz quebrando o silêncio.

Ela para de repente. É evidente de onde West herdou a beleza, o cabelo dourado e os olhos azuis. Um sorriso terno ilumina seu rosto quando ela o encara.

— Ah, você chegou. Pensei que ia sair para comemorar com os amigos.

Comemorar? Sinto que franzi a testa. Ela está evitando olhar para mim de propósito?

— Esta é Haley Williams. Haley, esta é... — West faz uma pausa, e o jeito suplicante como me encara me faz mudar de atitude. Conhecer os pais pode ser complicado, mas West se comporta como se estivesse a um passo de arrancar meu coração, ou o dele. — ... minha mãe, Miriam Young.

Young. Meu coração dispara. Ele é um Young.

West Young. Já ouvi esse nome, já falei o nome dele cem vezes, e nunca compreendi realmente o que significava. Até agora.

Ele não é um Young qualquer. É o Young. Essa é a família à qual metade dos prédios da cidade homenageiam. Eles são o motivo de o zoológico da cidade poder oferecer uma festa de Halloween. Por causa de uma placa no balcão de registro na entrada, eu soube que foram eles que pagaram pelo colchão em que dormi no abrigo.

Solto o ar bem devagar, porque respirar ajuda. Respirar me ajuda a continuar em pé e afastar os pontinhos pretos que surgem no meu campo de visão. Respirar talvez torne este momento menos real.

— É um prazer te conhecer, Haley. — Ela olha para nossas mãos unidas. — E Haley é sua...

— Namorada — West completa.

O som que sai de mim lembra um guincho. West Young acaba de me apresentar como sua namorada.

Um sorriso toma conta do rosto da sra. Young, e, quando ela se aproxima, solto a mão de West e estendo a minha, porque é assim que tem de ser com a realeza, certo? Talvez eu deva me curvar. A sra. Young segura minha mão com as duas dela, depois me puxa para um abraço.

— West nunca trouxe uma garota em casa.

— Não? — Eu a abraço de volta meio sem jeito, porque não sei se tenho permissão para tocá-la.

A sra. Young se afasta e estende os braços, como se quisesse me olhar melhor.

— Ela é bonita. Sério, West, ela é. Simplesmente linda.

E "ela" é irritável.

— Obrigada. — Qual é, sou uma candidata em um concurso de cachorros?

Olho para West pedindo ajuda e, felizmente, ele me socorre. Passa um braço sobre meus ombros e, finalmente, a mãe dele me solta.

— Vou mostrar a casa para ela — West comenta.

A sra. Young bate palmas.

— Ótima ideia. Faça isso. Vou trocar de roupa; depois a gente se encontra na cozinha. Assim tenho uma chance de comemorar o seu aniversário.

Imóveis como estátuas de sal, vemos a sra. Young subir a escada e desaparecer.

— Essa é a minha mãe — ele diz como se pedisse desculpas, mas também com uma pitada do orgulho pelo qual eu esperara antes.

— Ela é... — Entusiasmada. — Acolhedora.

West ri.

— É maluca, mas é minha mãe.

— Você é um Young — eu falo e sinto um vazio no estômago. Ele não me contou, mas, ao mesmo tempo, não escondeu, e eu nunca me dei o trabalho de saber os detalhes.

— É. — West abaixa a cabeça, depois olha para mim. — Eu sou. — E aponta em várias direções diferentes. — Cozinha, sala de estar, sala de jantar, escritório do meu pai, banheiros, solário, mais alguns cômodos e o porão, que é um espaço para relaxar.

Ele segura minha mão e segue para a escada.

— Aonde vamos? — pergunto.

— Meu quarto. A gente precisa conversar.

West

Não chegamos ao meu quarto. Minha mãe trocou de roupa e saiu do quarto dela em menos de trinta segundos.

No momento em que fiz as apresentações, o rosto de Haley perdeu a cor enquanto ela ligava os pontos, compreendia que eu sou um Young. Em vez de dar um tempo para Haley, minha mãe, a criatura social e estabanada, a agarrou; e ainda não a soltou.

Com o quadril apoiado à porta e os braços cruzados, vejo Haley rir atenciosamente e conversar com minha mãe na enorme ilha, na cozinha excessivamente ampla e plena de aparelhos e superfícies de aço inoxidável.

Não entendo muito do que está acontecendo, mas sei de uma coisa: Abby disse a verdade. Saí do bar como se fugisse de um incêndio e me sinto culpado por ter deixado minha mãe se virar sozinha. Imagino que Abby tenha ficado para protegê-la. Eu lhe devo essa.

Minha mãe abre mais um álbum de fotos, vira algumas páginas e o volta para Haley.

— Esta foi tirada no dia em que trouxemos West para casa.

Estou fazendo dezoito anos hoje, e nunca tinha trazido uma garota em casa. Caramba, minha mãe devia estar esperando por isso há muito tempo. Exceto por ela passar os dias e as noites em um hospital, não mais em um evento beneficente, a vida voltou ao normal... Para todos os outros, pelo menos. É como se, para eles, eu nunca tivesse ido embora.

Haley examina a foto e olha para mim com uma expressão risonha.

— Está escrito "anjo" no seu macacãozinho. Vou me lembrar disso.

— Porque ele era um anjo — minha mãe comenta, com os dedos deslizando sobre a foto, como se pudesse fazer o recém-nascido saltar da página e ganhar vida. — Tive o West para salvar a Colleen.

Minha mãe tinha contado sobre Colleen havia alguns minutos. Colleen foi a primeira filha, e morreu de câncer quando era adolescente. Meus pais tiveram Colleen, Gavin e Jack em um período de poucos anos, e consideravam a família completa. Quando Colleen adoeceu, tudo mudou.

— Colleen precisava de medula óssea, e eu engravidei esperando que o bebê fosse compatível.

— E era? — Haley olha para mim. Ela sabe que Colleen morreu, mas não sabe quando, como e por quê. Mas, pensando bem, algum de nós sabe por quê?

— Não — respondo por minha mãe. — Eu não era compatível. — Um fracasso desde o nascimento.

— Não teria feito diferença — minha mãe continua, ainda tocando a foto —, a Colleen já estava muito doente e morreu logo depois que o West nasceu.

Meu legado nesta casa surgiu poucos dias depois de eu ter respirado pela primeira vez: falhei em meu único propósito de vida, e meu nascimento será para sempre associado à morte de Colleen. Minha mãe engravidou de Ethan e Rachel pouco tempo depois, porque eu não era o bastante para fazê-la feliz. Tudo o que ela queria era uma menina, uma substituta para a filha que perdera.

— Então... — Minha mãe fecha o álbum e força um sorriso. — Quais são seus planos?

— Noite tranquila — respondo. — Pensei em levar a Haley para conhecer meu quarto. Talvez assistir a um filme. — Enquanto ela acaba comigo por eu ter mentido sobre quem sou.

Minha mãe fica séria e se levanta da cadeira.

— Quero a porta destrancada e espero que se comporte como um cavalheiro.

Dou risada. Se ela soubesse o que andei fazendo atrás de portas trancadas em outras casas, teria tido essa conversa comigo anos atrás. Minha mãe cutuca minha barriga quando passa por mim.

— É sério. — Depois se inclina e beija meu rosto. — Feliz aniversário, West.

— Obrigado.

Ela atravessa a sala e sobe a escada. Esta noite minha mãe não vai dormir no quarto dela. Não; ela vai se trancar no mausoléu que um dia foi o quarto de Colleen.

O som de passos diferentes me traz de volta à cozinha, e sinto os dedos frios de Haley em meu pulso.

— Por que não me falou que é seu aniversário?

— Não gosto muito de aniversário. É horrível ser lembrado, uma vez por ano, de que não fui desejado.

Haley inclina a cabeça.

— Ela teve você porque quis.

— Para salvar a Colleen. — Fui trazido a este mundo para salvar outra pessoa. — Faz dezoito anos que vivo assim. Sei o que ela vê quando olha para mim.

Haley mexe o pé no chão.

— Não vai me mostrar o seu quarto?

Coço o queixo, tento não ler muita esperança na pergunta.

— Tem certeza?

Haley assente. Sem dar a ela uma chance de mudar de ideia, seguro sua mão e, pela segunda vez esta noite, subo a escada. No corredor, paro e vejo luz por baixo da porta do quarto de Colleen. Do outro lado, a porta do quarto de Rachel permanece fechada. Felizmente, Rachel não morreu. Minha mãe não teria sobrevivido a mais uma perda.

Levo Haley para o quarto, para longe de onde minha mãe está. Lá dentro, acendo a luz e, por respeito a ela, fecho a porta, mas não tranco.

Com os polegares enganchados nos passantes da calça, Haley examina o quarto: cama king size, tevê de tela plana, sistema de games, um aparelho de som; depois que acende outra luz, Haley vê o banheiro completo.

— *Uau.* — A voz dela soa lá de dentro. — Você tem uma hidromassagem. — A cabeça aparece na fresta da porta. — Usa a banheira de verdade?

— Não. Quando Ethan, Rachel e eu éramos pequenos, jogávamos espuma de banho nela e enchíamos de água, para fazer as bolhas transbordarem. — Sorrio com a lembrança da risada de Rachel.

Ela sai do banheiro.

— Sua mãe deve ter odiado quando vocês eram crianças.

— Pelo menos éramos limpos.

A piada me faz rir, mas a alegria desaparece quando ela endireita uma foto minha com Ethan e Rachel: minha irmã no meio, Ethan e eu com os braços em torno dela. A foto fica presa no espelho.

— Mentiu para mim sobre sua idade.

Ela quer dizer que menti sobre mim.

— Eu tinha quase dezoito anos. Achei que não tinha tanta importância.

Haley levanta as sobrancelhas, não sei se para concordar, ou discordar. Mas não diz nada. Normalmente, fico furioso por Haley viver dentro da própria cabeça, mas há momentos em que me sinto grato por seu silêncio.

— Por que foi expulso de casa? — Haley se volta lentamente para me encarar, e vejo certa dureza em seus olhos. Está me julgando, e tem esse direito.

— Meu irmão mais velho, o Gavin, tem um problema com jogo. Ele se endividou com gente perigosa, e eu roubei dinheiro da Rachel para ajudar a pagar a dívida. Acontece que a Rachel tinha os problemas dela e precisou do dinheiro. Para recuperar a quantia que eu peguei, ela e o namorado começaram a participar de rachas. Para resumir a história, a Rachel está no hospital, e meu pai me culpa por isso. E ele tem razão.

— Ele te expulsou de casa porque tentou ajudar seu irmão mais velho?

— Ele me expulsou porque não confio nele e ele não confia em mim. — Vou falar tudo. — E porque sou uma desgraça. Olha só, eu fumo maconha. Bebo. Vou a festas todos os fins de semana. Perdi as contas de quantas vezes fui suspenso na escola, e brigo mais do que dou risada. E, com as garotas... — Prefiro arrancar a pele a confessar esse tipo de pecado para Haley.

Ela massageia as têmporas, e quero rastejar para dentro de mim mesmo.

— Quem é você? Nada disso... — ela abre os braços, mostrando o quarto — se encaixa no que eu sei.

— Talvez porque o que você viu não seja o verdadeiro eu.

— Eu vi você. Eu sei que vi, mas... tudo isso... — Haley se apoia na cômoda e leva as mãos ao rosto. — Você é um Young.

Todas as decisões ruins que tomei voltam agora, e vão afastar de mim a única pessoa que aprendi a amar. Como alguém como ela pode querer alguém como eu?

— Não sou um Young qualquer. Sou West Young. O filho delinquente anônimo sobre o qual você lê nos jornais.

Haley

Disputei uma luta em que estava em desvantagem. A menina tinha mais experiência que eu, mais vitórias que eu, era melhor que eu, simplesmente. Depois do primeiro round, eu era uma mistura de caos, confusão e desespero. Ela me bateu de um lado ao outro do ringue, só faltou me usar como esfregão para limpar o chão. Neste momento, não me sinto muito diferente.

Levo a mão à barriga, sinto o estômago ferver. O que provoca esse enjoo não é o fato de estar treinando West; é o de estar apaixonada por ele. Cegamente. Profundamente. De verdade. De todas as maneiras que jurei que nunca mais me apaixonaria. E me apaixonei pelo lutador. Quando vou aprender?

— Não posso treinar uma pessoa que bebe e fuma maconha. — Vamos continuar com o treinamento, se ele quiser lutar. — Não é aceitável para um atleta. Além do mais, não gosto disso.

— Não toquei em nenhum dos dois desde o acidente da Rachel. — Ele levanta as mãos. — Estou limpo e pretendo continuar assim.

— A gente devia ter ficado no simples — cochicho. Olho em volta. Televisão de tela plana. Aparelho de som que custa mais de dois meses de depósito do apartamento mais barato na região do nosso colégio. Tudo o que a vida tem para oferecer está bem ali, ao alcance das mãos dele.

— Não é novidade... que a minha família tem dinheiro — ele resmunga.

— Ah, é, mas que você é um Young, sim! — disparo. — Nunca pensou que podia ser importante me contar?

— Nunca escondi meu sobrenome.

— Você mentiu! Mesmo que não tenha mentido com todas as palavras, mentiu!

— Você tem razão, tá bom? — West grita, depois se acalma. — Eu menti. Gostei de você não me ver como um Young. Pela primeira vez, alguém me julgou por mim, por quem eu sou, não por quem meus pais são e pelo o que o dinheiro deles pode fazer por mim. Estar com você... foi como ter uma segunda chance, e lamento se estraguei tudo.

Pela primeira vez desde que West me mostrou a verdade por trás da cortina de ferro, olho para ele. Olho para ele de verdade. West desvia o olhar, aproxima o queixo do peito, depois cruza os braços. Apoiado à porta do quarto, ele se fecha, se esconde... levanta a guarda. West espera que eu o ataque.

É seu aniversário. Tiro o cabelo da frente do olho e endireito as costas. É aniversário dele, e ninguém aqui tentou comemorar. Até a mãe dele passou mais tempo conversando comigo do que com West. Ele ficou por perto, observou tudo, mas não participou da conversa.

Meu coração tropeça em si mesmo. West nunca se envolveu.

Há algumas semanas, o pai o pôs para fora de casa enquanto a irmã dele estava lutando pela vida em uma UTI. O que isso mostra sobre essa família? Melhor ainda, West não queria voltar para cá. O que isso revela sobre a relação dele com o pai? Passo as mãos pelo rosto. Estou fazendo o que West diz que todo mundo faz com ele: julgando. E estou julgando com base em seu sobrenome, com base na presunção do dinheiro. Estou só julgando.

Pense, Haley. West Young. Meu West Young. O cara que brigou por mim quando Conner e o amigo dele tentaram me atacar. O cara que aceitou uma luta para ajudar a salvar minha família. O cara que me abraçou enquanto eu chorava minhas perdas. Esse é West Young. O homem por quem me apaixonei.

Não sei quem a família dele vê, mas eu vejo quem West realmente é.

— Eles não te conhecem, sabe? — Eu me aproximo, e confusão e caos desaparecem.

West levanta a cabeça e me encara, assustado.

— Quem?

— Todo mundo.

Um sorriso sombrio distende seus lábios.

— Eles me conhecem. E me conhecem muito bem.

— Acho que não. — Toco seus bíceps. Treinei West por um mês. Sua forma física era boa antes, mas agora ele está mais forte, esculpido e definido. West me fez rir, me deu força nos piores momentos e ficou do meu lado quando todo mundo se afastou. Matt tinha palavras, muitas palavras inúteis. West é atitude.

A mesma luta de antes se desenrola novamente na minha cabeça. No fim de três rounds, quando a vencedora foi declarada, eu, a derrotada, fiquei sentada no banquinho. Meu avô se abaixou na minha frente, sorriu e bateu de leve em meu joelho.

— Você foi bem, menina.

Olhar nos olhos de John quase me matou.

— Eu falhei.

Ele balançou a cabeça.

— Na minha cartilha, você venceu. Tem alma de lutadora, garota. Três rounds de pancada, para ser exato. Mais importante: tem coração. Eu não poderia estar mais orgulhoso.

Quem era West antes de frear o carro a poucos centímetros de me atropelar não é da minha conta, porque o homem diante de mim... tem coração.

— O Matt fez uma oferta para acabar com tudo isso — conto. — Ele cancela a luta em algumas semanas. Impede toda e qualquer retaliação contra minha família, tudo o que eu tinha medo que ele ou os caras da Black Fire fizessem.. Ele encerra a história se eu terminar com você e voltar para ele.

West range os dentes.

— Nem por cima do meu cadáver. Se pensar em voltar para ele...

— Não aceitei — interrompo. — Escolhi você. Estou pronta, West. Estou pronta para ficar com você.

Ele arregala os olhos.

— Por quê?

— Porque... — Respiro fundo. — Porque você tem coração.

West

Ela acabou de dizer...? Não, eu entendi errado. Não é possível.

O cheiro de flores do campo paira no ar quando Haley desliza os dedos por meus bíceps. É um toque delicioso, bom o bastante para aquecer meu sangue e acordar partes do corpo que deviam permanecer quietas.

— Gosto de você — ela diz. — Todo mundo está errado em relação a você.

Haley segura meu pulso, e, por mais que eu queira ignorar a verdade, não posso.

— Eu cometi erros — confesso. — Erros graves.

— Eu também. Você não é o único a fazer bobagem. Uma vez você me falou para te avisar quando eu me sentisse pronta para ficarmos juntos. Para sermos um casal.

Levanto as sobrancelhas.

— Tem certeza disso? Sobre mim? Nós?

— Estou com medo. — Ela respira fundo, a mão treme. — O Matt e eu não demos certo.

A necessidade de protegê-la me invade. Seguro seu rosto e o acaricio com a ponta dos dedos.

— Eu não sou o Matt.

Ela balança a cabeça entre minhas mãos como se concordasse, mas o medo que vejo em seus olhos conta a história que ficou gravada na alma. Um dia, ela vai confiar em mim o suficiente para contar a verdade. Por enquanto, eu serei a casa que ela perdeu, o lugar seguro e aconchegante onde ela pode repousar.

Inclino a cabeça até quase encostar a testa na dela.
— Estou falando sério. Sou muitas coisas, mas nãos sou ele.
— Eu sei — Haley sussurra. — Mas isso não torna menos assustador o fato de eu ter me apaixonado.

Encosto o nariz no dela, e a atração contra a qual estou lutando fica mais forte.
— Pensa nisso como um mergulho. Comigo.

Sinto a curva do sorriso embaixo dos meus lábios.
— Por que acha que mergulhar é melhor?
— Porque é uma opção. — E você escolheu mergulhar comigo.
— Ainda não vejo como...
— Haley... — Eu a interrompo enquanto passo os dedos entre as mechas de seus cabelos. A garota pensa demais. — Para de pensar e mergulha.

Quando meus lábios encontram os dela, meus músculos reagem como se eu me colocasse embaixo de um chuveiro quente. Nossos corpos se tornam líquidos e se encaixam como se adquirissem as formas um do outro. Mãos deslizam por minhas costas, e a minha agarra os cabelos dela. Os beijos ganham intensidade. Seus lábios são macios e flexíveis, e, quando nos aproximamos mais, Haley abre a boca e eu aceito o convite.

Nossas línguas se encontram, e cada célula do meu corpo explode para a vida. Minhas mãos descem, encontram sua cintura, a parte inferior de suas costas, anseiam por pele quente. Haley acaricia meu rosto, e a intimidade do toque enfraquece meus joelhos e me faz perder a noção da realidade e do tempo.

Passo os braços em torno da cintura dela e a levanto até a cabeça estar acima da minha. Seus cabelos sedosos roçam meu rosto, e eu gemo com a sensação. Ela é pequena nos meus braços, uma peninha leve afagando minha pele.

Levo Haley para a cama sem interromper o beijo. As mãos dela exploram meu queixo, o cabelo, brincam com as mechas perto da nuca. Tudo isso aumenta a excitação que corre em minhas veias, e as ondas silenciosas que resultam desse estímulo me fazem suplicar em silêncio por mais.

Seguro sua cabeça, preparando a queda sobre o colchão. Minha perna cai sobre a dela, e a deixo lá enquanto saboreio seu pescoço, acaricio a cintura. Metade do meu corpo cobre o dela e alimenta as imagens do que quero fazer: cobrir completamente seu corpo com o meu. Quero tocar a pele, desabotoar a camisa e...

Haley vira a cabeça e arfa.
— West...

É um som desesperado, cheio de vontade, e uma freada violenta.

Respiro fundo quando apoio o braço em sua barriga e acaricio com o nariz a região sensível atrás de sua orelha. Haley é deliciosa. Seu cheiro é delicioso. Seu gosto também. Eu poderia passar o resto da vida devorando cada pedacinho dela.

— Hum?

Os dedos dela tocam meus cabelos, e o corpo se aproxima do meu, mas não é um convite para continuar. É um sinal de que deseja mais que uma experiência física. Nunca fui além disso. Quando uma garota me faz parar, o normal é que eu levante da cama e vá embora. Para Haley, tem mais, porque ela é mais. Pouco a pouco, está se tornando meu tudo.

Enquanto beijo seu pescoço lentamente, tiro os sapatos e ela se contorce para fazer a mesma coisa. Puxo Haley comigo para a parte de cima da cama, ignorando como as coxas coladas às minhas incentivam as fantasias.

Seus cabelos formam um halo castanho quando a cabeça encontra o travesseiro. Olha para mim com aqueles olhos grandes e escuros e um sorriso tímido.

— Seu travesseiro é macio.

— Gosto dele. É meu favorito.

— É?

— Agora é. — Sinto um calor quando a vejo deitada em minha cama, ao meu lado. Afasto o cabelo de seu rosto, e as peças que faltavam em mim aparecem de repente e se encaixam.

Durante semanas, Haley e eu conversamos sobre o que é uma casa e o que ela significa: um prédio, uma estrutura, uma lembrança. Não é nada disso. Para mim, casa é o contentamento que borbulha agora dentro de mim. Casa é a enxurrada de emoções que vibra em minhas veias.

— Você me perguntou como era voltar pra casa — comento.

Haley confirma com um movimento de cabeça. Entrelaço os dedos nos dela e levanto a mão.

— Não consegui responder antes, porque não sabia. Mas agora eu sei. Isto... — Balanço minha mão e a dela. — Finalmente, eu encontrei a minha casa.

Haley

West e eu estamos oficialmente juntos há uma semana. Mudei de horário e agora trabalho às segundas-feiras e tenho folga às sextas. Assim, posso treinar com John de manhã e com West à tarde; depois, passar um tempo com meu namorado.

Na tela plana do quarto de West, o filme termina; para ser franca, nem sei sobre o que foi. West assistiu aos próprios dedos provocando e despertando meu corpo até minha pele vibrar e meu sangue ferver. Eu, na maior parte do tempo, assisti ao West.

Adoro o ângulo sério de seu queixo e como ele ocasionalmente passa a mão entre os fios dourados dos cabelos. Os bíceps se flexionavam cada vez que ele movia os braços e, de tempos em tempos, a camiseta levantava, expondo os músculos gloriosamente definidos.

Estou deitada de costas na cama, ele está a meu lado, virado para mim. Os dedos deslizam sobre minha barriga, e os olhos azuis seguem uma linha imaginária, como se fossem o pincel de um artista passeando por uma tela.

— Você é uma coisinha muito sexy. Como sua pele é macia!

West fecha os olhos, e eu inspiro. Isso é perigoso. Muito perigoso. Meus lábios ainda estão inchados de antes. Beijar West vicia. Desperta em mim a vontade de beijar mais e tocar mais, de viajar com ele para lugares desconhecidos e ocultos. E começo, secretamente, a imaginar o tipo de beijo que envolve escuridão, cobertores e sussurros.

Os dedos dele escorregam para baixo de minha camiseta e contornam delicadamente o desenho do sutiã. O calor explode em meu corpo, minha respiração falha. É assustador como reajo a uma simples carícia.

Não é bom. Não é nada bom. Na verdade, é muito bom, e eu praticamente sussurro com as mãos dele sobre minha pele nua, mas preciso pensar. Preciso de ar.

Sem falar nada, rolo para fora da cama, mas, com movimentos rápidos, West me segura pela cintura e me puxa de volta.

— Aonde vai?

— Você vai me beijar de novo — falo, quase ofegante.

— É, eu vou. Não sei se você sabe, mas fiz aniversário na semana passada, e isso me dá direito a duas semanas de presentes. Beijos fazem parte do pacote. É uma lei estadual.

Dou risada.

— Agora vai usar o argumento do aniversário.

— Vou usar. É meu. — A voz dele vibra sobre minha pele, e os dedos voltam a passear. Ai, meu Deus, nunca vivi esse tipo de intimidade hipnotizante em toda a minha vida.

— Qualquer coisa para te beijar de novo — ele sussurra no ouvido, e eu arrepio.

Um desejo incontrolável grita para eu colar meu corpo ao dele, agarrá-lo, segurá-lo, mas me apego à vozinha que implora para eu ouvir a razão.

— Preciso ir com calma.

— Calma. — Ele morde a ponta da minha orelha e um arrepio de prazer percorre minha nuca. — Posso ir com toda a calma que você precisar.

Isso está me matando, porque quero muito os beijos dele, mas...

— Ah... com "mais" calma, pelo menos.

West suspira e se joga deitado na cama, cobrindo o rosto com as mãos.

— Eu posso ir mais devagar. É possível. — Mais um gemido, e ele se levanta, calça os sapatos e estende a mão para mim. Vamos dar uma volta. Passear de carro deve ser seguro.

Entramos no carro de West e passeamos por horas, enquanto conversamos sobre Rachel e hospitais, Isaiah e Abby, o relacionamento dele, ou a falta de um relacionamento com o pai; sobre como ele tem seguido a mãe por mais de um ano e a revelação de Abby a respeito de a sra. Young estar indo encontrar o irmão, quando vai ao bar.

— O que vai fazer? — pergunto quando ele para no último farol vermelho, antes de entrarmos na área onde fica a casa de meu tio. — Com relação a sua mãe?

Ele troca de mão no volante e olha para o nada.

— Não sei. Vou tentar conversar com a Abby de novo, mas, quanto mais falo com ela, mais afundo na toca do coelho.

É mais ou menos como me sinto quando converso com Matt. Por alguns segundos, na semana passada, cheguei a considerar a oferta que ele fez. Poderia voltar para Matt por vinte e quatro horas, por um dia, e então ele seria obrigado a cumprir sua palavra e zerar o jogo. Mas, por causa do que aconteceu com West, essa opção deixou de existir.

Incapaz de olhar para ele, tiro uma linha imaginária da camisa.

— Que número de namorada eu sou?

O farol se abre, e West vira à direita.

— Eu nunca tive uma namorada antes de você.

Dou risada, mas fico séria quando vejo que sua boca se levanta no lado direito.

— Está brincando — deduzo.

Ele balança a cabeça, e a minha roda em alta velocidade.

— Você não beija como alguém que nunca teve uma namorada.

West coça a barba que começa a nascer no queixo e fica quieto, quieto demais para ele. Meu estômago revira. Droga. Que droga.

— Fala logo — peço. Ele disse que havia transado antes, mas de quantas vezes estava falando?

Silêncio. Um silêncio prolongado. Silêncio deveria ser proibido.

— Melhor não — declara.

O interior do carro fica escuro quando entramos no viaduto sem iluminação do bairro onde moro. Sinto um arrepio quando os fantasmas das transas de West, todos de batom, roupa justa e salto alto, pairam à minha volta. Aposto que sabiam cada movimento secreto, cada sussurro íntimo, e nunca coravam, nem ficavam sem-graça quando as carícias esquentavam depressa demais e as roupas eram tiradas em tempo recorde.

— Eu só namorei com o Matt — conto. — E ele foi o único cara que beijei.

O olhar de piedade me faz querer dar um tiro em mim mesma. Ele já sabia. Sentada aqui, dentro dos jeans desbotados, nunca me senti mais prosaica que agora. Vou estrangular a Jessica. Ela deve ter feito um relatório sobre mim.

West para o carro na frente da casa do meu tio, e a expressão dele endurece quando olha além de mim, para a casa.

— Que é isso?

Eu me volto e sou dominada pelo pânico. Minha mão voa para a maçaneta e, depois de três tentativas, consigo sair do carro. West grita para eu parar, mas não posso. É o Jax... se eu não interferir, meu tio vai colocá-lo para fora de casa.

West

Haley sai correndo, e eu resmungo um palavrão quando desengato a marcha do carro e vou atrás dela. No gramado da frente da casa, Jax e uma versão mais velha dele estão frente a frente, ou nariz com nariz. Os dois têm os ombros tensos, mãos e braços prontos para o ataque.

— Vai! — grita o mais velho. — Seja homem e dê logo a porcaria do soco!

— Não — grita Haley, e corre para eles. A porta da frente bate contra o anteparo antigo, e Kaden sai da casa. Pula da varanda e cai em cima do primo.

— Solta ele! — O mais velho, o cretino, coloca-se na frente de Jax. No momento em que os olhares se encontram novamente, Jax tenta acertá-lo, mas Kaden entrelaça os braços nos dele, peito contra peito, de forma que não consegue dar mais que um passo.

Usando o ombro, Kaden o empurra de volta, na minha direção, e Haley os segue. Com um movimento tão suave que parece ter sido ensaiado, Kaden desliza para a esquerda, mantendo Jax imobilizado, e Haley para na frente dele e aproxima as mãos de seu rosto, perto dos olhos, distorcendo a visão periférica.

— Não é isso que você quer — ela diz.

— Quero. — Jax joga a cabeça para trás, a fim de enxergar o babaca que continua gritando insultos. — Quero matar esse cara.

— Um ano — Haley fala depressa. — Um ano, e você está fora daqui. Pensa na sua mãe. Pensa em seus irmãos. Não vai poder protegê-los se não estiver aqui. Se fizer o que seu pai quer, ele te expulsa de casa. Vai chamar a polícia. É isso que ele quer. Provar que o John está errado.

Jax olha para ela.

— O John não está errado sobre mim.

— Está! — O babaca grita e cospe no chão. — Nunca vi tanto desperdício de pele na minha vida.

— Não liga pra ele. — Haley mantém as mãos no rosto de Jax. — Eu te conheço; o John não está errado. Ele está certo. Muito, muito certo. Você vai conseguir.

Fico perto do carro, mas com um pé apontado para o babaca, pronto para proteger Haley. Não conheço Jax. Ele não me conhece. Invadi sua família, e ele odeia que alguém de fora tenha se envolvido com uma pessoa que ele ama. Entendo. Sério. E a raiva nos olhos dele, a fúria que emana de sua postura... eu também entendo. Nós dois temos um pai que deveria estar queimando no inferno.

— O John está errado — provoca o babaca. — Como você está errado sobre a garota. Quer contar a ela o que eu te disse, Jax, ou eu mesmo conto?

Jax faz uma careta, e Kaden reajusta a imobilização.

— Sai daqui, Haley.

— Quê? — Haley abaixa as mãos quando a dor que contorce o rosto de Jax reflete no dela. Chego mais perto, preocupado com a interação entre eles.

— Vai, Haley! — Surge uma força na voz de Kaden que poderia assustar uma cascavel furiosa. — Você! — Ele olha para mim. — Tira a Haley daqui!

Não precisa falar duas vezes. Quando me aproximo de Haley, a porta de tela range e um homem parecido com Kaden se junta ao grupo.

— O que está acontecendo?

— Vai, West, tira ela daqui! — Kaden grita. — Pai, volta para dentro.

O olhar de Haley vai e volta entre o primo e o irmão.

— Não vou a lugar nenhum.

O pai de Jax dá risada, e ele é o único que acha graça nesta cena mórbida.

— Qual é, Jax? Não quer que ela escute o que você andou falando sobre ela namorar um dos caras da Black Fire? Imagino que o "são" John concorde com você.

Haley recua um passo, e a dor que escurece seus olhos também rasga meu coração. Jax abandona a postura de luta, e Kaden o solta.

— Não é o que está pensando...

Entro no meio dos dois, de frente para ela e impedindo o primo de se aproximar.

— Vem comigo.

Mas ela não está no mesmo planeta que eu quando se inclina para olhar atrás de mim.

— Jax?

— Eu estava bravo — ele explica. — Estava falando com o Kaden, tinha acabado de descobrir sobre você e o West. Não sabia que tinha alguém ouvindo a conversa, e não penso nada daquilo.

O arrependimento pesa em seu tom de voz, e lamento por ele e por Haley. Entendo o arrependimento. Entendo a mágoa, mas Haley é minha única preocupação. Seguro a mão dela, e continuo segurando mesmo depois de sentir que ela se tornou fria e imóvel dentro da minha.

— Não interessa o que ele falou. Vamos andar um pouco.

— Interessa — ela sussurra. — Você falou, Jax? Falou aquilo de novo?

— Que você é uma piranha? — O babaca grita: — Sim, ele falou.

O urso que hiberna em mim acorda rugindo, e eu me aproximo do pai de Jax.

— O que foi que você disse?

— Piranha. — Seu sorriso treme. — Não sei quem é você... então, saia da minha propriedade.

Estou em brasas. A voz de Haley soa longe quando atravesso o quintal. Ele a chamou de piranha. Chamou a garota que eu amo de piranha. A centímetros dele, levanto o punho para acertar o infeliz, e braços aparecem de todos os lugares. Atrás de mim, adiante, ao lado, e todos me afastam dele.

— Repete! — Mudo a posição do braço e escapo da imobilização.

— Para! — Haley grita, surgindo à minha frente.

Mas não consigo parar. Eu amo Haley. Amo, e esse babaca tem transformado a vida dela em um inferno. Ele magoou quem eu amo, e não vai repetir a dose. Com um movimento brusco, eu me solto.

Parto para cima do desgraçado, mas um pé acerta minha canela e dedos seguram meu braço. Caio com o braço torcido para trás, junto das costas. Um gemido me escapa do peito quando chego ao chão, e Haley se abaixa a meu lado.

— Desculpa — ela sussurra no meu ouvido. — Desculpa. Se fizer isso, ele vai nos jogar na rua. Talvez já tenha jogado, talvez não tenhamos para onde ir. Nenhum lugar. Desculpa.

Tentando escapar, eu me contorço e ela me solta, mas o pedido de desculpas permanece. Fico de joelhos, e o mundo gira em câmera lenta quando olho para o irmão dela, o primo e, finalmente, para o pai de Haley.

Nenhum deles a defendeu. O tio dela se inclina para mim.

— Saia da minha propriedade. Se voltar aqui, eu chamo a polícia. — Ele olha para Haley. — Se continuar saindo com ele, você e a sua família imprestável vão para a rua.

Em seguida, ele entra e bate a porta. Todos os outros, pai, irmão e primo, ficam paralisados como enfeites de jardim neste universo distorcido. Apoio a cabeça nas mãos quando a raiva começa a perder força e a realidade do que fiz penetra minha medula. *Que merda.*

— Isso não acabou — murmuro, de forma que só ela possa me ouvir.

Haley massageia as têmporas, descrevendo círculos.

A noite de abril não é fria o bastante para minha respiração se desenhar no ar, mas suficientemente fria para fazer com que ele queime em meus pulmões. Odeio ver a agonia nos olhos dela, em seu rosto, mas o que eu mais odeio é a aceitação silenciosa das pessoas que ela chama de família.

— Não devia ter feito isso — ela diz.

— Ele te chamou de piranha. — Olho para cada um deles. — Ela não é uma piranha.

— Merda! — Jax vira de costas para mim e se afasta, dá um soco na caixa de correspondência. A porta de metal se abre e a caixa vibra sobre o poste que a sustenta.

— Não é o que você pensa — diz Kaden.

Depois de olhar para Haley mais uma vez, ele segue o primo.

— E a sua desculpa, qual é? — pergunto ao pai dela.

Haley segura meu braço. Aperta meu bíceps, as unhas enterradas na carne.

— Não faz isso. Com ele, não. Grita comigo, não com meu pai.

— Sinto muito, Haley. — O pai dela enfia as mãos nos bolsos. — Sinto muito.

Os dedos me apertam com mais força, e ela respira como se engolisse o ar.

— Tudo bem, pai. Não se preocupe. Está tudo bem.

A animação forçada na voz dela me faz cair sentado.

— Que merda. — Usando uma lição da cartilha de Abby, vou fingir que não a escutei desculpando o pai por permitir que alguém a chamasse de piranha.

Ficamos em silêncio, ele parado na escada da varanda, olhando feio para a grama escurecida pelo inverno. As unhas dela são como dentes cravados em meu braço, e, embaixo delas, ele começa a latejar. Olho para Haley, espero que reconheça minha presença. Em vez disso, ela olha para o nada, para tudo, novamente trancada dentro da própria cabeça.

— Tem dez minutos antes de entrar em casa. O horário — diz o pai dela. A porta de tela range, quando se fecha depois de ele entrar.

Ficamos sentados na grama rala, sobre o chão frio.

— Estou esperando. — Uma explicação, uma palavra, um olhar.

— O quê? — ela explode.

É sério?

— Você explicar o que está acontecendo e por que sua família fica quieta e deixa um cretino tratar você como merda.

Chamas brilham em seus olhos.

— Porque eles têm autocontrole. Porque não são como você. Quer saber por que piro quando penso em você no octógono? Não porque seja fraco ou incapaz, mas porque não pensa. Nunca. É impulsivo e toma decisões guiado pela emoção.

— Ele te chamou de piranha! — Ela não está entendendo.

— É, ele chamou, e você quis sair na porrada. Para sobreviver, precisa ser esperto. Tem de pensar. Quando perde a cabeça, esquece o treinamento e começa a distribuir socos para todo lado. Esse tipo de comportamento vai te matar.

— E você pensa tanto que nunca toma uma atitude. Rolar e fingir de morta, ou deixar as pessoas te tratarem como merda, também não é bom.

Haley fecha os olhos.

— Não sou uma piranha.

— Nunca achei que fosse. Na verdade, sou o único disposto a brigar por isso.

Além do barulho do trânsito na estrada próxima dali, ficamos mergulhados no silêncio. Ela está furiosa comigo, eu estou bravo com ela... Se não fizer alguma coisa drástica, vou perder a única coisa boa na minha vida de merda.

— Estou apaixonado por você.

— Quê?

— Não sei. — Aponto para a casa, o quintal, a terra ao nosso redor. — Não sei o que sugeriu romance. Talvez tenha sido a briga aos berros, ou o jeito como minha namorada me jogou de bunda no chão, mas eu amo você.

Haley está de boca aberta.

— Eu... eu...

— Não quero que diga nada agora. Um de nós precisa ter um pouco de classe. — Ou ela não sente a mesma coisa, ou vai fazer o que o tio quer e me dar um pé na bunda. Seja como for, não quero descobrir nada, ainda não. — Posso falar mais uma coisa?

Ela assente uma vez, num movimento muito sutil.

— Não gosto de como você se coloca no meu caminho toda vez que tento te defender.

— Meu tio teria jogado a gente na rua!

— E com o Matt?

— Eu teria perdido o emprego.

Ela deve estar certa nas duas respostas, mas há uma sombra escura em seus olhos. A mesma que vejo sempre que me impede de defendê-la.

— Você merece ser defendida.

— Não vale a pena. — O jeito como responde depressa, convicta, me faz contorcer por dentro. Quando os três homens que deveriam estar se colocando na frente das balas por ela se calam, aceitam que ela seja insultada, como posso convencê-la do contrário?

— Você merece. E merece coisas melhores que isso aqui.

O ar fica denso com sua determinação silenciosa. Eu me aproximo e passo um braço sobre seus ombros. Ela fica parada, imóvel. *Vai, Haley...*

— É sério. Estou apaixonado por você.

Ela solta o ar lentamente, um jato longo, e eu fecho os olhos por um instante ao sentir sua cabeça em meu ombro.

— Fala que a gente continua, Haley.

— Eu dormi com o Matt — ela diz.

Jogo a cabeça para trás, mas não a solto, nem quando ela tenta se afastar. Dormiu com Matt. Dormiu com ele. Fez sexo com ele. Os dois namoraram por um ano. O que eu esperava que tivesse acontecido?

Tento arrancar da cabeça as imagens produzidas por essa declaração. Pensar nela com outro cara... isso me mata. Pensar nela com o filho da mãe que eu mais odeio... é uma morte horrível. Eu disse que a amo; ela anuncia que dormiu com o cara. Infelizmente, a declaração parece se encaixar em toda esta confusão.

— Tudo bem. — Não sou muito bom em controlar o tom de voz.

— Enquanto a gente namorava, o Matt contou a Jax sobre as nossas... *hum*...

— Haley cobre os olhos com uma das mãos, e sua timidez, o constrangimento, ameniza um pouco da raiva que estou sentindo.

— Atividades extracurriculares? — Preciso de uma arma para estourar as cenas que assaltam minha cabeça.

— É, isso aí. O Matt contou antes de uma luta, para desequilibrar o Jax, e funcionou. Jax perdeu a cabeça, o que significa que esqueceu a estratégia de luta, o que significa que perdeu. Parece familiar?

— Perder a cabeça. Lutar. Seguir em frente.

— É sério. Você precisa dar um jeito nessas decisões impulsivas.

Passo a mão pela cabeça.

— Neste momento, as imagens de Matt perto demais de você me deixam bem mal. Continue falando enquanto faço minha lobotomia.

— Enfim... eu fiquei furiosa com o Matt. Tanto que não falei com ele por vários dias.

Ela hesita, e quero acabar com a conversa o mais depressa possível.

— E daí?

Haley se encolhe.

— Depois da luta, Jax me chamou de piranha.

Caramba. Finalmente encontro um concorrente à altura da minha família para o prêmio de mais ferrado.

— Depois o Jax pediu desculpas — continua em voz baixa. — Foi até a minha casa e se desculpou de joelhos. Nunca vi meu primo tão abalado com alguma coisa... — Haley suspira. — Até ele achar que menti sobre namorar você... e até hoje à noite.

— Ele não devia ter dito isso. Nunca.

— Não devia, mas você não entende minha história com o Matt. Meu avô e o Jax odiavam o cara, e sempre pensei que fosse por ele ser lutador da Black Fire. E eles ficaram bravos comigo por eu não ouvir o que diziam. Fiquei furiosa com eles por não me darem uma chance e mudei de academia. Comecei a treinar com o Matt, e, se a história acabasse por aí, nem seria tão ruim. Mas não acabou.

Sofro com Haley, porque entendo trajetórias descendentes. De acordo com minha experiência, arrependimento pode machucar mais que faca. Puxo Haley para mim, acomodo-a no colo e beijo sua testa. Meus braços criam o abrigo que a família dela deveria proporcionar. Gosto de sentir seu peso sobre as pernas, do calor entre nossos corpos e do cheiro que paira no ar.

Para dar conforto e força, massageio suas costas como costumava fazer com Rachel. Haley é uma pessoa muito discreta, e compartilhar essas histórias comigo deve ser como empurrar um camelo pelo buraco de uma agulha.

— Eu estava furiosa com eles, e aí Jax me chamou de piranha. — Ela scpra o ar com força. — Ensinei o Matt a derrotar Jax e Kaden, revelando os pontos fracos dos dois. Ensinei a ele como derrotar minha família. Queria poder voltar no tempo e desfazer tudo isso. Queria poder desfazer tudo.

Apoio o rosto na cabeça dela e a aperto ainda mais entre os braços, embalando-a. Seus dedos agarram minha camisa como se um buraco fosse se abrir sob seus pés e tragá-la. Penso em Rachel e em todas as decisões horríveis que tomei, decisões que a levaram para o hospital... e que, provavelmente, vão lhe custar a capacidade de andar.

— Eu entendo — falo. — Entendo. Então fala. Diz que vamos continuar juntos.

Haley

Nada é tão fácil. Meu relacionamento com Kaden e Jax está pior que nunca, Matt me quer de volta, meu pai nem falou comigo ontem à noite, depois da briga com meu tio; West Young disse que me ama, e eu respondi que precisava de um tempo.

Tem uma escuridão dentro de mim, uma sombra que me impede de mergulhar fundo nas emoções e responder "eu também". O último garoto que amei me machucou, e estou namorando um lutador de novo.

Quando entro na academia, o desconforto se espalha. Na verdade, ele luta contra a sensação irresistível de estar em casa. O tempo que passo aqui treinando é o único em que a escuridão desaparece. Paro do lado de fora do vestiário e vejo Kaden e Jax lutando no ringue.

Tento negar, mas West também afasta a escuridão da minha alma. Não quero amá-lo, mas amo. Alguma coisa dentro de mim se partiu; uma epidemia que destrói meus relacionamentos. Como com Kaden, Jax e meu pai. Se continuar assim com West, também vou destruí-lo?

— Está atrasada? — Jax passa pelas cordas e tira a proteção da cabeça quando se aproxima de mim. — Cheguei mais cedo, para conversar com você.

Fiquei trancada no sótão ontem à noite e cheguei mais tarde, esperando evitar essa conversa.

— Estava ocupada.

— Sei. — Ele coça a cabeça. — Eu não te chamei de piranha de novo. Estava falando sobre o que aconteceu no ano passado, e meu pai ouviu.

Tanto faz... Reviro os olhos, e Jax toca meu braço.

— Hays, é sério. Não peço desculpas para qualquer um.

E eu, realmente, teria preferido evitar tudo isso.

— Estou atrasada e preciso trocar de roupa.

Jax inclina a cabeça e quase sorri.

— Vou ter que fazer isso?

— Não estou te pedindo nada.

Tento passar por ele, e Jax se ajoelha e abre os braços, criando uma enorme envergadura. As batidas nos sacos param, todos gritam e o provocam. Arregalo os olhos. Ele está se humilhando por mim.

— Escuta o que eu tenho para falar — insiste. — Ou vou ter que te seguir desse jeito o dia todo.

Alguns caras saem do vestiário, e eu me afasto para o lado para dar passagem, assinalando com a cabeça para Jax fazer a mesma coisa. Ele fica em pé, e a academia retoma a rotina.

— Tanta coisa para dizer ao seu pai, e foi falar justamente disso? — sussurro.

Ele estreita os olhos quando menciono o pai.

— Eu não estava falando com ele. Estava do lado de fora de casa, conversando com o Kaden, e não sabia que ele estava por perto e podia ouvir.

— E costuma repetir regularmente que sou uma piranha?

— Você não é piranha. Olha só, seu namoro com West está trazendo lembranças ruins. O Kaden e eu estávamos conversando por isso, ficamos preocupados. Você se afastou da gente quando namorou o Matt, e agora se afastou de novo. O Matt te magoou, Hays, e não queremos te ver sofrendo de novo.

Olho nos olhos dele, querendo poder perguntar o que ele sabe.

— O Matt não me magoou.

— Toda vez que entra nessa academia, você fica pálida como um fantasma. Isso não acontecia antes do Matt. Não sei o que ele fez com você, mas fez alguma coisa. Matou uma parte de quem você era, e o Kaden e eu não vamos deixar o West acabar com o que restou.

— O West não é o Matt. — Não é. Uma onda de pânico me invade. E se eu cometer o mesmo erro duas vezes?

O octógono vibra quando Kaden bate a mão na grade.

— Vamos lá, Jax.

Jax coloca o protetor de novo.

— Só estou dizendo que a história parece estar se repetindo. Pensa nisso.

Que droga.

A porta do escritório do meu avô se abre, e vejo meu pai saindo de lá. Uma alegria pura e completa me invade, e meu rosto chega a doer com a amplitude do sorriso. Meu pai veio. Isso significa que está se recuperando, que vai ficar bem e dormir de novo, sorrir de novo e ser meu pai. Não me importo com o emprego. Não me importo com o dinheiro. Só me importo com meu pai.

Ele me chama com um gesto, e não escondo a hesitação quando me aproximo. Qualquer momento com ele é como uma manhã de Natal, mas uma vibração nervosa me domina como uma droga.

John sorri sem muito entusiasmo, e qualquer sorriso dele me apavora.

— Fecha a porta.

Obedeço e me sento na cadeira, na frente de John. Meu pai fica encostado no arquivo e olha para um grande envelope sobre a mesa. John pega o envelope, abre a boca para dizer alguma coisa, mas fica em silêncio e o entrega para mim.

Sou surpreendida pela náusea quando penso em um milhão de possibilidades horríveis, mas nenhuma delas tem sentido até eu ver o endereço do remetente: Universidade do Kentucky.

Minhas mãos tremem e respiro fundo. Envelope grande. Consegui. Eles me aceitaram.

— Parabéns. — A voz do meu pai é pesada, e esse tom me chama atenção O sorriso que eu nem tinha notado desaparece de meu rosto. — Peguei a correspondência hoje. Espero que não se incomode, mas já abri.

Viro o envelope e passo a mão pela aba, que já foi descolada. Sim, eu me importo. Mas jamais poderia dizer alguma coisa capaz de aborrecer meu pai, então, em silêncio, pego o conteúdo da correspondência.

Enquanto ele e John observam cada movimento que faço, examino a montanha de papéis e catálogos; encontro tudo, menos o mais importante.

— E a bolsa?

John toca uma folha de papel sobre a mesa.

— Algumas concessões, um financiamento estudantil, trabalho acadêmico, mas nada de bolsa. Lamento.

Minhas notas não são suficientemente altas. Racionalmente, sei que esse devia ser o fim da história, mas meu coração não concorda. Assinto e mordo a parte interna da boca.

— Fui aceita. — Tento sorrir, mas meus lábios tremem. Droga, este deveria ser um bom momento.

— Haley, seu pai e eu conversamos, vou tentar levantar um empréstimo e...

— Não — interrompo. — Você investiu tudo o que tinha nesta academia, e o aquecedor acabou de quebrar.

Não sou idiota. John não mora em um trailer porque acha legal. Como todo mundo, ele tomou decisões difíceis para continuar sobrevivendo. Não pode arcar com mais despesas.

— É a única opção — meu pai observa.

— Eu arrumo dois empregos, ou vou estudar na faculdade comunitária. — Embora isso também custe um dinheiro que não tenho. — Vou encontrar um jeito de economizar, posso trabalhar durante um ano...

— Não! — Meu pai dá um soco no arquivo, e eu salto na cadeira. Ele nunca perdeu a paciência, nunca perdeu a calma. — Isso é incabível. Vai aceitar o que nós vamos dar.

— Pai...

— Já falei que não! — ele grita e sai do escritório batendo a porta.

Olho para John com o queixo caído.

— O que foi que eu fiz?

— É muito difícil para um homem não poder cuidar da família, principalmente da filha.

— Não quero que ele se preocupe comigo. Vou resolver isso sozinha.

— Mas é isso. Ele quer cuidar de você e vê como você se esforça pra cuidar dele. — Uma pausa. — Seu pai me contou o que aconteceu ontem à noite. Seu namorado quase fez todo mundo ir para a rua.

Quero que a terra me engula.

— Eu sei, tentei pedir desculpas para o papai.

— Esse é o problema. Você não devia estar se desculpando. É isso que está acabando com ele. Você é a filha, ele é o pai. Os papéis não deviam estar invertidos.

— Prometi que faria de tudo para a situação dar certo com meu tio, e falhei. A culpa é minha.

— Sua culpa? Foi por sua causa que ele perdeu o emprego? Foi você que provocou a doença da Maggie? Criou a recessão que impediu metade daqueles lutadores lá fora de pagar a mensalidade da academia? Ninguém tem culpa. Isso é a vida. Seu pai está com dificuldades para aceitar as cartas que ele recebeu durante essa partida. E você escolheu rolar e fingir de morta. Não sei qual dos dois é pior.

Ficamos em silêncio, e o envelope se torna uma elefanta prenhe em meu colo.

— Perdi os remédios dele.

— Aquilo foi uma batalha. Não é a guerra. Você já teve uma visão melhor do conjunto.

Passei meses preocupada com ser aceita na faculdade, e agora acho que teria sido melhor terem me recusado. Jogo a papelada no chão.

— Como posso ajudar o meu pai?

— Essa é uma situação que ele tem que resolver. Enquanto isso, você segue em frente.

Em frente. Mas eu quero voltar... voltar para casa, para o tempo em que meu pai tinha um emprego, para quando havia esperança.

— Estou preocupada com ele.

John fica em silêncio por alguns segundos.

— Eu também. Estou preocupado com todos vocês, inclusive com sua mãe. É muito difícil para mim não poder dar uma casa de verdade para a minha filha.

— A tia Vi procurou a mamãe de novo. Ela quer que a gente vá morar com ela na Califórnia — conto, para avaliar sua reação. Minha tia-avó é cunhada dele, irmã da minha avó. Ela e John se odeiam, mas ela amava a irmã e ama minha mãe.

— Sua mãe me contou. — Ele desvia o olhar. — E eu disse que ela deve considerar a oferta.

— Mamãe quer esperar até Kaden e eu terminarmos o colégio. — Se eu não conseguir uma bolsa de estudos até lá, vou embora com eles. — Talvez o meu pai melhore na Califórnia.

A expressão no rosto de meu avô me causa um desconforto, um arrepio.

— Que foi?

— Seu pai não está nada bem. Era um lutador, mas não estou vendo nele nenhuma vontade de lutar.

— Ele é um lutador. — Até os melhores lutadores têm dificuldades para correr montanha acima com um peso nas costas. Só preciso reduzir esse peso. O primeiro passo é conseguir a bolsa de estudos. — Vou entrar no sparring. Hoje. Amanhã. Sempre. Em troca, preciso de uma carta sua para tentar uma bolsa de estudos, e você vai treinar o West.

— Eu treino o West se você lutar pela academia. Sem sparring.

Não posso lutar.

— Então, eu troco o sparring pela carta, e você manda o Jax e o Kaden me ajudarem com o West.

John sorri, o que é raro.

— Agora estamos começando a nos entender.

West

No chão, aperto o parafuso e testo a meia porta presa à parede, um jeito de, teoricamente, manter as pessoas longe da parte interna do bar, atrás do balcão. Ontem à noite, alguém a arrancou das dobradiças durante uma briga. Hoje está no lugar de novo. Satisfeito, olho para as poucas pessoas que estão por ali. O mesmo pensamento gira em minha cabeça: algum desses homens é o irmão de minha mãe?

É sábado e, pela milionésima vez, queria que Haley tivesse um celular. Essa coisa de só falar com ela quando a encontro é antiquada demais para mim. Ontem à noite, perguntei se ainda estávamos juntos, e ela me pediu um tempo. Esperar até segunda, para só saber a resposta no colégio, vai me deixar maluco.

— Isso está te matando, não está? — Abby senta em uma banqueta, e eu levanto. Como ela sabe sobre mim e Haley? Ela vira para olhar as mesas. — Tenta adivinhar quem é ele.

Ah, o irmão.

— Ele está aqui?

Ela enche a boca de amendoins.

— Não.

— E você me diria se ele estivesse?

— Ãhã.

Inclino as costas para o balcão e apoio os cotovelos nele.

— Pode ter mentido sobre minha mãe vir aqui para encontrar o irmão.

— Posso, mas não menti. — Olha em volta. — Cadê o Denny?

Abby é completamente indecifrável. Tem dois lados: o arrogante e o letal. De qualquer maneira, é barra pesada.

— Lá no fundo, com um caminhão de entrega.

— Ele deixou comida para mim?

Estendo a mão para trás do balcão e pego a embalagem de isopor. Os olhos dela se iluminam.

— Espaguete! — Abby enrola os fios de massa no garfo de plástico, depois aponta para a porta que acabei de consertar. — Você é bom mesmo. Impressionante.

Empurro a porta, surpreso com o orgulho que sinto.

— Meu pai vai ficar decepcionado por eu não ter me dado mal em alguma coisa.

Ela ri.

— Seu pai é um pé no saco. Ah, falando nisso, a Rachel pode ir para casa logo.

Abby consegue minha atenção. Minhas mãos suam. Quero Rachel em casa. Ela precisa ir para casa, mas...

— E as pernas?

— Vai voltar a andar, mas ninguém sabe ainda se com ou sem ajuda.

Massageio a nuca, meio aliviado, meio destruído. Rachel deveria estar se locomovendo em torno do capô de um carro, sem restrições. Quando estiver em casa, não vou ter como evitar o encontro, e preciso pensar em um jeito de consertar a situação para ela.

Vejo um desconhecido entrar no bar. Ele é loiro, como minha mãe. Também tem olhos azuis, mas é rude.

— É aquele? — pergunto.

— Não vou falar — ela resmunga com a boca cheia.

— Você nem olhou.

— Porque eu não responderia. — Abby fala baixo, tentando me imitar.

— Por que minha mãe mentiu? Ela disse que era filha única e que os pais morreram.

— Não consegue parar de pensar nisso, não é?

Balanço a cabeça.

— Confie em mim: não vai gostar de saber mais. Isso é coisa de pesadelo. Sinto até um arrepio, de madrugada, quando penso nessa história.

Uma sensação horrível me invade.

— É a minha mãe, Abby.

— E, se ela quisesse contar, teria jogado a bomba durante um de seus jantares chiques. — Abby pega um pedaço de pão e enfia na boca. Rachel sabe que sua amiga passa fome frequentemente?

— Não faz isso —diz, olhando para a comida. — Você só faz parte do meu universo porque a Rachel e eu nos amamos. Papai te aceitou de volta, mas isso não quer dizer que você tem o direito.

— Que direito?

Ela me espia pelo canto do olho.

— De sentir pena de mim.

A culpa toma o lugar da pena.

— Então vou voltar a te odiar.

— Legal. E aí? Deu o que o Matt queria?

— Isso é doença? Essa coisa de falar em código?

Abby sorri.

— O Matt queria que a luta do mês que vem fosse com ele, não com o Conner, mas ele não quer provocar, porque está tentando convencer a Haley de que é legal.

— Está falando bobagem. — Ela não tem como saber de tudo isso.

— Tenho uma audição privilegiada. — Abby cutuca minha cabeça. — Escuto até seus pensamentos. Está pensando em Haley e sexo.

Não estava, mas agora estou. Haley tem um beijo incrível e uma pele muito macia. Suspiro. E talvez ela não seja mais minha...

— Você é muito metida.

— Talvez, mas durmo com um cara da Black Fire, e ele fala demais.

Droga. Agora ela foi direta.

— Não é traição me contar o que seu namorado fala na cama?

Ela bufa.

— Eu disse que durmo com ele, não que sou casada com ele. No meu ramo de negócios, é melhor preservar a liberdade e a autonomia. Se quer ficar todo fofo depois do sexo e fala demais, o problema é dele.

— Não dá a mínima para o que pensam de você, não é?

— Não. — Ela chupa um espaguete. — Mentira. A opinião da Rachel me importa. Ela é a única pessoa, além do Isaiah, que gosta de mim de verdade.

O jeito como enfatiza o "gosta de mim de verdade" me faz olhar além dos cabelos escuros, do capuz e do jeito letal.

— De novo? — ela fala.

Levanto as mãos.

— Pronto, parei. De volta ao ódio. Você é uma cretina sem coração.

— Assim é melhor. Bom, é o seguinte: o Matt quer lutar contra você porque te odeia. Ele acha que, se conseguir te arrebentar, a Haley vai te abandonar por te achar fraco, ou você vai desistir dela, porque vai odiar saber que ela te acha fraco.

Barulho de mastigação de espaguete.

— Mas ele quer que você provoque, que o induza a pedir a luta, porque aí a Haley vai ficar toda "não, West, para de ser mau com o Matt... ele é inofensivo, apesar do jeitão de psicopata". Se te provocar, será o cara mau, e está tentando vender a imagem do legalzão. Você entrou na dele?

— Não. — Mas sinto um aperto por dentro quando penso como estive perto de dar um soco na cara de Matt. Odeio ser manipulado. — E se eu lutar contra o Matt, não contra o Conner? Prefiro enfrentar o filho da mãe.

— Que bom, porque é provavelmente o que vai acontecer. Hora do spoiler: se você e o Matt se enfrentarem no octógono, se ele te quebrar, o cara vai ter o que quer? Você vai suportar olhar para a sua namorada sabendo que, em público, o ex dela provou que é mais forte?

Haley

Minha boca seca, e uma pressão estranha comprime minha garganta, quase como se um fantasma me estrangulasse. Sentada nos colchonetes perto do ringue, eu enfaixo minhas mãos sem pressa. Cada volta é a confirmação de uma sentença de morte. É estranho como antes eu adorava esse ritual e amava estar no ringue. Quando passava por baixo das cordas, deixava para tras quem eu era na vida cotidiana e saía do outro lado com o raciocínio claro, com cada pensamento, cada movimento, calmos e precisos.

Com um golpe, Matt me roubou essa alegria e me fez ter pavor das poucas coisas que me davam prazer na vida.

Tem um clima diferente na academia, uma animação que contagia todo mundo. Os caras que conheço desde sempre estão ansiosos para ver minha volta ao ringue, e os novatos que ouviram falar de mim, ou viram minhas lutas no YouTube, também parecem bem interessados. Detive um título nacional, e não faz muito tempo. Agora, sou uma fraude.

Jax se abaixa na minha frente e empurra as luvas de boxe para o lado.

— Kaden ou eu?

Levanto as sobrancelhas, confusa com a pergunta.

— Com quem quer lutar? Comigo ou com o Kaden?

Ele pega uma luva e a segura aberta, para eu enfiar a mão. Fico em silêncio, perplexa demais com a oferta. Amo Jax e amo meu irmão. Não há nada que não faça por eles.

Jax fecha o velcro da luva.

— Você evitou treino com confronto, estou imaginando que tenha algum bloqueio mental. Vamos com calma. Algumas séries de golpes, um ou dois chutes baixos, para relaxar e dar risada. Nada muito complicado.

Ponho o protetor na cabeça, depois aceito a ajuda de Jax com a outra luva.

— Não é isso que o John tem em mente. Ele quer que eu lute de verdade.

— Não. Ele quer que você volte.

Jax fica em pé, e eu toco seu braço com a luva.

— Desculpa.

— Por quê?

— Por Matt. — Por ter traído minha família. — Por tudo.

Jax olha por cima do meu ombro, e me assusto quando vejo Kaden do outro lado das cordas. Ele move a cabeça para cima e para baixo, e Jax brinca, encenando uma combinação dois-um em sua direção.

— Já passou, mas isso não significa que a gente aceite o West. Se ele quer ficar com você, vai precisar conquistar o nosso respeito.

Tenho que tirar as luvas. Se eles não vão ajudar no treinamento do West, eu não vou entrar no ringue. Jax planta a luva dele sobre o velcro da minha.

— Entra no ringue. A gente vai te ajudar. O cara é roubada, mas agora, pelo menos, vamos estar por perto para te proteger.

— Vocês sempre me protegeram — respondo sorrindo, tentando deixar o clima mais leve.

Ele balança a cabeça.

— É difícil ajudar alguém que insiste em lutar sozinha.

Jax estende a mão para me ajudar a levantar do chão, e eu aceito

— O West é um cara legal, e eu gosto dele. — É mais que gostar.

— Ele é um desconhecido e tem a cabeça quente. Não esquece que eu vi como ele explodiu ontem à noite.

Jax tem razão. West se deixa dominar pelas emoções, e isso vai ser um problema no octógono.

John bate a porta do escritório.

— Se eu quisesse plateia, teria vendido ingressos. Todo mundo trabalhando!

O ruído dos socos nos sacos e dos lutadores se enfrentando enche novamente a academia, mas não é preciso fazer um grande esforço para perceber que ninguém está muito concentrado no próprio treino.

John pega um par de aparadores de soco, passa por baixo das cordas e entra no ringue.

— Pensei que eu ia lutar — comento, olhando para os aparadores nas mãos dele.

— E vai, mas eu avisei que ia começar devagar.

Entro no ringue. Desde que retornei à academia, só tenho trabalhado com John nos aparelhos. Usei aparadores com West, mas ainda não lutei contra ninguém. John segura os aparadores perto da cabeça. Respiro fundo e levanto a guarda. Um segundo. Outro.

Acerto Matt com raiva, mas ele reage e me machuca. Se eu não tivesse reagido, a coisa teria ido tão longe quanto foi? Se não fosse treinada, ele teria me batido? Onde as escolhas de Matt terminam e as minhas começam? Baixo a guarda.

— E se eu não conseguir?

John abre os braços para colocar os alvos mais afastados.

— Nesse caso, vamos ainda mais devagar. Jab, cruzado. — Balança a mão direita. — Depois jab, cruzado. — E balança a esquerda. — Aquecimento, vamos lá.

— Tudo bem. — A tensão diminui um pouco. Não tenho que dar socos na cabeça. Consigo. — Tudo bem.

Levanto as luvas para fechar a guarda e posiciono os pés. Tudo bem.

West

Com as palavras de Abby ecoando na cabeça e ainda esperando a decisão de Haley, vou direto para a academia. Se ela vai arrancar meu coração, que seja agora, não na escola.

Não tem ninguém treinando no equipamento perto da porta, mas um grupo se reúne em volta do ringue de boxe. Os caras que assistem ao espetáculo fazem barulho, aprovando o que veem. No canto do ringue, Kaden põe o protetor de cabeça e as luvas, depois fala alguma coisa para Jax, que está do outro lado das cordas. Os dois conversam como instrutor e aluno.

Passo entre as pessoas, procurando Haley. Os caras vestidos com roupas de treino gritam de novo, e eu a encontro no último lugar em que esperava vê-la: o ringue.

John e Haley dançam em volta um do outro, e é um tango ensandecido. Com aparadores nas mãos, John tenta acertar a cabeça dela. Haley se esquiva e reage como uma metralhadora de socos contra os aparadores, agora próximos do rosto de John: jab duplo, gancho de direita na cabeça. John grunhe a cada soco, como Haley faz comigo, mantendo o ritmo e recompensando o esforço dela.

Haley é esguia e linda, com o corpo coberto de suor. Os cabelos compridos estão presos atrás da nuca, e o rosto está escondido pelo protetor de cabeça e a guarda alta. Tem algo de letal nela. É mais que o jeito como mantém os ombros fechados e a velocidade dos golpes. É o brilho concentrado dos olhos. Haley leva a sério o fato de estar em um ringue.

— Nunca esqueça que ela pode te dar um pé na bunda — Jax fala ao meu lado. — E, se ela não der, eu dou.

Ignoro o comentário e observo John com os aparadores juntos e erguidos. Haley solta um chute duplo alto e forte, o suficiente para matar um homem. Arregalo os olhos quando a plateia grita pedindo mais. John mantém os aparadores juntos e continua dançando em volta dela.

— É isso aí, Hays! É isso aí!

John vira e chama Kaden aos gritos. A plateia aplaude enquanto John cochicha instruções na orelha de Kaden.

— Qual é? — pergunto. — Por que tanta confusão?

Jax olha para mim, me examina da cabeça aos pés, dos pés à cabeça.

— Não sabe mesmo, não é?

Coço o queixo, e o orgulho me impede de responder.

Ele ri do meu silêncio.

— A Haley tem um título nacional.

Merda. Nunca perguntei, e ela nunca me contou. Mudo de posição, e Jax dá risada.

— Além disso, essa é a primeira vez que ela treina aqui em mais de um ano, e em alguns segundos será a primeira vez que enfrenta alguém em mais de seis meses.

Olho para Jax, o choque provocando um terremoto dentro de mim.

— Ela treina aqui o tempo todo.

— Quando saiu da Black Fire, abandonou a luta. Aceitou voltar à academia, mas se recusa a entrar no ringue para lutar. O que você está testemunhando agora é a ressurreição.

— Até onde sei, você e eu não somos amigos. Por que o clima de camaradagem?

— Ela é mais que você, melhor que você, e acho bom que esteja vendo isso. A Haley já enfrentou o inferno, e o Kaden e eu não vamos permitir que ela passe por isso de novo. Entendeu, parceiro?

Olho para o ringue, tentando compreender as palavras de Jax. Haley abandonou a luta quando terminou com Matt. Passo a mão na cabeça para me livrar das teias de aranha mentais. Ela não parou apenas de namorar lutadores. Parou de lutar. A imagem dela segurando a mão machucada, na noite em que a conheci, da briga que tivemos no meu carro e de como ela ficou furiosa por ter batido em alguém e levado o troco. Tudo isso me passa pela cabeça.

No meio do ringue, Kaden levanta o braço, mostrando a luva. Haley hesita do outro lado e continua em seu canto. A multidão grita para ela aceitar o desafio, e eu dou um passo adiante. Jax estica o braço como se fosse uma cancela de estrada de ferro.

— Ela fez um acordo com o John. Não deixe a Haley constrangida.
— Que acordo?
— Você deve saber. Se não sabe, deduza.

Fico parado no lugar, mas é difícil controlar o impulso de correr para o ringue.

— Ele é maior que ela.
— E a Haley pode acabar com ele. Não é uma luta de verdade, e ela sabe disso. Só algumas séries de golpes. Se quer voltar a valer alguma coisa, dentro ou fora daquele ringue, ela precisa lutar.

Viro e encaro Jax.

— Ela não é obrigada.

Os olhos verdes de Jax se tornam duros, e ele invade meu espaço pessoal.

— É o que ela tem de fazer para te salvar, e ela diz que é isso que quer. Nunca se perguntou por que não está treinando com todo mundo aqui?

Que merda. Saio de perto de Jax e atravesso o mar de gente quando Haley está se afastando do canto. Antes que eu consiga chegar às cordas, ela bate com a luva na de Kaden, e os dois fecham a guarda imediatamente, as mãos unidas perto da cabeça, as pernas em movimento.

Ela é menor que ele, talvez uns quarenta quilos mais leve, e tudo em mim grita para me colocar na frente dela. Se o cara não fosse irmão dela, eu já estaria lá. Kaden muda a guarda, esconde o rosto e expõe os pulsos. Haley responde com um jab e um cruzado que acerta as luvas do oponente. Ainda com a guarda fechada, eles se movem, e Haley vira o pulso para Kaden, que repete o jab e o cruzado.

Haley dá um passo para trás e baixa a guarda. Seu rosto fica pálido.

— Não dá.
— Vai, Hays, não desiste. Só mais algumas trocas. — Kaden vira o pulso para ela de novo.

Haley respira fundo, e ouço meu coração batendo nos ouvidos.

Os olhos dela estão cheios de medo. Quando solta o ar, retoma a dança. Eles continuam batendo nos pulsos um do outro, a frequência dos golpes cresce, e chutes baixos passam a integrar a série, tudo muito metódico.

Com a continuação do round e o aumento da intensidade dos golpes, seguro a corda com mais força. Kaden solta um jab, e Haley ajusta a guarda enquanto ele prepara o gancho. A luva de Kaden encontra o protetor de cabeça atrás da orelha dela. A cabeça de Haley vira para a esquerda com a pancada.

Kaden abaixa as mãos e a ampara.

— Desculpa.

O cruzado vem forte e rápido, rápido demais para Kaden levantar a guarda, e o acerta no queixo. Ele reage levantando um braço para bloquear o jab, mas Haley solta outro cruzado, seguido por um chute curto atrás dos joelhos. Kaden cai, e a academia vibra.

Um relâmpago loiro passa por mim, e eu passo por baixo das cordas logo atrás de Jax. Haley já virou e está tirando as luvas com a ajuda dos dentes, respirando de um jeito ofegante e rápido. John está parado na frente dela, resmungando bobagens, e ela grita com ele.

— Sai de perto!

Haley

John segura meu braço, e eu surto. Faço um movimento brusco para me soltar e jogo o braço para trás, pronta para partir para o ataque se ele me tocar de novo.

Ele levanta as duas mãos.

— Calma, Haley.

— Falei para sair de perto! — As palavras rasgam minha garganta com tanta força que a voz desafina. — Não posso fazer isso! Eu falei que não podia!

O mundo passa de colorido a cinza, e depois recupera as cores.

John concorda num gesto de cabeça, mas não faz o que peço. Ele está muito perto de mim. Todo mundo está muito perto. É como se a academia estivesse encolhendo. Puxo o velcro da faixa da mão, e preciso me livrar dela agora, mas a faixa não sai. Está colada em mim. Como o sangue de Matt ainda está grudado em mim.

Estou manchada e arruinada. Bati no meu irmão em um acesso de raiva e o joguei no chão. Sinto a dor no peito, perto do coração, e respirar fica difícil. Por que não consigo tirar as faixas?

— Tira isso!

Mas, quando John se aproxima, recuo e balanço a cabeça com tanta força que ele treme no meu campo de visão. Preciso tirar a faixa, preciso sair daqui e nunca mais lutar. Sou o diabo quando luto e, se John me tocar, vou machucá-lo também.

— Deixa eu ajudar.

Prendo a respiração quando West passa por baixo das cordas. Ai, meu Deus, ele está vendo tudo isso. Está me vendo. Meu verdadeiro eu. A fraude. A criatura patética.

— Eu não quero te machucar.

West se aproxima de mim com aquele andar confiante e lento que é só dele.

— Só vai conseguir me machucar se me mandar ficar longe. Você sabe que eu adoro garotas duronas.

Como se uma brisa soprasse, a névoa se dissipa o suficiente para que eu organize uma ideia.

— Quero tirar as faixas! — Levanto a mão esquerda para mostrar o estrago que fiz.

West se aproxima bem devagar.

— Eu já percebi. Posso tentar? Sou bem talentoso para despir meninas bonitas.

Normalmente, eu daria risada, porque o comentário é bem a cara dele, mas não rio. Em vez disso, estendo o braço. West segura minha mão nas suas e acaricia com o polegar a pele exposta.

— Vou tirar bem devagar, depois a gente vai sair daqui. Só nós dois. O que acha?

Alguma coisa úmida aparece no canto do meu olho. Suor, talvez? Não sei.

— Tudo bem.

— Legal. — Ele começa a desenroscar a faixa, que está emaranhada como colares dentro de uma caixa que foi muito sacudida. — Tem gente demais aqui para o meu gosto. Prefiro te beijar com privacidade.

Ouço um grito distante, alguém dizendo alguma coisa sobre todo mundo se afastar, e reconheço a voz de John.

— O Kaden me acertou na cabeça — conto, como se isso pudesse ajudá-lo a entender.

— Eu vi. — West olha nos meus olhos, e as mãos param. — Machucou?

— Não. — Mas me fez desmoronar.

A culpa me invade. Procuro Kaden, e não preciso me esforçar muito. Ele está ao meu lado, e Jax está ao lado dele. Como eu não havia notado?

— Tudo bem?

Ele bate duas vezes no peito.

— Feito de pedra, lembra? E não é a primeira vez que você me derruba. E você, Hays? Inteira?

Não.

— Desculpa. — E paro de falar, porque minha garganta fecha. Prendo a respiração quando os olhos ardem. Bati no meu irmão. Quando a luva de Kaden encontrou minha cabeça, pensei em Matt e bati no meu irmão. Machuquei, provoquei dor... de propósito. Não posso lutar. Não deveria lutar. — Desculpa.

— Ela está tremendo — diz Jax.

O ar frio acaricia meus dedos quando West tira as faixas.

— Vou tirar a Haley daqui.

— Nem pense na casa do tio dela. — John se aproxima de West. — É hipoglicemia. Leva a Haley para comer alguma coisa; vai ajudar a superar o choque. Kaden, Jax... esperem a Haley na porta de casa, à meia-noite. Ela não precisa da cretinice do tio hoje.

West tira a jaqueta e a coloca sobre meus ombros. Ele não devia ser legal comigo.

— Bati no meu irmão. — Com raiva.

West passa os dedos por minha face e me segura o rosto.

— Está tudo bem.

— John — Jax chama. — Talvez seja melhor ela ficar com a gente.

— Quero você — sussurro para West.

— Estou aqui. Consegue andar?

Confirmo com um movimento de cabeça, mas as pernas não se mexem. West se curva, e em seguida sinto meus pés balançando no ar, meu corpo aconchegado contra o dele. Descanso a cabeça em seu ombro, porque não consigo sustentá-la e porque... gosto de seu calor.

— Está tudo bem, Haley — West repete, enquanto me carrega em direção à porta. — Tudo bem.

West

Recém-saída do banho e vestida com um suéter roxo e calças jeans que peguei emprestados no quarto de Rachel, Haley enrola no garfo o fettuccine Alfredo que esquentei para ela e o leva à boca. Meu pai está sempre fora, trabalhando, minha mãe vai passar a noite no hospital e meus irmãos estão por aí, sei lá onde. Para resumir a história, estamos completamente sozinhos.

Haley e eu nos sentamos no chão do meu quarto, um ao lado do outro, as costas apoiadas no pé da cama. Um filme que Rachel já viu um milhão de vezes passa na tela plana. Eu o escolhi para Haley com a intenção de fazê-la sorrir e se distrair. Ela olha para a televisão, e, apesar de a cor ter voltado ao rosto, os olhos são inexpressivos, vazios.

— Isso é muito melhor que carne de veado — comenta.

Parece que faz anos que dividimos aquela refeição simples no chão do sótão.

— Temos uma pessoa que vem cozinhar em casa duas vezes por semana. A geladeira está sempre cheia.

Haley cria um H na tigela quase vazia.

— Isso deve ser legal.

Até ser expulso de casa, nunca pensei muito no conteúdo da geladeira. Nem em um milhão de outras coisas.

— Vamos falar sobre o que aconteceu na academia?

No meio da mastigação, Haley tosse; depois faz força para engolir.

— É necessário?

— É.

— Ele me acertou, eu surtei. Acho que estou enferrujada.
— O que o Matt fez com você?
Ela deixa a tigela no chão, e o garfo pula com um barulho metálico.
— Nada.
Bobagem.
— Você fica branca toda vez que vê o cara, e o Jax me contou que você parou de lutar tem seis meses, na mesma época em que terminou o namoro com o Matt. Jax também me contou que você conquistou um título nacional. Campeões nacionais não largam tudo desse jeito. O Matt fez alguma coisa, e quero saber o quê.

O fogo se acende nos olhos de Haley, a mesma fogueira que vi na noite em que a conheci.

— O Jax tem de aprender a ficar de boca fechada.
— E você talvez tenha de aprender a falar. — E bato na cabeça do prego: estou muito mais perto do que gostaria de estar. As peças se encaixam: Haley com pavor de lutar, de namorar um lutador, e a força com que resiste a mim agora. Uma fúria perigosa invade minhas veias. — Ele te bateu?

— Você não tem que me perguntar esse tipo de coisa. — Haley fica em pé e atravessa o quarto em segundos. Vou atrás dela e seguro seu braço antes que consiga tocar a maçaneta da porta. Quando a puxo para mim, ela se afasta e bate com as duas mãos no meu peito. — Não me toca!

Depois, sufoca um grito e olha para as mãos como se estivessem cobertas de sangue.

— Ah, não, eu fiz isso de novo.

Trabalhei duro para trazê-la de volta à realidade, e não vou deixar que escape de mim agora. Seguro suas mãos e as coloco em meu peito.

— Faz de novo. Se precisa me empurrar, vai em frente. Você sabe que eu aguento.

Haley puxa as mãos com violência e recua até bater na porta.

— Foi por isso que desisti de lutar. Fiz uma coisa horrível e não quero fazer aquilo de novo.

É isso. Nunca estive tão perto de entrar na cabeça de Haley e, se disser alguma coisa errada, se fizer um movimento em falso, ela vai se fechar e eu posso perder a única coisa boa da minha vida.

— O quê? O que não quer fazer de novo?

Os dedos dela se abrem, e ela os mantém parados como se estivesse congelada, mas não é contra mim que está lutando. Tem alguma coisa em sua cabeça, em algum lugar ali dentro, que a tortura.

— Fazer o quê? — Insisto.

É como se uma sombra descesse, e ela se encolhe para escapar dela.

— Não quero machucar ninguém.

Nunca fui de rezar, mas o arrepio na nuca me diz que alguma coisa muito ruim ataca a alma de Haley.

— Só está machucando você mesma quando não conversa comigo.

Ela respira. Inspira uma vez. Solta o ar. O movimento constante do peito subindo e descendo... Muito tempo pode ter se passado enquanto a vejo travar uma guerra dentro da própria cabeça.

— Nenhuma resposta, nada do que você disser vai mudar o que eu sinto por você.

— E, se ele fez isso... — um som estrangulado escapa de sua garganta —, faz isso..., ainda não justifica o que aconteceu com o Kaden..., ou como magoei o Jax, minha família e meu avô. O que eu fiz foi errado, e eu sou inútil, patética e...

— Você não é nada disso. — A raiva cresce dentro de mim, e Matt é o alvo desse sentimento. Se eu não tomar cuidado, vou descarregar na Haley. Não quero mais ouvir as acusações que ela faz contra si mesma, por isso me aproximo e a abraço. — Não tem nada que possa dizer para mudar a gente. Nada.

As mãos dela agarram o tecido de minha camisa. Pela primeira vez no nosso relacionamento, Haley está se apoiando em mim. Beijo várias vezes os cabelos sedosos e massageio suas costas.

— Nada — repito.

Abraço Haley, mas queria estar torcendo o pescoço daquele filho da puta. Ele bateu nela, e não foi durante uma luta, ou um treinamento.

— O que aconteceu com o Kaden?

Haley apoia a cabeça em meu ombro e aponta o local onde a luva de Kaden a atingiu.

— O soco na cabeça. Desencadeou alguma coisa. Acha que sou maluca por ter surtado?

— Não. Acho que o Matt é um babaca. — E um porra de um homem morto. — Quantas vezes isso aconteceu com ele?

Meu coração bate várias vezes.

— Uma vez — ela sussurra. — Foi quando eu terminei tudo.

— Meu Deus.

— Eu reagi — ela fala, com o rosto contra meu peito. — Tirei sangue dele. Se eu tivesse me controlado, talvez não tivesse acabado tão mal.

Todos os músculos do meu corpo se enrijecem. Ele está morto. Esse cara está morto. O filho da mãe desgraçado não vai ver outro dia nascer.

— Que bom que bateu nele também.

Ela relaxa em meus braços.

— É engraçado. Passei a vida inteira aprendendo a lutar, e nunca pensei nisso, em como machucar alguém. Era um esporte, um confronto físico como o raciocínio no xadrez, e eu era boa nisso. Quando entrava no ringue, nunca tinha intenção de machucar. O objetivo era usar minhas habilidades contra alguém que também tinha habilidades. Mas, com o Matt, eu quis machucar e machuquei. Isso me faz ser tão ruim quanto ele?

Seguro os ombros dela e a faço voltar-se, para poder olhar em seus olhos.

— Ele te bateu.

Ela reage como se estivesse assustada com a palavra "bater".

— Ele me machucou.

— Bateu. — Penso em toda a conversa e percebo que ela nunca admitiu o que ele fez. — O Matt te atacou, e você se defendeu. Não era treino, nem luta oficial. Alguém em quem você confiava te decepcionou. Isso faz dele um babaca e justifica a sua reação.

Haley vira a cabeça para o lado e se afasta um pouco de mim. Não tento impedir, porque ela não está se aproximando da porta. Seus dedos deslizam sobre a cômoda, tocam dois dos meus relógios, um anel de formatura e um vidro de perfume.

Ela estuda o quarto. O julgamento que espero desde a primeira noite em que a trouxe aqui aparece em seu rosto.

— Por que está comigo? Pode ter qualquer uma, mas está comigo.

— O que está dizendo é que sou rico.

— E eu sou pobre. Morei em um abrigo para pessoas sem casa.

Dou de ombros.

— E eu morei no meu carro.

— Não consegue me entender. — Pendura o Rolex no dedo. — Não é a mesma coisa.

— Não, não é. Existem coisas que são diferentes em nós, mas não tente me fazer parecer alguma coisa além do que sou quando estou com você. É a única hora em que me sinto bem comigo.

— Por que eu? — Tem uma nota de provocação na voz dela. Haley quer provocar uma discussão. — Cansou das garotas que davam tudo que você queria e decidiu tentar conquistar?

— Por que está exigindo tanto de mim?

— Não estou. — Mas está. Ela não gostou do que falei sobre Matt.

— Ontem à noite, você não tinha certeza se queria continuar comigo. Agora que sei uma coisa íntima sua, você vai continuar fazendo o que faz de melhor? Ou vai se esconder dentro da própria cabeça e fugir?

— Idiota — ela dispara.

Abro os braços.

— Eu sou, mas não me faço de morto, pelo menos. Vai brigar, ou vai fugir? Porque a decisão é sua. Pode falar o que quiser e me provocar até cansar, mas não vou desistir.

Haley fica em pé ao lado da cama, não pisca, não se move, e, como já joguei todas as cartas na mesa, decido abrir mão do que me resta de orgulho.

— E só pra você saber: sou virgem, Haley. Nunca fiz sexo com nenhuma daquelas garotas. Você nunca foi só uma conquista.

Como se eu tivesse anunciado que tenho oito mamilos, ela senta na cama, meio atordoada.

— Por que está me dizendo isso?

— Porque você é a garota que eu estava esperando. Se quer terminar, vai ter de tomar a decisão, porque eu não vou desistir. Você é tudo o que eu quero, não vou abrir mão de nós dois.

Haley olha para o carpete. Na televisão, uma canção triste começa a tocar. É a parte do filme em que o casal se separa. Depois de um tempo, eles voltam a ficar juntos. É assim que acontece nos filmes, mas, como Haley tem me lembrado muitas e muitas vezes, esta aqui é a vida real. Pessoas perdem o emprego, a casa... Pessoas se perdem umas das outras, e, na vida real, a dor realmente machuca.

— Estou me apaixonando por você. — Era um sussurro quase inaudível. Ouvi mais com o coração do que com os ouvidos, e nunca escutei som mais lindo. — Estou me apaixonando por você, mas não quero.

Ela se inclina para a frente, os cabelos escondendo o rosto. Eu me abaixo na frente dela e os ajeito atrás da orelha.

— Não sou o Matt. Eu e você não somos uma reprise do passado.

— Eu sei.

— Não, não sabe.

Ela assente, como se entendesse, mas seus olhos não refletem a verdade.

— Não sou o Matt.

— Eu sei — repete de novo no mesmo tom.

— Então, fala.

Haley enrola os dedos no cabelo e sussurra ainda mais baixo:

— Você não é o Matt.

— Então, por que fica me comparando a ele o tempo todo?

Haley

A pergunta de West é como um chute frontal na barriga.

— Eu não fico.

— Você foi a única pessoa que me viu como eu sou. Nunca pensou em mim como um Young. Nunca me tratou como alguém que ia pagar as suas contas. Sempre me viu como sou, o bom e o ruim.

West deslizas os dedos por meus cabelos e esfrega uma mecha entre o polegar e o indicador, antes de soltá-la sobre meu ombro.

— Mas, sempre que estamos juntos, vejo o fantasma do Matt em seus olhos. Quando a gente briga, às vezes tenho a impressão de que não é comigo que você está brigando. Eu amo você, Haley, não quero ter que dividir você nem com uma lembrança.

Olho nos olhos dele e vejo um sofrimento honesto, mostrando quanto falar a verdade é difícil para ele. West e Matt nunca poderiam ser postos na mesma categoria. West: refinado a sua maneira bad boy, com olhos azuis que sussurram seus pensamentos secretos, tanto os que provocam emoções profundas quanto os que induzem ao erotismo de me fazer ficar vermelha.

Porém é mais que isso. As emoções que crescem dentro de mim... É mais que o calor, que os arrepios constantes, que a excitação de encontrar o olhar dele através do quarto. É mais que uma paixonite. Quanto mais convivo com West, mais percebo o que havia entre mim e Matt. Com Matt, foi uma paixonite das fortes, porque, se fosse amor, ele não teria me tratado como tratou.

— Acho que estamos fazendo a coisa de trás pra frente — West fala com um brilho maluco nos olhos.

— Como assim? — Porque tudo isso parece muito impossível..

— O único jeito de se livrar de um fantasma é exorcizando.

— Exorcizando?

— Isso. — Matt passa o polegar por meu joelho, e vejo os músculos de seu braço ondulando com o movimento. — Preencha toda a memória com lembranças minhas, assim não sobra espaço para ele.

Cruzo os braços, tento desesperadamente desaparecer.

— E se não forem as lembranças que me amedrontam?

— Então, do que tem medo?

— E se eu não tiver medo de você, ou dele? — Engulo em seco, não sei se tenho coragem para pronunciar as palavras: — E se eu tiver medo de mim?

O silêncio dele confirma que não há esperança, é impossível. Mas eu me arrepio com a carícia leve dos dedos no rosto. West me faz levantar o queixo, e é difícil com o peso do silêncio esmagando meus ombros.

— Então, vou te ensinar a lutar contra o medo.

— Vai me ensinar?

— Vou. Primeiro, precisa confiar em mim.

Os dedos de West continuam me tocando, e inclino a cabeça na direção do toque agradável.

— Confio em você.

— Um pouco. Mas não completamente. Quando as coisas ficam difíceis, você se fecha na sua cabeça... corre para onde se sente mais segura. Haley, me deixa entrar. Deixa eu dividir esse peso com você.

Sei do que ele está falando... daquele sentimento sufocante quando as coisas ficam difíceis demais. Daqueles momentos em que eu teria recorrido a meu pai, ou a meu irmão. Mas tudo mudou, perdemos tudo, e eu tive de aprender a contar só comigo.

— Como?

— Começa conversando comigo. — West se acomoda na cama, perto dos travesseiros, e estende a mão para mim. A tensão deixa o ar mais pesado, e tenho de fazer um esforço maior para respirar. É isso. Ou confio em West, ou não. Ou bato no chão, ou luto.

Minha mão quer a dele, uma batalha entre a queda e o salto. Estou escolhendo isso, estou escolhendo West. Quando meus dedos encontram os dele e sou puxada para perto dele, tenho a sensação de sair de um universo bidimensional e entrar em outro. As cores são mais intensas; e os cheiros, mais fortes. West desliza o polegar por baixo de minha camiseta, e o calor aumenta entre nós.

— Conversa comigo — pede. — Sem censurar nada.

Respiro, e sou invadida pelo cheiro dele.

— Sobre o quê?

— Pode admitir que sou muito apressado, mas, ao mesmo tempo, que não quer que eu pare. — West escorrega a mão pela curva da minha cintura, depois encaixa um dedo entre o jeans e a pele, perto do quadril. A eletricidade faz meu corpo tremer. Adoro a sensação, mas ela também me apavora.

— Não. Tem que falar, em vez de pensar — diz ele.

— Gosto de te beijar. — Mais que gosto. Adoro. Preciso. Sonho com isso à noite e acordo frustrada quando me vejo sozinha na cama fria.

West escorrega a mão até tocar minha coxa.

— Só beijar? Não gosta disso? — Ele imita o movimento delicioso.

— Sou fã — confesso, e me derreto junto a seu corpo.

West se aproxima, e sinto o hálito quente na minha orelha.

— E isso?

Um arrepio divino.

— Muito fã.

— E os beijos no pescoço? — murmura.

Eu me contorço em seus braços, quero os beijos.

— Adoro.

As mãos dele me rodeiam, palmas deslizam por minhas costas enquanto ele sopra ar quente em meu pescoço. Viro a cabeça, expondo uma porção maior de pele, implorando.

— O que você quer? Chega de se esconder. Tem que me falar.

— Um beijo.

Os lábios de West encontram a pele atrás da orelha, e eu enfraqueço com o prazer.

— Mais? — sussurra.

Respondo que sim mexendo a cabeça na frequência rápida dos meus batimentos; depois lembro que ele vai esperar até eu falar.

— Mais.

A recompensa imediata é um beijo no mesmo lugar, porém com os lábios entreabertos.

Minha respiração falha quando West muda de posição e me deita de costas na cama. Um sopro de ar se levanta do edredom fofo, meus cabelos se espalham em todas as direções. West está em cima de mim, mas nossos corpos não se tocam completamente. O joelho dele está entre minhas pernas.

Minha mão treme quando afago a pele macia de seu rosto. West é lindo, com seus olhos azuis e os cabelos dourados. Meus dedos tocam seu ombro, descem pelo braço. Ele sempre foi forte, mas o treinamento deu mais poder e definição aos músculos. Quero admirar os resultados.

Mais atrevida do que jamais fui, ignoro o vermelho que sei que tinge meu rosto e puxo a barra de sua camiseta, um convite que não é verbal, mas que West aceita prontamente. Enquanto tira a camiseta, eu deslizo o dedo por seu peito até a barriga, acompanho as linhas bem definidas.

West fecha os olhos como se fosse afetado e seduzido por meu toque. Sinto minha pulsação tão forte que tenho a impressão de tremer a cada batida. Sei o que quero, e a coragem de falar me falta até West levar minha mão à boca. Ele beija o centro da palma, e eu falo:

— Sonho com você. Sonho com isso.

— Eu também. — Ele solta minha mão, e eu levanto os braços. West segura a barra de minha camiseta e a puxa para cima bem devagar, deixando uma trilha de beijos quentes na barriga, entre os seios e o pescoço. O corpo dele é quente, e o que mais adoro é sentir seu coração batendo contra a pele.

— Amo você — ele diz.

A adrenalina invade minha circulação. Amo West. Amo. Amo sua força, sua tenacidade, sua lealdade e até sua impulsividade. Mas tenho medo de como declarar esse amor em voz alta vai mudar tudo.

Com o corpo dele cobrindo o meu, seu coração e o meu em sintonia, a emoção com que estou lidando me domina, e nunca gostei dessa sensação de perder o controle. Minha boca treme quando uma lágrima quente escapa e desce por meu rosto.

West a captura com um beijo.

— Somos mais fortes juntos, Haley. Mais fortes do que somos separados.

— Não me sinto forte — sussurro.

— Então, eu vou ser forte o bastante por nós dois.

Meus dedos apertam seu ombro, agarro-me a ele.

— Amo você.

West me beija, e a intensidade do abraço desembaraça todas as linhas de raciocínio. Nossas mãos estão em todos os lugares: tocando, explorando. As dele estão no meu corpo. As minhas, no corpo dele. Uma alça do sutiã desce, depois a outra.

Rolamos, e as mãos dele encontram meus cabelos, as línguas se acariciam com urgência, e, quando minha perna se enrosca na dele, rolamos de novo e sinto o corpo arquear com o encaixe.

As mãos deslizam para baixo, e, com o calor se espalhando em todas as direções, murmuro o nome dele, uma vez, outra, enquanto, com mais alguns toques, ele sussurra o meu. Os dedos de West param no botão do jeans e nós dois abrimos os olhos.

Estamos ofegantes.

— Quero que você seja minha primeira vez. Isso significa muito, fazer amor tem um significado. Por isso nunca fiz antes. Estava esperando você aparecer.

Passo a língua nos lábios e concordo com um movimento de cabeça, querendo saber como é estar com alguém que me ama e que eu também amo. Meus lábios roçam os dele, e West abre o botão. O zíper da calça faz o único ruído que ouvimos no quarto.

Nós nos encaramos em silêncio. Minha calça está aberta. Podemos continuar ou parar, e, apesar do medo que sinto, não quero parar.

Meus dedos encontram o jeans de West, mas não tenho a mesma agilidade dele. Deveria ser fácil passar um botão pela abertura no tecido, mas meus dedos tremem. Uma tentativa. Segunda. Na terceira, sinto a marca que o botão de metal deixa em meu dedo.

West segura minha mão, e eu fecho os olhos querendo morrer. Ele não me afasta. Em vez disso, guia meus dedos em um movimento fluido e simples, e o zíper desce.

Juro, meu coração não poderia bater mais depressa.

Sem o sutiã e o jeans, tento puxar o cobertor que está embaixo do corpo.

— Está com frio? — ele pergunta.

Não. De jeito nenhum, estou ardendo, mas ficar sem roupa me intimida. Acho que sou mais experiente, mas, na verdade... não sou.

— Você se importa?

Ele balança a cabeça, e terminamos de nos despir embaixo do edredom. Ficamos deitados de lado, olhando um para o outro, e West desliza a mão, acompanhando a curva de meu corpo. Ele olha sem nenhum constrangimento pela fresta entre o edredom e nossos corpos, vendo mais de mim do que qualquer pessoa já viu.

— Linda.

Sorrio, e West me abraça. Ficamos ali deitados por um tempo, desfrutando do calor e do sentimento novo de estar "perto" um do outro. Olho discretamente para West e sei que ele sabe que estou satisfazendo a curiosidade ao espiar, de um jeito tímido, mas, mesmo assim... é estranho e excitante.

— Podemos... apagar a luz? — West é lindo, mas essa intimidade eu prefiro viver no escuro.

A bondade nos olhos dele quase ameniza o ardor do vermelho no meu rosto. Ele desliga a televisão, levanta da cama, e mordo o lábio quando o vejo nu, os ombros se movendo enquanto atravessa o quarto.

West apaga a luz, a escuridão invade o quarto, e preciso de um segundo até meus olhos se adaptarem. Lâmpadas pequeninas brilham nos aparelhos eletrônicos, e consigo ver o suficiente com a luminosidade que passa pela fresta da porta do banheiro. West volta para a cama. O colchão afunda, e seu calor me envolve antes de qualquer contato físico.

Voltamos devagar ao ponto em que paramos, à intensidade que me faz esquecer que estou nua, West está nu, e estamos dividindo algo tão íntimo, tão intenso...

West se afasta e resmunga um palavrão. O ar frio me envolve, o pânico enrijece meus músculos. Revejo os últimos segundos tentando descobrir o que fiz de errado.

— Que foi?

Ele deixa a cabeça cair no travesseiro, e eu puxo o edredom sobre os seios.

— West?

— Não tenho camisinha.

Eu pisco. Ele não tem...

— Pensei que todos os homens... — Parece que não.

Esfrega os olhos.

— Já falei. Eu não faço sexo.

— Ah... — A vertigem é refletida em meu tom de voz. — Então, ainda me quer?

West olha para mim pelo canto do olho e aponta para baixo.

— É óbvio.

Minha risada é nervosa, mas paro de rir em seguida, aliviada e um pouco.. frustrada. É como acordar de um sonho em que eu estava beijando West e depois não estar com ele na cama.

— Não vou fazer nada sem camisinha.

— Nem eu. — Sentado na cama, ele pega o jeans. — Vamos sair para comprar.

Não sei por que, mas isso me apavora. Estendo a mão e agarro a dele.

— Fica.

— Mas...

Afago seus dedos.

— Fica. Podemos fazer... outras... coisas... Mas fica. Não quero sair para comprar camisinha, porque então não será mais o momento... este momento...

West fica em silêncio por um instante, depois balança a cabeça concordando comigo.

— Tudo bem.

Suspiro.

— Tudo bem.

Ele se deita a meu lado e me beija.

— Mas vou comprar algumas.

— Certo. — Perco o fôlego outra vez quando as mãos dele retomam a exploração.

— É sério — ele insiste.

— Eu acredito. — E a gente se perde nas carícias...

Sensações ganham intensidade, e a emoção alimenta a chama que se torna uma fogueira. Nossos corpos se enroscam em uma teia complexa, e, se for para escolher, não quero sair dali. Agarro West com força, do mesmo jeito como ele me segura. Ofegamos, e o mundo inteiro desaparece; só nós existimos.

Desabamos um sobre o outro. Músculos fracos e mentes sem foco. Braços e pernas enroscados, West me aninhando junto de seu corpo. Um braço me envolve de maneira protetora. Meu rosto descansa contra o peito dele, e seu coração bate forte embaixo da minha orelha. Eu o amo. Amo.

West beija o topo de minha cabeça enquanto suas mãos passeiam por minhas costas.

— Amo você, Haley — sussurra. — Amo você.

West

Olho para o boletim que recebi na primeira aula. Por mais que eu dobre e desdobre o papel, os resultados não mudam: sólidos Bs. O sorriso se espalha por meu rosto mais uma vez, apesar da raiva que ferve dentro de mim desde a noite de sábado.

O sinal anuncia o intervalo do almoço, e Haley se levanta. Ela joga os cabelos castanhos por cima do ombro e, por alguns segundos, estou de novo com ela na cama. Juro que posso sentir aquele cabelo sedoso acariciando meu peito nu.

— A tinta vai apagar. Aí ninguém vai acreditar em você — ela fala.

Dobro o papel de novo e guardo entre as folhas do caderno. Haley conheceu meus demônios, inclusive o das notas, e me ama do mesmo jeito. O braço dela balança perto do meu, e seguimos pelo corredor cheio a caminho do refeitório. Gosto da inclinação satisfeita de sua boca quando minha mão encontra a dela. É segunda-feira. A noite de sábado mudou tudo para nós, fez a gente melhor, mais forte.

— É incrível o que acontece quando você estuda — ela provoca de novo.

— Ou assiste às aulas. — Hoje à tarde, vou prender meu boletim na porta do escritório de meu pai.

— Estava pensando em pular o almoço hoje — Haley comenta, com um sorriso insinuante, e a expressão sexy quase me tira do rumo. Quase.

— Estou com fome.

Ela comprime os lábios.

— Tenho pretzels na mochila.

— Estou com muita fome.

Haley para na entrada do refeitório e me segura com mais força. Continuo andando até meu braço ficar completamente esticado. Quando viro, Haley perdeu o ar fofo.

— Não faz isso, West.

— Fazer o quê? — Nós dois sabemos que, no refeitório, eu vou atrás do Matt para pegar pesado.

Desde que deixei Haley na esquina da casa do tio dela, no sábado, porque não podemos ser vistos juntos desde que ele deu o ultimato, tenho pensado neste momento. A raiva cresceu e fermentou, e estou pronto para deixar o sentimento transbordar. Haley não me deu detalhes, mas Matt bateu nela, e cansei de ver todo mundo agindo como se ela não valesse nada, inclusive a família.

— Lembra o que eu disse sobre se deixar dominar pelas emoções — ela solta.

— Lembro.

— Bom, é o que está acontecendo agora.

— Haley, isso é premeditação em seu exemplo mais clássico.

— O que importa não é quanto tempo ficou pensando na situação... é a emoção. Raiva não vai te levar a lugar nenhum. Não, mentira. A raiva vai te matar. — Haley olha em volta. As pessoas na cantina sentem o ódio que emana de mim e olham para nós, como curiosos passando por um acidente de automóvel.

— Eu posso te impedir — ela anuncia com simplicidade.

Olho no fundo de seus olhos escuros e balanço a cabeça.

— Você não me humilharia assim.

— Isso é loucura — ela sussurra. — Vai ter sorte se acertar um soco antes de ser contido pelo segurança, e vocês dois vão ser expulsos do colégio. Política de tolerância zero, lembra? Não importa quem bate primeiro, ambos são punidos.

A loucura dentro de mim me faz sorrir.

— Tenho um plano.

— Ah, droga, sério? — Haley joga a mochila no chão como se jogasse a toalha. Regra da academia do Matt: ele não pode treinar por uma semana, se for suspenso por brigar na escola. — Quando vai meter na sua cabeça dura que não vale a pena brigar por mim?

— É claro que vale. E você sabe que não vamos chegar a socos. A verdadeira briga vai acontecer daqui a algumas semanas, no octógono.

Haley entra em estado de choque, e seu rosto fica pálido.

— Não, West. Não desafia o Matt. Você tem mais chance contra o Conner.

— Não quero o Conner. Quero pegar o Matt, e quero que seja suspenso na academia.

— Você tem boas chances de continuar em pé depois de três rounds com o Conner, mas vai perder para a emoção se insistir em lutar contra o Matt. Como vai ficar focado na estratégia de jogo, dentro do octógono, quando o Matt te provocar? Quando ele me xingar? Quando me chamar de piranha?

Se o filho da mãe for por esse caminho, ele morre.

— Eu vou me segurar.

— Quando vai aprender? Isso não é um campeonato de quem é o mais durão, não é uma disputa em que os homens batem no peito e depois decidem quem bateu mais forte. É uma partida de xadrez com confronto físico. Sim, você precisa ser forte e ter habilidades, mas, muitas vezes, vence o mais inteligente.

— Ah, então não vai ter problema. O Matt é um idiota.

— Ele é treinado... uma máquina... e é isso que você precisa ser. Nada de emoção... Quando grito com você para prestar atenção a alguma coisa, ou fazer uma sequência específica, é isso que preciso que faça. Precisa ter foco e procurar aqueles momentos de abertura. Não tem que ficar furioso e procurar vingança, porque, se lutar dominado pelas emoções, não vai conseguir se vingar. Só vai apanhar muito.

— Entendi tudo. Acabou? Preciso começar uma briga.

— Quando vai parar de agir por impulso? Isso ainda vai te matar.

— Eu vou parar. — Seguro a mão dela, e Haley a puxa com força, brava de mais para aceitar contato físico. Sorrio, e ela revira os olhos, irritada com a facilidade com que consigo desarmá-la. Levo sua mão à boca e beijo os dedos. — Depois de acertar essa conta com ele.

— Isso é como amar alguém que está no corredor da morte.

— Mas você me ama. — Abaixo a mão dela e ando sem pressa até o canto do refeitório.

Matt deixa a bandeja na ponta da mesa e ri, enquanto fala alguma coisa para os amigos. O irmãozinho verme, Conner, está sentado à esquerda. O jogo acabou. Chegou a hora de dar a essa luta o nome certo: é guerra!

Matt levanta a cabeça quando pego sua bandeja e a empurro para fora da mesa. Bandeja, o prato de plástico, duas tigelas e a caixinha de leite caem no chão. A comida se espalha para todos os lados.

— Desculpa — eu falo. — Acho que tropecei.

— Ele é só meu. — Matt se levanta com o resto da turma, mas, antes que tenha tempo para fazer alguma coisa, eu o agarro pela gola da camiseta e jogo contra a parede. — Se olhar para a Haley de novo, falar com a Haley de novo ou tocar na Haley de novo, eu te mato. Se quer bater em alguém, vai ter de bater em mim. Entendeu?

Uma sombra obscurece seu rosto, e ele sabe que eu sei. O punho de Matt tenta encontrar meu rosto. Levanto o braço e bloqueio o golpe. Respondo imediatamente com um jab. Camisas roxas aparecem de todos os lados. Os seguranças da escola nos separam.

Matt tenta me acertar.

— Você está morto, Young!

— Vem!

Aponta para mim enquanto os guardas o puxam para trás.

— Nós dois no octógono. Você e eu!

Relaxo para convencer os guardas de que eles podem me soltar. Missão cumprida.

Haley

Cortar vegetais se torna um movimento automático. O barulho de fritura da carne no fogão é a salvação, o som que encobre o barulho na sala e impede minha cabeça de explodir. Pelo canto do olho, vejo Jax batucando com os dedos uma batida de heavy metal no próprio braço, olhando para o chão com uma expressão mortal.

— Posso te ajudar com os vegetais.

Continuo cortando. As cebolas na tábua vão se transformando em pedacinhos menores.

— Melhor ficar longe de objetos cortantes.

— Verdade. Legal o que o seu namorado fez hoje na hora do almoço. Descobri que tenho um pouco mais de respeito por ele.

Suspiro alto. West foi suspenso pelo resto do dia por causa da gracinha idiota com Matt.

— Agora ele vai lutar contra o Matt.

Jax bufa.

— Como se antes não fosse com ele.

— Acha que o West vai estar preparado? — Depois que entrei no ringue, Jax e Kaden cumpriram a parte deles no acordo e estão me ajudando a treinar West. Jax tem trabalhado com ele no boxe e Kaden, na imobilização.

Jax faz aquele olhar de coruja pensativa de novo.

— Não sei. Talvez. Ele tem talento, mas é um talento bruto. E tem a cabeça quente. Vai ter de ensinar o cara a se controlar.

— Eu tento.

— Tenta de novo.

A voz do meu tio soa mais alta:

— ... maior porcaria do planeta...

A mãe de Jax canta um hino religioso. Canta mais alto no eterno santuário de seu quarto. Ela está consertando alguma coisa... de novo.

Ponho mais óleo na frigideira, tentando usar o barulho da fritura para não ouvir meu tio gritando com meu primo mais novo por ter entrado em casa com os tênis sujos.

— Vai pôr fogo na comida — Jax me avisa.

Nossos olhares se encontram, e uma centelha insana de esperança brilha dentro de mim. A parte mais triste é que o mesmo delírio ilumina os olhos dele.

— A Cruz Vermelha abriga pessoas cujas casas são destruídas por incêndio. — Volto aos vegetais. — Em caso de pequenos acidentes, é comum fornecerem quartos de hotel. Vários quartos, às vezes, dependendo do tamanho da família

— Interessante. Vou me lembrar disso.

Quanto mais tempo passo nesta casa, mais louca eu fico. A aura do meu tio está impregnada na pintura das paredes, no chão, no teto. Ela espreita, consome e digere. Às vezes me pego torcendo para ele engasgar com a comida, dormir ao volante ou, simplesmente, cair morto.

Jogo as cebolas no óleo quente.

— Acho que estou me tornando uma pessoa má.

— É a casa. Se a gente sobreviver até a formatura do colégio, vai ficar tudo bem.

Minha mãe entra na cozinha com Maggie no colo. A música transborda dos fones de ouvido nas orelhas de minha irmã. Ela tem oito anos, mas se agarra à minha mãe como se fosse um bebê. Maggie não é imatura. Tem medo do mal. Deve estar assustada, em vez de ficar entorpecida como eu.

Minha mãe a acomoda em uma cadeira.

— Viu o seu pai? — Vestindo jeans e camisa preta, ela está pronta para sair e começar a trabalhar no segundo emprego.

Depois que fui aceita pela Universidade de Kentucky, meu pai parece um fantasma. Mais uma coisa que compliquei.

— Deve estar na biblioteca. Ele tem se esforçado muito para arrumar um emprego.

Minha mãe inspira como se fosse falar alguma coisa, mas fica quieta e coloca papel e lápis de cor diante de minha irmã.

— Por favor, cuida da Maggie enquanto eu estiver fora.

Jax pega um pedaço de batata crua.

— Eu cuido dela. Como se minha vida dependesse disso.

— Impedir que ela ouça gritos, garantir que coma o jantar e que vá para a cama na hora já bastam. Acho que nenhum dos dois vai ter de sacrificar a própria vida.

Jax ri.

— Só um comentário.

— Você é um bom menino. — Minha mãe toca o braço do Jax. — E é um dos favoritos do meu pai.

Jax enfia a batata na boca, e o sorriso em seu rosto é eloquente. Minha mãe beija o rosto dele, o meu, depois o de Maggie, e sai em seguida. É como se a cozinha perdesse o calor.

— Vi seu pai algumas vezes na rua do comércio, sabe?

A faca em minha mão fica parada no ar.

— Devia estar esperando o ônibus.

— Ou indo ao bar.

Corto outra batata.

— Você viu meu pai no bar?

Ele fica em silêncio, e a faca bate na tábua de corte com um barulho cadenciado a cada movimento.

— Não temos dinheiro para isso — continuo. — E meu pai não bebe. Não desse jeito, pelo menos.

— A cerveja é barata no bar.

Jogo a faca na tábua e me volto para Jax.

— Meu pai não desistiria.

— Nem o inimigo.

Ele pega minha irmã, que olha para nós com os olhos arregalados. — Vem, Maggie, a gente vai se esconder no porão.

West

O diretor me suspendeu das aulas pelo resto do dia, por eu ter jogado Matt contra a parede. Dou risada. Na Worthington, eu teria sido expulso por isso.

Na cozinha de casa, na bancada onde é servido o café da manhã, pego mais uma fatia de presunto e fecho o sanduíche. Haley está pegando no meu pé por causa do peso. Está me ameaçando com horas de sauna e plástico envolvendo o corpo se eu não parar de comer porcarias calóricas. Preciso perder mais dois quilos, e presunto não vai me matar. O sanduíche derrete na minha boca. Depois da luta, vou comer tudo que aparecer na frente.

Tenho trinta minutos antes de ir para a academia para treinar com Jax e Kaden. Haley vai tirar a noite de folga, para cuidar da irmã pequena.

O barulho de rodas me faz parar de mastigar. Rachel voltou para casa ontem, e consegui evitá-la. Olho para a porta dos fundos com o sanduíche ainda na mão, mas Rachel é mais rápida na cadeira de rodas, e eu não conseguiria sair sem que ela percebesse. Ela entra na cozinha, e nossos olhares se encontram. Minha garganta fecha e preciso me esforçar para engolir a comida que está em minha boca.

Rachel não diz nada quando passa por mim a caminho da geladeira. Tenta manobrar a cadeira para abrir o refrigerador. Seus movimentos são truncados, o rosto sugere concentração. Dou um passo na direção dela, e Rachel se irrita.

— Eu posso cuidar disso.

Recuo e levanto as mãos. Tudo dentro de mim se contorce quando ela move a cadeira para frente, para trás e para frente de novo, até, finalmente, abrir a porcaria da porta. Meu coração fica apertado quando ela abaixa a cabeça.

A governanta esqueceu de deixar bebidas na prateleira mais baixa. *Merda*.

Rachel bate a porta da geladeira e se aproxima da janela. Olhando para a garagem, ela pisca depressa. Aquele prédio era a casa dela. Sempre que ficava frustrada, furiosa ou solitária, ia para lá e se concentrava no carro. Além de não poder mais dirigir e de ter perdido o amado Mustang no acidente, Rachel só pode tocar um capô fechado.

Rachel perdeu a casa.

— Sinto muito — digo.

— É horrível ter perdido a capacidade de andar ou ficar em pé, mas eu tinha que perder você também?

O piso range, e nós dois viramos para a porta da cozinha. Meu pai está lá. Pigarreia e acena para mim, sinalizando que o siga.

— West.

Milhões de palavras se formam em minha mente. Rachel não me perdeu. Eu amo minha irmã. Cortaria minhas pernas para dar a ela, se fosse o suficiente para devolver sua capacidade de andar. Mas, como sou um idiota, não falo nada disso. Abro a geladeira, pego um refrigerante diet e deixo em cima da mesa.

Meu pai já está sentado atrás da mesa de mogno quando entro no escritório e me acomodo na cadeira diante dele. A prateleira a suas costas está cheia de fotos da família. Muitas são de minha mãe e da filha que eles perderam, Colleen. No canto, numa moldura oito por dez, vejo minha foto favorita. Eu tinha oito anos e achava que meu pai era o melhor homem do mundo.

Ele agora veste camisa branca sem gravata. O paletó do terno está pendurado no encosto da cadeira, uma indicação de que acabou de chegar em casa. Ele termina o que está digitando no notebook, depois olha para mim.

— Seu orientador telefonou para falar sobre a briga.

Fiz as malas assim que cheguei em casa. Estava preparado para este momento. Tenho três malas cheias e uma boa quantia em dinheiro, graças ao trabalho no bar.

— Não quer me contar o que aconteceu?

— Como assim?

— Por que brigou?

Meu pai não me perguntava o motivo de nada desde minha segunda suspensão, no oitavo ano.

— O cara machucou a Haley.

— A Haley é sua namorada.

— Isso.

Ele pega uma pasta e tira dela o boletim que deixei preso à porta.

— Podia ter me entregado pessoalmente.

— Podia. — Mas prender um boletim cheio de notas acima da média na porta de seu escritório era o equivalente a mandar meu pai se ferrar. A suspensão grita que sou um fracasso, mas o boletim é meu "foda-se" para ele.

Meu pai comprime os lábios e olha para a mesa. Conheço aquela cara. Ele está a segundos de perder a paciência e começar com o discurso sobre eu ser uma decepção. Escorrego para a beirada da cadeira, preparando-me para sair.

— Podemos conversar? — ele pergunta.

— Já sabe que eu fui suspenso, não sabe? Quer mesmo fingir que está tudo bem?

— Não lembro a última vez que conversamos.

Olho para a nossa foto, e meu pai segue a direção de meu olhar.

— Não faz tanto tempo assim — ele diz.

Faz, mas relaxo na cadeira. Confesso, ele me desarmou. Mas ainda estou cauteloso. Meu pai nunca acenou com uma bandeira branca, mas ele é bem capaz de me atacar pelas costas.

— Vamos conversar.

— Muito bem. Vamos conversar. — Meu pai une a ponta dos dedos. Tento lembrar nossa última conversa que não tenha acabado em acusações. Olho de novo para a foto. Meu pai e eu havíamos construído uma casa de passarinhos para um projeto da escola. Foi o primeiro dia em que usei um martelo e pregos.

— Eu conserto coisas — falo. — Em um bar. Fui contratado para isso, e sou bom no que faço.

— Eu sei o que você tem feito. No bar, na escola, na academia.

A raiva é como um tremor profundo dentro de mim. O único sinal aparente é o esboço de sorriso.

— Contratou alguém para me seguir.

— Você é meu filho, e saiu de casa. O que esperava que eu fizesse?

— Você me expulsou de casa, e eu esperava que fosse me procurar. Não que me deixasse morando no carro por duas semanas. — As palavras saem espontaneamente, e tudo que eu queria era poder trazê-las de volta.

Quando eu era criança, achava que as mãos do meu pai eram uma bola de cristal com todas as respostas, porque era para elas que ele olhava enquanto eu ficava no meio desta sala, esperando uma punição por meus crimes. Agora sei que não tem magia. Ele só olha.

— Eu queria que você pedisse para voltar pra casa — ele admite por fim.

— Não teria acontecido. — Eu teria morado no carro para sempre, mas não voltaria rastejando.

— Eu sei — meu pai resmunga, depois pigarreia. — E acho que não teria voltado nem se eu tivesse ido atrás de você. Odiei usar a sua mãe como desculpa para te trazer de volta, mas não pensei que tivesse outro jeito. Quando não voltou, naquele fim de semana, ficou óbvio que queria provar alguma coisa, e agora sei como você é quando decide fazer algo.

Se ele tivesse pedido... Não, se tivesse implorado, eu teria voltado para casa, mas implorar não é o estilo do meu pai, e rastejar não é o meu. Talvez ele tenha razão. Talvez eu realmente quisesse provar alguma coisa.

— Sabe o que eu vejo quando olho para você? — meu pai pergunta.

— Um fracasso? Um derrotado? Uma decepção? — Se eu falar primeiro, as palavras não terão o mesmo impacto.

— Eu. — Meu pai desabotoa o colarinho da camisa. — Cada vez que olho para você, me vejo em um espelho para o qual não gosto de olhar.

Ah, não. Eu me inclino para frente e esfrego as mãos no rosto. Passamos anos brigando. É assim que nos comunicamos, trocando olhares cheios de rancor e palavras de ódio. Como é que eu vou responder a isso? Minha cabeça gira como se eu tivesse sofrido um nocaute.

— Você se parece comigo — ele continua. — Especialmente na sua idade. Sempre achei que seu avô me mandaria embora de casa antes de eu me formar no colégio.

Nem ele, nem meus avós mencionaram isso antes. Na minha cabeça, meu pai sempre foi dolorosamente perfeito.

— O que impediu meu avô de te pôr para fora?

— Sua avó. — Os olhos dele se tornam distantes, como o sorriso. — Como sua mãe teria me impedido, se não estivesse ocupada com a Rachel quando tudo aconteceu. Ela ainda está muito ressentida comigo... por ter mandado você embora.

Massageio a nuca. Os músculos estão duros, criando a sensação de sufocamento.

— Você dava muito trabalho? Quando tinha a minha idade?

— Eu fazia besteira... e continuo fazendo.

Ele está se desculpando? Olho para trás, para ver se minha mãe está ali, orientando suas atitudes. A porta está fechada, estamos apenas os dois no escritório.

— Que tipo de besteira?

— Pior que as que você faz. — Meu pai pega o boletim. — Eu nunca tirei essas notas. Nunca arrumei um emprego sozinho, nunca conservei um emprego e nunca me interessei por nada parecido com aquilo em que você está interessado... Quando foi a última vez que encontrou seus antigos amigos?

Dou de ombros.

— Faz tempo.

— Passa muito tempo na academia.

— É.

Meu pai empurra sobre a mesa um catálogo de equipamento de primeira linha para uma academia em casa.

— A Rachel vai passar a maior parte do tempo na fisioterapia. Vou transformar a sala da frente em sala de ginástica para ela e contratar alguém para acompanhar o trabalho de recuperação. Quando estava pesquisando, encontrei isso. Achei que podia querer escolher alguma coisa.

Tenho aquele mesmo torpor que experimento quando falo com Abby e caio na toca do coelho.

— Valeu, mas eu gosto da academia.

— Sua mãe gostaria de ter você em casa por mais tempo, já que deve ir embora para a faculdade no outono, e... eu também gostaria.

— Você bateu a cabeça recentemente? — Estendo o braço esquerdo. — Tem dores agudas no braço e dor no peito? Formigamento em um lado do rosto? Está usando algum medicamento novo, ou usando alguma droga pesada?

Meu pai dá risada, e seus olhos escuros brilham. Ele olha daquele jeito com frequência para meus irmãos, mas nunca olhou assim para mim. Será orgulho?

— Conversei com a diretoria da Worthington. Você pode voltar para lá. Também falei com o gabinete de admissões da Universidade de Louisville. Eles vão rever seus documentos.

Estou de queixo caído. Respiro algumas vezes.

— Sabe que eu fui suspenso por ter brigado, não sabe?

— Sei. Mas, nas últimas semanas, alguma coisa aconteceu dentro de você. Alguma coisa que não aconteceu em mim antes dos vinte anos. Você está voltando à vida, e quero participar disso.

Espera...

— Vinte anos? Você conheceu minha mãe no primeiro ano da faculdade. — Era uma daquelas histórias de amor tipicamente americanas. O garoto e a garota, ambos de boa família, que se apaixonam por causa do amor em comum pela educação, do dinheiro e das atividades extracurriculares.

Meu pai me encara, e eu desabo na cadeira.

— Vocês mentiram.

Ele mexe a cabeça, alongando o pescoço, e o silêncio confirma a verdade.

— Pelo menos se conheceram na faculdade?

— Não — ele responde. — Eu sei do que estou falando e não quero que você repita meus erros. Me deixa te ajudar.

Nos últimos dois meses, tudo tem sido vazio e escuro, e agora vejo uma luz. Fui idiota antes. Fiz escolhas burras. Tinha um futuro, e quase joguei tudo fora. Então conheci a fome e a solidão, e minha única salvação foi a Haley.

Haley.

— Vou ficar no Eastwick e me formar lá.

A expressão de meu pai é de desânimo.

— A Worthington é um das melhores escolas do estado. Um diploma de lá vai abrir muitas portas para você no futuro. Eastwick não tem nada para te oferecer.

Tem a Haley.

— Vou ficar lá.

— Tem medo de não conseguir as mesmas notas na Worthington? Dedique-se, como tem feito no colégio novo. O problema sempre esteve dentro de você, e agora está motivado, finalmente.

Sinto um arrepio, como se estivesse encurralado em um beco escuro.

— Estou motivado no Eastwick. Gosto de lá e vou ficar lá.

— É por causa da garota?

Levanto o queixo.

— Está falando da Haley?

— Eu te coloquei numa situação em que você poderia ter feito todas as escolhas erradas, mas encontrou um caminho e deu um jeito na vida. Se somos espelhos um do outro, aceite o meu conselho. Isso é um período de lua de mel. No começo, vai se dar bem, mas vai acabar afundando com tanta má influência. Agora você tem a motivação. Volte para o seu lugar e evite uma recaída.

— Não vai ter recaída. — Haley é o motivo para eu ter me tornado quase decente.

— A briga de hoje, na escola, é o começo dessa recaída.

— Se somos espelhos um do outro... se sua história com minha mãe não é a que você contou, vai entender que eu tenho um motivo para não recair.

— Estou falando por experiência própria: uma garota pode ser seu pior tombo. Pode mudar seu rumo, e nem sempre é como você pensa.

Qual é?

O celular do meu pai apita, e ele coça a cabeça enquanto lê a mensagem.

— Vou precisar abreviar a conversa. Quero que volte para a Worthington Vamos trabalhar para você ser aceito na UL. Sai do emprego no bar e eu arrumo alguma coisa para você comigo. O equipamento de ginástica vai chegar no final da semana. Pode começar a treinar aqui em casa.

Enrijeço como uma estátua.

— Não vou abrir mão da minha vida.

— Não é da sua vida. Você está voltando para casa depois de passar dois meses tentando se entender. Agora está tudo bem, mas as pessoas com quem está andando podem te causar um grande estrago. Você pode muito mais. Eu sei disso, e agora você também sabe. Seu corpo está aqui, mas, mentalmente, ainda não voltou para casa. Queria que eu pedisse? Então, estou pedindo. Volta para casa. Aproveita tudo que eu posso te oferecer.

Por dentro, estou gritando tanto que me sinto rasgar ao meio. Este momento é o que desejei durante anos. Ouvir meu pai dizer que se orgulha de mim como filho. Mas saber que, para conservar essa aprovação, tenho de abrir mão da vida de que eu gosto... Eu me levanto da cadeira.

— Desculpa. Não vai dar. Preciso continuar no Eastwick. Preciso treinar na academia. Preciso...

— Da Haley — meu pai termina por mim. — Não precisa. Entendo que acredite nisso, mas não é verdade. As coisas entre vocês dois vão acabar mal. Acredite em mim.

— A Haley e eu vamos ficar bem. Além do mais, ela precisa de mim. Estou ajudando com a bolsa de estudos...

— Eu demiti o pai dela — ele anuncia com simplicidade. — Tem gente de olho em você desde que não voltou para casa, naquela sexta-feira à noite. Sei onde ela mora e sei quem ela é. Sei o que perdeu. Sei de tudo. Mas e ela? A Haley sabe que minhas decisões criaram esse pesadelo?

O medo que me impediu de beijar Haley na noite que passei no quarto dela retorna.

— Não.

— Também sei sobre a luta, daqui a duas semanas — meu pai continua. — Sinto muito, mas não posso permitir que ela aconteça. Perdi a Colleen. Depois de tudo que aconteceu com a Rachel nos últimos dois meses, não posso correr esse risco. Sua mãe não aguenta mais nada. Eu não aguento mais.

— Tenho dezoito anos. — Minha voz se torna distante quando entendo o que ele quer dizer. — Não preciso da sua permissão para lutar.

— É, não precisa. Mas acho que deve esperar para decidir até ouvir o que tenho a oferecer. Se desistir da luta, se voltar para casa e deixar para trás a Haley e toda essa sua nova vida, dou a ela o que o pai não pode dar. Pago a faculdade para ela.

Haley

Passo pela porta dos fundos com um saco de lixo cheio na mão e olho para as nuvens carregadas. Os últimos dias foram ensolarados, mas a meteorologia prevê tempestades para hoje à noite. Pequenas gotas de água salpicam meus braços, mas não me importo. Prefiro me molhar a ficar lá dentro.

Exceto por West ter sido suspenso por agredir o Matt, hoje foi um dia bom. Terminei de preencher os formulários para a bolsa de estudos, e meus professores me dispensaram das aulas para eu poder editar o vídeo no laboratório de informática. Agora só preciso da conclusão: a luta entre Matt e West.

Se West vencer, o final será glorioso, mas não conto muito com isso, porque esse tipo de coisa só acontece nos contos de fada. Aqui é a vida real, e construí toda minha proposta de inscrição em torno do treinamento de um iniciante em algumas técnicas, de forma que ele possa enfrentar uma luta e se manter em pé até o último round.

A grande ironia: minha vantagem é saber como Matt luta, e ensinei West a usar as fraquezas do Matt contra ele. Dei a West a melhor munição que tenho. O resto, infelizmente, é com ele.

— Estava te esperando. — Matt sai de trás da parede lateral da casa, e eu quase morro de susto. Meu impulso é jogar o saco de lixo nele e correr para dentro, mas entrar não é muito melhor do que ficar aqui.

Jogo o lixo na lata e limpo a umidade da testa. Deveria evitar Matt, mas estou cansada de fugir dele. Cansei de ser covarde.

— O que você quer?

Ele coça uma das pálpebras antes de pôr as mãos nos bolsos.
— Faltam duas semanas para a luta. Pensou na minha proposta?
— Estou com o West. Você e eu terminamos, Matt.
— Sabe que ele é um Young?

Penso em vários palavrões. West tentou impedir que as pessoas soubessem de suas origens, porque tinha medo de que o dinheiro da família complicasse a situação. Nós dois sabíamos que a verdade acabaria vindo à tona.

— Sei qual é o sobrenome do meu namorado.
— Não, Haley. Ele é da família Young. Aquela.

Merda.

— Ele não tem dinheiro. Foi deserdado...
— Não quero saber de dinheiro. Quero saber de você.
— Ele é legal comigo.
— Eu também era legal com você, mas pisei na bola uma vez. Quero saber se vai ficar ressentida com ele como ficou comigo.

A chuva cai mais pesada e faz barulho no carro do meu tio. O ar é morno, mas a água é fria. Eu estremeço.

— Quer falar alguma coisa antes de eu me afogar?
— Sabe que meu pai foi demitido junto com o seu, não sabe?

Confirmo com um movimento da cabeça. Meu pai trabalhava no escritório. O dele, na linha. Felizmente para Matt, o pai dele arrumou emprego em outra fábrica da região.

— Foi por causa dos Young que seu pai e o meu perderam o emprego. Foram eles que compraram a empresa e transferiram as operações para o México. Pergunta para o seu namorado por quanto tempo ele escondeu isso de você.

West

Uma luz azulada brilha perto da cama de Rachel, e eu paro na porta do quarto dela. É tarde, e ela deveria estar dormindo. As roupas que emprestei para Haley estão nas minhas mãos. Os lençóis se mexem e, com um clique, o abajur em cima do criado-mudo ilumina o quarto. Com a cabeça apoiada sobre uma pilha de travesseiros e a coberta puxada sobre o peito, Rachel aperta os olhos contra a luz.

— Tudo bem?

Entro no quarto e fecho a porta. Minha mãe tem sono leve, fica atenta a qualquer ruído, caso Rachel precise dela.

— Vim devolver suas roupas, não queria te acordar.

— Espera aí, preciso de provas. O Ethan não vai acreditar em mim. — Rachel levanta o celular e tira uma foto. — Não vi o momento travesti acontecendo. Devia ter visto. Você é bonito demais para ser homem.

Sorrio. Havia esquecido o quanto gosto de seu humor brincalhão.

— Eu te acordei, desculpa.

— Eu já estava acordada. — O celular dela vibra, e um sorriso bobo brinca nos lábios de Rachel enquanto ela lê a mensagem. Os dedos dela digitam uma resposta e, tímida, ela olha para mim. — É o Isaiah. Meu ritmo de sono é maluco, e ele... — Seu rosto fica vermelho. — Ele me faz companhia.

Isaiah... o cara que não saiu de perto da minha irmã e anda pelo colégio como um zumbi. O cara que vai a todas as sessões de fisioterapia e segue todas as regras criadas por meu pai. O cara que a ama. Como eu amo a Haley.

— Você ama o Isaiah?

— Sim. — A resposta é rápida.

Antes do acidente, eu teria pulado na cama dela e brincado com algum objeto frágil no quarto, para provocar uma reação, em vez de ficar parado na porta. Perdi esse direito no dia em que entrei neste quarto e peguei o dinheiro de que ela precisava.

— Desculpa. O que aconteceu com você foi... minha culpa.

Todos os avisos de Haley ao longo dos últimos meses me voltam à memória: eu ajo sem pensar. Sou impulsivo, e minha impulsividade prejudica não só a mim, mas as pessoas que amo. Prejudicou a Rachel e agora está prejudicando a Haley.

Invadi a vida de Haley, reagi a tudo, achei que sabia mais que ela, mas a verdade é que sou um idiota. Certa vez, Haley especulou se não seríamos apenas ações a reações, impotentes diante do destino. É verdade. Eu reajo. Outras pessoas arcam com as consequências.

— Eu fiz isso — continuo. — Por minha causa... — E fecho os olhos quando sinto que começam a arder.

— West. — O sofrimento no tom de voz dela esfrega sal na ferida que já lateja. — Você precisa vir até aqui, porque eu não posso ir aí.

O impulso é ir embora, correr tanto quanto possível, mas cansei de agir por impulso. Cansei do que é confortável. Todos disseram que minha irmã precisava de mim, mas fui egoísta demais para ouvir. Fiquei preocupado demais com a dor.

Eu me sento no chão com as costas apoiadas no criado-mudo, não porque minha irmã precisa de mim, mas porque sou um cretino e preciso dela. Preciso muito da minha irmã, e os dois últimos meses sem ela quase me enlouqueceram. Rachel descansa a cabeça nos travesseiros e estende um braço. Sem me voltar, seguro a mão dela.

— Não é culpa sua — ela diz.

— É.

— Não é.

— Você não pode andar — disparo, e sinto a mão dela tremer na minha. — Roubei o seu dinheiro, e agora você não anda e eu não posso fazer nada para consertar o estrago. — Respiro com dificuldade e sinto a náusea subindo, traiçoeira, até a garganta. — Desculpa, Rachel. Sinto muito.

Ela puxa minha mão e, como um castelo de cartas, desabo. Prejudiquei Rachel, e estou a um passo de prejudicar Haley. Quando vou parar de pagar por todos os pecados que cometi no passado? Quantas coisas que amo vou ter de perder como punição pelo sofrimento que causei?

— Eu não choro — falo. Homens não choram. Mas, quando Rachel toca minha cabeça, desmorono.

— Eu sei — ela responde.

Ficamos assim até Rachel afagar minha mão e eu responder com o mesmo gesto.

Numa tentativa de recuperar o orgulho, endireito as costas e enxugo o rosto.

— Se eu pudesse consertar tudo isso, consertaria. Se eu não tivesse roubado o dinheiro...

— Se eu tivesse conversado com você, com o Ethan, ou nossos pais, sobre o problema em que estava metida... se o Gavin não jogasse... Se a Colleen não tivesse tido um câncer... não tem mais importância. Nada disso importa. Supera, por favor, porque eu não consigo suportar mais nenhum peso.

— Quero que você seja feliz.

— Eu sei. E quero a mesma coisa pra você... Vou voltar a andar.

Tento soltar a mão dela, mas Rachel segura a minha.

— É sério. Eu vou andar de novo, e quero você aqui quando isso acontecer.

— Tudo bem — respondo, mesmo que seja só para agradá-la. Um de nós merece um final feliz.

— Prometa que vai estar aqui — ela insiste.

— Prometo.

Rachel afaga minha mão, e, depois que retribuo o gesto, nós nos soltamos.

Ficamos em silêncio, e sou grato por ter a oportunidade de estar com ela de novo. Muitas conversas difíceis vão acontecer amanhã. Esta noite, o silêncio é suficiente.

— As suposições... — Rachel começa.

Conheço todas elas. Pensei no que poderia ter sido durante toda a minha vida.

— Sim.

— Se a Colleen não tivesse tido câncer, você, Ethan e eu nem teríamos nascido.

— É.

— É horrível pensar nisso. Saber que estamos vivos porque alguém morreu.

— É verdade. — Eu sempre falo o que penso e o que ela precisa ouvir. — Mesmo assim, fico feliz por estar aqui.

Rachel olha para mim.

— Eu também.

Assinto e vejo um brilho debochado em seus olhos azuis.

— E aí, cadê as minhas roupas? Aliás, tenho que dizer, você fica melhor de decote V.

Caramba, como senti falta dela!

— A Haley teve uma emergência com as roupas no fim de semana.

— A Abby me contou sobre ela. Então é verdade? Meu irmão galinha finalmente foi domesticado? Espera, não responde ainda. — Rachel desliza o dedo pela tela do celular e abre um aplicativo de gravação. Pronto, pode falar.

— É. — O entusiasmo dela é contagioso, e sorrio, apesar de tudo. — Você teria gostado dela.

— Teria gostado? — Ela fecha o aplicativo e fica séria. — No passado?

Não quero que seja passado. Quero que Haley e eu sejamos eternos.

— Nosso pai vai dar uma bolsa de estudos para ela se eu terminar o namoro.

— Não, West...

Olho para ela.

— Sem sermão, a menos que você possa afirmar com toda a honestidade que não faria de tudo para realizar os sonhos do Isaiah. Meu pai vai dar para a Haley o que eu não posso dar. O que o mundo não pode dar.

Rachel se acomoda na cama e olha para as pernas imóveis.

— Fugi de vocês e acabei envolvida em um acidente de carro que me deixou assim. Ir para a pista de corridas naquela noite salvou a vida do Isaiah. Se pudesse escolher, eu faria tudo de novo.

— Viu?

— Não, não vi nada. Não é a mesma coisa, porque o Isaiah me quer, e eu quero ficar com ele. A Haley não tem o direito de opinar?

— A Haley é altruísta demais para fazer esse tipo de escolha. — Quero a Haley comigo, mas abrir mão dela significa permitir que ela tenha um futuro. Levanto e caminho até a porta, apesar da dor no peito que ameaça me dobrar ao meio.

— Não faz nenhuma bobagem — diz Rachel.

— Não, nenhuma besteira. — Vou sofrer, só isso.

Haley

No colégio, paro embaixo do toldo e observo o estacionamento. Meus dedos manipulam as páginas do livro como se fossem cartas de um baralho. O movimento e o ruído das páginas me acalmam. Não consegui dormir ontem à noite, fiquei pensando na mesma questão muitas e muitas vezes. West sabe?

A adrenalina invade minha corrente sanguínea quando vejo o carro de West entrando no estacionamento. Ele chegou cedo, o que é bom, mas também é estranho. Uma névoa fina paira no ar, e as gotas de orvalho brilham no metal quando ele estaciona embaixo da lâmpada de um poste. Não consigo ver seu rosto além das janelas escuras. Não consigo ver o interior do automóvel.

Fecho os olhos e respiro fundo, tento acalmar o terror que percorre minhas veias. E se West for só isso? Bonito por fora, mas sombrio por dentro? Não. Engulo e abro os olhos. West me ama. Vai dar tudo certo.

Ele sai do carro, e é como se meu corpo todo sofresse um impacto. A náusea sobe à garganta e eu viro a cabeça, esperando o vômito. Por favor, isso tem que ser um engano.

Lindo, ele caminha em minha direção. Vejo a gravata preta NO pescoço, sobre o branco imaculado da camisa social. As calças pretas e bem passadas têm caimento perfeito, como se feitas sob medida, e os cabelos dourados estão penteados e cheios de gel. Lindo, perfeito, elegante... mas não é o meu West.

Juro, eu me belisco para ver se estou acordada. O que vejo na minha frente deve ser um sonho, um pesadelo. A dor do beliscão no braço não é nada, comparada ao que sinto no coração.

West põe as mãos nos bolsos quando para, a uns trinta centímetros de mim. Nós nos olhamos; eu, como se nunca o tivesse visto antes.

— Por que está vestido assim?

— Vou voltar para a Worthington. Na verdade, vou voltar para tudo.

Tudo?

— Como assim?

West olha para o prédio do colégio, os carros, os outros alunos que passam virando a cabeça como corujas, querendo assistir ao espetáculo.

— Meu lugar não é aqui. Nunca foi. Preciso parar de agir como alguém que não sou e voltar para o meu mundo.

Sinto uma onda de raiva me invadir. Estou furiosa comigo por amar essa pessoa.

— Fala de uma vez.

— Olha só, a suspensão me fez refletir sobre tudo. Quando voltei para casa, ontem à noite, tinha certeza que meu pai ia me mandar embora outra vez, mas não foi o que aconteceu. Nós conversamos, ele conseguiu me colocar de novo na Worthington e me convenceu de que, mesmo tendo voltado, eu não estava realmente em casa. E ele tem razão. Eu preciso ir para casa. É hora de voltar a ser um Young. Haley, eu te amei, é sério, mas nossa história acabou.

— Nossa história acabou? — Fecho a boca. Um milhão de pensamentos se chocam em minha cabeça... Milhares de emoções. Meu impulso é perguntar por que, convencê-lo a ficar, saber se em algum momento ele me amou de verdade, mas as palavras que saem da minha boca provocam uma dor tão intensa que chego a cambalear quando as pronuncio.

— Fui só mais uma garota.

— Não. Nunca. — Ele se aproxima, e eu estendo o braço. West para, e eu levanto o queixo.

— Está desistindo de mim? Batendo no chão?

Pode ser a dor que suaviza seus olhos azuis, mas acho que não. Acho que é piedade. Ele me usou, e agora está com pena de mim.

— Está desistindo de mim? — Meus músculos enrijecem a cada palavra. A dor é bem-vinda. Quero sentir raiva, porque a raiva é muito melhor que a dor.

— Está desistindo de mim e da luta?

Ele assente e desvia o olhar. Meus olhos ardem. Sou burra. Muito, muito burra.

— Sabia quem eu era? Sabia que perdemos tudo por causa do seu pai?

West não me encara, e fala tão baixo que eu quase não escuto.

— Sim.

A resposta tem o impacto de um soco, mas, como aprendi, assimilo e preparo o contra-ataque. Eu me aproximo e inclino a cabeça, não dou a ele espaço para se concentrar em nada além de mim.

— Não teria me importado se você tivesse contado, mas isso...

Afasto a gravata antes de apoiar as duas mãos no peito dele e empurrar. West cambaleia para trás, e não é por causa da força do empurrão, mas porque não resiste.

— Isso eu não posso perdoar. Acho que não vale a pena lutar por mim, mesmo.

Sem dar a ele uma chance de responder, viro e me misturo ao grupo de alunos que acabou de descer do ônibus. Minha boca treme, e eu luto contra as lágrimas. Ando depressa para a entrada do prédio e, quando a primeira lágrima quente desce por meu rosto, corro para o banheiro mais próximo.

Meninas conversam lá dentro, eu as ignoro e me tranco em um reservado. Com a porta fechada, escorrego pela parede e tenho a impressão de que o chão se transforma em um buraco negro. Tento respirar, mas o ar não chega aos pulmões, e depois prendo a respiração para sufocar um soluço, mas ele escapa, faz meu corpo estremecer como se estivesse tendo convulsões.

Perdi tudo... casa, família, esperança, West. Não tenho mais nenhum lugar para onde ir. Nenhum plano B. Não tenho mais força para lutar.

West

Vesti jeans e camiseta antes de ir para o bar. O uniforme do colégio teria me rendido uma surra de uma multidão furiosa de sindicalistas. Pensando bem, levar uma surra não é uma má ideia. Deve doer menos que a lembrança de acabar não só comigo, mas com a única garota que já amei: Haley.

Alguns homens jogam pôquer em uma mesa de canto. É triste eu ter me afeiçoado ao cheiro de cerveja azeda. Como sempre, Denny está debruçado sobre o notebook, próximo da ponta do balcão.

— Está atrasado.

As aulas na Worthington começam uma hora mais tarde que nas escolas públicas. Olho em volta. É horrível ver quanto do orgulho que senti de mim estou jogando no lixo. As mesas e cadeiras que consertei, o suporte dos alto-falantes, a madeira em volta do balcão. Finalmente, encontrei alguma coisa para a qual tenho talento, e tudo vai pelo ralo.

Respiro fundo para não cerrar os punhos. Não estou mais reagindo. Apenas pensando em Haley e lhe dando o que ela precisa ter.

— Obrigada pela oportunidade, mas vou me demitir.

Meu chefe endireita as costas, e vejo seus músculos se movendo. Denny é a pessoa mais peculiar que conheço: um grandalhão que alimenta uma traficante e dá trabalho a um moleque expulso de casa.

— Rastejou de volta para o papai, afinal. Pensei que tivesse desenvolvido um bom par de bolas.

Nunca lhe contei que sou rico.

— Está falando de coisas que não conhece.

Ele cruza os braços.

— Estou falando sobre a merda que eu sei desde que a sua mãe usava fraldas. Senta esta droga de bunda aí e espera.

Quando Denny fecha o notebook, com força desnecessária, e vai para o fundo do bar, é como se eu fosse tragado por um túnel. Imagens, sons e cheiros desaparecem quando me sento no banco. Pensamentos percorrem minha cabeça... Meses tentando entender por que minha mãe vem aqui... Se ela tinha um caso com alguém... Abby me contando que ela vinha ver o irmão... E, quando Denny volta com um álbum de recortes enorme nas mãos, o horror da verdade me deixa tonto.

— Você ainda pode ir embora. — Abby vem se sentar no banco a meu lado. E, uma coisa que nunca fez antes, toca meu braço. Ela o cutuca e, ao mesmo tempo, inclina a cabeça em direção à saída. — É normal não querer saber de algumas verdades. Fingir é muito mais fácil. Acredita em mim.

Devagar, viro para olhar para ela.

— Mentiu para mim sobre por que minha mãe vem aqui?

— Menti. — Uma confissão sem pedido de desculpas. — É o que faço para sobreviver e, de vez em quando, para ajudar alguém a sobreviver. Preciso de toda boa energia que puder atrair.

A porta de entrada está entreaberta, escorada por um bloco de madeira. Posso ir embora e retomar a vida antiga, como meu pai sugeriu. São muitas as possibilidades: ir à festa hoje à noite na casa do Mike, preencher a papelada para me candidatar à Universidade de Louisville, ou ficar. Ir embora pode ser glorioso. Eu continuaria ignorando as coisas que, sem dúvida, vão me modificar.

Denny joga o álbum em cima do balcão e o barulho desperta os bêbados e a mim. Como se aquilo fosse um livro de magia que contém feitiços capazes de alterar a história, aproximo a mão da capa, sem tocá-la.

— Não tem volta depois disso — diz Abby. — Não tem retorno.

Não tem volta desde o momento em que conheci Haley. Seja qual for o conteúdo do álbum, estou mudado para sempre. Abro o livro e fecho os olhos. Sou eu. É uma foto minha. Meu corpo treme como se estivesse levando vários tiros.

Abro os olhos novamente, quando escuto o som de líquido caindo no copo. Denny serve uísque puro em dois copos, empurra um para mim e brinda com o outro.

— À família e ao que isso significa, seja lá que droga for.

Ele toma a dose de uma só vez. Olho para a minha bebida, penso que o ardor do álcool pode queimar a informação, mas fiz minha cama... Dou risada. Não, minha mãe fez a cama dela, e agora eu tenho que deitar.

— Meu pai contou que eles não se conheceram na faculdade. — E eu deduzi que só ele tinha sido difícil e dado problema, não minha mãe.

— Ele falou, é? — Denny ri como se eu tivesse contado uma piada. — O cara é uma obra-prima.

— Minha mãe disse que cometeu erros. — Principalmente quando chora por causa da filha morta. Ela senta no chão do quarto de Colleen e se pergunta se perder a filha foi castigo por seus misteriosos crimes do passado. Eu achava que seu pior erro tivesse sido ultrapassar o limite de velocidade na estrada.

Denny serve mais uma dose para ele.

— Sua mãe cometeu o erro de se meter com um Young e aceitar o pedido de casamento do cara, não o meu. Colleen não foi um erro, mesmo que tenha sido uma Young. Você também não foi um erro. Foi uma demonstração do que Miriam e eu deveríamos ter tido.

O mundo perde o foco, e, sentado neste maldito bar, eu arranco do álbum minha foto de bebê.

— Fui concebido para salvar a Colleen, não fala besteira.

— Sua mãe só pensou nisso depois que o teste deu positivo. Metade dos genes, talvez desse certo. Sua mãe nasceu e cresceu neste bairro. Ela sempre pensou rápido, sempre reagiu depressa, para poder sobreviver. Menos quando o tal Young decidiu irritar os pais e veio morar do nosso lado da cidade. Quando ele apareceu, ela deixou de enxergar o mundo com clareza.

— Eles se conheceram em um bar?

— Neste bar. Era do meu pai. — Denny olha para Abby, cujo silêncio é atípico. — O meu pai também tinha o hábito de cuidar de quem precisava dele.

— Há quanto tempo você e a minha mãe têm um caso?

Ele sorri com amargura.

— Está falando do caso que sua mãe teve quando me traiu com seu pai e engravidou da Colleen, ou da única noite que passamos juntos, quando ela soube que o câncer da Colleen havia passado para o estágio quatro e seu pai foi trabalhar depois de receber a notícia?

Minha mãe é deste bairro.

Minha mãe era daqui e namorava o cara que está na minha frente. Meu pai disse que fez loucuras quando era mais novo. Acho que foi aqui que ele veio parar. Neste bar, transando com a minha mãe, e eles tiveram a Colleen. Depois se casaram e mentiram para nós.

Eles mentiram.

Mentiram porque, para os Young, tudo que importa é a aparência.

Quando a vida ficou complicada, quando meus pais, já casados e pais de três filhos, foram esmagados pelo peso da doença de um filho, minha mãe veio para cá... veio procurar o Denny... Voltou para o que conhecia, e foi assim que eu fui feito.

— Parece que ele não é o meu pai.

— Ele te deu o que eu não podia dar. — Denny abre os braços. — Isto aqui é o meu palácio. Acha que combina com uma criança?

Guardo a foto no bolso de trás das calças.

— Não se faça de idiota. Sei que ela vem aqui toda terceira sexta-feira do mês. Abby abre o álbum em outras páginas, e há mais fotos minhas ali.

— Ela vem trazer fotos. Foi a única coisa que ele pediu quando abriu mão de todos os direitos sobre você.

— Por que não manda as fotos por e-mail? — Insisto. — Ela vem aqui porque vocês dois ainda estão envolvidos.

Denny nega com um movimento da cabeça.

— Eu tive que abrir mão de você. Sua mãe precisa vir aqui uma vez por mês e encarar a decisão que tomou. Tem que olhar nos meus olhos sabendo do que me privou. Miriam e eu não continuamos. Mesmo depois da noite que passamos juntos, o lugar dela ainda era com o seu pai. Isso nunca esteve em discussão.

O que ele a obriga a encarar? Que eu não fiz parte da vida dele, ou que ela não fez? Mas a pergunta fica guardada dentro de mim.

— Quer a verdade? — Ele fecha o álbum. — Sua mãe e seu pai cometeram erros, e eu também. Éramos jovens, e não sabíamos quem éramos. Vi você mudar nos últimos dois meses. Pode voltar para aquela casa enorme e ser um fantoche dos Young, como seu pai e sua mãe fizeram, ou quebrar as correntes e tomar as próprias decisões.

Pulo do banco e o chuto para longe do meu caminho. Ouço o barulho da banqueta caindo no chão.

— Você não sabe o que eu tenho de enfrentar.

— Se são os Young, tudo se resume a controle e dinheiro. Um pequeno conselho de pai: quando você segue por esse caminho, tem a sensação de entrar em um jardim selvagem. É lindo, até os galhos te machucarem. Sua mãe era uma pessoa diferente. Ela era cheia de vida.

Odeio a piedade que vejo nos olhos de Abby, e entendo de repente por que ela detesta quando sentem pena dela.

— Por que estou te ouvindo? Você desistiu de mim.

— Engraçado, e você acabou vindo parar aqui. O garoto que entrou dois meses atrás por aquela porta achava que ser homem era desafiar todos os babacas do quarteirão. Agora me conta, você ainda é o mesmo idiota, ou descobriu o que realmente significa ser homem?

Haley

O céu finalmente despeja toda a chuva. Com os cabelos colados no rosto e a camisa que grudou no corpo, entro na casa de meu tio. Tremo com a combinação do calor da casa e do frio das gotas de chuva que escorrem pelos meus braços. Levo a ponta de um pé ao calcanhar do outro, para tirar o sapato, mas paro quando minha mãe entra na sala com o telefone junto da orelha. Seu rosto está pálido e os dedos tremem.

— Se souber dele, pode me avisar? — ela pede.

Está tudo errado. A casa está em silêncio. Meu tio não governa o mundo de sua poltrona. Meus primos mais novos não estão trocando empurrões. Maggie não está no chão desenhando.

— Tudo bem, obrigada. — Ela desliga o telefone e olha para mim. — Pensei que fosse para a academia depois da aula.

Luto contra as lágrimas automáticas, agora provocadas por qualquer coisa associada a West.

— Mudei de ideia. E o Paul?

— Sua tia o convenceu a sair com ela para me ajudar. Preciso de um tempo.

O jeito como as mãos dela tremem me deixa nervosa.

— O que aconteceu?

— Seu pai sumiu.

West

É quase meia-noite, e eu bato na porta da cozinha. Minha mãe vira. Ela segura o celular contra a orelha e está agitada, com os olhos arregalados.

— Ele chegou.

Ela aperta um botão e abaixa a mão que segura o telefone. Passei horas dirigindo, pensando em minha mãe: ela me pedindo para usar o guardanapo à mesa do jantar, o olhar torto quando uso o boné com a aba para trás em um evento beneficente, como ela me ensinou que garfo usar para cada prato em um jantar formal, as gravatas borboletas cujo laço ela desfez e refez.

— Você mentiu.

— Não pensei que o Denny contaria.

— Passei dezoito anos pensando que eu era um fracasso. Achando que eu era o motivo da morte da Colleen, mas eu nunca teria chance de ser compatível.

Minha mãe leva a mão ao peito.

— Os médicos disseram que havia uma pequena esperança, então eu acreditei, e seu pai também acreditou, e por isso ele conseguiu superar meu erro e te amar, porque você seria a nossa resposta.

Abro os braços.

— E depois ele me odiou quando falhei!

— Não é verdade. — Meu pai entra na cozinha.

Cabelo e olhos escuros, nada parecido comigo.

— É um alívio saber que não sou seu filho? Deve ter morrido de vontade de me contar, desde a quinta série.

Meu pai afrouxa a gravata.

— Você é meu filho. Meu filho. Nunca quis que soubesse de tudo isso.

Tiro a foto do bolso de trás das calças e jogo sobre a bancada.

— Não sou seu filho.

No momento em que chego ao corredor, eu me volto.

— Desisti da Haley por sua causa. Desisti da única pessoa que significa alguma coisa para mim.

Minha mãe vai para atrás de meu pai e toca o ombro dele. Não entendo os dois. Eles se magoam, se traem, mentem e enganam, mas ainda agem como se fossem apaixonados.

Meu pai cobre a mão dela com a dele.

— Está enganado sobre a Haley. Não desistiu dela por minha causa. Abriu mão dela para ajudá-la.

Dou risada. O filho da puta finalmente acertava em alguma coisa.

— Verdade, mas, se não fosse você tentando me controlar, eu não teria sido forçado a escolher entre viver no inferno sem ela ou ser o cretino que a impediria de realizar os próprios sonhos.

— Vamos sentar — meu pai sugere. — Sua mãe e eu podemos explicar.

Não respondo. Simplesmente saio dali.

Haley

Jax aponta a lanterna acesa para mim, e eu levanto a mão para proteger os olhos.

— Está quase na hora de entrar, Haley. Vai pra casa.

— Eu n-n-n-não v-v-vou. — Estou batendo os dentes. A chuva forma poças na rua. Nós três estamos procurando meu pai há horas. Ele desapareceu há dois dias. Na verdade, meu pai começou a passar as noites fora nos últimos três meses. Minha mãe não contou nada para nós porque ele voltava de manhã, e ela conseguia ajudá-lo a entrar antes de meu tio acordar para ir trabalhar. Esta é a primeira vez que ele desaparece por tanto tempo.

A chuva de primavera derruba a temperatura, e nós três vasculhamos na vizinhança pela última vez, porque é quase meia-noite. Jax segura minha mão e me leva para baixo do viaduto da estrada. Um trailer passa lá em cima, e o aço e o concreto que nos cercam tremem.

Kaden tira o moletom ensopado e fica só com a camiseta de mangas longas. Ele tira a camiseta seca e me dá. Balanço a cabeça para dizer que não preciso dela, enquanto esfrego as mãos nos braços para diminuir o frio.

— Pega, Hays, ou vou tirar a sua roupa para poder te agasalhar.

Os dois viram de costas quando tiro a blusa molhada e visto a camiseta meio seca e quente de Kaden. Arregaço as mangas e penso em como seria bom estar embaixo de uma pilha de cobertores secos.

— Pronto.

Eles se viram para mim, e Kaden fala alto, a fim de ser ouvido no meio do temporal.

— Agora vai pra casa!

Queria poder ir.

— Ele é meu pai também!

Jax chega mais perto.

— Você nunca dormiu na rua. Vai esfriar muito mais.

— Três pares de olhos podem encontrar meu pai mais depressa. Estão perdendo tempo! Isso se ele estiver por aqui! E se aconteceu alguma coisa?

— Vai ter que contar ao meu pai o que estamos fazendo — Jax avisa. — Talvez ele deixe a gente entrar mais tarde se souber que estamos procurando o irmão dele. Sua mãe e a Maggie estão preocupadas. Vai ficar com elas. As duas precisam de você.

Meus dentes estão doendo de tanto se chocarem.

— Está tentando se livrar de mim.

O cabelo quase branco de Jax está colado à cabeça dele.

— Você vai ter uma hipotermia, e nós vamos ter de correr para o hospital para te ajudar, além de procurar seu pai. Vai para casa.

— E vocês? Onde vão ficar se esfriar demais? — O último ônibus para a academia saiu há meia hora.

— Quando vai aprender que a gente é mais forte do que parece? — Jax sorri. — Vai logo. Tem poucos minutos até ficar para fora de casa.

De má vontade, volto para baixo da chuva forte. Um carro passa na estrada, e eu piso na grama para não me transformar em pontos na carteira do motorista. A luz dos faróis me atinge, e eu viro o rosto para evitar a claridade, e é então que percebo um movimento na vala ao lado da estrada.

Meu coração dispara quando reconheço o casaco marrom.

— Kaden! Jax!

Corro para a vala, escorregando e tentando me segurar enquanto desço a encosta, e grito por meu irmão e meu primo novamente. Eles gritam meu nome e ouço passos atrás de mim. Raios de luz surgem no chão à frente. A terra encharcada cede, e meu pé escorrega. Levo os braços para trás para amenizar o tombo, e Jax me segura quando Kaden passa por mim correndo.

Kaden se debruça sobre a silhueta.

— É ele! Jax, preciso de ajuda!

Eu me equilibro, e Jax pula para a vala e ajuda Kaden a trazer meu pai para cima. Sinto arrepios, e não é de frio, mas de medo.

— Ele está bem?

Precisa estar. Meu coração não vai suportar mais uma perda.

— Merda! — Jax resmunga quando se abaixa na frente do meu pai. — Ele está bêbado.

Sem me importar com o barro, sento no chão. Meu pai, o homem que praticamente não bebe, está bêbado, e meu tio não permite que ninguém beba naquela casa.

— Estamos ferrados.

West

Deitado na cama, desfoco a visão até as pás do ventilador no teto virarem uma coisa só. Uso o controle remoto para ligar e desligar o som. Com som, sem som. O fantasma de Haley me cerca aqui. Sua risada ecoa em minha cabeça, a memória de seu toque sussurra na pele.

A casa ainda está quieta demais. Muito quieta. O impulso pede som, música, dança e álcool, mas não posso mais viver desse jeito. Haley disse que eu era melhor. Eu sou melhor. Eu disse que valia a pena lutar por ela e, quando estava quase acreditando... eu a abandonei.

A explosão de agonia no meio do torpor me faz levantar da cama e ir até a porta. Haley disse que impulso tem a ver com emoção, não com raciocínio. A urgência é esquecer. Passo direto pela escada escura e ando mais devagar quando me aproximo da porta do quarto de Rachel.

A parte de baixo da porta raspa no carpete quando a empurro, e desta vez não tem luminosidade azul. Ela teve fisioterapia hoje à noite, e sua respiração é leve. Ethan, o gêmeo de Rachel, dorme na cadeira do outro lado do quarto, com o notebook no colo.

Sento no chão, com as costas apoiadas na cama dela.

Aqui o silêncio é mais ensurdecedor do que no meu quarto, mas estou tentando preencher o vazio, a concha em que me transformei.

Sinto um movimento antes da mão dela tocar meu ombro.

— Desisti dela, Rachel. — Minha voz treme, e o desespero, a dor que tentei manter enterrada, chega à superfície. — Desisti dela, e agora nem sei por quê.

Lágrimas transbordam de meus olhos, e dou um soco no chão. Estou furioso. Rachel se arrasta para a beirada da cama.

— Traz ela de volta.

— Nosso pai vai dar o que ela quer. — Paro. Que se foda. Eu. Ele. Tudo isso. — Ele não é o meu pai.

Rachel fica em silêncio por um segundo, e o suspiro que escapa de sua boca me corta fundo.

— A mamãe contou pra gente.

Ouço um barulho ao meu lado, e arregalo os olhos quando vejo Ethan, grogue de sono, apoiar a cabeça na cama.

— Será que dá pra a gente superar o colapso mental a tempo de eu dormir um pouco?

— Por que está aqui?

— Pelo mesmo motivo que você — diz Ethan. — Pela mesma razão que nós três sempre acabamos juntos. Tudo bem, os problemas pareciam menores quando a gente despejava espuma de banho na hidromassagem. Não interessa quem é o seu pai, West, porque os verdadeiros Young estão aqui, neste quarto. Sempre fomos nós três contra todos. Por alguma razão, desta vez demoramos mais para voltar.

Apoio a cabeça nas mãos e luto contra o sofrimento que me invade.

— Não sei mais quem eu sou.

— Bom, se a gente tiver direito a voto, posso pedir para você parar de ser o nosso pai?

— Ethan — Rachel o censura.

A raiva aumenta dentro de mim.

— O que foi que você disse?

— Ele está aqui, Rach, e está pedindo ajuda. Ou falamos agora, ou perdemos a oportunidade.

Ela se recosta nos travesseiros, um gesto de aceitação silenciosa.

— Está furioso porque nosso pai te colocou numa situação difícil com a Haley, não é? — Ethan pergunta.

Sim, mas estou mais furioso comigo.

— A Haley não deveria estar brava com você por ter tirado dela o direito de escolha? Para mim, isso é típico do papai.

— Você disse que não sabe quem é — Rachel acrescenta. — Mas a pergunta deveria ser: Quem você quer ser?

Haley

Meu tio está esperando na varanda. Com a luz apagada, ele é mais uma sombra escura, mas o mal que pulsa da casa me informa que é ele. Está encostado no poste de metal que apoia o toldo, vendo Jax e Kaden levarem meu pai, quase inconsciente, em direção à casa.

— Que horas são? — Kaden pergunta.

— Não interessa — Jax responde. — O filho da mãe não vai deixar a gente entrar.

Mas seguimos em frente.

— É o irmão dele. Seu pai vai aceitar — argumento. Nós ficamos para fora, talvez, mas ele vai deixá-lo entrar. — Vamos dizer que meu pai está doente.

— Tem algum tipo de vírus que deixa com cheiro de cerveja? — Jax ajeita meu pai. A chuva continua forte, e segurar qualquer coisa é quase impossível. — Existe um motivo para o meu pai ser um psicótico obcecado por controle. O pai dele bebia e batia nele. Síndrome de stress pós-traumático não é só para soldados.

Jax e Kaden param na rua, na frente da casa, e trocam um olhar demorado e impotente. Kaden olha para a calçada, e é lá que deixam meu pai.

— Fica de olho nele, Hays.

Meu pai oscila, e eu corro para ampará-lo. Sinto arrepios quando sento na enxurrada que passa pelo bueiro. Ele resmunga alguma coisa, e não consigo ouvi-lo com o barulho da chuva sobre os telhados e o estrondo da água correndo nas galerias embaixo de nós.

Lá em cima, uma lâmpada velha vibra e acende. A luminosidade fraca é incerta, uma espécie de estroboscópio sinistra. Fecho os olhos enquanto a chuva cai sobre mim como uma cachoeira. Como vim parar aqui? Como minha vida se desgovernou desse jeito? Por quê?

Meu pai levanta a cabeça, e as palavras de John ecoam em meus ouvidos: "Ele perdeu a vontade de lutar". A raiva cresce e se torna uma onda que quebra na praia.

— Por quê?

Atrás de mim, Jax e Kaden começam a implorar. Meu pai passa a mão no rosto.

— Não era para vocês me encontrarem.

Quando eu tinha doze anos, ele perdeu sua última luta. O adversário tinha metade da idade dele, era mais forte e mais ágil, mas meu pai tinha habilidade. Lembro de ter assistido ao confronto torcendo as mãos, com os olhos grudados nele, como se minha vontade fosse suficiente para levá-lo à vitória.

Foi uma luta sangrenta. Caiu duas vezes. E levantou duas vezes. No fim de cinco rounds, meu pai continuava em pé e vitorioso. Agora, está sentado na sarjeta.

— Você não bebe. Isso não combina com você — sussurro.

Ele olha para o céu e pisca como se recuperasse lentamente a coerência.

— Não sei mais quem eu sou.

Penso na casa... minha casa... minha cama. Eu deveria estar lá, deitada naquele quarto de canto no segundo andar. Quando chovia, o vento que soprava na varanda abaixo da minha janela fazia barulho, assobiava, e eu me encolhia mais embaixo do cobertor, grata pela proteção.

Mas não estou lá. Estou aqui. Apodrecendo na sarjeta ao lado do pai que me decepcionou. Essa desilusão, um sentimento poderoso de ter sido desapontada, não tem nada a ver com perder a casa, dormir em abrigos ou viver no inferno.

— Você desistiu.

Estremeço, não por causa do frio, mas porque é como se alguém tivesse morrido, como se meu pai estivesse morto há meses, mas só agora eu descobrisse a verdade.

Olho para trás ao ouvir passos. Jax segura o braço do pai, que caminha em nossa direção.

— Ele está doente, pai. O Kaden e eu vamos levá-lo para a cama.

Meu tio se solta da mão de Jax, e eu me inclino para meu pai.

— Você precisa mentir. Passou da hora de estarmos em casa, e esse é o único jeito de conseguirmos entrar. O John saiu para te procurar, e não tem mais ônibus para a academia. Não temos opções.

Ele ergue a mão e afasta os cabelos molhados do meu rosto.

— Por que foi atrás de mim? Devia estar segura, na cama.

Meus dentes fazem barulho quando tremo, e a dor é mais forte que eu, me derruba como um chute atrás dos joelhos. Quero chorar. Quero gritar, mas não posso. Isso é coisa de criança, e eu cresci. Sou a adulta que foi procurar o pai.

— Porque não abandono as pessoas que amo. Não faço o que você está fazendo comigo agora.

— Me ajuda a levantar.

Fico em pé e estendo a mão para ele. Ele a segura e, com mais esforço do que deveria ser necessário, fica em pé. Meu tio se aproxima de nós. A chuva já encharcou sua camiseta preta.

— O que aconteceu com você?

— Ele está doente — respondo. — Deixa a gente levar o meu pai para dentro, antes que ele desmaie outra vez.

O jeito como ele olha para mim me faz endireitar as costas.

— A menos que eu fale diretamente com você, fique de boca fechada.

Mordo o lábio para segurar a resposta. Odeio esse homem. Odeio como ele me diminui. Odeio como ele me faz sentir do tamanho de uma partícula de poeira, e o que mais odeio é que ele fez a mesma coisa com meu pai, com Jax, com todo mundo. Tenho certeza de que o inferno existe, e o nome dele está na lista dos aguardados.

Meu tio não pode chegar muito perto de meu pai. Talvez a chuva ajude a disfarçar o cheiro forte de álcool.

— Eu me senti mal hoje de manhã — meu pai começa a dizer. — E piorou quando eu voltava para casa de ônibus. Sentei perto do acostamento da estrada e acho que desmaiei.

Meu tio se aproxima, e minha ansiedade aumenta. Ele inclina o corpo para frente e funga. Fecho os olhos. Ele sabe. Meu tio sabe.

— Você é um desgraçado de um derrotado.

O mundo perde o foco quando o encaro. Meu pai é um derrotado? Ele apanhou, sim, mas ainda não caiu. Já o vi ficar em pé antes, e ele pode se levantar de novo.

Meu pai abaixa a cabeça.

— Eu sei.

Paro na frente dele e agarro sua camisa com as duas mãos.

— Você não é nada disso!

— Eu sou. — A voz dele treme.

— Escuta! — Dobro os joelhos para ficar mais baixa que ele, em sua posição humilhante. — Você é a pessoa mais forte que conheço. Nós vamos conseguir. Você só precisa recuperar a vontade de lutar.

— Solta, Hays. É melhor me soltar.

— Mas...

Ele tira minhas mãos de sua camisa e cambaleia alguns passos para trás, depois cai. Meus dedos ainda agarram o ar como se eu o segurasse, e percebo, atordoada, que é isso que tenho feito há meses. Tenho segurado um cadáver.

Estremeço como se alguém tivesse disparado um tiro com um rifle de grosso calibre. O tiro aconteceu, mas foi silencioso. Só a chuva na rua. Durante meses, meu tio tem disparado bala após bala no peito do meu pai, e ele ficou ali parado, levando os tiros, até perder todo o sangue.

E eu não sou diferente. Fiz a mesma coisa. Minha cabeça se inclina e o mundo gira quando olho para o meu tio. Ele pode atirar quanto quiser, porque, finalmente, vou atirar de volta.

Antes de o raciocínio dominar a emoção, explodo na cara dele.

— Ele é mais homem do que você jamais será! Você é patético! Escondido atrás de palavras, de ameaças, e, quando sente medo, você se transforma em uma porcaria de garotinho e diminui quem não pode se proteger. Se é tão forte e tão poderoso assim, vem pra cima de mim, seu filho da puta, porque eu vou reagir!

Ele nem se encolhe com a minha aproximação. Em vez disso, parece se transformar em uma estátua de pedra.

— Pega suas coisas, sai da minha casa e leva a sua família miserável com você.

A tontura turva minha visão, e eu engulo gotas de chuva, tentando respirar. Meses dizendo ao West para controlar a raiva e perco o controle em um momento crítico, na hora errada. O que foi que eu fiz?

— Desculpa.

— Tarde demais.

Meu tio se volta para entrar, e eu corro e paro na frente dele.

— Desculpa. Por favor. Eu errei.

— Sai da frente, antes que eu mesmo tire você daí.

— Se tocar na minha irmã, eu te mato. — Kaden se aproxima de nós.

Continuo concentrada no diabo diante de mim. O diabo que mantém um teto sobre nossa cabeça. E põe comida no nosso estômago. E nos protege das ruas. Ele é o mal e é um filho da mãe, mas está salvando nossa vida.

Uma espécie de loucura invade meu cérebro, uma insanidade que se espalha por minha alma. Ela distorce as cores, as imagens e os sons. O mundo se torna cinzento e frio. Anos de luta, anos de confiança, anos de autoestima, tudo se desintegra, espalha-se e escorre com a chuva.

Um joelho se dobra e encontra a lama gelada, depois o outro, e, tomada pela mais pura loucura, eu imploro.

— Eu vou, mas deixe eles ficarem. Só eu vou embora.

Porque não sou nada.

West

Dê a ela a chance de escolher. Deixe de ser um cretino impulsivo e controlador e dê a ela a chance de escolher. A mesma escolha que meu pai deveria ter me permitido tantas vezes. Não uma escolha entre arrancar o coração pelo lado direito ou pelo esquerdo, mas a opção de controlar meu futuro.

Fora da escola, algumas pessoas olham para mim, levantando as sobrancelhas. A fofoca do meu rompimento com Haley e do retorno a Worthington já deve ter corrido.

Um Plymouth mais velho que o dos meus pais se aproxima, barulhento. A freada é ruidosa. O carro para, a porta do passageiro se abre e Abby desce do automóvel.

— Ainda bem que decidiu pensar!

Olho para o Plymouth, que se afasta roncando.

— De quem é?

— Ninguém. Você tem um problema.

— Não estou preocupado com o Denny. Preciso falar com a Haley.

— Exatamente! O tio a mandou embora de casa ontem à noite, e a família decidiu ir com ela. Eu os vi colocando as coisas em um carro hoje de manhã. A irmãzinha da Haley contou que eles vão embora para a Califórnia.

Dou um tapa na parede de concreto. *Merda*.

Haley

Dobro o cobertor que John me deu ontem à noite e o deixo sobre o travesseiro, no canto da academia. Meu avô cancelou todos os treinos por causa da briga da noite passada, e o silêncio é incomum.

Jax resmunga quando o cutuco com a ponta do pé e, em vez de acordar, vira para o outro lado.

— Vamos, Jax. O John vai voltar logo com os meus pais.

Com um grunhido ainda mais alto, Jax senta e joga o cobertor longe. Depois de piscar várias vezes, ele veste a camiseta.

— Cadê o Kaden?

— Tomando banho. — Sento no colchonete ao lado dele e penso em quantos anos nós dois passamos juntos neste lugar. Quando tínhamos seis anos, um dos dois se pendurava em um saco de areia, enquanto o outro empurrava como se fosse um balanço.

Jax é mais que um primo, mais que um irmão. Ele é parte de mim, e não sei como vou viver sem ele.

— Vou sentir a sua falta.

— Merda! — Ele bate com as mãos no colchonete. — Que merda!

Meu tio atendeu ao meu pedido. Ele me pôs para fora; só eu. O que eu não esperava era meu primo e meu irmão me colocando em pé e Jax cuspindo na cara do pai. Fui expulsa, e eles me acompanharam voluntariamente. Quando chegamos no trailer de John, quase afogados com a chuva e desesperados por um abrigo, ele abriu a academia e telefonou para minha mãe.

John e ela tiveram uma longa conversa, e o resultado é que ele nos deu o carro dele, e vamos embora para a Califórnia. Hoje.

— Não precisava ter saído comigo. — A culpa devora meu estômago, porque a atitude impensada que tomei fez Jax sair da casa dele.

— Sim, eu precisava. Devia ter saído muito antes. Ele é tóxico. — Jax aperta a cabeça com um dos dedos. — Vai penetrando devagar, entra pela pele, passa pelos músculos e invade a alma. E, quando entra, continua devorando tudo até você virar pó. Já estou na metade do caminho, Haley, e cansei de tentar salvar o que resta.

Toco a mão dele.

— Eu amo você.

Ele abaixa a cabeça e segura os cabelos, agarrando com tanta força que as articulações ficam brancas.

— Vou sentir muita saudade de você.

Jax levanta e bate com o punho fechado em um saco de areia, a caminho do vestiário. Encosto a cabeça na parede. Jax e Kaden vão ficar. Não sei quem sou sem eles.

A porta da academia se abre, e meu avô entra. Ele vai em direção ao escritório, mas, quando olha para mim, vem ao meu encontro. O ar sai da minha boca com tanta força que movimenta alguns fios de cabelo. Escapei das perguntas ontem à noite. Como sempre, minha sorte durou pouco.

John se aproxima lentamente, senta a meu lado e faz uma coisa que não tem nada a ver com ele: bate no meu joelho.

— Fica.

— O trailer mal acomoda você e um dos meninos. Não sei como vai ser, com o Jax e o Kaden lá dentro. — Apesar da tristeza da minha mãe, Kaden não vai. A vida dele está aqui, na academia. Eu não sei mais onde é o meu lugar.

— Vamos dar um jeito. Tem a cama, dois beliches e o chão, depois que eu limpar. Não sei se o Jax vai se sentir confortável em um colchão, depois de tanto tempo.

Olho para descobrir se ele está brincando, mas é sério.

— Por que o meu tio tem medo de você?

— Uma vez, quando estávamos na sua antiga casa, eu o vi pegando o Jax pelo braço. Ele era um bebê. — John segura os bíceps. — Jax ficou com uma marca enorme no braço. Eu não falei nada na hora, mas fui fazer uma visitinha para ele naquela noite.

Não é surpreendente que meu avô tenha ido falar com meu tio. John sempre nos ensinou a deixar os confrontos físicos para o ringue.

— O que você disse? Não consigo pensar em nenhuma palavra minha que tivesse o poder de mudá-lo.

John coça a barba que nasce no queixo.

— Dei uma surra nele.

Engasgo com a saliva.

— Quê?

— Bati nele, bati sem dó. E depois avisei que, se ele encostasse um dedo em um dos filhos de novo, eu chamaria a polícia para me ver dando outra surra nele, e depois nós dois iríamos presos.

— Nossa.

— É. Mas nunca consegui fazer seu tio parar usando só palavras.

— Jax é bom por sua causa — comento.

— Seu primo tem muito pouco, e vai ser a morte para ele ficar sem você.

— Não posso ficar.

— Tive esperança de que treinar o West te convencesse a voltar a lutar.

— Não quero mais. Perdi a vontade.

— Você é jovem demais para isso, Haley. Olha o seu pai. É aquilo que você quer ser? Dá para jogar a culpa do que aconteceu no Matt, mas, naquela época, você ainda tinha vontade de lutar. Quando mentiu sobre o que aconteceu com o Conner para proteger Jax e Kaden, achei que você estava no caminho certo.

Levanto a cabeça quando ele fala sobre o segredo que tentei guardar.

— Como soube disso?

— Quando chegou em casa sem os remédios, Jax e Kaden deduziram que você tinha sido assaltada e que o Conner era o responsável. Eles sabiam que você podia ganhar do Conner em uma briga.

Dou risada, mesmo sem saber por quê. Matt nunca duvidou de que West era capaz de derrotar o Conner, mas eu duvidei. Treinei West. Eu o namorei. Era de se esperar que ele soubesse.

John continua.

— Eu disse a Jax e Kaden para deixarem você resolver os seus problemas. Com Matt, Conner e seu tio, com quem quer que fosse. A menos que você pedisse ajuda. Achei que, se precisasse lutar em alguma área da sua vida, provaria quanto é forte, ou aprenderia a contar com a gente, pelo menos. Mesmo que quiséssemos ajudar, não dava pra fazer nada, a menos que você deixasse.

Penso em como conheci West, em como discuti com ele e o treinei para lutar.

— Quase deu certo.

— Não precisa ficar no quase. Fica, Haley. Você sempre teve as emoções. Só precisa deixar que elas te guiem de vez em quando, em vez de ir sempre pela razão.

Eu bufo. Tentei convencer West justamente do contrário. A lembrança provoca uma dor aguda. Perdi o cara que amava. Eu amava o West. Amava muito, e ele foi embora no momento em que o pai estalou os dedos. Não devia me amar.

— Minha mãe precisa de mim. — E, até a noite passada, fui capaz de fingir que a verdade não existia. — Meu pai está péssimo.

— Você tem dezoito anos. Chega um momento na vida em que precisa começar a tomar as próprias decisões sobre a própria vida. Não pode controlar o seu pai, nem ajudar a sua mãe. Ou eles resolvem os problemas deles, ou não.

— E a Maggie?

— Eu criei a sua mãe. Ela vai cuidar da Maggie, e sua tia-avó vai ajudar. A velha morcega é dura demais para morrer.

John coça a testa, e nunca o vi fazer um gesto tão inseguro...

— Que foi? — Espero que não seja nada ruim. Já estou em queda livre, não quero me arrebentar nas pedras antes de chegar ao fundo.

— Quando chegar à Califórnia, deve conversar com alguém.

— Conversar?

— É. — Ele mexe as mãos. — Um profissional... como aquela sra. Collins.

Ah, não.

— Não preciso...

— Precisa — ele me interrompe. — Aconteceu alguma coisa com você, e, por mais que eu tente, não consigo resolver esse problema. Se você tem de ir, vai, mas para de viver a vida pela metade.

Minha mãe enfia a cabeça pela fresta da porta da academia.

— Pode dar uma ajuda aqui, pai?

John levanta, e minha mãe sorri para mim. Não é um sorriso muito reconfortante. É do tipo que diz que ela gostaria de poder me tranquilizar.

— Vai chamar o seu irmão e o seu primo. Quero me despedir deles e pegar a estrada.

Concordo com um gesto de cabeça. Isso resume minha vida. Nada além de despedidas.

West

Com Abby no banco do passageiro, passo pelas ruas do parque industrial a mais de noventa quilômetros por hora e piso forte no freio quando chegamos ao último depósito. Desengato a marcha e saio do carro sem tirar a chave da ignição.

John sai do trailer.

— Fiquei sabendo que fez minha neta sofrer.

— Onde ela está?

— Foi embora. Saiu com o pai e a mãe tem meia hora. Foram para a Califórnia.

Ele ainda está falando, mas já estou indo de volta para o carro. Bato a porta, e os pneus cantam no cimento quando saio de ré, pisando fundo no acelerador.

Abby se agarra ao console.

— O que está fazendo?

— Vamos atrás da Haley.

— Aquilo era uma placa mandando parar. Que porra é essa? Vai mais devagar. Devagar! West, para!

Piso no freio, e nós dois somos jogados para a frente, no farol vermelho.

— Temos de ir atrás dela. Preciso dar a Haley a possibilidade de escolher. Não devia ter tentado controlar a vida dela.

— Você viu o Kaden parado na entrada da academia?

Pisco.

— Não. Acha que o John mentiu? Que ela ainda não foi embora?

Abby desengata a marcha do carro.

— Ela foi embora, West. A Haley escolheu.

Haley

É o segundo dia na estrada, e seguimos devagar para a Califórnia, porque o carro de John ameaça entrar em combustão espontânea o tempo todo. De nós quatro, só Maggie está animada com a mudança, com a promessa de praia, ondas e todos nuggets que ela conseguir comer.

Queria poder me animar com nuggets. Queria poder me animar com alguma coisa.

Depois de quase trezentos quilômetros, paramos para deixar o carro esfriar um pouco. Estamos no Missouri, no meio do nada, e deixamos Maggie escalar o "maior fardo de feno já criado pelo homem". Ela ri, e eu entro e saio do mercado de pulgas que faz parte do posto de combustível.

Sentado na calçada, meu pai olha com ar distante para Maggie e para a terra que parece não ter fim. Tenho uma sensação estranha de torpor cada vez que o vejo, como se tivesse morrido há dois dias e eu estivesse na funerária olhando para o corpo sem vida.

Na esquina, um vendedor ambulante pendura um saco de treino de boxe no toldo que cobre a calçada. Toco o vinil, e ele percebe.

— Chegou hoje de manhã. Tem um irmão que possa estar interessado?

Giro sobre um pé e solto um chute para trás, seguido por uma cotovelada no "estômago". O telhado de madeira treme com o movimento do saco. Eu o seguro com as duas mãos e sorrio para o vendedor.

— Não, ninguém.

Em vez de franzir a testa, como eu esperava, ele sorri um sorriso de poucos dentes.

— Você é boa nisso.

— Obrigada. — O orgulho vence o torpor.

— Meu neto acompanha as lutas de MMA. Faz algumas semanas que ele me contou que viu duas mulheres se enfrentando, e eu não acreditei. Mas não era MMA. Era outra coisa.

— Muay thai?

— Isso. Você luta?

— Lutava.

O velho senta em uma cadeira de jardim velha, que range sob o peso de seu corpo frágil. A pele tem a consistência de couro. Muitos dias ao sol.

— Pena que parou.

Verdade. Uma pena.

— Por que parou?

A pergunta me pega desprevenida e, porque não o conheço e não tenho que dar explicações ao homem, afasto-me e vou encostar no para-choque do carro, ao lado de minha mãe. Ela grita palavras de incentivo para Maggie, que tenta chegar ao topo do fardo.

— Ela não acredita que pode conseguir — comenta.

Sorrio, lembrando como ela quase ganhou de mim há algumas semanas em um brinquedo de parquinho com barras para se pendurar.

— A Maggie vai conseguir. Ela tem muita força na metade superior do corpo.

Os braços dela tremem, mas minha irmã está quase conseguindo. Pensando em como me sentiria incrível vendo um sorriso vitorioso em seu rosto, eu a incentivo mentalmente a ir buscar aquela última faísca de energia lá no fundo. Alguém aqui precisa alcançar algum objetivo.

Quando está quase chegando ao topo do fardo, ela abaixa a cabeça. Dou um passo para frente. *Não.* Ela está quase lá.

— Continua, Maggie!

— Não consigo — grita.

Consegue. Ela tem que conseguir. Uma de nós tem que conseguir. Saio correndo pelo campo, piso no solo úmido e vejo como ela se agarra ao feno.

— Está quase lá! Não desiste!

Chego ao fardo de feno. Os tênis dela balançam no ar, perto da minha cabeça. Posso juntar as mãos embaixo do pé dela e dar impulso, mas alguma coisa dentro de mim diz que, para se sentir orgulhosa, Maggie precisa fazer isso sozinha. Ela precisa saber que é capaz.

— Haley, me segura — Maggie grita.

— Não. — grito de volta, e odeio meu tom duro, mas ela precisa me ouvir.
— Está quase chegando. Enfia os pés no feno, dá impulso com as pernas e puxa com os braços.
— Haley...
— Vai, Mags.

Ela resmunga alguma coisa que, tenho certeza, é um insulto para mim, mas chuta o feno até encontrar uma brecha onde encaixar o tênis; depois, sobe com esforço. O sol me impede de vê-la nitidamente, e eu recuo alguns passos e protejo os olhos, mas, assim que a vejo no topo com os braços erguidos, rio. Aplaudo. Grito.

Ela conseguiu... Conseguiu! E as lágrimas aparecem.

Eu me dobro ao meio como se tivesse levado um soco no estômago. Ela conseguiu. Minha irmã se esforçou e conseguiu. Viro para olhar para minha mãe, e é então que vejo o saco de areia. Por que parei de lutar? Por que abandonei a única coisa que me dava alegria?

Alguns motivos passam por minha cabeça. Meu tio, Matt e Conner, Jax e Kaden, mas tudo se perde em uma teia emaranhada, porque, no fim, o que eles têm a ver comigo e com minha capacidade de lutar?

— Não sei — resmungo para mim mesma.

— Não sabe o quê? — Minha mãe pergunta quando se junta a nós ao lado do fardo. Ela está sorrindo. Sorrindo de verdade. Compartilhando do breve sentimento de vitória de Maggie.

— Parei de lutar — sussurro, e o sorriso de minha mãe oscila quando ela levanta a cabeça para entender o que eu digo.

Como se atendesse a um chamado de casa, vou cambaleando em direção ao saco pendurado no toldo. O velho sumiu e, atrás de mim, sinto o olhar dos meus pais. Minha irmã ainda comemora o sucesso.

Meu polegar afaga o vinil como se eu cumprimentasse um amigo que não vejo há muito tempo. Durante três rounds de três minutos, eu tinha o dom de me concentrar em um único objetivo, e era isso que me fazia sentir orgulho e satisfação. Era isso que me fazia ter identidade.

Passei a vida toda idolatrando meu pai. Ele era o deus no topo da montanha que eu sempre tentei escalar, a fim de compartilhar de sua glória. Mas meu pai não é um deus. Ele é um homem; e o homem é falível.

Ele parou de progredir, e, no esforço de arrastá-lo para frente, quase me perdi. Esqueci todas as outras pessoas e seus problemas, suas expectativas... Se eu raciocinar com clareza e olhar dentro de mim, sei quem sou. Sei do que sou capaz.

Tomada por uma onda de energia, levanto a guarda e executo uma série: dois jabs, um cruzado e um chute baixo. No momento em que minha canela bate no saco, fecho os olhos e me deixo invadir pela sensação de estar em casa. O saco balança, e desta vez, eu o deixo balançar, enquanto um sorriso se forma em meu rosto.

— Ainda sou uma lutadora.

West

Dois dias, e a vida voltou ao normal. Frequento o melhor colégio, tenho as melhores oportunidades, os amigos mais ricos, cartões de crédito desbloqueados novamente, moro em uma mansão e tenho toda a comida que conseguir comer. É a normalidade que meus pais querem para mim, mas nunca me senti mais deslocado do que agora.

É sexta-feira, e voltar ao normal significa jantar em família hoje à noite. Tenho evitado meus pais, e eles me dão espaço. Mas, por alguma razão, tenho a sensação de que hoje à noite vai ser inevitável.

Ouço a campainha quando chego ao último degrau da escada. Abro a porta e vejo o namorado de Rachel, Isaiah, em pé, do outro lado, com as mãos nos bolsos. O cara não mudou: cabeça raspada, brincos e braços cobertos por tatuagens.

— Meio cedo, não acha? — Mentira. Ele mudou, e a cicatriz da queimadura no braço, marca deixada pelo acidente no qual ele salvou Rachel, é a prova disso. Rachel disse que ela o salvou. Ele, que a salvou. Acho que um salvou o outro.

— Não. — Isaiah vem todo dia, mas, às sextas, costuma aparecer só depois do jantar.

— Ele veio jantar. — As rodas da cadeira de Rachel rangem sobre o assoalho quando sai da sala de ginástica montada recentemente. Vestindo jeans e suéter, ela se aproxima da porta com aquele sorriso largo de quem vai ver a pessoa que ama. — Oi!

O eterno "não se mete comigo" sorri para ela do mesmo jeito.

— Oi.

Movo a cabeça, convidando Isaiah a entrar, e fecho a porta.

— Nossos pais já sabem?

Os olhos dela brilham.

— Não, mas você vai me ajudar, não vai?

Isaiah cruza os braços, e o jeito como olha para mim revela que ele não tem a mesma confiança de Rachel. E não tem que ter mesmo. Não fiz nada além de atormentar o cara desde que ele se aproximou de minha irmã. Estendo a mão para ele.

— Não posso prometer que vai ser muito bonito. Na verdade, posso garantir que vai ser como usar um suéter no inferno.

Isaiah estuda minha mão estendida, depois me encara antes de apertá-la.

— Não esperava nada diferente.

— Viu? — Rachel fala atrás de mim quando eu sigo para a sala de jantar. — Ele mudou.

Dou risada baixinho. É verdade. Eu mudei.

Meu coração para. Mudei?

Viro de repente, e Isaiah segura a cadeira de Rachel para impedi-la de me atropelar. No instante seguinte, eu me ajoelho na frente dela.

— Acha que estou diferente do que eu era?

— Quê?

— Sou a mesma pessoa? Acha que sou diferente?

— Não. Sim. Espera. Você não é a mesma pessoa. Quer dizer, é, mas está diferente. Não consigo explicar.

Levanto.

— Preciso sair.

— Ei. — Rachel segura minha mão. — Sei que está evitando nossos pais, mas o jantar não vai ser tão ruim. E foi por isso que convidei o Isaiah para vir esta noite. Eles não vão começar uma conversa biológica com ele aqui.

— Obrigado — Isaiah resmunga.

Ela faz um gesto, reduzindo a importância da reação.

— Matei dois coelhos com uma paulada só. Vai ser tão desconfortável que a gente come depressa e foge.

— Obrigado de novo — Isaiah responde.

— Tenho de lutar — explico.

— West... — É como se ela me preparasse para anunciar a morte de alguém. — A Haley foi embora.

— Sim, foi, mas ainda vale a pena lutar por ela. Quando fui atacado, a Haley voltou e lutou por mim. Ela me mudou para melhor, e agora é hora de lutar por ela.

— E a bolsa de estudos? Nosso pai disse que vai encontrar a Haley na Califórnia e garantir a bolsa. Se você lutar, ela vai perder o dinheiro.

Sinto o peso que me consome, a urgência de resolver os problemas de Haley e controlar o seu destino, mas é hora de começar a controlar o meu.

— Preciso fazer isso.

Rachel fica séria, e odeio saber que estou fazendo minha irmã sofrer.

— Vai embora de novo, não vai?

— Só desta casa, não de você. Nunca de você. Vou ficar por perto, tão perto que vai enjoar de mim. Mas tenho que ir. É hora de eu começar a agir como um homem.

Rachel abre os braços. Eu a abraço e beijo seu rosto.

— A gente vai te levar de volta para aquela garagem, ouviu? — É que, depois de consertar a porta do balcão no bar do Denny, tenho uma ideia de como ajudar minha irmã. Minha mãe vai odiar. Rachel vai amar.

Ignoro sua expressão surpresa quando levanto e respiro fundo, um gesto que acaba com o meu orgulho.

— Tenho de arrumar um lugar para ficar. Eu vou lutar, não posso ficar aqui.

Desta vez, Isaiah estende a mão primeiro.

— A cama é minha, mas pode ficar com o sofá. É só deixar algum dinheiro em cima da mesa de vez em quando, no segundo andar, e o casal que me abrigou não vai se importar.

— Fechado.

Isaiah não jantou com meus pais. Em vez disso, ele me levou de carro até a casa onde mora, e usei seu celular para mandar uma mensagem de texto a meus pais, informando onde eu estava, o que estava fazendo, e para lembrar que tenho dezoito anos. Em um texto separado para meu pai, digo onde ele pode enfiar a bolsa.

Decidido a resolver isso sozinho, peguei algumas roupas e deixei tudo lá, tudo: telefone, carro, objetos pessoais. Mas, desta vez, vou aceitar a ajuda de alguns amigos.

Do lado de fora do bar, Abby joga para mim um celular pré-pago, e eu lhe dou trinta dólares.

— Você tem cinquenta minutos. Não usa tudo de uma vez.

É o telefone mais barato que já vi.

— Tem certeza de que funciona?

Ela inclina a cabeça para a esquerda.

— *Ha*. — Depois para a direita. — *Ha*. Para chegar na academia, pegue o ônibus quarenta e dois. Eu vou direto para lá.

Um Honda Civic vermelho para perto de nós, e Abby aponta o motorista com o queixo.

— Minha carona.

— Ei, Abby.

Ela olha para trás.

— Como sabia sobre minha mãe e o Denny?

O sorriso maquiavélico de novo.

— Essa história está em outro livro que você ainda não tem idade para ler. Um dia, quando sair das fraldas, talvez eu te conte.

Por que imaginei que a resposta seria diferente?

— Valeu, Abby.

— Fica esperto, Young. As pessoas podem achar que somos amigos, ou coisa assim. Aliás, bem-vindo ao lar. — Ela entra no carro e vai embora.

Fico parado na calçada, olhando para a área comercial. Mais adiante, pessoas entram na lavanderia com pilhas de roupas, carregam sacolas das lojas baratas e dos supermercados. Há meses, eu era o deslocado aqui. Hoje, este é meu lugar.

Droga, quem poderia imaginar? Esta é minha casa.

O sentimento fica mais forte quando entro no bar. Denny está limpando uma mesa.

— Ouvi dizer que está procurando alguém para consertar coisas. A vaga ainda está aberta?

Denny fica paralisado por um instante, depois volta a esfregar a mancha na mesa. Tenta esconder, mas vejo o sorriso em seu rosto.

— Sim, ainda tenho a vaga.

Haley

A água cai na banheira quando meu pai liga o chuveiro. Deitada de bruços na cama com os pés para cima, Maggie devora seus nuggets de frango mergulhada no paraíso Nickelodeon. Espio além das cortinas pesadas do hotel e vejo minha mãe sentada na calçada, olhando para o luminoso brilhante do Motel 6.

A porta faz barulho quando a abro, e ela relaxa os ombros quando vê que sou eu. Afasta-se um pouco para o lado, para me dar espaço. A oeste, o céu sangra em cor-de-rosa, e estrelas brilham acima de nós, mas o concreto da calçada ainda é quente.

— O Kansas é plano — comento. Há meses minha mãe é um fantasma aparecendo e desaparecendo da minha vida, e sinto falta de ter uma mãe.

— Sim, é. — Ela segura minha mão. — Desculpa por não ter conseguido evitar que tudo desmoronasse.

— Eu ia me desculpar pela mesma coisa.

O jeito como ela suspira me corta fundo.

— Manter a família unida nunca foi tarefa sua. Seu pai e eu tínhamos que cuidar disso.

— Está brava com o Kaden por ele ter ficado? — Mexo os pés sobre o concreto solto, ansiosa pela resposta. Tomar decisões não deveria ser motivo de agonia, e invejo Kaden por ter tomado a dele com tanta facilidade. Se eu for embora e voltar para a academia, abandono minha mãe, meu pai e Maggie. Se ficar, eu me abandono. Sou uma lutadora, e meu lugar é naquela academia.

— Não. — Ela olha para o horizonte. — Triste, mas não brava.

Droga. É mais ou menos a resposta que eu queria ouvir. Por outro lado, talvez eu deva ficar longe do Kentucky. Muitas coisas deram errado lá: Matt, Conner... West. Fecho os olhos para aguentar a dor.

— Tudo bem, querida?

Torno a abri-los e vejo minha mãe olhando para mim com ar preocupado, como quando eu era criança e ficava doente.

— Sinto falta do West.

Ela me cutuca com o ombro.

— Coração partido tem recuperação. Você superou o Matt... Vai superar isso também.

West me faz sofrer, mas não é a mesma dor de quando terminei com Matt. Perder West me deixa triste; sinto minha alma vazia, oca. Com Matt, o que doía eram meus ossos, a cabeça latejava e a autoestima tinha sido incinerada. Se tivesse mais tempo com West, se houvesse me aberto mais rapidamente para gostar dele, teria feito alguma diferença? Ele teria me escolhido?

Nunca vou saber. Deixei a lembrança de Matt me assombrar, e o que me assusta é que ele ainda é um fantasma seguindo cada movimento que faço, contaminando minhas decisões.

— O Matt e eu não terminamos bem.

Já disse isso antes. Foi para John, mas não consegui ir além disso. Minha garganta fica apertada, e eu puxo a gola da camiseta.

Minha mãe inclina o corpo, e, pela primeira vez em mais de um ano, conto com sua atenção total.

— Como assim, não acabou bem?

Fala, Haley. Fala. Abro a boca, e as consoantes ficam presas na garganta. O único som que passa por meus lábios é um clique doentio, estrangulado.

Minha mãe arruma meus cabelos no ombro.

— Fala comigo, Haley... mas você também precisa respirar. Respira, meu bem.

Faço o que ela diz e respiro fundo várias vezes. Idiota. Eu sou uma idiota. Por que não consigo falar? Por que não posso admitir? Inspiro novamente e solto o ar.

— Foi ruim.

— Tudo bem — ela responde, como se eu tivesse admitido algo enorme, e acho que foi enorme, mas não foi toda a verdade. — Tudo bem. Está tudo bem.

Ela beija minha têmpora, me abraça e puxa minha cabeça para seu ombro. Só então percebo que estou tremendo. Não só eu, o mundo todo. E as coisas perdem o foco.

— Ele me machucou.

Ele me bateu. Quero muito falar. As palavras imploram por liberdade, mas tem um sussurro de culpa, um sussurro que me acusa de ser idiota e avisa que, se eu falar mais, o mundo todo vai ver minha vergonha... me julgar e crucificar.

Fui estúpida. Eu me apaixonei pelo garoto errado. Ele me machucou, e arquei com as consequências. Ele me machucou, e eu desabei. Ele me machucou, e o resto do mundo vai me condenar para sempre.

— Tudo bem. — Minha mãe nos embala. — Nós vamos ficar bem.

West

Falei com John por telefone, contei que vou competir no próximo sábado e disse que vou ficar grato se ele puder me ajudar, mas estou apreensivo quando entro na academia. Ele aceitou me receber, mas não concordou com o que pedi.

No momento em que fecho a porta, abaixo a cabeça. Droga. No ringue, Jax e Kaden trocam uma série rápida de golpes.

O escritório de John está escuro e, se quero agir como homem, minha única opção é seguir em frente. Parti o coração de alguém que eles amam. Se tiver sorte, saio daqui com todos os ossos inteiros.

Passo por entre os sacos de areia e pergunto em voz alta:

— O John está por aqui?

Os dois olham para mim ao mesmo tempo. O ruído de velcro se desprendendo corta o silêncio. Jax passa por baixo das cordas e joga o protetor de cabeça e as luvas para o lado.

— Quer morrer, Young?

Levanto a mão aberta.

— Vim falar com o John. Eu avisei que viria.

Com o corpo coberto de suor, Jax olha em volta com ar debochado.

— Não estou vendo ele aqui.

— Escuta, eu errei. Terminei com a Haley porque meu pai disse que pagaria a faculdade para ela se eu acabasse o namoro.

Jax avança em mim como se eu nem tivesse falado.

— Você é muito cheio de marra. Agora que a Haley foi embora, quer aproveitar a academia sem precisar respeitar a garota.

— Cadê o John?

— Não sei. Ele mandou a gente vir pra cá. Acho que queria dar um presente de Natal antecipado para os netos.

Merda. Uma armadilha. Jax abre os ombros, e eu imito a posição e fecho as mãos. A voz de Haley grita dentro da minha cabeça mandando eu fechar a guarda, mas não quero induzir o golpe. Não quero brigar.

— Eu me ajoelharia na frente da Haley, contaria a verdade e imploraria para ela me aceitar de volta, se pudesse.

Vejo o fogo brilhando nos olhos dele.

— Escolheu as palavras erradas.

Jax solta o soco, e eu fecho a guarda. Abaixo para me esquivar e dou um passo para o lado.

— Não quero brigar com você.

— Que pena.

Ele solta um cruzado, eu bloqueio e me defendo do jab. Jax consegue armar um chute baixo, mas eu giro rápido e escapo.

— Luta! — Jax grita. — Você é homem, ou não?

— Não vou brigar com você. Não vim aqui para brigar com você!

Começamos a dançar. Ele ataca, eu me defendo, mas não contra-ataco. Jax tenta mais um cruzado, mas em seguida chuta meus joelhos, e eu caio. Droga. Rolo para evitar que ele tire proveito do momento e levanto em seguida, a guarda fechada, pronto para começar tudo de novo.

E me espanto quando vejo Jax se apoiar no ringue e pegar uma garrafa de água.

— A Haley tem razão. Ele é muito ruim no chão.

Kaden passa por baixo das cordas.

— Eu precisava de mais tempo. Não prometi fazer milagre.

— Temos uma semana. Vai ter que ensinar umas loucuras para o cara até lá.

— Alguma coisa é melhor do que nada. — Ele assente para mim. — Tem sorte por ela ter te ensinado a bloquear tão bem. Vai precisar disso contra o Matt. Ele tem um gancho destruidor.

Abaixo os braços quando John sai do vestiário.

— Ela não ensinou bloqueio de gancho e undercut. Estava fazendo o básico.

Filho de uma puta.

— O que é isso?

— A gente queria ver se tem esperança pra você — responde John. — E foi bom ter se controlado, ou teria chutado sua bunda para fora da minha academia.

— É verdade que terminou com ela porque seu pai prometeu pagar a faculdade da Haley? — Kaden pergunta.

Os três olham para mim em silêncio, e mantenho os punhos fechados, caso eles não concordem com minha decisão.

— É verdade, mas o fato de eu estar aqui anula toda a proposta.

— Ela não teria aceitado o dinheiro — diz Jax. — A Haley é muito melhor que isso.

Ela é boa demais para ficar comigo. Jax pode não ter me acertado com os socos, mas me atingiu em cheio quando mirou na culpa.

— Agora eu sei disso.

— As meninas acham que isso aqui é a ACM? — pergunta John. — Temos uma semana antes da luta.

Jax coloca o equipamento, e eu inclino o corpo para deixar claro que estou falando só com ele, mas tenho certeza de que Jax e Kaden também me ouvem.

— Não mereço o perdão da Haley, mas quando isso acabar... diga a ela que cumpri o que prometi e que vale a pena lutar por ela.

John bate no meu ombro quando entra no ringue.

— Vale; você tem razão. Agora vai trocar de roupa e vem treinar.

Haley

Nunca invejei alguém em toda a minha vida como invejo Maggie. Deitada ao meu lado, ela está com os braços esticados acima da cabeça. Um pé, com meia, está pendurado fora da cama. O outro, sem meia, liberto das cobertas. Só a parte central do corpo está coberta. A respiração é leve, cadenciada, e queria ter esse sono profundo, sem sonhos.

Quando durmo, sonho com West. Seu sorriso, sua risada, as mãos dele em mim. Nós nos beijamos e nos tocamos, e, quando entrelaçamos nossos corpos, West sussurra que me ama, e sempre... eu acordo com frio, sozinha e chorando.

Esta noite talvez eu não durma. A insônia tem se tornado um hábito maravilhoso.

A novidade é que meu pai dorme sem nenhum problema. Ele está de costas para mim, encolhido na outra cama. Talvez isso seja um sinal de que encontrou o caminho para a recuperação. Infelizmente, minha esperança está entorpecida.

— Não sei, pai... — Minha mãe leva o telefone para o banheiro. Ela liga para John todas as noites desde que partimos, e todas as noites acaba com os olhos vermelhos e inchados. Depois que o carro de meu avô quebrou, passamos quase uma semana inteira na casa do primo de minha mãe. Agora estamos na estrada outra vez. Ouço o clique da porta do banheiro sendo aberta, e uma nesga de luz invade o quarto apertado.

— Haley — sussurra minha mãe. — O Kaden quer falar com você.

Saio da cama, e minha mãe sai do banheiro para eu entrar.

— Tem certeza? — É estranho. Kaden evita conversar pessoalmente. E odeia telefone.

A resposta de minha mãe é fechar a porta. Sem muitas opções, sento na borda da banheira e levo o aparelho à orelha.

— Alô?

— Você tem que vir pra casa, Hays. É o West. Ele vai lutar.

West Young terminou o namoro comigo por causa de um acordo que fez com o pai. Ele deveria abandonar a vida que construiu e, em troca, o pai dele pagaria minha faculdade. Fecho os olhos por um instante. Garoto burro. Burro, fofo a ponto de ser insano, vai ser expulso de casa por mim, garoto burro, e estou apaixonada por ele, e West mentiu para mim por saber que eu nunca teria concordado.

Ele está certo. Eu não teria, e fico me perguntando de onde ele tirou a ideia de que eu aceitaria o dinheiro. Mas nada disso importa agora.

Sentada em um banco do lado de fora da rodoviária, seguro a mochila que balança entre meus joelhos. Dentro dela, estão minhas roupas e os poucos objetos de valor dos quais não me separo. Quando a hipoteca da nossa casa foi executada, eu tinha caixas e mais caixas de coisas que dizia serem importantes. Engraçado como as prioridades mudam.

No espaço a minha frente, o motor do ônibus ronca. Minha mãe e eu deixamos um bilhete para o meu pai e saímos há meia hora. Maggie está encolhida a meu lado no banco, dormindo profundamente, abraçada à boneca. O ar do começo da manhã é gelado, e esfrego a pele para diminuir os arrepios.

Minha mãe sai do escritório, senta a meu lado e põe a passagem em meu colo.

— Diga ao seu avô que ele agora é responsável por mais da metade do meu coração. Já foi bem difícil deixar o Kaden e o Jax para trás. Agora a balança desequilibrou de vez.

A culpa me devora quando pego a passagem. É barata, mas ainda é um dinheiro que não temos. Mas minha mãe concordou. Eu preciso voltar. Meus joelhos continuam tremendo enquanto ideias caóticas me passam pela cabeça. Estou deixando meus pais... estou deixando minha mãe...

— Promete uma coisa? — ela pede.

— É claro. — Qualquer coisa.

— Não escute a mentira na sua cabeça que a impede de falar sobre o que aconteceu entre você e o Matt. Falar sobre o assunto vai te dar coragem, mas o medo pode ser um argumento bem convincente. Não estou dizendo que vai ser fácil, mas falar a verdade te faz mais forte... e liberta.

Concordo balançando a cabeça, incapaz de dizer alguma coisa. Não consigo me imaginar falando sobre o assunto, mas também não imagino viver assim para sempre.

— Vai voltar com o West?

— Sim... não... — As duas respostas são verdadeiras, mas eu digo a verdade mais simples. — Estou fazendo isso por mim.

— Que bom. Você é uma menina forte. Por favor, não se esqueça disso.

Mas não me sinto forte. Uma enorme parte de mim quer se encolher no colo da minha mãe e se agarrar a ela. Tantos anos segurando sua mão, a pressão dos dedos me impedindo de atravessar a rua antes de olhar para os dois lados, os olhares de aprovação, o abraço depois de um dia difícil... sua presença suave em minha vida... vou abrir mão de tudo isso espontaneamente.

Minha garganta fica apertada.

— E se eu não estiver preparada para ficar sozinha?

— Você está sozinha há algum tempo, e só agora começou a perceber. Vai ser minha bebê para sempre, Haley, como eu serei sempre a sua mãe.

Ela me abraça, e apoio a cabeça em seu ombro. Quando eu era mais nova, minha mãe lia para mim todas as noites. Na nossa antiga casa, quando a vida era mais simples, ela se encolhia na minha cama e trazia paz e segurança.

— Por que tudo teve que mudar?

— Não sei — sussurra. — Mas mudou, e tudo o que a gente pode fazer é seguir em frente.

— Estou tentando. — O ar é mais difícil de inspirar. — Mas como vou me afastar de você?

— Não está se afastando, meu bem. Está crescendo. Mas, não esquece, não importa que você tenha oitenta e eu, cento e treze anos, sempre vou te segurar, te amar, e sempre estarei bem aqui.

West

Sento-me ao contrário em uma cadeira, enquanto John enfaixa minhas mãos com o tecido amarelo. Um fiscal nos observa ao canto, para garantir que John cumpra o regulamento. Ele aperta bem as camadas de faixa e se concentra, como se realizasse uma cirurgia. Do lado de fora, a multidão se manifesta barulhenta, e não tem como não perceber a fúria. Eles odeiam quando a luta é levada para o chão. Matt e eu somos os últimos amadores no cronograma, e a espera está me matando lentamente.

— Ela treinou você bem. — John nunca fala o nome de Haley. É como se falar o nome dela gerasse sofrimento. Em parte, quero dizer a ele que entendo. — Limite-se às séries que ela ensinou, mantenha a guarda alta e as emoções controladas.

A faixa é nova, e John a aperta mais do que estou acostumado, mas, sem as luvas, preciso dessa faixa extra. Engulo, penso em como Haley tentou me convencer a desistir disso. A realidade e o peso da situação são inegáveis. No momento em que entrar no octógono, estarei me expondo a um risco equivalente ao de atravessar uma rodovia movimentada.

Meu único consolo, caso a luta acabe mal, é saber que estou fazendo o que tem de ser feito. Não sou homem por estar entrando nesse octógono. Sou homem por estar defendendo Haley e a mim mesmo. Chega de contar com meus pais e o dinheiro deles. Chega de deixar um passado que não posso controlar ditar minhas escolhas e meu futuro. Chega de ser criança.

Liguei para minha mãe uma hora atrás, disse que a amo e pedi para ela falar a mesma coisa a meu pai. Enquanto ela chorava, fizemos as pazes e, de alguma maneira, encontrei paz dentro de mim. Meu único pesar é não poder abraçar Haley de novo e sussurrar aquelas palavrinhas preciosas.

A porta da salinha do hotel se abre, e Jax entra exibindo o moicano.

— Quando essa luta acabar, você é o próximo.

John termina de enfaixar minhas mãos e pega os aparadores de soco e chute.

— Hora do aquecimento.

O fiscal tira a tampa de uma caneta permanente preta e assina minhas faixas. Estou de acordo com o regulamento, nenhuma ilegalidade, o que me coloca um passo mais perto do octógono.

Depois de treinar com luvas, sinto as mãos nuas e vulneráveis. John segura os aparadores, e eu afasto as pernas e abro os ombros. Tentando ignorar o nervosismo, solto o ar dos pulmões. Poderia dizer que isso tudo é por Haley, mas é por mim também.

John está a minha frente, e eu estou entre Jax e Kaden. Atrás da porta da sala de convenções do hotel, visto o calção apropriado para a luta e tenho as mãos enfaixadas. Balanço os braços, tentando mantê-los relaxados, apesar da tensão que começa a se concentrar na nuca.

Imitando muito mal um verdadeiro locutor de MMA, o mestre de cerimônias anuncia meu peso e minha cidade.

Jax vira a cabeça para a direita e abre a porta quando o locutor pronuncia meu nome.

— Vamos resolver essa parada.

A plateia grita e assobia quando entro no auditório e me dirijo ao octógono ao centro. Vejo todo mundo, mas não vejo ninguém. Na verdade, só enxergo flashes de cor e movimento. A música grita dos alto-falantes e, num momento de lucidez, reconheço a canção.

Olho para Jax, e ele está sorrindo como uma hiena.

— Desculpa, não deu pra segurar. Você é o próprio Rocky. — Ele dá um tapa em minhas costas. — Tenha um pouco de senso de humor. Vai precisar dele lá dentro.

John e o juiz trocam algumas palavras antes de o árbitro falar comigo.

— Braços para cima.

Faço o que ele diz: estico os braços para os lados e depois afasto os pés. As mãos dele apalpam meu corpo procurando objetos estranhos. Examina rapidamente minhas orelhas, comprova que estou usando a conquilha e que as unhas estão curtas, e verifica se as faixas foram alteradas. Tudo certo. John para diante de mim para colocar o protetor bucal. Abro a boca, e ele mexe os lábios como se estivesse falando, enquanto espalha vaselina no meu rosto. O barulho da plateia se mistura, e nada é claro ou coerente. John olha nos meus olhos e pergunta:

— Entendeu?

Confirmo com um movimento de cabeça. Ele olha para Jax, e percebo que balança a cabeça discretamente.

— Boa sorte e sucesso — diz John.

Subo os três degraus e entro no octógono. A descarga de adrenalina é imediata, e continuo movendo os músculos para manter a circulação. Matt está do outro lado do octógono, de costas para mim.

O juiz o chama, e o filho da puta sorri quando me vê.

— Já se mijou?

Sorrio de volta.

— Vai se foder.

— Bom, nós dois já fodemos a Haley, não é?

A raiva me invade, e eu inclino o corpo para frente. O juiz apoia a mão no meu peito e grita:

— Regras claras?

— Sim.

— Sim — Matt repete.

— Cabeça fria — John grita, e percebo, irritado, que estou fazendo exatamente o que Haley me disse para não fazer.

O juiz bate palmas e sai do caminho. Matt e eu estendemos os braços e batemos os punhos cerrados. Haley falou sobre serenidade dentro do octógono. Tudo o que me cerca é caos.

Haley

Meu coração bate tão forte que não tenho dúvidas de que as pessoas podem ver. Passo correndo pela porta do centro de convenções, e um guarda me intercepta quando tento me aproximar da mesa.

— Sou treinadora! — Paro de repente. — Haley Williams. Estou com West Young.

— Ele está lutando — avisa o guarda. A garota na recepção vira páginas de formulários, e torço para os dedos dela serem rápidos.

A náusea me deixa tonta. Eu me seguro na mesa para não cair.

— Há quanto tempo?

— Faz um tempinho. E está levando uma surra.

— Droga. — Sopro o ar.

— Aqui! — A garota me entrega o crachá amarelo, o guarda sai da minha frente e eu volto a correr. Seguro o crachá sobre a cabeça e grito com todo mundo que tenta me fazer parar.

A plateia está de pé, todo mundo grita para os dois homens que se enfrentam no centro do auditório. Devem estar em cima das cadeiras, porque não consigo ver nada e tenho de abrir caminho à força até a frente das fileiras.

Quando me aproximo, West mantém a guarda alta enquanto Matt solta uma série de três golpes. A força por trás do soco é brutal, e West consegue mandar um jab para obrigá-lo a se afastar. West se esquiva de outro ataque e abre uma distância suficiente entre eles para criar uma boa ofensiva.

Continuo andando e, quando abro a boca para gritar instruções para West, alguma coisa enorme me breca.

— Só lutadores e treinadores — avisa outro segurança, sem se importar com o crachá amarelo que quase esfrego em sua cara.

— John! — grito enquanto desvio dele. — John!

John continua berrando instruções para West, mas Jax se volta ao ouvir minha voz. Pula da plataforma do lado de fora do octógono e aponta para mim.

— Ela é da equipe!

Corro para Jax, e ele me puxa para longe do segurança e para dentro do círculo restrito. Conner está sentando na primeira fileira, olhando para mim. Eu o encaro, e ele desvia o olhar.

— Como está a luta? — pergunto.

— Nada bem. — Jax sobe na plataforma e estende a mão para me puxar para cima. — West entrou em curto, não escuta as instruções do John. Está lutando, mas apanhando muito. Desse jeito não vai aguentar os três rounds.

Agarro a grade do octógono e não gosto do que vejo. O olho direito de West está inchado, o lábio está cortado. O corpo se inclina para a frente, e a fadiga torna os movimentos mais lentos, o que o leva a abaixar a guarda. O suor pinga do rosto dele como água de uma torneira.

— Para a luta.

— Faltam trinta segundos, Hays — John me avisa. — Ele consegue.

Mas não quero que ele aguente.

— Que round?

— Segundo.

O metal da grade corta meus dedos. Meu Deus...

Matt ameaça um cruzado, West bloqueia o golpe que não acontece, e Matt avança contra ele. O octógono inteiro vibra quando eles se chocam contra a grade. Com um movimento rápido, fluido, Matt gira West e solta vários ganchos seguidos contra o rosto desprotegido. Os joelhos de West começam a tremer, e, se ele cair, acabou.

— Joelhos, West! Use os joelhos!

West

— Joelhos, West! Use os joelhos!

É a primeira voz nítida que escuto no caos. Um joelho sobe, depois o outro. Uma pancada forte nas costelas, e Matt cambaleia para trás. Uso a grade para dar impulso, minhas pernas parecem ter mais gelatina que músculos, mas preciso continuar. Três rounds. Três rounds por Haley.

O sinal sonoro anuncia o fim do round, e o juiz se coloca entre nós. O mundo gira, e eu levanto os braços e apoio a testa na grade do octógono, lutando para levar ar aos pulmões. Tudo lateja, e a exaustão é suficiente para me fazer desmaiar.

Então, vejo um rosto do outro lado da grade e tenho certeza de que comecei a alucinar.

— Cadê a guarda? — ela grita.

A menina parece a Haley.

— Estou cansado.

— E eu pareço preocupada com isso? Está levando uma surra. Se quer desistir, desiste, mas não fica aí em pé para deixar o cara ganhar.

Olho em volta, tentando enxergar com o olho inchado. O mundo me vê conversando com uma alucinação? Ninguém se importa com o fato de eu estar perdendo a razão?

Ela é linda e real.

— Amo você.

Os dedos dela tocam os meus através da cerca. O frio da ponta dos dedos na minha pele quente me faz fechar os olhos. Ela parece ser de verdade.

— Abre os olhos, West.

Eu abro, e olhos lindos e escuros mergulham nos meus.

— John, a gente tem um problema.

Sinto a movimentação atrás de mim e vejo a mão passar por cima do meu braço.

— Vira para mim, filho.

É a voz de John, mas não estou interessado. Só me interessa o que está na minha frente... só me interessa o toque da mão dela. Fiquei completamente maluco, mas não faz mal. Se eu virar, ela vai desaparecer, e não consigo viver com isso de novo.

— West — ela fala em tom calmo. — Deixa o médico te examinar.

— Você vai sumir — respondo. — Não quero que desapareça.

Ela enfia as unhas em mim, aperta o suficiente para provocar dor.

— Sou eu mesma. De verdade.

O ar abandona meu corpo e a mão escorrega pela cerca.

— O quê?

John para na minha frente.

— Qual é o seu nome?

— West Young. — Viro a cabeça para o lado direito, a fim de ver Haley de novo. — Ela está aqui.

— Ela está aqui — John repete.

Outro homem me impede de ver Haley quando segura minhas mãos

— Olha para mim.

Eu olho. Ele faz mais algumas perguntas, e eu respondo enquanto tento varrer as teias de aranha da cabeça.

— Consegue lutar? — ele pergunta.

Haley agarra a cerca e olha para mim com ar preocupado. Como se realmente me amasse.

— Pode apostar que sim.

Viro e vejo Matt no centro do ringue, com o juiz entre nós. O filho da puta olha para a Haley e, quando olha para mim de novo, eu sorrio.

— Não vai ficar com nada.

— Luta limpa, rapazes — avisa o juiz.

— O que foi que disse? — Matt pergunta.

Estendo a mão fechada, e Matt bate nela com o punho.

— Disse que não vai ficar com nada. Nem com a garota, nem com a vitória.

Nós nos afastamos, e mantenho os braços ao lado do corpo. Haley passou muito tempo martelando na minha cabeça que eu precisava me concentrar, controlar as emoções, porque, se perdesse a cabeça, perderia de vista o planejamento e a luta. A mesma coisa deve valer para o filho da mãe na minha frente.

A gritaria, os assobios, tudo desaparece, e sou dominado de repente por uma sensação de calma. Duas coisas continuam comigo: o babaca no octógono e a voz de Haley.

— A guarda, Young.

Vou levantar a guarda... quando estiver pronto.

Matt e eu dançamos em volta um do outro, e eu bato com o punho no peito dele.

— Não vai ficar com nada.

Matt reage visivelmente ao comentário, e eu jogo os braços para frente e para trás, chamando o ataque.

— Nada. Pode me bater o dia inteiro. Não vai ficar com nada.

Matt abandona a atitude habitual e ataca, e eu permito o soco na cabeça. Viro com o impacto, mas volto imediatamente. O fogo arde nos olhos dele quando sorrio.

— Nada.

A equipe grita para ele, e eu dou risada, porque eles enxergam o que Matt não vê. Estou assumindo o comando do espetáculo, mas Matt se perde nas minhas palavras. Levanto o queixo chamando outro ataque, e desta vez, quando ele avança, levanto a guarda, vejo Matt abaixar a dele e acerto uma série dupla em seu rosto.

Haley

— Série de chutes! Série de chutes! — Bato na grade.

West assumiu o controle e chuta repetidamente um lado do corpo de Matt. Matt se dobra ao meio. Meu Deus, West acerta uma joelhada de derrubar. Ele era capaz disso. Podia ficar em pé e aguentar os três rounds.

O juiz se coloca entre Matt e West e verifica se Matt pode continuar. West olha para mim, e eu movo a cabeça num sinal de aprovação.

— Mantém a guarda alta.

Matt afasta o juiz e West se concentra novamente na luta. Matt é treinado e experiente. Deixou a emoção dominá-lo, mas não vai cometer o mesmo erro de novo. Ele quer retaliação, e vai querer a luta no chão.

— Não vai para o chão! — grito. — Ele quer chão!

Matt avança e West desvia para o lado errado. Os dois caem, e o octógono vibra com o impacto. A plateia enlouquece.

Matt tenta jogar uma perna sobre o corpo de West. Cotovelo e braço procuram a garganta de West, que tenta se mover, mas Matt é experiente demais para permitir uma saída fácil.

— Levanta o quadril! Fica embaixo das pernas dele!

West empurra o corpo para cima, e Matt solta o peso e o joga para baixo de novo. Ele aperta o antebraço contra a garganta de West.

— Quadril para cima! — grito de novo. — Embaixo das pernas dele!

Mas West entra em pânico com a falta de ar e tenta segurar os braços de Matt. Eu bato na grade.

— Escuta, Young!

A reação é instantânea. Ele empurra o quadril de cima, e Matt perde o apoio. A plateia grita, satisfeita, quando West rola e escapa do adversário, levanta e leva a luta de volta à posição em pé.

Matt e West giram em volta um do outro. A plateia aplaude, esperando pelo ataque de um dos dois. Olho para o relógio.

— Trinta segundos!

Três rounds de três minutos cada, e o fim se aproxima. É a primeira competição dele, e sei que é necessário ir até o fim. Os dois estão exaustos, é evidente. Matt avança, e West reage pulando para longe. Matt vai tentar derrubá-lo de novo.

Treinamos para este momento. A essa altura, a questão não é mais força, é vontade.

— Série de chutes! — digo, sacudindo a grade. — Série de chutes!

West limpa o suor dos olhos e começa a dança. As pernas cruzam enquanto ele procura o momento ideal. Sentindo o ataque, Matt entra na paralela e ataca primeiro.

Matt lança um cruzado, West bloqueia e acerta um chute frontal no peito. Matt cambaleia, e eu grito com a plateia. West continua atacando, empurra Matt contra a grade.

A arena inteira bate os pés no chão quando o gongo anuncia o fim e o juiz puxa West para longe de Matt. West anda em volta do octógono batendo com o punho no peito, e a plateia vai ao delírio.

Com as palmas apoiadas na grade, ele se inclina para mim. Queria que isso fosse um filme. Queria poder entrar no octógono e me jogar nos braços dele, mas existem regras e respeito, e tenho de esperar até mais tarde para demonstrar a ele todo o meu amor e minha gratidão.

— Você conseguiu.

West respira depressa e segura meus dedos através da grade.

— Eu não ganhei.

— Não me importo. — A decisão dos juízes contra ele deve ser rápida. Matt acertou mais golpes. Dominou a luta. Mas West aguentou em pé os três rounds e mandou uma mensagem alta e clara para todos ali: West Young tem fibra e não desiste nunca. Isso, no mundo da luta, faz dele um oponente perigoso.

Ele apoia a testa na grade, e eu encosto a minha no mesmo ponto. Nossos dedos se tocam e eu fecho os olhos, desejando estar sozinha com ele.

— Você merece isso. — West está cheio de hematomas, ensanguentado e inchando depressa. Seu corpo foi castigado, brutalizado e cortado. — Merece tudo isso.

— Amo você — sussurro.

O juiz se aproxima de West.

— Decisão tomada.

West sorri para mim daquele jeito glorioso, como no dia em que a gente se conheceu.

— Eu já ganhei.

West

Jax entra na salinha exibindo um sorriso satisfeito. Desde que saí do octógono, depois do anúncio de minha derrota, o cara se tornou meu mais novo melhor amigo. Ele joga outra bolsa de gelo para John.

— A Haley vai começar a criar confusão se não puder entrar logo. E aí, como se sente?

Estou sentado em uma cadeira, só de cueca, e John decidiu que a neta não pode me ver nesses trajes. Ele prendeu duas bolsas de gelo no meu ombro, onde alguma coisa saiu do lugar e encaixou novamente durante a luta. Seguro outra bolsa sobre um olho, e ele coloca mais uma em cima dos dedos da minha mão direita.

— Estou bem.

— Está sim, o que é impressionante — diz John. — Mas não posso retomar o seu treinamento até estar inteiro de novo. Esse inchaço precisa sumir.

Massageio o queixo, mexo a boca de um lado para o outro. Não tem um lugar do meu corpo que não doa, e o comentário de John é suficiente para entorpecer a dor por um segundo.

— Treinar?

— Pagamento no primeiro dia do mês, e vai ter que treinar cinco dias por semana.

— Nunca — Jax protesta. — Ele precisa de sete dias.

John dá uma olhada na bolsa de gelo sobre meu ombro.

— Não vai desistir depois da primeira luta, vai?

Sorrir dói.

— Não, não vou.

— Que bom.

A batida na porta faz Jax dar risada.

— Já falei, Hays, não vai ver o cara até que ele... — Jax abre a porta, e o sorriso desaparece.

Ele coça a nuca e olha para mim.

— Tem um homem aqui dizendo que é seu pai.

Denny ou meu pai? A dúvida aparece antes que eu possa impedir. Faço um movimento afirmativo com a cabeça, ele puxa a porta e eu vejo meu pai. Ele não combina com jeans e camisa polo, parece deslocado.

— Vem, Jax — John chama. — Vamos tentar impedir que a Haley comece um escândalo.

Eles saem e fecham a porta, e o único som na sala é o barulho do gelo se movimentando nas bolsas no meu ombro. Viro a cabeça para o lado, cansado demais para uma briga aos gritos.

— Seja o que for, podemos discutir mais tarde?

Meu pai senta na cadeira à minha frente. Uma hora atrás, John havia sentado na mesma cadeira e me dado mais conselhos de pai que meu próprio pai durante a vida inteira.

— Falei para sua mãe que você está vivo.

— Obrigado.

— Liga para ela. Sua mãe quer ouvir sua voz.

— Vou ligar. — Mexo o ombro e me encolho. — Pode me deixar no convênio médico por mais um tempo?

Meu pai sorri, e eu levanto as sobrancelhas. *Qual é?*

— Você é bom nisso — ele diz. — Assistir à luta foi horrível, mas, ao mesmo tempo, abracei o cara do meu lado e disse que você é meu filho.

Dou risada, porque não tenho nada a dizer. Mentira. Eu sei o que dizer.

— Você sempre soube que não era meu pai?

O sorriso desaparece, e eu meio que me arrependo do que falei, mas não. Essa conversa precisa acontecer, e nunca vai haver um momento ou lugar apropriado.

— Sim. A Colleen estava doente havia muito tempo e... vamos chamar de interrupção na comunicação o que aconteceu entre mim e sua mãe... e sei como os bebês são feitos.

Assinto, mas a verdade não me faz sentir muito melhor.

— Por que ficou com ela? Você foi traído.

— Eu amava a sua mãe. Denny a amou primeiro e eu a tirei dele e, depois, quando a situação ficou difícil, eu a abandonei com a Colleen. Ela precisava de conforto, eu não a confortava... ela correu para os braços que continuavam abertos.

Merda. Jogo no lixo o saco de gelo que segurava sobre o olho.

— É sério que não esquenta a cabeça com isso. Deixou pra trás, de verdade.

— Eu a amo, West. Ela me ama. Quando você sente esse amor por alguém, encontra um jeito de fazer dar certo.

Meu coração dói. Haley. O que eu fiz com ela foi diferente?

— Você diz que ama a minha mãe, mas queria que eu terminasse com a Haley. Disse para eu acreditar no que estava me dizendo sobre uma garota ser a minha pior derrota. É assim que vê a minha mãe? Você a ama de verdade, ou foi uma encenação o tempo todo?

Meu pai envelhece dez anos a cada segundo. Parece menor, mais sério e cansado.

— Amei sua mãe desde que ela jogou uma cerveja na minha cabeça porque já tinha escutado minhas cantadas antes.

Arregalo os olhos e tento não sorrir. Minha mãe jogou cerveja na cabeça do meu pai? Meu pai cantava minha mãe? Quem são essas pessoas? Uma parte de mim gosta mais disso a cada segundo. Meu pai observa minha reação e sorri.

— Acho que entende por que seus avós não ficaram muito contentes comigo. Meus avós paternos são a imagem do conservadorismo e da rigidez.

— Então, por que me atormentou tanto sobre a Haley?

A felicidade desaparece.

— Porque o caminho com a sua mãe foi difícil. Desde que nos conhecemos, nada foi fácil. A vida bateu muito em nós dois, e às vezes saímos inteiros, outras vezes, não. Mas nunca duvidei de que a amava e de que ela me amava. É verdade que escolhemos estar um com o outro, mas isso complicou muito a vida, e nós dois sofremos por isso. Você precisa entender, West, que ninguém quer que os filhos sofram. Ninguém quer que um filho tenha uma vida difícil.

Ajeito a bolsa de gelo no ombro como se ela escorregasse, mas a verdade é que preciso de um tempo no meio de tanta intensidade. Dentro de mim, tristeza e alegria coexistem e me deixam muito confuso. Meus pais se amam e isso é... é algo importante, mas saber que eles também sofreram... De algum jeito, isso os torna mais humanos.

Meu pai inclina o corpo para a frente e junta as mãos entre os joelhos.

— O que eu disse é verdade. Você pode não ter meu sangue, mas é muito, muito parecido comigo. Não só nas coisas que me enlouquecem, mas naquelas que fazem você ser você. Seu senso de humor, a tenacidade, o amor pela família.

Meu pai abaixa a cabeça e eu enxugo os olhos. Estou cansado. Por isso me emocionei, mas, em algum lugar dentro de mim, a criança que seguia esse homem como se ele fosse um deus se alegra.

Tem uma nota tensa na voz dele, uma fragilidade que não combina com um homem que é dono do mundo.

— Você pode não querer, mas é meu filho. Sempre foi meu filho. Sempre será, e eu te amo.

Quero dizer que também o amo, mas ainda há partes em mim que precisam cicatrizar, ferimentos internos, dores invisíveis que precisam de espaço e ar.

— Não posso ir para casa. Ainda não. — Se é que vou poder um dia.

— Eu sei. Soube no momento em que deu o primeiro soco naquele octógono. Encontrou alguma coisa, uma direção, um caminho em que eu não posso interferir. Mas me deixe ser um espectador, pelo menos. Por favor, me dê a chance de te esperar na linha de chegada.

Minha voz treme.

— Tudo bem.

— Tudo bem. E, só para ficar bem claro, não estou te abandonando. Seu quarto ainda é seu. E o carro e os cartões de crédito... E ainda vou pagar a faculdade da Haley.

— Tenho que fazer isso sozinho. Você tem medo de que eu caia de novo nas mesmas tentações, mas elas... elas pertencem ao mundo que eu deixei em casa. Sou um garoto lá, e aqui...

— Você é um homem. — Meu pai toca a única parte sem hematomas do meu corpo e repete: — Um homem.

— Você se incomodou por eu ter ido trabalhar com o Denny? — Uma pausa. — Por ainda estar trabalhando com ele?

— Sim — ele responde depressa. — Isso me incomoda. Você é meu filho, não dele. Mas entendo sua necessidade de conhecê-lo. Só... pelo menos considere a ideia de me dar a mesma chance que está dando a ele.

Movo a cabeça numa resposta afirmativa, mas ele sabe que isso não é realmente uma resposta. É algo em que vou ter de pensar. Meu pai levanta, e não posso deixá-lo ir embora assim.

— Diz pra minha mãe que estarei lá para os jantares em família.

O sorriso em seu rosto me avisa que fixei a primeira tábua da ponte que nós dois estamos tentando reconstruir.

— Ela vai gostar de saber. Estou orgulhoso de você, filho.

Quando ele sai e fecha a porta, fico sozinho. Suspiro e passo a mão na cabeça. Há seis meses, eu achava que era dono do mundo, mas não tinha nada. Agora, aos olhos do mundo, perdi tudo...

— West?

Meu coração dispara, e eu levanto a cabeça. Não perdi absolutamente nada de valor. Sorrio e, por respeito ao avô dela, pego uma toalha e cubro a parte central do corpo.

A risada de Haley me faz arrepiar. Ela inclina a cabeça, e os cabelos lindos e sedosos caem sobre um dos ombros.

— Está deixando o John fazer a sua cabeça.

Aponto meu corpo.

— Não tenho condições de encarar outra luta.

Ela se aproxima com um andar sedutor.

— Não se preocupe. Eu protejo sua retaguarda.

Quero sentir aquele corpo no meu, mas, em vez disso, Haley puxa a cadeira onde meu pai esteve até um momento atrás e senta a meu lado. Entrelaça os dedos nos meus.

— Eu devia te bater pelo que fez.

Dou risada.

— Do que está falando, exatamente?

— De tudo, mas principalmente de terminado comigo para eu poder estudar de graça.

Droga. Haley sempre foi direta.

— Queria que você tivesse uma chance, um futuro. Eu não podia ficar no seu caminho desse jeito. Eu achava que não podia. Quando entendi meu erro, você tinha ido embora.

— Não voltei por você — ela diz. — Quando aceitou a luta, você acelerou minha linha do tempo, mas voltei por mim. Todos vocês estavam certos, eu havia perdido a vontade de lutar e não estava me envolvendo com nada. Você desistiu de mim, mas eu também desisti.

— Não vai acontecer de novo — respondo. — Não vou desistir. Aprendi a lição.

— Eu também — ela responde.

Penso no que Haley disse. Talvez suas palavras tenham outro significado.

— Se está dizendo que pode desistir de mim fácil, saiba que vou lutar por você.

Haley sorri, e gosto de como os olhos dela se iluminam.

— Não vou a lugar nenhum, Young.

— Temos muito que conversar. — Exausto, apoio a cabeça na parede.

Quero saber o que a fez mudar de ideia e onde ela vai morar, agora que voltou. Tenho que contar sobre meu pai, meu pai biológico, sobre a faculdade e a bolsa, uma tonelada de coisas, mas estou cansado demais.

— Podemos conversar sobre o que quiser mais tarde. — Haley apoia a cabeça no meu ombro. — Agora, só quero ficar feliz por você estar vivo. Quase morri de susto quando cheguei. Não estava concentrado, e o Matt ia acabar com você.

— Estava concentrado. — Eu me concentrei quando ouvi a linda voz dela. Viro a cabeça, aproximo o nariz de sua cabeça e sinto o cheiro. Ela está aqui. Está aqui de verdade. — Você é tudo para mim, Haley.

— Eu te amo — ela suspira enquanto afaga minha mão. Depois de um segundo, balança nossas mãos. — Às vezes, depois de uma luta, eu queria silêncio. Só para clarear as ideias.

Silêncio. Suspiro. Silêncio seria bom.

— Fica comigo?

— Pelo tempo que você me quiser.

— Então é bom se preparar para ficar por muito tempo. — Fecho os olhos e me entrego à sensação dos dedos dela passeando por meu braço.

Haley

O sinal toca, e a sra. Collins e eu viramos para ver a enxurrada de alunos invadindo o estacionamento. Pedi para falar com ela hoje de manhã, e ela me tirou da última aula para termos essa conversa.

Deixei no colo uma pilha de panfletos e formulários. Eu me inscrevi para a bolsa de atletismo, mas preciso me preparar para ser a única responsável pelo custeio do meu curso universitário. O pai de West se ofereceu para cumprir sua parte da oferta, mas não posso aceitar. Para mim, esse dinheiro é sujo.

Faltam poucos dias para a formatura, a areia da ampulheta está acabando. Suspiro profundamente quando toco o panfleto no alto da pilha. Ninguém nunca disse que lutar era fácil.

— A faculdade comunitária é uma excelente opção — ela diz. — Na verdade, foi assim que comecei.

Sei. Os diplomas na parede são da Universidade de Louisville e Harvard.

— Esse é um daqueles momentos em que você me conta uma mentira para me fazer sentir melhor com as escolhas que tenho?

Ela sorri.

— Não. É o momento em que falo a verdade. Não podia pagar a faculdade, por isso fui para a comunitária, para cumprir alguns requisitos enquanto trabalhava e ganhava o dinheiro que serviria para pagar outros cursos. Quando me formei na comunitária, eu me transferi. Nada mal, não acha?

Acho que não. Guardo os papéis na mochila.

— Obrigada.

— Do lado de fora da janela, vejo West, Kaden e Jax, juntos, me esperando. Morar com meu avô, Jax e Kaden no trailer é como ser uma galinha em uma fazenda industrializada, mas é a primeira vez em um ano em meio que me sinto em casa. Pode ser por estar treinando de novo. Pode ser por estar retomando minha vida. Mas acho que é porque estou aprendendo a contar com as pessoas que amo.

— E seus pais? — A sra. Collins pergunta.

— Estão bem. — Em outra reunião de pais e mestres, a sra. Collins soube, por intermédio de John, que Jax, Kaden e eu estamos morando com ele. Eu a respeito porque o serviço social não apareceu na academia para tirar a gente de lá. — Muito bem, na verdade.

Minha mãe arrumou emprego. Nada espetacular, mas é melhor do que o trabalho que ela fazia aqui. Maggie fez amigos na nova escola e é mimada por minha tia-avó, e meu pai...

Meu pai achou uma academia. Sorrio quando lembro a conversa que tivemos por telefone ontem à noite.

— Estou orgulhoso de você — ele diz. — Por ter voltado para casa, tentado de novo.

— Obrigada. Minha mãe contou que você voltou a lutar. É verdade?

Meu pai ri, e o som cicatriza feridas que ainda estavam abertas.

— Não tem nenhum torneio no meu futuro, mas, sim, voltei a treinar. Seu velho é lento, meu corpo geme mais do que deveria, mas é bom voltar a me mexer. É bom ser útil.

Ele está se curando e, provavelmente, ainda vai levar um tempo para ficar em pé de novo. Voltar a treinar não é a solução perfeita, mas é um começo.

— Quer falar sobre mais alguma coisa? — a sra. Collins pergunta.

Mexo nas alças da mochila, esticando as duas sobre uma perna, para ver se uma está mais comprida que a outra.

— Uma vez minha mãe me disse que falar o que te incomoda em voz alta tira a força dessa coisa. Acha que isso é verdade?

O rosto dela se suaviza.

— Sim. Concordo inteiramente com a sua mãe.

Algo em que pensar, com certeza.

— Obrigada de novo.

— Se precisar de mim, Haley, estou aqui. Sempre.

Sorrio para ela e saio da sala. Se tivesse um dólar por cada vez que ela me disse isso, seria uma garota muito rica. A tarde de maio é quente, e tenho algumas calças jeans para cortar. Depois do meu horário na pizzaria, vou procurar uma tesoura.

Meu coração se aquece quando os três homens da minha vida dão risada de uma história que Jax está contando, alguma coisa sobre o treino do dia anterior, mas eu só tenho olhos para West. Os ferimentos da luta desapareceram, e ele voltou a ser lindo.

Janta com a família de quatro a cinco vezes por semana e paga cinquenta dólares por mês para a família que acolheu Isaiah deixá-lo dormir no sofá do porão. Na semana passada, viu a irmã, Rachel, dar os primeiros passos. Desde então, voa cada vez mais alto.

Fui jantar com West na casa da família dele algumas vezes, e a combinação à mesa é estranha, porque mistura os pais e irmãos dele, o namorado de Rachel, Abby e eu. É desconfortável para todos nós, menos para Abby. Por causa disso, todo mundo fica quieto e a deixa comandar a conversa.

O calor se espalha por minha barriga quando West sorri para mim.

— Demorou!

— Agora tenho alternativas — conto. — Ela me deu muitas opções.

West beija minha testa e passa os dedos por meus cabelos. Um arrepio percorre minha nuca, e, pela milionésima vez, queria estar sozinha com ele.

Jax imita barulho de náusea, e eu mostro a língua para ele.

— Quanta maturidade, Hays. — Mas me responde com o mesmo gesto.

West apoia o braço sobre meus ombros e me puxa para perto. Temos meia hora antes de pegar o ônibus municipal, e eles continuam conversando. A porta do prédio da escola se abre e Conner sai, seguido por Matt. Encaro Matt e sinto um arrepio, por causa do frio que me invade.

Ele ganhou, mas perdeu. Não foi a surra que esperava, e, de acordo com as fofocas na escola, tem treinado muito mais duro. Que pena. West e eu mudamos muito, aprendemos muito, e Matt continua onde estava antes, em negação com relação ao irmão e à própria instabilidade emocional.

— Acabou — West cochicha em meu ouvido. — Tudo entre mim e o Matt acabou.

Eles se odeiam, e imagino que vão se odiar para sempre, mas não haverá nenhuma briga de rua. Irá se tornar uma rivalidade no octógono. Por enquanto, Matt e eu nos limitamos às encaradas dele quando passa por mim e à minha reação de pânico.

— Eu sei. — Mas talvez não saiba. Ainda me sinto obrigada a olhar para ele, ter certeza de que não vai me atacar pelas costas.

— Ele também não vai te machucar — West fala em voz baixa quando nota para onde estou olhando. — Prometo. Acabou.

Mudo de posição, e West tira o braço. Os três param de conversar e olham para mim como se, de repente, eu tivesse antenas e um nariz vermelho. West segura minha mão e a afaga com o polegar. Normalmente, essa é uma carícia que me deixa até fraca, mas agora estou cheia de angústia e pânico, e só consigo pensar em voltar para dentro da escola.

— Já volto — aviso.

West olha para minha família, depois para mim.

— Quer que eu vá com você?

— Não — respondo depressa demais. Esta é uma das coisas que West detesta: quando me tranco com meus sentimentos. Também é uma das coisas que me afastou de minha família. — Preciso falar com a sra. Collins sobre uma coisa. É só... uma conversa.

— Tudo bem. — Ele solta minha mão e me deixa ir.

Corro para dentro do prédio e pelo corredor. Os professores estão fechando a porta de suas salas, e rezo para a sra. Collins ainda não ter saído. Na secretaria, uma funcionária já foi embora, a outra está com a bolsa na mão.

— Pois não?

Não falo nada quando paro na porta da sala da assistente social. Meu coração dispara, o peito se move depressa com o ritmo da respiração. A sra. Collins segura a chave do carro em uma das mãos e uma pilha de pastas na outra. Está indo embora. Cheguei tarde demais.

Ela franze a testa.

— Esqueceu alguma coisa, Haley?

Expulso as palavras antes de perder a coragem:

— Meu ex-namorado me bateu.

Falei... pronunciei as palavras. Minha visão fica turva enquanto espero o mundo implodir. Espero seu ódio, o julgamento... e percebo que quero muito que ela acredite em mim.

— Ele me bateu. — Não é mais tão doloroso falar. — Ele me bateu, e não foi legal.

A sra. Collins deixa a chave e as pastas em cima da mesa.

— Não, não foi legal. Fecha a porta e senta.

Antes de fazer uma dessas duas coisas, olho nos olhos dela e tento, desesperadamente, descobrir se vai me dizer a verdade.

— Eu vou ficar bem?

— O que você acha? — ela pergunta com tom atencioso, gentil. De certa forma, isso me faz pensar que talvez eu já tenha a resposta.

Abro a boca, e a sra. Collins passa por mim para ir fechar a porta. Depois, torna a passar e vai se sentar em sua cadeira.

— Você parece estar bem. E está aqui conversando comigo. O que acha?

Sento na frente dela e solto a mochila no chão.

— Estou cansada de lidar com isso sozinha, porque... — Balanço a mão na frente do peito. — Guardar tudo isso não está funcionando muito bem para mim.

Ela assente como se entendesse... Como se *realmente* entendesse. E a sinceridade em seus olhos me dá esperanças.

— O que acha de começarmos pelo começo? Quando o conheceu?

West

Segurando os próprios cotovelos, Haley empurra com o pé uma tábua apodrecida do assoalho, no canto da sala de estar. Isaiah falou comigo e com Kaden sobre aquele lugar. Ele mora ali há alguns meses.

— O que acha que o Jax vai fazer? — ela pergunta.

Desvio o olhar, não consigo ver aquelas linhas de preocupação em sua testa. Na semana que vem, Kaden, Haley e eu nos formamos. Haley decidiu ficar no trailer e economizar dinheiro para a faculdade, e Jax... Jax está pensando em voltar para casa.

— Não sei. Ele está preocupado com a mãe e os irmãos.

Haley morde o lábio e observa as paredes.

— Vai ficar melhor quando a gente arrumar os móveis — comento.

— O piso vai cair com o peso dos móveis.

— Não é verdade. — Seguro a mão de Haley e a levo ao único quarto. — Olha só. — Aponto a cama baú com colchão de molas que comprei hoje. — E o assoalho continua inteiro.

Ela bate palmas, e o orgulho que ilumina seus olhos me faz sorrir.

— Comprou móveis!

— Comprei. — Abaixo, pego Haley no colo e a jogo em cima da cama. — E quero experimentar.

Ela ri, e eu adoro ver seus cabelos castanhos se movimentando à sua volta. A alça da regata rosa escorrega de um ombro, e meu coração quase para.

— Você é linda.

Ela fica séria quando toca meu rosto e traça com o dedo uma linha onde, uma semana atrás, meu olho estava inchado.

— Você lutou por mim.

— Sim. — E vou lutar de novo. Não tanto por ela, mas por mim. Vou continuar como amador e volto ao octógono no próximo outono. Haley deixou meu treinamento com John, mas o que eu gosto é de tê-la treinando comigo, embora ela ainda não tenha decidido se vai voltar a disputar torneios.

Tiro a camiseta e beijo sua boca. O choque faz meu corpo tremer quando ela toca meu peito.

— Tenho uma coisa para te mostrar.

— O quê?

Um sorriso sexy levanta os cantos de sua boca.

— Está impaciente?

Apoio as mãos na cama, uma de cada lado de sua cabeça, e beijo desde a alça da famigerada regata até o pescoço, mantendo o corpo afastado do dela.

— Não ficamos sozinhos há semanas, Haley, e vou morar com o seu irmão. Você acha que ele vai deixar a gente a sós por muito tempo?

Quase não encontramos tempo para nos beijar agora, e não vejo oportunidades muito melhores com o irmão dela dividindo um quarto comigo. Mas tudo funcionou da melhor maneira. Haley tem conversado regularmente com a sra. Collins, o que significa que está lidando com alguma coisa muito pesada. Por isso, decidimos ir com calma. Não tem importância. Esperei todo esse tempo pela garota perfeita. Não me importo de esperar um pouco mais até ela estar pronta.

Um suspiro satisfeito escapa da boca de Haley quando abro a boca e beijo seu pescoço mais demoradamente. As mãos dela passeiam por meus bíceps e começam uma massagem suave, que faz minha cabeça rodar.

— Você não joga limpo — murmura.

Dou risada, com os lábios tocando sua pele.

— Foi você quem me ensinou tudo sobre táticas de ataque.

Antes que eu consiga reagir, Haley enrosca as pernas na minha e rolamos no colchão, sem o meu consentimento; mas como posso reclamar quando tenho uma criatura tão linda deitada em cima de mim?

Ela agita as sobrancelhas.

— Amador.

— Só preciso de dois anos, vou me tornar um profissional.

Haley não bufa com desprezo como alguns amigos antigos fazem quando conto o que estou fazendo da vida. Em vez disso, um brilho nos olhos revela que ela acredita nos meus sonhos. É um processo passo a passo que vai levar anos.

Meu pai vai pagar o curso na Universidade de Louisville. Em troca, vou trabalhar para ele trinta horas semanais no verão, e vinte durante o ano letivo. Trabalho ainda de cinco a dez horas no bar do Denny, e nós dois continuamos com aquele relacionamento maluco em que nunca se menciona o fato de ele ser meu pai.

Passo o resto do tempo na academia, treinando e ajudando no treinamento de outros lutadores. Vou ver até onde levo tudo isso... até onde consigo ir.

Haley tira uma carta do bolso de trás da calça.

— A resposta a minha solicitação de bolsa de estudo. Aquela que você me ajudou a fazer os vídeos.

— E aí? — Abraço Haley e sento na cama, e agora ela está montada em mim.

Haley e eu falamos sobre a oferta de meu pai para pagar seus estudos. Até a levei em casa, e meus pais conversaram com ela. Haley não aceita. É teimosa, cabeça-dura, e eu a amo mais do que amo minha vida.

Ela está matriculada na Universidade de Louisville e na faculdade comunitária. Essa bolsa vai decidir onde estará no próximo ano.

— E aí?

Ela hesita.

— Não sei. Ainda não abri a carta.

A adrenalina invade minhas veias. Estou mais nervoso que ela.

— Não vai abrir?

Haley sai de cima de mim, e sinto falta do calor. Ela e eu somos como duas metades distintas de um todo. Distintas, porque conseguimos viver cada um por si e ter sucesso, mas, quando estamos juntos, quando somos o todo, a magia acontece.

Ela enfia a carta no vão entre a cama e a parede.

— Tenho uma ideia. Você me beija e depois eu abro.

Conheço Haley. Ela acha que não conseguiu. Seguro-a pela cintura e a puxo de volta para mim. Meus lábios passeiam por seu pescoço e os dedos levantam o tecido leve da regata.

— Seja como for, você vai ficar bem.

Haley se derrete em meus braços.

— Eu sei.

Ela segura minha mão e eu paro, dou a ela um momento para se acalmar. É difícil para ela não viver na própria cabeça, e tempo para processar pensamentos é tudo de que precisa.

— Tenho medo da rejeição, e mais ainda... — Respira fundo, e eu a acomodo no meu colo. Com a cabeça apoiada em meu ombro, ela desliza os dedos pelo lugar onde, semanas antes, havia um hematoma em meu peito. — Quero ser treinadora. Mais ou menos como o John. Quero ajudar atletas a se recuperarem de lesões. Ver sua irmã reaprender a andar... aprender como enfrentar um ferimento emocional... É isso que eu quero fazer.

Toco o queixo de Haley para levantar sua cabeça e a olhar nos olhos.

— Tudo bem.

Ela balança a cabeça.

— Não. Alguém tem que saber disso antes de eu abrir a carta. Quando me candidatei, estava atrás de dinheiro, e teria estudado cinesiologia, porque era só para esse curso que eu tinha dinheiro. Alguém precisa saber que eu escolhi esse curso, não fui escolhida por ele. E tem de ser antes de eu abrir a carta.

Ela sabe que, entre todas as pessoas do mundo, eu entendo. Beijo seus lábios. Ela me beija de volta e desliza as mãos por meu peito. Uma carícia, um arrepio é suficiente para me fazer pegar fogo.

Rolamos, e logo a regata dela encontra minha camiseta no chão. Exploro suas curvas, sinto o gosto da pele e decoro cada ruído da respiração, cada suspiro que sai da sua boca. Minha cabeça gira quando o corpo dela responde ao meu e à força do calor que geramos.

O tempo perde o significado, e a única coisa que resta é seu toque e seu amor. Logo, estamos arfando e nos agarrando e sussurrando palavras que serão ditas somente entre nós. Depois, tudo para quando o mundo explode em cores.

Deito Haley a meu lado. O cabelo dela acaricia meu peito e eu massageio suas costas, meio acordado, meio revivendo os beijos em sonho.

Um ruído do meu lado direito me faz abrir os olhos, e pego a carta que ficou presa entre a parede e a cama. Entrego-a para Haley e beijo sua têmpora.

Com a mão descansando em meu braço, ela olha para o envelope por um momento antes de rasgar o lacre com um dos dedos. O envelope cai quando ela desdobra a carta. Olho para Haley, procurando sinais de frustração ou esperança. Cada parte de mim fica tensa enquanto imploro por um milagre.

Com um suspiro demorado, Haley dobra a folha de papel e a solta no chão. Minha cabeça cai contra a parede. *Merda*. Como puderam recusá-la?

Abraço Haley com mais força.

— Tudo bem.

Ela passa um dedo por meu rosto e sorri.

— É, na verdade, está tudo bem. Eu venci.

Agradecimentos

A Deus. João 15,12-13. O meu mandamento é este: "Amem-se uns aos outros como eu os amei. Ninguém tem maior amor do que aquele que dá sua vida por seus amigos".

Ao Dave. Com sua eterna paciência bondosa, você sempre me fez saber que vale a pena lutar por mim.

Meu muito obrigada a...

Kevan Lyon. É sempre uma honra ter você do meu lado.

Margo Lipschultz. Você, mais do que ninguém, entende como este livro foi difícil para mim. Nunca esquecerei seu apoio, os telefonemas e o incentivo. Não tem ideia de como sou grata a você.

Todos que tocaram meus livros na Harlequin TEEN, especialmente Natashya Wilson e Lisa Wray. Francamente, vocês são incríveis!

Eric Haycraft, Scottie Sawade e as outras pessoas fantásticas da academia Real Fighters. Não sei como agradecer por terem me recebido na academia. Também sou especialmente grata pela paciência com a garota que sempre precisava pensar um segundo sobre qual era o cruzado e qual era o jab. Ainda assim, vocês me deixaram ficar. O talento aí é surpreendente e fabuloso.

Angela Annalaro-Murphy, Kristen Simmons, Colette Ballard, Kelly Creargh, Bethany Griffin, Kurt Hampe, Bill Wolfe e o Louisville Romance Writers. Se não fosse seu apoio contínuo e amor, este livro nunca teria acontecido. Obrigada do fundo do coração.

Um agradecimento enorme a todos os meus leitores e, em especial, a Linda Marie Bofenkamp. Ainda me surpreendo quando vejo meus livros à venda, e me sinto eternamente grata pelo amor e apoio dos meus leitores.

E, como sempre, aos meus pais, minha irmã, minha família em Mount Washington e a toda a família do meu marido. Eu amo vocês.

Playlist de *No limite do desejo*

Tema geral:
- "Harder to Breathe", Maroon 5
- "Wild Ones", Flo Rida, com participação de Sia
- "Love is a Battlefield", Pat Benatar

West:
- "Save a Horse (Ride a Cowboy)", Big & Rich
- "Come Over", Kenny Chesney
- "This Love", Maroon 5
- "Bitter Sweet Symphony", The Verve

Haley:
- "Fighter", Christina Aguilera
- "The House That Built Me", Miranda Lambert
- "Stronger (What Doesn't Kill You)", Kelly Clarkson
- "Roar", Katy Perry

Noite em que West e Haley se conheceram:
- "I Knew You Were Trouble", Taylor Swift

West e Haley treinando na academia:
- "Good Feeling", Flo Rida

Quando Haley esconde West em seu quarto:
- "Secrets", One Republic

A luta no octógono:
- "Eye of the Tiger", Survivor

Canções que representam o futuro de Haley e West:
- "Price Tag", Jessie J, com participação de B.o.B.
- "Heaven", Warrant

Impresso no Brasil pelo Sistema Cameron da Divisão Gráfica da
DISTRIBUIDORA RECORD DE SERVIÇOS DE IMPRENSA S.A.